김 성 수
평 론 집

카토블레파스의 운명

카토블레파스의 운명

김 성 수

도서출판 역락

책머리에

(……) 나는 말일세, 그 놈을 위해 이 짓거리를 하고 있는 걸세.
바로 촌충이란 놈을 위해 말이야.
이런 생각이 들어.
지금 살아가면서 많은 일들을 하고 있지만,
그건 나를 위해 사는 게 아닐세.
내 몸 안에 있는 바로 그 놈을 위해 사는 거란 말일세.
난 이제 놈의 충실한 하인에 불과할 뿐이야.
- 마리오 바르가스 요사, 『젊은 소설가에게 보내는 편지』 중에서

등단 이후 써온 글들을 모아 책을 낸다. 글의 내용이나 성격, 작성 시기를 고려하면 이미 몇 년 전에 출간했어야 했지만 이런저런 사정으로 미루다가 지금에서야 책으로 꾸리게 되었다. 여러 작가들이 펼쳐놓은 다양한 문학 세계에서 그들과 대화를 나누며 의미를 찾아, 내 나름의 방식으로 읽어보려고 한 것이 이 책의 내용들이다. 그런 점에서 이 책의 논의에서 언급된 여러 작가들에게 감사의 뜻을 전해야 할 것 같다. 그들의 작품들이 없었더라면 이 책 또한 없었을 것이다.

이 책에 수록된 글들은 주로 소설 작품들을 읽고서 그 의미를 이해하고 해석해본 결과들이다. 돌이켜 보면, 단단한 논리적 근거에 의해 작품에 의미를 부여하고 문학적 가치를 평가해야 하는 비평적 글쓰기의 과정이 글을 쓰는 내내 심리적 압박과 고통을 가져다주었다. 대상 작품에 대해 논의하는 글을 쓸 때마다 늘 느끼는 것이지만, 냉정한 비평정신을 유지하고 적용해야 하는 글쓰기의 어려움이 만만치 않았기 때문이다. 그러나 나 또한

문학을 읽는 독자로서 우리 시대의 삶과 세계에 대한 작가들의 인식과 전망, 그리고 그것을 자기 고유의 언어와 스타일로 표출해내는 목소리들을 어떤 때에는 긴장된 마음으로, 또 어떤 때에는 자유분방한 정신으로 비평이라는 형식에 담아보려고 하였다. 물론 이런 의도가 제대로 이루어졌는지에 대해서는 선뜻 자신하기 어렵다.

이 책 전체의 논지랄까 논의의 내용은 이렇게 정리할 수 있다. 본문의 여러 글에서 나는 작가와 소설의 정체성 혹은 삶의 실존적 형식 안에서 생성되는 다양한 갈등과 욕망의 양상, 그리고 그에 대해 작가들이 펼쳐내는 문학적 형상화의 방법론, 나아가 작가들이 서술하는 문학적 소명에 관한 자기성찰의 글쓰기 정신을 읽어내려고 하였다. 어떤 입장이나 이념에 의해 작품을 유형화하여 분류하고 평가하는 방식이 아니라 작가의 의도를 충분히 이해한 위에서 작품의 의미를 발견해내려고 하였다. 요컨대 이 책은 2000년도를 전후한 우리 시대 작가들의 작품 읽기를 통해 문학적 소명의 원천과 방향을 모색해보려는 시도이다.

마리오 바르가스 요사(Mario Vargas Llosa)는 『젊은 소설가에게 보내는 편지』(Cartas a Un Joven Novelista)에서 소설의 정체성 문제를 언급하면서 작가의 소명을 특별히 강조한다. 요사는 이 글에서 작가에 대해 "운명적으로 타고난 사람", "작가로서의 유전자를 갖고 태어난 사람"으로서 자기 자신을 먹고사는 존재로 규정한다. 소설가들은 자신의 경험, 이를테면 의식과 무의식에 자국을 남기고, 자신을 괴롭히는 경험을 이야기로 변모시킴으로써 비로소 거기에서 벗어나는 새로운 경험들을 기록하고 그려낸다. 그래서 작가라는 존재는 플로베르의 소설 『성 앙투안의 유혹』에서 성 앙투안에게 나타나고 보르헤스가 다시 『상상동물 이야기』에서 재창조한, 발로부터 시작하여 자신의 온몸을 삼켜버리는 신화적 존재 '카토블레파스'라는 동물에 비유된다.

요사에 따르면, 현실을 벗어나는 삶에 대해서 작가는 "실제의 세계 및 삶에 대한 비판적 거부를, 그리고 그것들을 자기의 상상과 욕망에 따라 그리고자 하는 욕망을 간접적으로 표출"하는 존재들이다. 작가들은 실제의 현실, 있는 그대로의 현실에 안주하거나 만족할 수 없는 존재들이기 때문에 그들의 취향은 근본적으로 권위와 제도와 고정된 믿음에 대한 반항의 태도에 이어져 있다. 작가는 실제의 현실, 있는 그대로의 삶에 대해 만족하지 않고 실제의 세계 및 삶에 대한 비판적 거부를 수행하는 존재라는 것, 따라서 문학을 존재하게 만드는 내밀한 이유는 현실과의 갈등을 통해서 시대를 향해 특유한 증언을 하는 데 있다는 것이다. 이 책의 표제를 요사의 용어를 차용하여 '카토블레파스의 운명'이라는 제목을 붙인 것은 2000년대 우리 문학의 작가와 작품에 나타나는 이러한 면모, 즉 온몸과 정신으로 자신의 삶을 현실에 투여하여 새로운 비전을 창조적으로 확장하여 나가는 작가의 글쓰기 도정을 책 전체의 주제 삼아 논의해보고 싶었기 때문이다.

이 책은 4부로 구성되어 있다. 1부에는 우리가 살아가는 현실의 양상 또는 삶의 형태를 문학이 어떻게 변화시키고 확장해나갈 수 있느냐 하는 문제에 대해 논의한 글들을 모아놓았다. 이른바 '지난 연대'로 명명되는 1990년대에 대한 반작용으로서 2000년대라는 '새로운 연대'가 제공하는 새로운 삶의 형태에 대한 작가들의 독자적 사고와 의식의 지향성을 분석하여 논의해본 것이다. 2부에는 삶의 과정에서 주고받는 상처와 갈등이 실존적 존재의 심연에 어떻게 기억되며, 관계의 소통과 화해의 가능성을 어떤 방식으로 모색해 나아갈 수 있는가에 대해 분석한 글들을 수록하였다. 삶의 실존에 대한 인식과 소통을 향한 관계 탐색의 다양한 양상을 여러 작가들의 작품에서 읽어보려고 한 것이다. 3부에서는 자의식의 좌표와 문학에 구현된 자기정체성의 문제에 대해 탐색하였다. 여기에서는 주로 삶과 문학의 영역에서 반성과 성찰의 거처를 확인하며 새로운 삶의 가능성을 모색하고 있는 작품들을 다루었다. 4부는 문예지에 기고했던 계간평을 모아놓은 것이다. 문예지에 수록된 작가들의 작품들 가운데 새로운 시대의 문학적 방향을 모색하고 있는 단편들을 선정하여 그 의미를 분석한 평문들이다.

이 책을 준비하면서 새삼 느낀 것이 하나 있다. 타자에 대해 이해하고 사랑하려는 노력을 멈추지 않을 때 진정한 인간애가 발현될 수 있듯이, 작품에 대해서도 애정을 가지고 끊임없이 읽고 생각해야만 좋은 비평이 이루어질 수 있다는, 평범한 진실의 발견이 그것이다. 믿을 만한 비평이란 작품에 대한 꾸준한 관심과 애정에서 비롯되는 것이며, 이런 태도야말로 좋은 비평의 대전제가 된다는 점에서 작품에 애정을 품고서 성실하게 읽는 일이 비평가의 가장 중요한 임무임을 이 기회에 새삼 확인하게 된다.

쓴 글들을 다시 읽고 고쳐가면서 내 문장(文章)과 수사(修辭)와 논리(論理)의 빈약함을 적지 않게 발견한다. 고심 끝에 어휘와 개념과 용어를 사용하여 여러 문장을 짓고 글을 만들어 놓았지만 여러 곳에서 고치고 지워야 할 부분들이 눈에 많이 띈다. "많이 짓는 것은 고치는 것만 같은 것이 없고, 많이 고치는 것은 많이 지워버리는[刪削] 것만 같은 것이 없다."고 한 위숙자(魏叔子)(이건창, 『조선의 마지막 문장』)의 말을 생각하며 원고 내용을 다시 들여다보니 부끄럽기 그지없다. 누구라도 품을 수 있는 생각과 문장을 빼버리고 이 책에서 내가 하고 싶었던 말, 조금이라도 세상에 내세울 만한 부분이 있다면 그게 무엇인지 되새겨 본다. 옛 사람의 문장론에서 배울 수 있듯이 쓴 글을 고쳐서 짓고, 또 그 가운데에서 산삭하여 몇 편만이라도 세상에 남길 수 있을만한 글을 만들 수 있다면, 혹은 수십 년의 세월과도 맞바꿀 수 있는 책을 단 한 권만이라도 지을 수 있다면 그보다 보람 있고 행복한 일이 어디 있겠는가. 그런 점에서 지금까지의 나의 글쓰기에서 이 책이 반성을 촉구하는 거울이면서 동시에 새로운 글쓰기의 가능성을 비춰주는 램프가 되기를 희망해본다.

여러 해 동안 함께 살아오면서 나의 부족한 삶의 행로에 기도와 격려를 아끼지 않는 친구이자 후원자이자 동반자인 경희에게 말로는 다하지 못할 고마움을 느낀다. 출판 현실의 어려움에도 이 책을 출간해 준 역락출판사의 이대현 대표에게 감사드린다. 또한 원고를 다듬어 좋은 책으로 만들어 준 편집부의 이소희 씨에게도 고마움의 뜻을 전한다. 무엇보다도 바쁜 시간을 할애하여 이 책에 부치는 글을 써준 유성호 교수의 후의에 감사의 말을 전한다.

2008년 가을

백양관 연구실에서

김 성 수

차 례

제 2 부

상처의 기억과 존재 탐색의 기록

제 3 부

자의식의 좌표와 성찰의 거처

제 4 부

문학적 소명의 원천과 소설의 새로운 표정

제1부

삶의 변용과 확장을 위한 모색

기억의 유산과 환멸의 수사, 그리고 기원으로서의 글쓰기

삶과 운명의 수평적 길 찾기

또 다른 원본을 찾아서

'허구'의 변용과 확장

관능적 일탈을 향한 현대판 전기소설의 유쾌한 실험

가벼움의 소설 미학과 관능적 위월(違越)의 상상력

기억의 유산과 환멸의 수사, 그리고 기원으로서의 글쓰기

박상우론

1. '새로운 연대'의 문학적 질의와 글쓰기

90년대도 저물어가는 시대의 뒤끝에서 우리 소설의 운명과 미래의 좌표를 가늠할 때 관심의 마당 안으로 들어오는 90년대의 작가들 가운데 박상우의 작품에 주목한다. 80년대 후반에 등단한 박상우의 소설이 관심을 끄는 것은 지나간 80년대와 새로운 90년대의 두 연대 사이에 가로놓인 세계사의 변화와 굴절로부터 파생된 한국적 정황의 신산한 기억들을 자신의 문학적 과제로 삼아 집요하게 질문해왔다는 점 때문이다. 그것은 작가의 문학적 출발이나 세계인식이 90년대라는 '새로운 연대'를 등에 지고서 지난 80년대의 '기억'을 정면으로 응시하며 그 각고한 정신의 편린들을 성찰하고 복원해내려는 시도가 다각도로 이루어지고 있다는 데에서 기인한다.

이를테면, 인간 주체의 와해에 대한 탐색과 복원을 향한 최수철의 글쓰기, 도시적 삶의 파편화에 대한 신화적 시원으로의 여행과 자기동일성 찾기로서의 윤대녕의 작업, 또는 권력의 발생 현상에 대한 미시적 해부를 주제 탐구의 방법으로 구축한 바 있는 이승우의 작품 등 동시대의 작가들과도 변별되는 작품 세계를 펼쳐 온 도정의 열매들이 등단 이후 10여 년에 걸쳐서 발표된 박상우의 소설이라고 평가할 수 있다. 박상우의 소설을 통해서 80년대로 표상되는 '지난 연대'가 보듬고 다듬었던 소망의 무늬를 90년대라는 '새로운 연대'의 시간 안에서 다시 점검하고 조망해볼 수 있음은 물론, 이를 밑그림 삼아 또 다른 가능성을 타진해보는 계기로 삼을 수 있다. 다시 말해, 박상우가 자신의 소설 안에서 누누이 반복하여 서술하고 있는 '지난 연대'의 소망과 그로부터 파생된 우울한 암전, 그리고 '새로운 연대'의 초안을 작성해내려는 글쓰기의 고투는 90년대도 저물어가는 20세기의 턱밑, 그 네거리에 어떤 이정표를 세우려는 시도로 보인다.

희미한 무적(霧笛) 소리조차 들리지 않고 막다른 골목 같은 시대의 우울과 끈적끈적한 공포란 생각하는 자들에겐 이미 보편적 생리감각으로 각화된 듯하다. 그러나 이런 소회란 역사적 상황에 스스로 대처할만한 힘도 잃어버린 채 군국주의 망령의 구멍으로 빨려 들어갈 수밖에 없었던 저 일제 말기, "此岸의 몰락은 확실하지만 건너뛰어야 할 彼岸의 세계는 나타나 있지 아니"(김남천, 「소설의 운명」)하다는 절망, 그리고 그러한 징후와 위기를 '피안의 결여'로 진단해냈던 기억의 경험과 근본적으로 다르지 않다. 박상우의 소설을 읽으면서 그런 인식의 징후를 지나간 80년대와 오늘의 90년대 뒤끝에서 발견한다. 요컨대, '낡은 차안'으로부터 '새로운 피안'으로 건너뛰어야 할 90년대라는 '새로운 연대'에 우리 문학의 구상과 동력학은 무엇이어야 하는지에 대한 질의서, 그 질문의 외연과 내포를 박상우의 소설들은 그리고 있다.

박상우는 1988년 중편 「스러지지 않는 빛」으로 등단한 이래 10년 가까운 기간 동안 왕성한 창작활동을 하며 자기 목소리의 득음을 향해 정진해 온 작가이다. 그의 작품들은 이렇게 정리해볼 수 있다. 우선, 등단 초기 무렵의 경향으로, 불합리한 제도(특히 '군대'로 상징되는)로 가해지는 폭력이나 독재 권력의 미시물리학이 드리운 그림자에 사위어가면서도 영웅적 도전을 감행하다 희생되는 인물을 그리고 있는 작품들(「스러지지 않는 빛」, 「돌아오지 않는 시인을 위한 심야의 허밍코러스」, 「적도기단」, 「한편의 흑백영화에 관하여 그는 말했다」, 「사하라」)이 그의 문학적 성찰을 주도하고 있다. 다른 한편, 80년대와 같은 정치적 신념이 상실된 오늘의 현실을 반성하는 성격의 것들로 일종의 '예술가 소설'의 형식으로 구현하고 있는 작품들(「샤갈의 마을에 내리는 눈」, 『지구인의 늦은 하오』, 「먹고 사는 일에 관한 명상」, 「독산동 천사의 시」, 『나는 인간의 빙하기로 간다』, 「산타 페」, 「깊고 푸른 방」, 『호텔 캘리포니아』)이 또 하나의 경향을 이루고 있다. 이 점은 특히 한 화가의 '그림그리기'(이는 곧 '글쓰기'와 같다)와 순수한 영혼의 여인을 에워싸고 벌어지는 집착과 고뇌의 심연을 유연한 문체로 묘사한 바 있는 중편 「말무리반도」에서도 여전히 추구되고 있는 문제이기도 하다. 최근 들어서 박상우의 소설은 컴퓨터와 정보통신의 흐름 안에서 '픽션이란 무엇인가'라는 글쓰기의 근원적인 문제(「물그림자」, 「1942년 여름의 포인세티아」, 「어느 지하생활자의 수기」, 『카시오페아』, 「몽상수첩」)를 모색하고 있는 듯하다.

박상우 문학의 한 테마를 이루는 '지난 연대'에 대한 체험적 진실이 '막힌 골목'과도 같은 이즈음에서도 결코 시효만료된 것이 아니라 여전히 유효한 관심의 대상이 되어야 함은 재론이 필요치 않다. 지금까지 그의 문학이 추구해온 문제의식의 도정은 그래서 우리 시대의 유의미한 부표(浮標)로 뚜렷하게 위치해 있음을 느낀다. 불확실한 혼돈의 망망대해를 지도와 나침반도 갖추지 않은 채 항해하고 있는 듯한 지금 그의 문학은 '차안'을 반성해보는 문서만이 아니라 피안으로서의 '새로운 연대'가 감당해야 할 항목들을 성찰케 해주는 목소리로 들린다.

2. '지난 연대'와 부유하는 유령의 목소리

등단 이후 박상우가 추구해온 소설의 경향과 주제는, 80년대로 표상되는 '지난 연대'의 정치사회적 열정으로부터 옆으로 비켜서거나, 우리들 스스로 기억 저편에 유폐시킨 '지난 연대'의 소망을 '새로운 연대'에 복원해내려는 것이었다. 한편 그것은 현실사회주의의 몰락으로 시작되는 90년대, 다시 말해 '새로운 연대'의 소설의 운명에 대한 질문과 반성이라는 과제로 요약할 수 있다. 이 구도 안에서 표류하고 사멸하는 인간 군상의 관계적 모순에 대한 애증을 작가는 90년대라는 새로운 연대에서 되묻고 있다.

그렇다면 작가가 표현하는 '새로운 연대'를 떠받치고 있는 '지난 연대'의 초석이란 무엇이며 어떤 함의를 갖는 것일까. 가장 현실적인 것이 가장 이성적일 수 있다는 계몽의 기치 아래 흔들림 없이 독재의 갱도를 뚫고 나온 사람들에게 80년대의 소망과 열정이 단어와 문장으로 서술될 수 있다면 거기엔 정치시학적 수사의 담론이 저류하고 있을 것이다. 침실의 꿈과 생각마저도 정치적인 것에 저당잡힐 수밖에 없었던 '지난 연대', 더 나은 미래를 위하여 기만의 시대를 짊어진 채 목련꽃처럼 스러져간 영혼들이 안주하지 못하고 산하의 도처를 떠도는 물신의 거리에서 이탈된 역사의 궤도를 복구하라는 명령을 우리는 단지 신화적 목소리로만 흘려듣고 있을 뿐이다. 데리다가 『마르크스의 유령들』에서 말하고 있듯이, 상궤를 벗어나 제멋대로 흐르고 있는 시대의 어긋남(The time is out of joint)에 맞선 지난 연대의 '유령들'(그들의 목소리가 사라지지 않고 여전히 쟁쟁하지만 그 구체적 형상이 눈앞에 선뜻 나타나지 않고 있다는 의미에서 그렇게 부를 수 있을 것이다), 현전하지 않으면서도 부재하지도 않는 그들의 영혼이 지금 이 시대의 네거리를 질주하며 촉구하고 있다.

"감성이 이성을 지배하는 사람의 생은 언제나 고달픈 법"(「샤갈의 마을에 내리는 눈」, 『샤갈의 마을에 내리는 눈』, 32쪽)임을 모르는 바는 아니었지만, 시대가 제멋대로 흘러가고 있는 것에 대해서 그래도 세상의 정의를 흔연히 외칠 수 있었던 시대가 바로 80년대를 정점으로 한 '지난 연대' 아니었던가. 적과 동지가 분명했던 시대의 앞머리는 벌써 저만치 흘러갔고, 적과 동지가 불분명한 후미진 뒷골목에 서식하는 군상들이 오늘의 표상이며 박상우 소설의 주요 인물들로 오보록이 모여 있지만, 적어도 '지난 연대'의 소망을 간직한 주인공들이 환기해내는 정신의 빛은 이 시대에도 결코 스러질 수 없다. 박상우의 소설에서 들리는 '지난 연대'에 관한 목소리에서 음률을 느낄 수 있는 이유도 여기에 있다. 소설이 지나간 시대뿐만 아니라 지금 이 시대에도 여전히 정치적 무의식으로서의 상징행위에 대한 함의를 내면의 에너지로 삼고 있다면 거기에 정치시학적이라는 수식어를 부여해도 좋을 듯하다. 박상우의 글쓰기는 바로 이 지점에서 시작된다.

박상우 소설의 한 가지 특징으로 거론되는 '군대'라는 공간, 그리고 그로부터 생성되는 이야기들은 정치시학적 상상력의 파문(波紋)을 형성한다. 그리하여 합리적으로 관리되어야 할 제도가 한밤의 괴괴한 얼굴로 일그러지면서 폭력으로 밀려오는 순간 담론적 저항의 대로를 질주하는 미학적 대응이 박상우 소설의 주제를 이룬다. 한편, 박상우의 소설은 우리들 오감(五感)에 각인된 겉표지로서의 군대라는 이미지만이 아니라 그 속장의 갈피갈피에 감추어진 하얀 글자의 숲에서 수직의 명령에 버티며 수평화하는 언어적 상상의 의지를 담금질한다. 이승우나 하창수 소설의 배경과는 또 다른 방향에서 박상우 소설의 출발인 군대라는 공간의 알레고리들은 무기와 제복과 명령으로 장전된 언어가 무차별 난무하는 폭력적 난장에 대한 응시와 성찰에 터 잡고 있다. 엄밀하게 말하면, 이 세계에 만연한 보이는 폭력보다는 보이지도 않고 들리지도 않는 폭력, 또는 비수보다 치명적일 수 있는 언어적 폭력에 대한 주밀한 감시와 관찰이 그의 소설 여기저기서 이루어진다.

「적도기단」의 경우, 상부의 잘못된 명령 때문에 경계근무에 소홀할 수밖에 없었던 병사들이 오히려 희생양으로 입창되고, 결국엔 그들을 자살로 몰아가는 군대사회의 광기어린 '명령체계'에 대한 응시가 그것이다. "수직으로 살다가 수평으로 돌아가는 것, 그리고 수직의 자궁이 바로 수평이라는 것, 바다가 그런 상징"이라고 할 때 '적도기단'의 공기뭉치처럼 인간의 영혼을 무기력하게 만드는 군대사회의 '명령체계'란 결국 입추의 여유도 주지 않고 소통을 틀어막는 수직의 언어일 뿐이다. 문제는 이처럼 명령과 같은 일방통행적이거나 위압적인 담론의 징표들이 위병소를 넘어 사회 일반의 구석구석, 다시 말해 거리의 담벼락과 가판대와 공원의 벤치, 또는 지하철 광고란에 대문자로 활자화됨으로써 인간의 영혼을 철저히 물신화하는 기제로 작용한다는 점이다. 이런 형국에서 작가나 시인과 화가와 같은 존재들, 나아가 어느 누구도 거리를 자유롭게 산책하기란 어려운 일이다. 수사적 형용의 여유를 상실한 채 스타카토처럼 딱딱하고 단절된 단문(短文)의 사회에서 인문적이거나 미적인 성찰은 늘 유예될 수밖에 없다.

이런 수직의 언어체계는 데뷔작 「스러지지 않는 빛」에서도 성찰된 바 있다. 이 작품에서 감찰참모의 유혹으로 상징되는 제도의 폭력과 불의에 맞서 예술적 자존심을 지켜내는 한수리 상병의 버팀이 결코 당랑거철(螳螂拒轍) 격으로만 보이지 않는 이유는 이 세계에 편만한 뒤틀린 힘에 대한 숭고한 도전과 그것을 견인해내는 힘의 아름다움 때문이다. 박상우 소설의 파인더에 포착된 군대라는 공간이 진부한 알레고리를 상회하며 현실적 밀착력을 품고 육박해올 수 있는 힘은 이들 주인공에 대한 작가의 선험적 애정뿐만 아니라 그 내면의 진정성에 대한 확고한 신념으로부터 발원한다.

군대를 소재로 한 박상우의 초기 소설들에는 제도의 폭력을 곧추세우고 난사하는 뒤틀린 힘에 끝까지 저항하는 인물과, 그런 불의를 간과하고 낭만적 세계로 둔주(遁走)하는 인물들에 대한 연민의 정념이 꽤 단단한 문체의 힘에 실려 묘사되고 있다. 이를테면 스러진 '지난 연대'의 열정에 대한 허무감을 예술적 양심으로 지탱하는 인물의 내면의지를 그린 「스러지지 않는 빛」에서 주인공은 다음과 같이 말한다.

> 진정한 예술적 양심을 포기하지 않는 한에 있어서만 나는 예술이 모든 것을 초월할 수 있다고 생각하고 있소이다. 예술이 오래 남겨질 수 있다는 이유가 무엇이외까? 양심을 포기하지 않는 한 어떤 종류의 이념과 체제, 혼돈과 고통의 와중에서도 그것은 살아남을 수가 있는 것이기 때문이외다. 그런 확신이 없는 한 예술은 결코 절대적일 수가 없소이다. 그리고 그런 절대적 가치를 스스로 지켜나가지 못하는 한 예술은 어떤 의미로든 한 시대의 시대적 필요성에 부응하거나 동참하는 도구가 될 수 없으니까 말이외다.
>
> 『샤갈의 마을에 내리는 눈』, 374쪽

주인공 한수리 상병의 행동이 단순히 예술혼만을 지키기 위한 것이 아니었음은 어렵지 않게 이해되는 사항이거니와, '진정한 예술적 양심'이란 지난한 실천의 아름다움을 수반할 때 가치 있는 힘으로 견인될 수 있다. 이 힘은 관찰자인 정 상병의 방관적 태도와 대조되면서 더욱 선명한 빛의 힘을 온축하게 된다. 그것은 한 상병이 자신의 조각품을 끝까지 고수함으로써 비록 현실 안에서 패배함에도 불구하고 스스로 진정한 승리를 기억하며 고양되는 마지막 장면에서 더욱 빛을 발한다. 빛이 스러지지 않는 것도 이런 정신과 의지의 힘이 약화되지 않고 있기 때문에 가능한 것이다. 물론 박상우 소설 인물의 한 유형을 형성하고 있는 예술가(작가, 시인, 화가) 주인공의 설정과 형상화 방식은 적지 않게 도식적 안일함을 드러내기도 한다. 그러나 제도의 강요에 순응하며 만반의 '유연함'을 갖춘 회의하는 지식인(정 상병)과, 자기 신념과 열정을 굳건히 견지하는 의지적 인물(한수리 상병)의 선홍빛 대결을 통해 패배하지만 예술의 진정함을 구축하고 촉구하는 순간 그 의미는 더욱 강렬하게 반사된다는 점에서 그 도식성은 하나의 전형을 획득하게 된다.

요컨대, 박상우 소설에서 차지하는 군대라는 공간은 알레고리로서 방법적 이념 이상의 의미장력(意味張力)을 갖춘 장소로 활용되는 곳이다. 더 나아가 이런 공간은 이문열의 「새하곡」이나 「필론의 돼지」, 또는 복거일의 『높은 땅 낮은 이야기』 등 적지 않은 '군대소재' 소설들에서도 이미 묘파된 바 있듯이, 이 사회의 지배담론으로 강고하게 군림하고 있는 비합리적 파토스에 대한 부정과 저항의 언어를 벼리고 담금질해야 할 곳으로 환기된다. 그 제도적 폭력과 수직의 언어에 비록 육체는 야위어가면서도 정신만은 결코 함몰되지 않으려는 인물들의 견딤을 통해 상처받고 패배하지만 투쟁을 멈추지 않는 정신의 편린들이 이른바 박상우의 군대소재 소설들에 포석되어 있다.

군대라는 제도는 국가와 민족을 수호하는 신성한 힘이다. 그러나 유감스럽게도 그 성스러운 힘이 사회 공동체의 '일반의지'를 제멋대로 초월하는 순간 모든 합리적 절차는 무시되고 의사소통이 거부되며, 광기가 실험되고 묵인된 폭력을 생산하는 공장으로 탈바꿈한 사례들을 우리는 가까운 역사 안에서 저리도록 체험한 바 있다. 박상우의 이 계열 소설들은 이 점을 역력히 서술하고 있다. 따라서 백색권력의 미시물리학이 생산하는 제도적 폭력에 대한 반역적 열정을 끝내 포기하지 않고 견지하는 '한수리 상병' 같은 인물의 영웅적인 저항이 안쓰러움을 자아내면서도 감동의 선율로 승화될 수 있는 이유는 작가의 인간에 대한 예양(禮讓)과 예술적 진정성에 대한 확고한 신념을 내면의 정신으로 삼고 있기 때문이다. 이런 내면의 힘은 비단 군대의 내무반이나 의무대, 신병훈련소(「호텔 캘리포니아」)만이 아니라 예비군 훈련(「그가 정신분열자라는 기록에 관하여」)을 다룬 소설들에서도 한층 구체화된 바 있다.

'지난 연대'를 표상하는 또 하나의 상흔은 이 사회를 거미줄처럼 규율하고 통제했던 권력기관에 의해 희생되어 사라져간 자들에 대한 기록이다. 학생운동을 하다 제적된 인물을 다룬 「사하라」에서 은애가 꿈꾸고 있는 곳이란, "죽음에 대한 열망도 아니고 현실에 대한 도피도 아닌" 공간이며, "태양이 이글거리고, 한낮 내내 불기둥 같은 복사열이 피어오르는"(『독산동 천사의 시』, 152~153쪽) '황야'와도 같은 장소일 뿐이다. 따라서 탈주해야 할 장소로 추구되는 일상세계 너머의 황량한 공간조차도 영혼의 유일한 안식처일 수밖에 없다는 점을 생각하면, 안온한 세계에 정주할 수 없는 인물들의 낭만적 도피는 오히려 강렬한 연민의 감정을 불러일으킨다.

그러나 그런 경계 바깥에 배제되어 머무는 자들은 현실의 항체가 결핍된 무균자들일 수밖에 없다. 가령 「돌아오지 않는 시인을 위한 심야의 허밍코러스」의 경우, 정보기관을 흉내 낸 문인패들의 '장난전화' 때문에 무균자 같은 미약한 한 인간을 엄청난 곤경에 빠트리고, 본의 아니게 그를 현실(카페 '문화통신')로부터 추방당하게 만들지만, 그런 해프닝이 박테리아가 득실거리는 산문적 보균의 이 세계로부터 거꾸로 시인의 존재를 보호하게 된다는 아이러니를 작가는 환멸의 정조로 그려내고 있다. 돌아오지 않는 시인이 부르던 노래 <찔레꽃>은 그래서 위선과 위악의 살벌한 산문세계로부터 저만치 떨어진 운문의 세상을 상징으로 연역하고 있을 뿐만 아니라 신화로 전도하는 힘으로 작용한다.

세상사는 일에 길들여진 일상의 보균자들은 이제 어디에서도 그 <찔레꽃> 노래를 듣기 힘들다. 그리하여 남는 것은 사라져버린 희망에 대한 형언할 수 없는 그리움뿐이다. 돌아오지 않는 시인 지용회가 부르던 <찔레꽃>은 횟가루 같은 보균의 무질서로부터 벗어난 초록의 세계로 신화화되고, 관습과 세속의 자동화된 시니피앙에 위반하는 시니피에의 상상적 복원을 담지하게 되는 것이다. 한편, 사라져간 것은 과거의 낭만적 공간만이 아니라 <찔레꽃>을 불렀던 '지용회들'이 돌아오지 못하는 속신(俗神)의 세상에 만연된 물신의 논리이다. 그 복원할 길 없는 성신(聖神)의 세상에 대한 아스라한 그리움으로 <찔레꽃> 노래가 승화되기를 소망하는 것은 그 때문이다. 이런 서사적 특징이 자주 박상우 소설의 낭만적 취향으로 거론되는 항목기도 하지만, 그런 낭만성은 이 어질머리나는 환멸의 세계를 견디는 버팀목일 수 있다는 점에서 그 가능성을 좀 더 적극적으로 부여할 수도 있을 것이다.

이런 경향은 「독산동 천사의 시」에서 "천사가 사라진 시대, 그리고 천사를 식별하지 못하는 사람들이 오가는 거리－욕망의 바다, 망각의 대양"으로 화자가 터 잡고 사는 세상을 응시하는 대목에서도 잘 드러난다. 기자였던 아버지의 강제 해직 때문에 대학을 포기하고 술집여인으로 변모해갈 수밖에 없었던 '독산동 천사' 나미수는 어쩌면 벤야민이 「역사철학 테제」에서 폴 클레의 그림 「새로운 천사」를 보며 '기억'을 매개로 '역사의 천사'로 부르고자 했던 것을 상기시켜준다. 벤야민이 호명한 '역사의 천사'는 미래에 등을 돌린 채 하늘까지 치솟아 오르는 '잔해의 더미'를 휘몰아치는 폭풍 속에서 응시하고 있는 존재로, 역사란 '진보'나 '낙관'보다는 끊임없는 타락과 파멸의 과정으로 인식된다. 그렇기 때문에 사라져간 역사의 천사들이란 '기억'으로 새롭게 소생되지 않으면 안 된다. 이렇게 보면 나미수와 같은 인물의 형상이야말로 벤야민이 그토록 집착했던 '역사의 천사'의 이미지에 부합하는 인물일 수 있다. 그런 의미에서 '나미수'는 80년대를 가로지르며 타자의 강요로 전락해갈 수밖에 없었던 '지난 연대'의 '음화(陰畵)'로 기억할 수 있는 인물이다.

시대의 어긋남 때문에 대학을 자퇴할 수밖에 없었던 '나미수'와 같은 전형들은 그리하여 도시의 어두운 밤거리 스텐드바에서 밤의 천사로 떠돌거나, 아니면 김승희의 단편 「회색고래 바다여행」의 화가 '강채청'처럼 머나먼 이국에서 '광주'의 아픔 때문에 여전히 고통 받는 인물로 환기되기도 한다. 그들의 삶이 안고 있는 고통의 스펙트럼은 시간적으로나 공간적으로 그만큼 확연한 상처로 화인(火印)되어 있다. "80년대, 아니 90년대가 와도, 아니 21세기가 온다고 해도 80년대적 문제는 여전히 탐색되어야 할 인류 보편의 조건에 관한 탐구 내지는 투쟁이었다는 것을 작가들도 지식인들도 거의 다 망각하고 있는 것만 같은 분위기"(김승희, 『산타페로 가는 사람』, 110쪽)의 현실에서 '지난 연대'의 유령들은 여전히 시대의 연옥을 부유하고만 있을 뿐이다.

문제는 기억해야 할 것을 기억하지 못하는 데 있는 것이 아니라, 그런 망각의 정자들이 무차별로 방사되는 시뮬라크르의 현실에 있다. 김승희의 말처럼, 90년대적 문화의 공포는 자기반성을 결여한 사고의 세포증식과 상업주의의 범람에 있다. 그런 의미에서 등단 초기부터 박상우의 소설 작업은 바로 정치시학적 담론의 형상화를 위한 간단없는 여정이며, 또 그런 과녁에 탄착군을 형성하기 위한 '영점 사격'같은 글쓰기라고 부를 수 있을 것이다. '지난 연대'에 대한 그의 반성적 성찰은 이런 신념을 보존하고 지켜나가기 위한 뚫린 공간으로의 탈주를 추동할 수 있는 힘을 포지하고 있다.

그렇다면, '새로운 연대'의 색깔과 사상은 그의 소설에서 어떤 형상으로 그려지고 있는가. 현실사회주의의 붕괴 이후 오늘의 우리 사회가 닻을 내리고 있는 정박지가 여전히 오리무중이라는 데에 문제의 핵심이 있다는 면에서 박상우를 포함한 동시대의 작가들이 여전히 쾌속 항해를 주저하고 있는지 모른다. '지난 연대'의 유령들이 저승의 관문을 흔쾌히 통과하지 못한 채 역사의 연옥에서 떠도는 이유도 이와 무관하지 않다.

3. '새로운 연대'와 둔주하는 영혼의 시뮬라크르

「샤갈의 마을에 내리는 눈」에서는 황혼이 드리운 이후에나 비로소 날기 시작하는 미네르바의 올빼미들이 폭설이 내린 '새로운 연대'의 벽두에 만나 '지난 연대'의 화두에 대해 이야기하지만, 모임의 구성원들은 '지난 연대'를 단지 페기 리의 노래를 통해서만 기억해내려고 할 뿐 더 이상 정치의 '정'자도 꺼내지 않는다(가령, 「블랙커피」 같은 페기 리의 재즈란 토론과 논쟁 대신 개아(個我)의 내면을 파고들면서 얼마나 밤으로의 침전을 유혹하는가). 무엇이 그토록 허무적이고 냉소적으로 사태를 인식하게 만든 것일까. 또한 '지난 연대'의 환상을 사멸케 한 기억의 환멸이라는 태도와 정서는 어떤 연유로 그렇게 주름 잡히게 된 것일까. 작가가 90년대의 앞머리에 서서 묻고 있었던 질의도 이와 관련되어 있다. 화자가 진술하는 다음 대목에서 그런 정황의 일단을 발견하게 된다.

> 온 세계가 축제의 물결로 떠들썩한데, 어찌된 일인지 우리가 몸담고 사는 이 땅덩어리만 그런 흐름과 아무런 상관도 없이 깊은 무력감 속으로 빠져드는 것 같았기 때문이었다. 그리고 정치적인 관심사로 한때 내남없이 침을 튀기고 핏대를 올리던 주변의 많은 사람들이 이제는 정치

대신 증권과 부동산, 고스톱과 포커, 그리고 방중술(房中術)과 포르노에 관한 얘기로 시간의 공백을 메꿔나가는 걸 목도할 수 있었다. (……) 간혹 정치를 입에 담는 사람들이 없는 건 아니었지만, 얘기가 나오기 무섭게 곳곳에서 야유와 조소와 욕설이 퍼부어져서 말한 사람만 면괴스러워지기 일쑤였다. 그러면서 겨울은 깊어가고 있었고, 그러면서 한 연대는 허망하게 막을 내려가고 있었다.

『샤갈의 마을에 내리는 눈』, 18쪽

90년대의 정치 감각과 현실에 대한 변화된 인식을 가감 없이 진술하고 있는 위의 대목은 욱일승천 복제되는 듯한 오늘의 물신적 현실을 생각할 때, 그렇게 된 이유의 근원은 어디에 있으며, 또 이런 반성의 지렛대로 삼고 있는 '지난 연대'의 열정이 무엇이었는지 되묻게 한다.

근대 이후, 암울한 시대를 겪어오면서 단 며칠도 편한 날이 없었던 우리 역사의 곤핍함, 그럼에도 불구하고 역사의 도정에서 그 변혁을 향한 투신(投身)과 전위적 투쟁은 물론이고 그 주변부적 공감대도 분명히 살아 있었다. 적이 존재하는 한에서 그 적과 아군을 분명히 구분할 수 있는 시대, 그리하여 동지적 연대감이 커다란 이해득실 없이 하나로 결집될 수 있었던 시대란 오히려 행복했던 때일 것이다. 그러나 오늘날 우리들의 적이란 김수영이 노래했듯이, 흡반처럼 우리의 양심을 남김없이 빨아먹는 해면 같은 '적'(「敵」)이면서, 다른 한편 그것은 시시각각 표정을 바꾸는 지식인의 가면으로 표상된다.

타자에 대한 예의 없이 주체를 일방적으로 현양하고 강요하는 것만이 개성의 해방으로 흠모되며 춤추는 90년대, 기하급수로 복제되며 자가 수정하는 상품의 미덕을 찬양하는 일에 한껏 편승함으로써 새로운 시대의 물신의 찬가를 부르는 일로 가득 채워진 시대가 바로 20세기의 마지막 연대인 90년대 아닌가. 분배의 정의나 통일의 프로젝트를 간구하는 일이란 시대착오이거나 치매증으로 타매될 수 있는 이 '새로운 연대', 도시의 밤을 대낮의 태양 같은 조도로 분사하는 24시간 편의점과 젖가슴 형상을 한 맥도널드 햄버거의 로고 'M'자를 현대인의 영육(靈肉)을 부양하는 물신으로 추종하고 있는 것도 이 연대의 표준감각임을 부인하기 어렵다. '지난 연대' 유령들의 목소리가 차단되고 있는 것도 '새로운 연대'의 영혼들이 밀폐된 공간으로 둔주해가고 있기 때문이다.

한때 작가의 창작 근거지였으며, 문학과 영혼을 풀무질했던 공간으로 기억되는 저 '백마'. 아스라한 연보라 빛 숨결과 젊음의 낭만이 고스란히 배어있을 백마의 스러짐과 폐허를 영결하며 상념에 젖어드는 「白馬, 그 폐허」에서 화자가 고백하고 있는 다음과 같은 관념적 독백은 사뭇 인상적이다.

> <모든 것이 복원되어야 한다>는 의식적인 노력과 <아무 것도 복원되지 않으리라>는 정치적 허무감 사이에서의 방황은 참으로 오랫동안 나의 발걸음을 한자리에서만 맴돌게 했다. 하지만 현실에서는 언제나 허무감이 우세했고, 우세했으므로 정신적인 노력이 때마다 무색하지 않을 수 없었다. (……) 그런 의미에서 나는 <모든 것이 복원되어야 한다>는 생각도 끝끝내 포기할 수 없었다. 거기에 바로 내 삶의 이율배반적인 갈등구조가 내재돼 있는지도 모를 일이었다.
>
> 『샤갈의 마을에 내리는 눈』, 212쪽

정치에 대한 혐오감이 '지난 연대'의 열정과 신념, 곧 기억 전체를 망각케 했으며, 따라서 그것은 "폐허보다 더 무서운 것은 폐허를 자각하지 못하는 마음의 폐허"(「그가 정신분열자라는 기록에 관하여」, 213쪽)라고 말하는 한에서 오늘날 우리가 복원해야 하는 것은 따라서 과거의 시간과 공간 그 자체가 아니라 그 안에 편만해 있는 어떤 '아우라'이다. '지난 연대'

의 함성과 그 좌절이 만들어낸 의식의 폐허가 결국 허무감을 불러왔고, 그 허무감은 '지난 연대'의 모든 시간과 공간, 곧 기억 전체에 대한 혐오감으로 확산되었다는 것, 그리하여 이제 그 장막을 걷어내야 한다는 신념의 재구축이야말로 진정으로 복원되어야만 하는 명제가 아닐 수 없다.

민주화의 실패 뒤에 갑작스럽게 휘몰려온 절망적 상황에 좌절한 채 '선배'는 스스로 삶을 소멸시켜 갔으며, 그 선배의 자살에 따른 정신적 부채로 말미암아 정신분열자로 취급되기에 이른 주인공의 상황(「그가 정신분열자라는 기록에 관하여」)이란 기실 동시대의 수많은 비극적 현실의 한 자락에 불과할 뿐이다. 그런 의미에서 박상우의 소설에 그려지고 있는 자살과 죽음, 신경증, 정신분열증, 자아해체 등의 병리적 항목들은 민주화의 좌절과 정치적 허무감, 그로부터 파생된 '지난 연대'의 기억 전체에 대한 환멸의 정신적 내상(內傷)과 긴밀하게 조응하고 있다.

이런 사정은 그의 소설 도처에서 '참회'에 가까운 자기 고백적 서사를 통해 변주되어 나타나기도 한다. 주인공의 고백이 작품 안에서 그토록 핍절한 것은 동강난 무 조각처럼 지나간 연대와 새로운 연대 두 시대에 대한 의식이 그토록 단절되어 있다는 사실에 있다. 이렇게 볼 때 박상우의 소설에서 적출해낼 수 있는 명제는 "모든 것이 복원되어야 한다."는 문장으로, 이 명제야말로 박상우의 글쓰기를 추동시키는 '반복강박' 의식이다. 이러한 '반복강박'이란 고통스런 삶의 체험으로부터 생성된 잠복성 집단 증후군으로 정신의 창고 뒤편에 남아 원 상처로 간직되기 마련이다. 그러나 그것은 한 집단의 정신을 갉아먹으며 운명의 상처로 남아있지만, 다시 새로운 정신의 힘으로 돋아날 수 있다는 점에서 '지난 연대' 유령들의 목소리는 여전히 '새로운 연대'에서도 회자되어야만 한다.

그러나 이제 '새로운 연대'가 과시하는 공간이란 학교 앞이나 대로, 또는 공공장소로서의 광장이 더 이상 아니다. 그곳은 부운(浮雲)처럼 떠 있는 지상의 '옐로우 서브머린'(「노란 잠수함」)으로 상징되는 밀폐된 카페의 공간이거나, 익명화된 무선 호출기의 단속적 신호음과 유령의 탯줄 같은 전선을 통해서만 관계를 맺고 교환되는 가상공간이기도 하다. 익명화된 접속만이 존재의 상호소통을 가능하게 해주며, 끝없이 축소되고 밀폐된 밀실이 이 시대의 공간이 보여주는 실제 모습이다. 또한 우리들 신체의 감각도 기계에 오관의 권리를 양도해버린지 오래 되었으며, 그리하여 모든 관계성은 가성과 기계어와 시뮬레이션일 때 더욱 안심할 수 있는 기호들의 세계, 그 가상의 상황으로만 치닫고 있는 것이 '새로운 연대'의 현실이다. 후기 산업사회의 징후들에 대한 박상우의 메타픽션적 담론들이 최근의 그의 소설에서 집요하게 모색되고 있는 이유도 이런 사정에 대한 자기성찰과 무관하지 않다.

이런 경향은 「물그림자」 이후 소재와 주제의 변신을 꾀하고 있는 최근의 작품들에 저류하면서 박상우 소설의 또 다른 모습을 형성한다. 「1942년 여름의 포인세티아」, 「내 혈관 속의 창백한 시」나 최근의 장편 『카시오페아』 계열의 작품들에서 '가족'으로부터 기각되고 소통의 가능성을 배제당한 채 타자들의 무기적인 세계에서 하루하루를 소비하는 푸른 청춘들은 증오와 싸늘한 타인의 시선이 난무하는 병원 같은 세상에 살고 있으며(「내 혈관 속의 창백한 시」), 24시간 편의점의 일회용품처럼 성을 사고 교환할 뿐이다. 물신의 논리는 또한 '포인세티아 화분'이라는 관능적 기호에 의해 세상과 진정으로 접선하고 싶은 주인공의 욕망을 여지없이 무너뜨리기도 한다(「1942년 여름의 포인세티아」). 존재의 거소로서 '가족'의 해체 현상이 현대사회의 뚜렷한 징후라는 사실은 비단 우리만이 아니라 일본의 두 무라카미(村上) 작가나 유미리 소설에서도 찾을 수 있는 주제이기도 하다. 또한 이것은 동서양을 망라하는 도시현상의 물신적 비정함일 터인데, 이 거역하기 어려운 산업사회 이후의 도시가 토해내는 재앙 앞에서 우리는 심각한 포즈를 취하지 않을 수 없다.

박상우 소설의 이와 같은 도시적 경향은 1930년대에 이상(李箱)이 이미 「날개」라는 작품에서 통찰해내고 있듯이, 성천의 초록색 풍경(「권태」)과 극명하게 대비시켜 놓은 '회탁(灰濁)의 거리'가 발산하는 도시적 삶의 감각에 닿아있다고 말해도 좋을 것이다. 이렇게 볼 때 작가가 말하듯이 어지럽고 현란한 잿빛의 마천루만큼이나 골 깊은 지하의 생활자, 사막과도 같은 불임의 거리와 인물들의 육체에 파신한 문체의 힘만으로 대응하기란 쉽지 않아 보인다. 이 점은 박상우 소설의 주제와 문체가 지닌 힘이자 한계일 수도 있다.

「물그림자」 이후 "소재와 주제의 자유를 얻었다"고 언명한 바와 같이 우리 시대의 무반성적 욕망의 비판적 조감도를 그려내려는 시도가 박상우의 최근 관심사인 것 같다. 「산타 페」나 「깊고 푸른 방」, 「어느 지하생활자의 수기」, 「몽상수첩」 등에서 꾸준히 탐찰하고 있는 글쓰기와 현실의 관계, 즉 허구(fiction)에 대한 그의 본원적 관심은 소설쓰기의 기원과 과정에 대한 반성을 경유하면서 '새로운 연대'의 글쓰기로 이행하고자 한다.

4. '산타 페', 혹은 기원과 영도의 글쓰기

등단 이후 지금까지 자기만의 개성적인 문체 탐색을 지속해온 박상우는 「어느 지하생활자의 수기」에서, "현실의 실체는 진실이 아니라 모순"이고, "진실이 아니라 모순의 뻘밭을 나뒹구는 일, 그것을 위해 기록자들은 자기신념의 지상과 지하를 구축하는 것"이라고 말한다. 이때 그가 믿고 말하는 소설의 운명에 대한 의지는 매우 단호하고 확고해 보인다. "뒤돌아보지 않고, 뒤돌아보지 않으려는 내 무의식의 심연에다 산호수(珊瑚樹)

한 그루를 심어두고 싶었다. 세상의 어떤 변화에도 뿌리 흔들리지 않고, 변화의 물결이 올 때마다 색(色)과 태(態)를 유연하게 바꿀 줄 아는 지혜의 상징과 같은 산호수, 거짓을 뚫고나가는 거짓”(「어느 지하생활자의 수기」, 『문예중앙』, 1997, 봄, 191쪽)으로서의 소설쓰기, 이것은 역시 1930년대의 이상이 「종생기」에서 밝혀놓은 ‘산호편(산호채찍)’에의 열망과 글쓰기에 대한 미학적 신념과 같은 계보를 형성하는 발언이기도 하다.

변신에의 고투를 이렇게 보는 한에서 박상우의 소설언어와 문체에 대한 반성과 탐찰은 훨씬 더 근원적인 곳을 지향하고 있다. 이때 언어는 존재의 ‘여인숙’이 아니라 ‘집’의 세목들을 갖춘 문체로 고양되어갈 수 있다. 작가가 강조하는 ‘글쓰기’의 문제가 범상하지 않은 이유도 여기에 있다. 「산타 페」, 「깊고 푸른 방」, 『호텔 캘리포니아』, 「물그림자」, 「어느 지하생활자의 수기」 등으로 이어지는 작품들에서 스스로에 대해 성찰을 시도하며 육체적 · 정신적 불능을 동시에 해결할 새로운 공간을 찾아나서는 화자의 목소리, 그것은 글 쓰는 일의 본질에 대한 근원적 물음에서 다시 출발하려는 작가의 자기갱신 노력이라고 보아도 좋을 듯하다. “완성되어지지 않는 상상을 성취하기 위해 은밀하게 찾아가곤 하던 상징의 공간”(「산타 페」, 『독산동 천사의 시』, 225쪽)이며, “시간이 스러지고, 그 스러진 자리에서 다시 영감이 살아나는”(위의 책, 240쪽) 곳으로 작가가 상정해놓고 있는 ‘산타 페’란 ‘흰 모래 사막’이라는 말뜻처럼 새로운 시작을 모색하기 위한 원점으로서 자기점검의 새로운 출발점이다. 동시에 그것은 아무 것도 씌어지지 않은 ‘백지’와 조응하는 의식의 상징체이기도 하다.

3년 동안 단 한 줄의 소설도 쓰지 못하고 있는 작가와, 그에게 관심을 가진 독자 사이의 몽상에 가까운 대화로 이어지는 「산타 페」에서, “이데올로기적인 대립이 와해되고, 정치적인 억압구조가 사라지고, 욕망의 분출 수위가 엄청나게 높아졌다고 해서 이 세계의 갈등구조가 해결됐다고 생각하"(위의 책, 234쪽)냐는 독자의 질문이란 기실 작가에 대한 심문일 수 있으며, 동시에 화자가 발화하고 있듯이 이 연대의 잊혀진 화두에 대한 경계의 목소리로서 '할!'이기도 하다.

「산타 페」나 「깊고 푸른 방」을 기점으로 한 박상우의 소설은 전 작품을 강박관념으로 짓누르던 '지난 연대'의 정치시학적 질문을 안감으로 하면서, 다른 한편 "사물과 언어, 혹은 필연이 없어 보이는 세계의 근원을 향해 나아가고자 했던 한 때의 열정"(위의 책, 232쪽)을 겉감으로 새로운 글쓰기의 계기들을 모색하고 있다. 그러나 새로운 글쓰기란 작가가 '산호수'라고 밝히고 있듯이 상상의 자궁 안에 그 스스로 유예시켜온 것으로 이제 그 물마루를 작가는 찾아 나선다. 무의식의 심해에 가라앉은 픽션의 산호수에 언어를 산종하는 일, 그것을 박상우는 최근의 소설에서 모색하고 있는 듯하다. "들어가기 위해서가 아니라, 닫혀 있는 곳에서 나가기 위해 필요한 구멍! 현실과 비현실, 닫힌 것과 열린 것, 혹은 잠든 것과 깨어있는 것 사이의 싸움. 그리고 그 모든 것을 감싸고 있는 거대한 구멍"(위의 책, 249쪽)의 틈을 메우기 위한 공간으로 '산타 페'가 설정됐다는 점에서 이제 박상우의 글쓰기는 다시 '사이'에서의 싸움을 시작한다. 그것은 우선 작가 자신의 내면의 괄호와 언어와의 대결, 즉 글쓰기의 본질과 현실적 반영 사이의 싸움이며, 또한 여인을 비롯한 타자와 제도들이 구성하는 세계와의 싸움이기도 하다. '캘리포니아 3부작'으로 부를 수 있는 『호텔 캘리포니아』가 바로 이 지점에 있다.

「캘리포니아 드리밍」, 「호텔 캘리포니아」, 「캘리포니아 블루스」 등 세 편의 중편으로 구성된 『호텔 캘리포니아』는, 앞에서 논의했던 '지난 연대'와 '새로운 연대'를 살아온 인물들의 의미와, '픽션'이란 무엇인가에 대한 작가의 '성찰'을 스스로 '캘리포니아'라는 천칭 위에 올려놓고 자문하고 있는 작품이다. "소설이란 결국 <캘리포니아>라는 거대 이미지와의 싸움이며, 성취나 승패를 위한 게 아니라 오직 버티기 위한 싸움”(『호텔 캘리포니아』, 114쪽)이라는 고백은 가령 옛 애인이었던 ‘혜란’을 캘리포니아에서 만나 화자가 던지는 다음과 같은 말에서도 확인된다. “혜란이와 내가 섹스를 하려면, 80년대와 90년대가 살을 섞는 것처럼 비장한 각오를 해야 하”지만 “이미 80년대에 관계가 정지된 상태”(위의 책, 260쪽)라는 대목에서도 읽을 수 있듯이, 레테의 강과 같이 80년대와 90년대를 가르는 시간의 냉혹함에 차압된 ‘지난 연대’와 ‘새로운 연대’의 부드러운 교합은 더 이상 불가능하다고 영준은 생각한다. 그런 의미에서 동전의 양면처럼, 혹은 혜란이 입고 있는 해바라기 무늬의 티셔츠와 같이 앞면과 뒷면은 연속적이고 자연스러운 것이어야 함에도 그렇지 못한 오늘의 ‘새로운 연대’는 ‘지난 연대’와 교섭하지 못하고 있다.

혜란과의 만남과 기억으로 상징되는 두 시대의 건널 수 없는 단절은 곧바로 작가의 글쓰기에 대한 환유로 미끄러져가면서, “해바라기 무늬의 커튼이 있던 방으로부터 십년 세월 이쪽에서 발견한 또 하나의 해바라기 무늬 그 속에 과거와 현재, 아니 과거에서 현재까지 지속적으로 이어지는 그녀 삶의 아픈 실체가 깃들여있는 것 같아서였다.”(위의 책, 277쪽)는 결론에 다다른다. 작가를 꿈꾸던 혜란이 캘리포니아를 출구로 삼고, 그녀가 꿈꾸던 소설쓰기를 화자인 ‘영준’이 다시 출구로 삼는 순환의 고리에서 화자가 잠정적으로 발견한 진실이란 “인생은 픽션 중에서도 가장 비현실적인 것”이라는 나보코프의 말이다. 어떻게 보면 사실 인생이야말로 가장 픽션적인 것 아니겠는가. 여기서 ‘지난 연대’에 대한 작가의 정치시학적 담론이 보여주는 실체는 글쓰기, 즉 소설이라는 ‘메타픽션’으로 확대되면서 작가가 작품 안에서 구축한 인물들의 ‘관계도’(위의 책, 279쪽)로 도상화되며 ‘현실 / 실제’, ‘변형 / 복제’, ‘소설 / 욕망’이라는 겹 구조의 대응관계를 형성한다.

'시대(역사)'와 '언어(소설)'란 무엇인가에 대한 글쓰기로서의 관찰과 성찰 혹은 작가의 표현을 빌려 말하면 '탐찰'이 이제 박상우 소설의 화두로 부상한다. 이 계열을 이루는 작품들이 장편 『지구인의 늦은 하오』와 『섬, 그리고 트라이앵글』이다. 다른 한편, 박상우는 「산타 페」, 「깊고 푸른 방」, 「물그림자」, 「어느 지하생활자의 수기」 같은 중·단편과, 컴퓨터 매체를 활용한 '액자 형식'의 장편 『카시오페아』를 통해 지속적으로 글쓰기의 문제를 모색하고 있다. 이런 경향은 최근의 「말무리반도」나 「몽상수첩」에서도 여전히 지속되고 있다.

> 눈을 감았다. 다시 뜨자 밤하늘에 돋아난 무수한 별이 올려다보였다. 너무 오래 서로를 묶고, 너무 오래 서로를 감싸 안고 싶었던 열정의 빛—그 모든 것을 잠잠하게 수용하는 무한대공에서 별은 <u>새로운 각성</u>의 빛처럼 서늘한 빛을 발하고 있었다. 그 별 하나에 한 사람씩의 이름을 아로새기며 나는 조용히 마음을 가다듬었다. 손에 쥐어진 건 한 줌 모래뿐이었지만, <u>새로운 출발</u>을 위해 이제 더 이상 지체할 수는 없었다. 천천히 모래에 박혀 있던 무릎을 빼고 일어나, 묵묵히 나를 내려다보는 말들을 둘러보며 나는 한껏 깊게 숨을 들이마셨다. 그리고는 '할!'—짧고 단호한 목소리로 이렇게 소리쳤다.
>
> 「방임이다, 가라!」"
>
> 『호텔 캘리포니아』, 293쪽—밑줄, 인용자

작가가 말하는 "새로운 각성"이나 "새로운 출발"이란 '지난 연대'의 강박관념이거나 정신적 부채를 청산하고 좀 더 분방하고 과감한 언어 표현의 자유를 일구어내야 한다는 것으로 이해된다. 그것은 가령, 열 단어 정도의 언어 비용으로 백 단어 이상의 효과를 노리는 것일 수도 있다. 이를테면, '나는 그(녀)와 섹스하고 싶다.'는 문장을 미문과 관념으로 포장하거나, 작가의 말대로 '열 바퀴' 돌리고 돌아가며 묘사하는 따위를 지양

할 수 있다는 말이다. 그가 '할!'이라는 선가(禪家)의 용어를 동원하면서까지 자신의 소회를 직접 드러낸 까닭도 여기에 있을 것이다. 그렇다면 작가는 제도라는 상징체계에 오염되지 않고 '상상적' 모체에 기반을 둔 글쓰기의 '영도' 혹은 영도의 '글쓰기'를 지향하고 있는 것일까. 그러나 아직은 어떤 경계의 지점에서 주밀한 탐찰만 지속하고 있다는 느낌을 그의 최근 작품들은 보여준다. 따라서 그의 글쓰기의 모색과 문체 탐구는 아직 지상과 지하의 계단 중간 어디쯤에 서 있는 '사이로서의 목소리'로만 혼류하고 있다는 느낌을 준다. 자신의 고유한 생명력을 상실한 채 일상의 가치만 뒤쫓아 따라가는 '최후의 인간(le dernier homme)'들만이 어슬렁거리는 세기말의 거리에서 그가 어떤 픽션의 진실을 보여줄 것인지는 아직 알 수 없다. 다만 그것은 그가 상상하는 이상과 사유의 총체적 도형으로서 '카페 피라미드'(『섬, 그리고 트라이앵글』)이거나, '캘리포니아'를 건너고 넘어서 찾아가고 있는 '산타 페'와 같은 이미지의 언어로 표현될 문학일 수도 있다. 추측컨대 박상우가 찾아가는 글쓰기 여정의 정박지란 그런 곳 가운데 하나일 수 있다. 그래서 박상우 소설의 문체라는 '황도(黃道)' 위에 회전하는 '사막'과 '별'과 '적도'와 '황야'와 같은 언어들이 생성되는 자궁은 비유적으로 말한다면 '산타 페' 같은 공간일 수 있다. 작품 안에서 순 우리말을 유효적절하게 활용하고 있는 작가의 가지런한 언어 구사와 문체 또한 긴 터널을 빠져나오려는 그의 새로운 '글쓰기' 정신과 어울려 또 다른 가능성을 열어놓고 있다.

____「문학사상」 315호, 1999년 1월

삶과 운명의 수평적 길 찾기

박상우 소설의 원천과 지향

나를 찾기 위한 여행이 방황처럼 오래 지속되고 있다.
지상에 대한 관심을 접고 나의 내면으로
한없이 깊이 들어가 본래의 나와 조우하고 싶다.
그것을 모르고 행하는 지상에서의 모든 일들이
무지의 소산일 수밖에 없다는 결론은 가혹하기 짝이 없다.
하지만 이것이 나에게 주어진,
반드시 거쳐가야 할 길이라는 생각에는 변함이 없다.
나를 만나지 않고 어찌 타인을 만날 수 있으랴 (……)
—박상우, 『반짝이는 것은 모두 혼자다』 중에서

1. 문학적 이력과 소설의 도정

1980년대 후반(1988)에 등단하여, 1990년대를 거쳐 2000년대의 오늘(2005)에 이르기까지 열일곱 해 동안 쌓아온 박상우 문학의 성과가 「화성」을 표제작으로 하여 이번 선집에 수록되어 있다. 지금까지 박상우는 창작집, 수상 작품집, 선집 형태의 소설집 등을 포함하여 모두 여덟 권의 작품집과 아홉 권의 장편소설, 그리고 세 권의 산문집을 출간하였다. 산출된 작품량에서 알 수 있듯이 박상우는 작가로서 자기성실성을 바탕으로 쉼 없는 창작의 행보를 거듭해오고 있는데, 선집 『화성』에 수록된 다섯 편의 작품들은 박상우가 추구해온 견결한 문학세계의 위치를 자리매김하고 평가받는 결산서라는 점에서 각별한 의미를 지닌다.

잘 알려져 있다시피 박상우는 1980년대의 정치적 열정과 연대감이 해체된 1990년대의 탈정치적 현실 위에서 본격적으로 작가생활을 시작한다. 등단 초기 1980년대적 정치현실의 허위의식에 대한 '환멸의 낭만주의'(「샤갈의 마을에 내리는 눈」)에 뿌리를 둔 그의 작품들은 "90년대의 시공에 몸담고 있으면서 철저하게 80년대적 주제의식에 복무하고 있었던"(「幻/他/知/我」, 『내 영혼은 길 위에 있다』) 자의식을 창작의 부표 삼아 "자본이라는 이름의 파시스트"에 들린 "가공할만한 가속력의 시대"(「독산동 천사의 시」)를 살아가는 인물들의 이야기를 주요 테마로 삼고 있다. 그러나 이 시기에 산출된 여러 작품들에서 박상우는 오히려 삶의 영역에서 발생하는 실존적 조건의 국면을 미세하게 탐구하여 소설로 완성해내려는 자기와의 치열한 미학적 고투를 벌이게 되는데, 그 정점을 이루는 일련의 작품들이 『화성』에 실려 있다.[1)]

---

1) 『화성』에 관한 논의에 앞서 지금까지 창작된 그의 작품들을 정리해 본다.

<작품집>

『샤갈의 마을에 내리는 눈』(창작집, 1991), 『독산동 천사의 시』(창작집, 1995), 『백야』(선집, 1996), 『내 마음의 옥탑방 외』(제23회 <이상문학상> 수상 작품집, 1999), 『따뜻한 집』(가족소설, 1999), 『사탄의 마을에 내리는 비』(창작집, 2000), 『눈물의 이중주』(박상우 · 하성란 2인 중편집, 2001), 『사랑보다 낯선』(창작집, 2004)

<장편소설>

『지구인의 늦은 하오』(1990), 『시인 마태오』(1992), 『나는 인간의 빙하기로 간다』(1993), 『섬, 그리고 트라이앵글』(전 3권, 1994), 『호텔 캘리포니아』(연작장편, 1996), 『카시오페아』(1997), 『청춘의 동쪽』(1999) , 『까마귀떼그림자』(2001), 『가시면류관 초상』(2003)

<산문집>

『블루노트』(작가일지, 1996), 『내 영혼은 길 위에 있다』(산문집, 2000), 『반짝이는 것은 모두 혼자다』(작가수첩, 2003)

위에 정리한 작품들은 박상우가 어느 글에선가 피력했듯이, 등단 이전부터 40여 편

1990년대의 십년 세월 동안 박상우는 『샤갈의 마을에 내리는 비』(1991)를 시작으로 『독산동 천사의 시』(1995), 『사탄의 마을에 내리는 비』(2000)에 이르는 문학적 도정에서 자본의 논리가 범람하는 물신(物神)의 신전을 향하여 반항적 운명의 바위를 밀어 올리는 시지프적 투쟁(「내 마음의 옥탑방」, 1999년 <이상문학상> 수상작)을 감행하는 한편, 반유토피아적 사유와 묵시록적 상황의 극점에서 인간의 존엄성을 지켜내기 위해 분투하는 인물들의 의식을 정밀하게 포착해낸다(『사탄의 마을에 내리는 비』). 그리하여 삶의 근거나 희망조차 봉쇄당한 익명의 존재들이 어둠의 지하세계에 유폐된 채 무의미한 삶을 소비하는 묵시록적 종말의식(『까마귀떼그림자』)은 이윽고 삶의 구원을 향한 희망의 가능성을 잉태하고 있는 장편소설 『가시면류관 초상』을 전환점으로 『사랑보다 낯선』(2004)에 이르러 사람들의 삶에서 구원의 빛을 발견하고 사랑의 가능성을 타진하는 단계로 나아간다. 마침내 박상우의 문학은 스스로도 정리했듯이 "샤갈의 마을, 사탄의 마을, 그리고 사람의 마을"(<작가의 말>, 『사랑보다 낯선』)을 경유하여 이 선집에 이르고 있으며, 이 지점에서 그는 자신의 문학적 여정의 한 시기를 매듭짓고 있다.

2. '수평'의 공간 시학

박상우의 소설을 형성하는 어떤 의식이랄까 방법을 찾을 수 있다면, 그 주요 특징 가운데 가장 선명한 것 하나는 '수평'의 이미지를 작품 구

이상의 소설을 쓰겠다고 구상했던 자신과의 약속을 중간 증명해주는 목록이다. 이 목록 가운데 창작집의 형태로 구성된 작품집들은 첫 창작집 『샤갈의 마을에 내리는 눈』(1991)을 비롯하여 『독산동 천사의 시』(1995), 『사탄의 마을에 내리는 비』(2000), 『사랑보다 낯선』(2004) 네 권이며, 선집 『화성』에는 주로 1990년대 후반에서 2000년대 전반에 쓰인 「말무리반도」, 「마천야록」, 「매미는 이제 이곳에 살지 않는다」, 「내 마음의 옥탑방」, 「화성」 다섯 작품이 수록되어 있다. 이들 작품들은 박상우 소설의 미학적 자의식과 방법론, 그리고 삶과 운명에 관한 심미적 인식을 압축하여 보여주고 있다.

성의 핵심 원리로 활용하고 있다는 점이다. 이 점은 『사탄의 마을에 내리는 비』의 작품세계를 압축하여 논하면서 박상우 소설의 핵심 모티프를 현실에 대한 초월에의 의지(한기)로 파악해내거나, '집'을 찾기 위한 '길'로 이루어진 공간의 시학(김미현)으로 정리해내고 있는 평가와도 긴밀하게 연결된다. 또는 『사랑보다 낯선』에 구현되어 있듯이, 수직적인 천상의 매혹이 깊을수록 수평적인 지상의 현실을 결여된 세계로 인식하는 양가적 아이러니와 역설적 자의식(김민수)을 거론할 수 있을 것이다. 기왕의 이런 평가들은 '지금 여기'의 현실 좌표 위에서 인간들이 경험하는 고통스러운 삶의 보행과 그 초월적 의지 사이에서 방황과 좌절을 거듭하며 분투하는 이야기가 박상우 소설의 미학적 자의식으로서 수평 지향적 의식과 깊이 조응하고 있음을 포착한 것으로 받아들여진다.

박상우의 소설을 구성하는 형식적 특징으로 두드러지게 나타나는 이런 수평 지향적 의식은 모더니즘 예술 일반에서 찾을 수 있는 '미학적 자의식'의 개념을 적용하여 분석할 수 있는 근거를 제공해준다. 작품을 정교한 구성물로 구축하려는 작가의 내면 의식을 미학적 자의식이라는 개념으로 설명할 수 있다면, 박상우의 소설을 조성해내는 의식의 동인(動因)으로서 수평의 이미지는 작가 특유의 미학적 자의식을 형성한다. 박상우의 여러 작품들 가운데에서 이번 선집에 수록된 「말무리반도」, 「마천야록」, 「매미는 이제 이곳에 살지 않는다」, 「내 마음의 옥탑방」, 「화성」 등은 작품 형성의 골간을 이루는 미학적 질료로서 수평에 관한 내면의식의 지향을 발현해낸 대표적인 사례들이라고 할 수 있다. 근원적으로 가장 안정된 상태를 유지하고 있는 '수평의 이미지'를 기저로 박상우는 현실 세계의 모더니티가 부과하는 '수직의 이미지'와의 교점(交點)을 적절히 조절하여 작품의 구조를 만들고, 그 짜임 위에 "새로운 시대가 제공해 준 욕망의 에스컬레이터"(「독산동 천사의 詩」)의 무한 상승과 자본의 광기에 상처받고 좌절하는 1990년대의 일상적 삶에 대한 미시적 성찰을 감행한다. 『화성』에 수록된 작품들은 지금까지 창작된 그의 중·단편 소설 가운데에서도 이와 같은 소설적 방법론과 미학적 자의식이 가장 견고하게 구축된 결과물이라고 할 수 있다.

그러나 박상우의 소설에서 수평의 이미지는 수직의 이미지와 맞서는 이항대립의 구도가 아니라 작가의식의 원점이라는 차원에서 좀 더 섬세한 탐색을 요청한다. 다시 말해 수평의 이미지로부터 생성되는 박상우 소설의 미학적 자의식은 작가 자신의 삶의 원점으로부터 자연스럽게 분출되고 있는데, 수평의 이미지로부터 형성된 미학적 자의식과 작품 구성의 원리는 궁극적으로 박상우 문학의 주제와 맞물려 하나의 방법론으로까지 고양된다. 그런 만큼 수평의 자의식과 그로부터 발원하는 방법론의 조응 양상을 박상우의 소설에서 찾아 정리해보는 일은 『화성』의 작품 세계에 대한 이해는 물론, 그가 추구해온 문학적 지향의 요체를 한층 입체적으로 조명할 수 있는 계기를 마련해준다. 작가의 다음과 같은 발언은 이 점을 잘 보여준다.

> 바다가 보이지 않는다. 보이지 않으니 바다가 느껴진다. 처음으로, 수평적인 느낌이다. 어둠도 바다이고 세상도 바다이다. 우주에 바다 아닌 것이 없다. 들여다보고 있노라니 내가 자연 바다가 된다. 바다가 아니면 나를 지킬 도리가 없다. 숨막히는 바다…… 내가 물결치고, 우주가 물결친다. 그대 자궁이 살아 숨 쉬는 풍경.
>
> 『반짝이는 것은 모두 혼자다』, 130쪽

"열 살 이후, 나에게 바다는 수평의 이미지로 굳어 있다"(『반짝이는 것은 모두 혼자다』, 113쪽)고 작가 자신이 고백하고 있듯이, 수평의 이미지로 기억되는 '바다'는 "자궁이 살아 숨 쉬는 풍경"으로서 박상우의 소설을 지탱하는 미학적 상관물이자 의식의 근원적 지향점을 표상한다. 그래서 '바다'가 품고 있는 수평의 이미지는 곧바로 박상우 소설 전반의 주제와 문제의식을 포괄하는 특별한 모멘트이면서 자의식의 원점을 형성한다. 바다를 수평의 이미지로 응축하는 의식의 지향성은 초기작인 「적도기단」에서 그 단초를 발견할 수 있다.

> 그건 바다가 인간들이 바라볼 수 있는 가장 드넓은 수평이기 때문이야. 수평은 편안하고 안온한 것, 그리고 가장 안정된 상태를 뜻하는 것이지. 수직 상태로 서서 만들어낸 모든 문제들이 극에 달할 때, 그때 인간들은 몸져눕게 되지. 수평은 가장 편안한 상태에서의 근원적인 휴식을 뜻하는 거야. 하루 종일 선 채로 돌아치다가 잠자리에 눕게 될 때, 그때에도 인간들은 마음의 평정을 되찾게 되지. 수직으로 살다가 수평으로 돌아간다는 것. 그리고 수직의 자궁이 바로 수평이라는 것. 바다는 그런 상징을 생각하게 해.
>
> 『샤갈의 마을에 내리는 눈』, 55쪽

수평에 관한 의식의 근원으로부터 형성되는 작가의 미학적 자의식은 인간들이 바라볼 수 있는 가장 드넓은 공간의 실체로서 바다가 상징하는 수평적 지향성에 닻을 내리고 있다. 인간들이 마음의 평정을 찾을 수 있는 '수직의 자궁'으로서 수평은 편안하고 안온하며 가장 안정된 상태에서의 근원적 실체를 상징한다. "차갑고 견고한 수직", "눈물겨운 수직의 세상"(「적도기단」)을 견제하며 포용하는 수평의 이미지는 박상우 소설의 방법론이 이미 초기부터 뚜렷한 미학적 자의식을 토대로 하고 있음을 보여주는 근거가 된다. 수직 상태에서 만들어지는 현실적 욕망의 가혹한 억압과 충돌을 흡수하고 포용하는 수평의 원형적 이미지로서 '바다'는 박상우의 소설에서 "방황과 동경, 갈망과 향수로 얼룩진 모든 인간들에게, 발길 닿을 때마다 영원한 생명의 상징처럼 숨 쉬며 밀려오곤 하던"(『샤갈의 마을에 내리는 눈』, 57쪽) 근원을 향한 기억을 지속적으로 불러낸다.

> 수직을 지향하는 인간의 욕망은 수평에 뿌리내린 자연으로 귀의하게 되어 있다. 그것을 일찍 깨우치는 사람이 있는가 하면 뒤늦게 깨우치는 사람이 있고, 더러는 죽을 때까지 깨우치지 못하는 사람도 있다. 수직적인 하루 생활의 마감은 수평적인 잠이고, 수직적인 인생살이의 마감은 수평적인 죽음이다. 그러므로 인간은 수평과 수직이 만나는 지점을 겸허한 자기반성의 공간으로 삼아야 한다. 수평과 수직이 교차하는 지점, 그곳이 바로 구원의 출발점이 되기 때문이다.
>
> 『반짝이는 것은 모두 혼자다』, 35쪽

그러나 박상우의 소설에서 수평과 수직의 이미지는 어느 한 쪽이 다른 한 쪽을 일방적으로 흡수하거나 배제하지 않고 서로 교섭하며 팽팽한 긴장 관계를 조성하는 구도 안에서 작품의 의미 형성에 개입한다. 그의 소설들은 "수직이 끝날 때 수평을 꿈꾸고, 수평이 끝날 때 수직을 생각하는, 그것이 바로 인간의 본능적인 지향성(志向性)"(「적도기단」, 『샤갈의 마을에 내리는 눈』, 57쪽)임을 수용하면서 "불안정한 수직과 안정적인 수평이 교차하는 지점"을 자기반성의 공간으로 삼아 지상의 삶과 운명의 힘에 의해 연출되는 욕망의 관계적 양상들을 탐색해나간다. 자본주의의 모더니티가 부과하는 삶의 현실과 운명 사이의 관계적 양상에 의식의 내시경을 비추는 박상우의 소설은 궁극적으로 '구원의 출발점'을 모색해가는 수평적 길 찾기의 도정이라고 할 수 있을 것이다.

이런 점에 비추어 볼 때 수평과 수직에 관한 박상우의 미학적 자의식은 "비상과 추락, 희망과 절망, 종말과 구원을 오가는"(『반짝이는 것은 모두 혼자다』, 58쪽) 교점의 공간을 확장하면서, 동시에 '지금 여기'의 거주민들이 삶과 운명의 진실을 찾는 과정에서 끝내 포기하지 않는 시지프적 고뇌의 현실적 좌표 구축에 지속적으로 관여한다. 요컨대 『화성』에 수록된 각각의 작품들을 수평과 수직의 공간적 이미지로 도상화하여 이해할 수 있다면 작가 박상우가 짊어지고 걸어온, 걸어 나가야 할 삶과 운명에 관한 이야기들은 수직적 초월이나 수평적인 안주 어느 한 쪽에 의해서가 아니라 "수평과 수직이 교차하는 지점"인 교점 공간의 확장을 위한 의식의 노력이며 '지금 여기'에서의 고뇌와 분투, 끊임없는 교섭과 투쟁임을 깊이 응시하는 심미적 과정의 산물이라고 할 수 있다.

3. 삶과 운명의 수평적 지향

앞서 살펴보았듯이 박상우 소설의 미학적 자의식을 형성하는 '수평의 이미지' 혹은 '수평 지향성'이란 "가장 편안한 상태에서의 근원적인 휴식"(「적도기단」)을 의미한다. 여기서 수평 지향성을 강조하는 의식은 자본주의 사회의 모더니티가 추구해 온 '수직 지향성'에 의문을 제기하는 대항의 방식으로 작동하면서 『화성』에 수록된 작품 전반의 의미 형성에 깊이 관여하고 있다. 박상우의 소설이 추구하는 이런 수평 지향성은 모더니티의 수직 지향성이 초래하는 욕망의 생산 과정과 현실적 삶의 좌표에 안착하지 못하고 부유하는 존재들에 대한 작가의 깊은 관심에서 비롯되고 있는 것으로 보인다. 아울러 이 시대를 살아가며 내밀한 삶의 의미화 과정에 전 존재를 던져온 작가로서 박상우는 그런 인물들의 삶과 운명의 문제를 심미적 인식의 지평에서 재구성해내는 일에 뚜렷한 소명의식을 가지고 있음을 『화성』의 작품들을 통해 확인할 수 있다.

『화성』의 각 작품에 등장하는 여러 인물들은 어느 하나 삶의 수평적 안정성을 확보하지 못한 채 대부분 사라지거나 소멸해간다. 『화성』에 수록된 작품에서 중심인물들은 파산과 이혼을 하고(「말무리반도」, 「화성」), 사랑을 성취하지 못하고 이별을 하며(『내 마음의 옥탑방』), 타인들의 폭력과 무관심에 의해 죽음에 이르고(「마천야록」), 삶의 정처를 잃어버린 채 존재적 방황을 한다(「매미는 이제 이곳에 살지 않는다」). 뿐만 아니라 주변 인물들도 대부분 알 수 없는 곳으로 사라지거나, 자살이라는 극단적 방식으로 삶을 마감한다. 그런데 『화성』의 인물들이 짊어지고 있는 존재의 고뇌와 방황, 현실적 삶이 부과하는 일상의 비극성은 모더니티의 현실 혹은 수직 지향의 자본주의 논리에 적응하지 못하는 데에서 발생한다.

그러나 작품 속의 주요 인물들은 대부분 현실의 삶에서 실패와 좌절을 경험하면서도 결코 그 상황에만 머물러 있지 않는다는 데에 주목을 해야 한다. 그들은 모두 존재의 방황을 거듭하면서도 '차갑고 견고하고 눈물겨운' 수직의 세상이 뿜어내는 욕망과 폭력과 무관심에 좌절하지 않고, 모더니티가 뚫어놓은 악무한의 터널을 벗어나기 위한 존재적 성찰과 길 찾기의 행보를 멈추지 않는다. 이와 함께, 삶의 새로운 지향점을 찾기 위해 분투하는 주요 인물들의 자기 탐구와 성찰, 그리고 재생의 공간인 '말무리반도'(「말무리반도」), '옥탑방'(「내 마음의 옥탑방」), '갈보리교회'(「마천야록」), '짐바브웨'(「매미는 이제 이곳에 살지 않는다」), '화성'(「화성」) 등은 모두 수직의 위계적 질서가 곧추 선 세상에서 실패하고 좌절하며 궤도를 이탈한 인물들의 상처를 치유하고 새로운 삶의 가능성을 모색하는 수평적 지평을 지향해나간다.

「말무리반도」에서 '나'는 현실의 생활 논리에 사로잡혀 평생 그림만 그리며 살겠다는 꿈을 유보한 채 살아온 십년의 생활을 아내와의 이혼으로 정리하고서 친구가 제공해준 강원도 바다 근처의 별장으로 여행을 떠난다. 여행지에서 '나'는 "말무리가 되어 바다를 달리는"(77쪽) '말무리반도'의 수평적 형상을 통해 "스스로 절망의 주체가 되어 빛과 무관한 삶을 고수했었는지도 모를"(78쪽) 지난 십년 세월을 반추하며 새로운 삶의 지향점을 발견한다. 「말무리반도」의 핵심 공간인 '말무리반도'는 수평을 달리는 말들의 역동적 이미지와 "원점으로서의 바다"(18쪽)가 지니고 있는 수평의 이미지와 어울려 '나'에게 삶의 새로운 출발을 모색하는 계기를 제공해준다.

> 그래 현석에게 별장 키를 건네받은 다음날부터 내가 꿈꾸어온 것은 오직 바다뿐이었다. 그날 술을 마시고 부풀렸던 턱없는 동화적 세계로서의 바다가 아니라 열린 출구로서의 바다, 아니면 그것을 내 스스로 예감하거나 구상할 수 있는 원점으로서의 바다를 나는 갈망하고 있었는지도 모른다. (……)
>
> 바다로 가면 어떤 식으로든 길이 열릴 거야.
>
> 「말무리반도」, 18쪽

작품의 마지막 장면은 '나'의 자각의 실체가 무엇인지 분명하게 보여주고 있다.

> 더 이상 견딜 수 없는 심정이 되어 나는 운전석 문을 열고 바깥으로 나섰다. 산과 바다와 지상에서 다투어 피어오른 안개가 지상의 모든 윤곽선을 지워버린 공간에 서자 문득 내가 깊고 깊은 환상 속에 갇혀 있는 것 같다는 생각이 들었다. 뿐만 아니라 지난 며칠 동안 경험한 모든 일들이 말짱 허구의 세계에서 일어난 일인 것 같다는 생각까지 들었다. 사물의 윤곽선뿐 아니라 현실과 환상의 경계까지 고스란히 무너져버린 세상, 그녀와 만나기로 약속한 버스정류장 앞이 환상과 현실의 마지막 접경지대인 것 같다는 자각이 아득하게 뇌리를 스쳐갔다. 그녀가 아니라 오랫동안 갈망해 오던 본래의 나를 만나야 하는 장소…… 여기가 원점이 아닐까.
>
> 「말무리반도」, 81~82쪽

말무리반도가 형상하는 수평의 이미지로부터 '나'가 찾아낸 어떤 '원점'이란 "현실과 환상의 경계까지 고스란히 무너져버린 세상"을 뜻한다. 그리고 "그녀와 만나기로 약속한 버스정류장 앞이 환상과 현실의 마지막 접경지대"이며, 바로 이곳이 "오랫동안 갈망해오던 본래의 나를 만나야 하는 장소", 즉 '지금 여기'에서의 원점이라는 깨달음을 얻게 된다. 그 깨달음의 정체는 말무리반도가 보여주는 수평의 이미지를 통해 "십 년 세월 저쪽, 꿈과 무관한 길을 떠나던 시절의 기억은 부정이나 타파의 대상이 될 수 없"(40쪽)다는 것, 따라서 '나'에게 가장 필요한 것은 새로운 길을 찾기 위한 준비이거나 출발일 뿐이라는 다짐이다.

『화성』에 수록된 작품 가운데 수평과 수직의 이미지가 만들어내는 공간의 대비와 그 사이의 교점 조절이 가장 효과적으로 이루어진 작품은 「내 마음의 옥탑방」이다. '백화점'이라는 공간의 수직 지향적 욕망과 초라한 '옥탑방'의 수평 지향적 이미지와의 대비를 통해서 작가는 미약한 한 영혼이 일상의 삶과 운명의 문제를 어떻게 수용하고 처리해야 하는지 '시지프 신화'의 모티프를 활용하여 탐구한다.

모더니티의 상징 공간으로서 '물질로 구현된 거대한 성전'이자 "인간의 시선과 의식을 끊임없이 유혹하는 물질의 성채가 사방에서 빛을 발하는 공간"이며, "젖과 꿀이 흐르는 현대판 가나안, 무한대의 물질적 유혹이 정신을 혼미하게 만드는 공간"(272쪽)으로 작가에 의해 정의되는 백화점의 수직 지향성과 옥탑방이라는 기이한 공간에서 벌어지는 사랑과 운명의 팽팽한 줄다리기는 결국 '나'와 '그녀(노희주)' 사이에 아무런 접점을 찾지 못한 채 "사마귀처럼 등을 껴안아야 하는"(285쪽) 상황에 머물다 헤어질 뿐이다. 여기서 백화점과 고층 건물로 표상되는 자본주의의 수직 지향성에 대비된 수평 지향성의 '옥탑방'은 그녀가 "자기 형벌의 바위를 밀고 올라간 산정"(295쪽)의 역설적 표상공간이며, "인간들이 북적되는 지상으로부터 아득하게 유배된 공간, 요컨대 공간 자체에 이미 깊은 절망과 고뇌가 배어 있는 것처럼 되새겨지는"(266쪽) 곳으로, "푸른 해원을 향해 갈기를 휘날리며 달리는"(61쪽) '말무리반도'의 이미지와 연결될 수 있는 원점으로서 수평 지향적 공간성(spatiality)을 함축하고 있다. 백화점과 극명하게 대비되는 공간으로, 모더니티 세계의 거주민인 '나'에게 "기이한 충격감"(263쪽)을 주었던 옥탑방의 이미지는 '나'가 그녀에게 남겨놓은 한 장의 편지 속에 고스란히 담겨 있다.

> 지상을 꿈꾸게 하는 옥탑방
> 몸이 떠나도 영혼이 이곳에 머물 수 있다면
> 사랑의 깊이가 높이로 깃들여 있는 곳
> 행복하라고, 부디
> 흐린 날빛 속에서 신기루를 바라보듯
> 오래오래 그대 이름 잊지 않으리
>
> 「내 마음의 옥탑방」, 302~303쪽

「매미는 이제 이곳에 살지 않는다」에는 수직 지향적 현실 공간에 거주하지 못하고 사라져버린 인물들이 가득하다. 형과 마린, 지은과 가오리, 선배 강사와 뮤의 여자 모두 어느 날 갑자기 '나'의 주변에서 사라져간다. 터키의 이스탄불에서 아프리카 대륙의 짐바브웨로 수직 하강한 형의 행적을 찾는 과정에서 '나'와 접촉하는 존재들은 "발악적으로 울어대다가 사라져버린 지난여름의 매미(190쪽)"와 다르지 않은 존재들로, "결국 현실에 남겨지는 건 울고 싶어도 울지 못하는 인간들과 말라죽은 매미 형상뿐"(196쪽)이지만, '나'는 "어쩌면 하루 종일 내가 찾아다닌 게 매미 울음소리가 아니라 나의 존재 좌표였는지도 모르겠다."(211쪽)고 생각한다. 삶의 방향성을 상실하고 정처 없이 떠도는 존재로서 '나'는 "지상에 없는 무엇, 인간이 만든 지도로는 갈 수 없는 곳"(222쪽), "서북쪽 어디, 지상의 지도에는 표기되지 않은 또 다른 차원의 세계"(226쪽)를 꿈꾸는데, 그것은 작품 안에서 두 가지 방향으로 진행된다. 하나는 형의 애인으로 생각하는 '마린'에 대한 일종의 근친상간적 사랑의 감정이며, 다른 하나는 짐바브웨로 사라져버린 형을 찾기 위한 과정이다.

'나'는 지상에서 나를 구원해 줄 수 있는 유일한 존재라고 생각하는 마린에게 "죄악에 순응함으로써 구원에 이를 수 있는 이율배반적인 섭리"(244쪽)를 말하면서 사랑의 감정을 피력하지만 그녀는 끝내 침묵으로 일관할 뿐이다. 마린을 통해 어떤 구원의 가능성을 찾으려고 한 '나'의 의지는 결국 그녀가 사라져버림으로써 좌절되는데, 그녀에게 보낸 이메일 속에는 '나'의 심정이 잘 나타나 있다.

> 당신을 통해 나는 죄악의 불구덩이를 관통하고 싶습니다. 그것을 통해 또한 구원에 이르고 싶습니다. 지상의 방식을 거부하는 게 아니라 지상의 방식으로는 도달할 수 없는 구원을 내가 꿈꾸고 있기 때문입니다. 죄악의 덫이 구원의 빛이 될 수 있는 통로, 그곳에 당신의 감추어진 언어가 있습니다. 그래서 당신의 침묵이 나에게는 너무 가혹한 형벌입니다.
>
> 「매미는 이제 이곳에 살지 않는다」, 241쪽

짐바브웨로 사라져버린 형을 찾기 위한 여행은 동시에 '나'와 관계를 맺다가 어느 날 사라져버린 존재들을 찾기 위한 여행이기도 하다. 또한 '나'는 그것이 "나를 찾기 위한 여행"(259쪽)에 다름 아니었다는 것, 그리고 형과 사라져버린 주변 사람들의 행로를 찾아가는 일이 비록 '나'에게는 미지의 길일지라도, 거기에는 미지를 꿈꿀 수 없는 현실의 삶보다 "삶을 지탱하게 만드는"(260쪽) 희망이 있기 때문에 여행을 떠날 수 있다고 판단한다. 「매미는 이제 이곳에 살지 않는다」에서는 이처럼 가혹한 수직적 현실에 머물지 않고 미지의 길을 찾아나서는 '나'의 수평적 보행에서 어떤 희망의 가능성을 찾으려는 의지를 발견하게 된다.

구원을 향한 '나'의 의지가 가장 높은 수직적 지향의 언어로 형상화된 작품은 「화성」이다. 화성 탐사 로봇 스피릿의 화성 착륙 성공 뉴스로부터 촉발된 '화성'에 대한 '나'의 관심은 '지구'라는 공간, 다시 말해 현실에서의 삶이 너무 고달픈 나머지 우주에 관심을 갖게 되자 지상의 고뇌가 거짓말처럼 사라져버렸다는 데에서 이야기가 시작된다. 고등학교 학창시절의 친구였던 민성준이 그랬듯이 '나'도 "화성을 꿈꾸며 다시 한 번 삶에 대한 정신과 기회를 얻고 싶다"(325쪽)는 각오를 다진다. 비록 그 친구가 현실에서는 사라져 사망자로 처리되고, 그로 인해 살아 있으면서도 죽은 자로 인생을 살아가지만, 그를 통해 '나'는 "태양계의 화성과 지구상의 화성, 그리고 정조의 화성과 성준의 화성 사이에 내재된 차별성"(347쪽)이 이들 사이에는 아무 것도 없다는 사실을 발견한다. 또한 '나'가 현실로 돌아갈 수 있는 유일한 통로이자 그토록 당도하고 싶어 했고, 만나고 싶어 했던 것은 "마음의 중심!"(360쪽)으로서 '화성'이라는 본체이다. '나'는 결국 "화성은 없다!"(349쪽)는 깨침을 통해서 '나'가 지상에서 해야 할 일이란 우주 속의 화성을 찾는 '수직적 초월'의 방식이 아니라 누구에게나 자신에게 주어진 "운명의 화성"(362쪽)을 걷기 위해 지구로 다시 돌아와야 한다는 것이다.

박상우 소설의 새로운 방법론이 유감없이 발휘된 「마천야록」은 인터넷 쇼핑몰 상무이사(남상필), 룸살롱 접대부(정아영), 마천동 파출소 경찰(노정석), 택시기사(방인철), 여동생인 극장 매표원(윤인애) 등의 다섯 인물이 마천동 주변의 어느 교회 마당에서 동사체로 발견된 룸살롱 접대부 윤소진의 죽음에 대해 진술하는 내용으로 구성된 작품이다. 이 작품의 주요 인물인 윤소진은 「독산동 천사의 시」의 '나미수'처럼 역설적인 의미에서 자본주의 시대의 '천사'로 이름붙일 수 있는 인물이다. 그리고 그녀의 죽음과 관련된 인물들 또한 자본주의 세계에서 나날의 삶을 소비하는 비속한 일상인들로, 그들은 어느 겨울 밤 같은 시기에 시차를 두고서 한 여자와 접촉하면서 벌어진 사건을 각자의 입장에서 진술한다.

이 작품에서 초점을 맞추어야 하는 것은 윤소진의 죽음이 어느 한 사람만의 폭력에 의해 발생한 것이 아니라, 그녀를 둘러싼 여러 인물들의 행위가 복합적으로 작용하여 이루어진 것이라는 데에 있다. 아울러 여기서 주목해야 할 부분은 마지막 장면으로, 윤소진이 동생인 윤인애의 꿈에 나타나 은밀하게 속삭이는 다음과 같은 말이다.

> 과거의 상처가 덧나기 전에 서둘러 집으로 돌아온다. 언 몸을 녹이기 위해 이불 속으로 들어간다. 나의 호흡에 귀를 기울이는 동안 온몸이 나른하게 가라앉는다. 신경세포가 해체되듯 정신까지 혼미해진다. 어느 순간 정신을 깜빡 놓자 사박사박 발자국 소리가 들린다. 그 소리를 듣고 나서야 나는 비로소 희미한 미소를 지으며 깊은 잠의 나락으로 빠져든다. 모든 게 하얗게 변하는 꿈, 그래서 아무것도 보이지 않는 꿈…… 표백제처럼 하얗게 탈색된 언니가 내 손을 잡으며 은밀하게 속삭인다.
>
> —조금만 참아, 조금만 참아.
>
> 「마천야록」, 171~172쪽

박상우는 언젠가 십자가를 들여다보며 떠오른 발상을 십자가 밑에다 "수평과 수직이 교차되는 지점, 그곳이 구원의 출구가 되게 하소서!"라고 기록했다는 고백을 하고 있다(『반짝이는 것은 모두 혼자다』, 129쪽). 그의 고백에 잘 드러나 있듯이 「마천야록」은 서로에 대해 타인으로 살아가며 삶의 진실을 간과하는 자본주의의 삶의 비극성을 수직과 수직이 교차되는 교회의 십자가 이미지를 통해 통찰해내고 있다.

4. 『화성』과 박상우 소설의 좌표

박상우는 소설을 쓰는 과정에서 얻어진 사유의 이삭들을 일기처럼 기록한 글 모음집에서 "절대적 미학을 추구하던 심성으로 이제는 세상을 찍고, 그것으로 인생의 질감이 느껴지는 소설을 짓는 데 몰두할 참"(<작가후기>, 『반짝이는 것은 모두 혼자다』, 196쪽)이라고 밝힌 바 있다. 그가 작가로서 열일곱 해 동안 뒤돌아보지 않고 자신의 '소설혼(魂)'을 작품에 한결같이 구현해올 수 있었던 것은 작품을 통해 세상을 바꾸고 싶어 하는 예술가나, 명예와 돈을 동시에 거머쥐고 싶어 하는 예술가가 아니라 자신의 인생을 한 편의 예술품으로 만들고 싶어 하는 예술가(「아흔아홉 개의 단상」, 『내 영혼은 길 위에 있다』, 206쪽)가 되고 싶었던 초심을 내내 견지하고 있었기 때문이다. 다시 말해, 그가 지향한 소설가의 자화상은 기술자(技術者)로서의 소설가가 아니라 예술가(藝術家)로서의 소설가에 있다는 데에 주목한다면 『화성』 이전의 작품들은 물론이거니와, 선집 『화성』에 실린 여러 작품들은 그의 문학과 삶을 향한 작가로서의 견결한 태도를 엿볼 수 있게 해준다. 아울러 작가로서 과학기술과 대중문화의 복제가 만연한 시대에서도 자기만의 소설 미학을 견지하며 예술가로서의 작가적 자존심을 견지해오고 있다는 점을 박상우의 이번 선집은 보여주고 있다. 그것은 아마도 박상우의 문학이 오늘날 만연하고 있는 문화의 저속한 취미로부터 스스로를 방어하고 시장의 법칙에 복종하기를 거부할 줄 아는(이스마엘 카다레, 「문학과 삶의 관계」, 『경계를 넘어 글쓰기』) 데에서 나오는 내면의 힘을 갖추고 있기 때문에 가능한 일이라고 할 수 있다. 사실 이 점은 오늘의 시대를 살아가는 작가에게 현실적으로 매우 고통스러운 인내를 요구하는 일일 수도 있겠지만, 작가라는 운명의 길 위에 있는 존재들로서 스스로 지켜내야 할 소명의식이라고 할 수 있을 것이다.

『화성』을 통해 읽을 수 있듯이, 박상우의 문학은 분명한 자기 미학의 의식을 바탕으로 자본주의 현실의 수직 지향적 욕망에 대항하여 수평 지향적 의지를 지닌 인물들이 사람들의 삶의 과정에서 구원의 빛을 포기하지 않고 희망의 가능성을 타진해나가고 있는데, 이 점은 이미 장편『가시면류관 초상』이나 단편「사랑보다 낯선」 등에서도 읽을 수 있었다.『화성』에 실린 다섯 편의 작품들이 보여주는 의미도 이런 맥락에서 크게 벗어나 있지 않은 것으로 보인다. 그리고 그의 이런 작품 세계가 앞으로 더욱 심화되어 나갈 수 있으리라는 예측도 가능하리라고 본다.

현실의 질서에 적응하지 못하고 좌절과 실패와 방황을 거듭하지만 그러는 가운데에서도 자기 삶과 운명의 길을 찾아나서는 인물들의 의지는『화성』 전체를 통해 깊은 울림을 주기에 충분하다. 아울러 이것은 박상우의 소설이 "타인을 나의 그림자로 오해하는 행복한 질병"(「아흔아홉 개의 단상」,『내 영혼은 길 위에 있다』, 228쪽)으로서 "타인을 자기화하는 게 아니라 자신을 타인화하는"(『까마귀떼그림자』, 108쪽) 진정한 사랑의 문법(文法)을 본격적으로 구사하기 시작했다는 점에서 향후 그의 문학이 지향하는 방향을 어느 정도 가늠케 해준다.「말무리반도」,「마천야록」,「매미는 이제 이곳에 살지 않는다」,「내 마음의 옥탑방」,「화성」의 인물들로부터 그런 징후의 일단을 읽을 수 있다. 그런 의미에서 흔히 박상우 문학의 도정을 <샤갈의 마을→사탄의 마을→사람의 마을>로 정리하고 있지만, 엄밀하게 말하면 그의 문학은 언제나 '사람의 마을' 안에서의 이야기를 다루어왔다고 할 수 있다. 사람의 마을에서의 삶의 양상과 운명에 관한 수평적 길 찾기의 이야기에 박상우가 지속적으로 관심을 기울이고 있음을 이번 선집 속의 작품들은 일관되게 보여주고 있다.

____2005

또 다른 원본을 찾아서

김연수의 『꾿빠이, 이상』

1. 김연수 소설의 방법적 뿌리

소설쓰기의 뚜렷한 방법과 신념을 확보하고 있는 작가들은 행복해 보인다. 물론 그 방법을 확보하고 신념을 유지해가는 일이 고통을 수반하고 있다는 점에서 '행복하다'는 표현은 역설적일지도 모른다. 그러나 행복한 고통으로서의 창작 행위란 세계를 바라보는 작가의 웅숭깊은 심안(心眼)으로부터 생성되는 것이면서 동시에 그곳에 각별한 애정을 쏟아 붓는 구체적 실천을 통해서만 의미를 획득할 수 있다. 사물과 대상에 각별한 애정을 품고서 세계라는 틀에 언어의 초점을 맞춰 삶을 재구성하는 소설쓰기란 이런 범주에서 크게 벗어날 수 없는 운명을 지니고 있는 것이 아닐까. 글쓰기의 운명이 이런 한에서 세대론의 차이를 따지는 일이란 그렇게 유용해 보이지 않는다. 다만, 동시대를 사는 작가로서 동일성을 강요하는 세계의 보이지 않는 힘으로부터 벗어나 자유롭게 내면의 욕망과 개성적 사유를 펼쳐 보일 수 있는 대지를 확보하고, 그 대지 위에 글쓰기의 정신적 '황금소(黃金素)'를 추출하여 어떻게 흩뿌려나가느냐가 긴요한 과제일 것이다.

90년대 중반부터 본격적으로 소설을 쓰기 시작한 김연수는 비슷한 시기에 등단한 김영하·박성원·백민석·이응준 등 이른바 신세대로 불리는 작가들과 더불어 '생활의 잉여로서의 문화'(최인훈)가 그 어느 시기보다 강렬하게 분출된 90년대의 문화적 징후를 작품에 담아온 작가이다. 이런 현상은 일군의 신세대 작가들을 포함한 90년대 작가들이 생활의 잉여로서 '그림'에 대한 깊은 관심이나 지식을 창작의 주요 모티프로 활용하고 있다든지(김주연, 「성관습의 붕괴와 원근법주의」), '영화'와 '만화'와 '대중음악'과 '사진'에 이르기까지 다양한 문화적 표현 욕망을 작품의 질료로 활용하고 있는 데서 두드러지게 나타난다. 일종의 '문화주의'로 부를 수 있는 90년대적 감수성은 김연수의 경우 장편소설 『7번국도』의 책날개에 요약된 프로필과 약평(略評)에서도 어렵지 않게 확인할 수 있다. 대중음악 비평 등 다방면의 글쓰기 활동을 펼쳐온 김연수의 소설은 『7번국도』에서 '팝송'과 '영화'와 '만화'와 '시'의 담론 경계를 가로지르는 다양한 제재와 형식 실험을 통해 '방심의 책읽기'라는 독특한 즐거움을 독자들에게 제공한다. 새로운 세대의 사랑과 희망을 김연수 특유의 문법으로 찾아가는 『7번국도』의 세계 인식과 언어적 감수성은 소설 형식의 분방함·자유로움과 어울려 소설쓰기의 새로운 유형을 담보해냈다고 할 수 있다.

김연수 소설에서 세계라는 틀에 대응하는 인식의 초점은 등장인물들의 의식과 행위가 잘 보여주고 있듯이 "말하자면 가짜"이고, "희망의 눈으로 보자면 절망적이기 짝이 없는"(『7번국도』) '가짜 낙원'의 허상에 맞추어져 있는 듯하다. 그래서 그들은 '진짜 낙원'은 여기에 있지 않고 저 너머의 다른 곳에 있다고 느낀다. 젊은 세대의 주인공들이 자전거를 타고 지나가는 '7번국도'처럼 "세계는 끊임없이 변화하고 다른 세계 속으로 들어가"(『7번국도』)는 한에서 진짜는 보이지 않고 모든 것이 가짜로만 보일 뿐이다. 하지만 세계를 이렇게 보는 것은 비단 김연수 소설만의 특징은 아니다. 그것은 이른바 90년대적 정치 상황이나 가상적 현실로서의 시뮬라크르가 실재보다 더한 실재를 생산해낼 뿐만 아니라 실재를 증발시켜버리고, 그래서 "실재가 이미지들과 기호들의 안개 속으로 사라진다."는 보드리야르의 명제처럼 위본이 진본을 아무런 의심 없이 전복하는 상황(김상환, 「탈현대 사회와 공간의 형이상학」)에서 작가들이 진짜와 가짜의 경계를 허물고 있는 현실을 더 리얼하게 인식하고 있기 때문이다.

이를테면, "치밀하게 위장된 허구의 틀은 실제 삶보다 훨씬 안전하고 편안하게 한 인간을 휴식하게 하"(채영주, 『가면지우기』)거나, "가끔 허구는 실제 사건보다 더 쉽게 이해되"(김영하, 『나는 나를 파괴할 권리가 있다』)며, "어쩌면 꿈과 현실과 상상은 진정 구별될 수 없는 것인지도 모르며, 더 나아가서 꿈도 현실도 상상도 없는 것인지 모르며, 한 걸음 더 전진하면 없는 것도 있는 것도 없는 것인지도 모른다."(이상운, 『탱고』)고 말하는 작가들의 현실 인식을 소설적 허구로만 돌려버릴 수 없는 상황이 실제로 얼마나 많이 벌어지고 있는가. 그만큼 실제와 허구, 진실과 거짓, 진짜와 가짜의 경계가 점점 더 모호해지고 있는 현상들이 현실의 많은 국면에서 발생하고 있는 것이 사실이다. 김연수 소설에서 실제와 허구의 문제가 창작의 주요 모티프로 작동하고 있는 것도 이런 사정과 무관하지 않다. 이런 경향은 이미 그의 데뷔작 『가면을 가리키며 걷기』에 잘 나타나 있다.

『가면을 가리키며 걷기』(1994)에서 『7번국도』(1997)를 거쳐 『스무 살』(2000)에 이르는 김연수 소설의 방법이랄까 신념은 소설쓰기와 관련된 방법론의 탐색과 실험 의식의 일관된 투시력이라고 해야 할 것이다. 이를테면, 좌담회 형식의 글을 덧붙이고 있는 『가면을 가리키며 걷기』에서, "타인의 가면"이 아니라, "자신의 가면"을 가리키며 나아가는 예술로서의 소설쓰기, 거기서 "작가로서 허구의 세계와 현실의 세계에 대한 관계"를 모색하는 것이야말로 김연수 소설이 뿌리내리고 있는 원점의 그루터기 같은 것이다. 다시 말해, 허구와 사실의 경계를 허물면서 형성되는 김연수 소설의 실험은 데뷔작 『가면을 가리키며 걷기』로부터 이제 그 종합적 완결편이라고 할 수 있는 장편 『꾿빠이, 이상』에 이르기까지 일관되게 추구되고 있음을 먼저 거론해야 할 것이다. 이 점은 이미 『7번국도』에서도 프래그먼트에 가까운 분절 형식의 이야기와 이미지들을 넘나들며 심화된 바 있다. 한 가지로의 중심적 해석을 거부하는 '7번국도'의 사건과 사물과 공간의 이미지들은 주인공들이 지나가는 도로를 타고 물처럼 자연스럽게 흘러간다. 그래서 이 작품에서 우리는, 젊음의 반항적 에너지와 소비적 파편의 이미지들이 소설의 육체 속에 뒤엉켜 교합되는 농밀한 상상을 모자이크하듯 재조직하여 읽지 않고서는 거미줄에 걸린 잠자리처럼 '7번국도'의 그물에서 좀처럼 헤어 나오기 어려운 경우를 경험한다.

그러나 무엇보다도 김연수 소설의 관심인 현실과 허구, 진짜와 가짜, 진실과 거짓의 문제가 풍부한 이야기의 육체를 통해 본격적으로 형상화된 것은 소설집 『스무 살』에 실려 있는 여러 단편들이다. 『스무 살』에서 보여준 김연수 소설의 이지적 감성과 정교한 구성력을 기억하고 있는 이들이라면 『가면을 가리키며 걷기』나 『7번국도』에서와는 또 다른 소설읽기의 재미를 느꼈을 것이다. 작가는 『스무 살』에서 작가의 소설쓰기를 피할 수 없는 '운명'과 연관시켜, "이미 죽어서 이제 나의 소설 속에서 절대로 죽지 않게 되어버린 그 불행한 존재란 바로 소설을 쓰고 그 소설 안에서 부활하고 영원히 죽지 않기를 마다하지 않았던 바로 '나'라는 것"(「기억의 어두운 방」)을 발견하고 고백한다. 이 점은 「마지막 롤러코스터」나 「*뒈져버린* 도플갱어」에서도 탐색되고 있지만, 특히 「공야장 도서관 음모 사건」에서 '책'과 '도서관'과 '오감의 기억'이라는 문명의 오래된 장치를 바탕으로 "끝없이 순환할 따름"인 원본으로서의 책의 존재와 부재를 둘러싸고 벌어지는 지적 게임에서 절정을 이룬다.

「공야장 도서관 음모 사건」은 보르헤스의 단편 「삐에르 메나르, 『돈키호테』의 저자」나 「바벨의 도서관」, 「기억의 천재 푸네스」 등을 연상시키는 모티프들을 효과적으로 활용하고 있는 작품이다. 이 작품에서 작가는 "결국 글쟁이들이란 없어진 원본에 가장 가까운 책을 쓰는 게 일"이라는 말을 작중인물에게 부여한다. '글쓰기'란 사라진 '원본'에 가까이 다가서기 위한 욕망의 상상적 질주 같은 것이라는 점에서 이상의 유실된 '데드마스크'와 아직은 존재하지 않는 「오감도 시 제16호 실화」를 모티프로 하는 『꾿빠이, 이상』은 이제 김연수의 소설적 방법과 인식을 총체적으로 보여준다. 이러한 방식은 특히 보르헤스 계열의 작가들이 즐겨 원용하는 가짜의 참고문헌이나 각주, 가짜의 기록, 실존 인물에 대한 가상적 기술(거꾸로 허구의 인물을 실제인 것처럼 기술하는 방식)을 통해 원본을 해체하고 상상적으로 재구(再構)하는 방법을 도입하고 있다는 점에서 흥미로운 생각거리를 제공한다. 다시 말해, 이상(김해경)이라는 한 작가의 존재 전체는 물론 이상의 삶과 문학을 닮기 위해 평생을 바친 한 아마추어 이상 연구가(서혁민)의 의식을 작가는 『꾿빠이, 이상』에서 자신의 방법론적 도가니에 용해시켜 재창조하고 있다. 끝없이 순환하는 '이상(문학)'이라는 원본에 대한 하이퍼텍스트적 글쓰기를 작가는 상상적으로 구상하고 있는 것이다. 이제 작가는 부분이 아니라 전체로서의 '원본'을 문제 삼으면서 사라진 원본으로서의 유품과 원고를 복원해내려는 기획을 이 특이한 형식의 장편소설에서 펼쳐보이고자 한다.

『꾿빠이, 이상』에서 김연수는 이상(문학)에 관한 정확한 고증과 상상의 이중 전략을 구사하면서 한국문학사라는 객관적 구조체에 조응시켜 이야기를 일종의 논리적 퍼즐처럼 전개해나간다. 그런 점에서 김연수가 자신의 소설적 구상의 욕망에 견딜만한 문학사적 대상으로 '이상(문학)'을 선택한 것은 당연한 귀결로 받아들일 수 있다. 자기 소설의 방법을 외국 대가들로부터 빌려올 수도 있겠지만 그 대상과 방법을 한국문학사에서 찾아 소설의 육체로 만들어낼 수만 있다면 그에 상응하는 정신의 로열티를 굳이 지불하지 않아도 되는 이점을 가질 수 있지 않겠는가. 이런 맥락에서 김연수의 『꾿빠이, 이상』은, 비밀의 회랑(回廊)에 둘러싸인 가면의 환유와 위조의 포즈 혹은 '산호편'의 수사학이라는 우리 근대문학사의 낯설면서도 익숙한 장면을 복원하면서 시작된다. 이 소설에서 작가는 이상 탄생 90주년을 맞는 일정한 시공간의 지층 속으로 굴착해 들어가면서, 이상(문학)이라는 실제의 존재(작품)를 허구의 유품(데드마스크)과 가상의 문서(『이상을 찾아서』)와 위작(「오감도 시 제16호 실화」)이라는 모티프를 활용하여, 작가 자신의 글쓰기가 터 잡고 있는 '원본의 진실이란 무엇인가'에 대한 탐사를 감행한다.

2. 실증과 상상의 동심원적 조감도

「데드마스크」, 「잃어버린 꽃」, 「새」 등 세 개의 이야기로 구성된 『꾿빠이, 이상』은 이상(문학)에 관해 지금까지 알려진 자료를 모두 섭렵하지 않고서는 쓸 수 없을 만큼 정확한 실증적 지식을 바탕으로 구성되어 있다. 여러 판본의 '이상전집'은 물론, 이상 주변의 '증언'과 '기록', 그리고 '평전'과 '연구서'에 이르기까지 이상(문학)에 관한 모든 문헌을 정독하지 않고서는 쉽게 구상하기 어려운 내용들이 『꾿빠이, 이상』의 살과 뼈를 이루고 있어, 작가가 이 소설을 쓰기 위해 적지 않은 시간을 투자하고 공들여 구상한 흔적이 작품 구석구석에 짙게 배어있다. 또 한 가지, 작가 김연수는 이 소설에서 이상의 삶과 문학에 관한 전모를 일단 해체한 후

다시 조립해내면서 그 빈 지점으로 남아있는 공백의 부분들에 대해서도 전문 연구자를 능가하는 치밀한 복원을 시도해놓고 있다. 아마도 이런 능력은 일상인 김해경의 자취는 물론, 작가 · 시인 · 화가 · 북 디자이너 · 타이포그래퍼 · 건축가라는 1930년대 전방위적 문화인 이상의 아이덴티티를 그 내면의 심리로부터 외면의 행동에 이르기까지 섬세하게 읽어낼 수 있는 작가 특유의 지적 관심과 풍부한 상상력으로부터 발원하는 것이라고 판단된다.

하지만 무엇보다도 이상을 향한 어떤 열정과 신념이 전제되지 않고서는 이런 형식의 글을 구상하기가 쉽지 않다는 점에서 김연수의 『꾿빠이, 이상』은 연구자들을 포함해 이상에 관심 있는 이들에게 향후 한 가지 전범 역할을 충실히 할 만한 소설이다. 특히 기존의 전집과 글들에는 구체적으로 기록되어 있지 않아 확인하기 어려운 이상의 도쿄 시절 체험, 이를테면 1937년 1월 21일부터 27일까지 5회에 걸쳐 도쿄 '히비야 공회당'에서 가졌던 러시아 출신의 바이올리니스트 '미샤 엘만(Mischa Elman)'의 방일 연주회(146쪽)를 이상이 직접 관람했던 일(이 연주에 대해 이상은 '음력 제야', 즉 1937년 2월 10자로 부기하여 김기림에게 보낸 한 '사신'에서 엘만의 연주에 대해 짤막하게 감상평을 적어놓고 있다. 이에 대해서는 김윤식의 『이상 문학 텍스트 연구』 350～363쪽을 참고할 수 있다)에 대해 작가는 상세하게 기술하고 있다. 이러한 면들을 고려할 때 『꾿빠이, 이상』은 실증적 자료와 연구, 그리고 작가 특유의 상상력이 유기적으로 결합된 소설로 지금까지 이상을 패러디한 소설들과도 일정한 차별성을 갖는다.

첫 번째 이야기 「데드마스크」는 이상의 유실된 '데드마스크'의 소재와 진위 여부를 둘러싼 사건을 다루고 있으며, 두 번째 이야기 「잃어버린 꽃」은 이상의 삶과 문학을 닮기 위해 평생을 바친 아마추어 이상 연구가 서혁민의 내면과 행동을 담고 있다. 세 번째 이야기 「새」는 서혁민의 수기 속에 나와 있는 「오감도 시 제16호 실화」의 진위 여부를 둘러싼 논쟁과 함께, 화자인 피터 주의 출생과 관련된 '아이덴티티' 문제를 이상의 유고와 연계시켜가면서 진본과 위본의 경계에서 발생하는 진실의 의미에 대해 다루고 있다. 『꾿빠이, 이상』의 세 가지 이야기는 '데드마스크'와 「오감도 시 제16호 실화」를 사건 발생의 중심 모티프로 삼고, 거기에 기자(김연(화)), 시인('정희'의 남편인 박태원 연구가), 연구자(피터 주, 권진희, 최수창 교수, 김태익 등), 서혁수(서혁민의 동생), 그리고 수기 속의 서혁민과 아마추어 하루야마 유키오(春山行夫) 연구가 와타나베 등 유고의 진위를 둘러싼 인물들의 논쟁을 주요 내용으로 하고 있다.

유고의 진위를 해석하는 문제는 이 작품에 등장하는 인물의 설정 방식에서도 잘 드러난다. 「데드마스크」의 화자인 기자 김연화는 공개할 이상의 유품이 가짜일 것이라고 제보한 '정씨'의 전화를 받는 과정에서 우발적으로 '김연'이라는 가상의 존재가 되고, '정희'('정희'는 이상의 단편 「종생기」에 등장하는 여성과 이름이 같다)라는 여인과 불륜의 관계에 있는 인물이다(유부녀와의 사랑은 위조지폐와 마찬가지로 '허위'의 범주에 들어 법적으로 처벌의 대상이 될 수도 있지만, 거꾸로 거기에 진실이 개입되어 있는 경우를 배제할 수 없다). '데드마스크'를 공개하는 자리에 참석한 가짜 최수창 교수, 김연(화)에게 전화로 서혁수의 공개 유품이 가짜라고 알려준 '정씨'의 모호한 정체, 유품의 공개 당사자인 서혁수라는 인물도 허구적 인물일 개연성이 높다는 점, 「새」의 화자인 재미교포 이상 연구가 피터 주가 자신의 출생 비밀과 관련하여 심각한 '아이덴티티'의 혼란을 겪고 있는 인물이라는 점, 더 나아가 이상의 '데드마스크'를 둘러싼 진위 여부가 남한과 북한 양쪽에 모두 걸려있다는 점에서 『꾿빠이, 이상』은 등장인물의 '아이덴티티'와 유품의 진위를 포함하여 남과 북의 문학사적 · 정치사적 함의(정통성의 진위 여부 문제)까지 바탕에 깔고 있다.

『꾿빠이, 이상』의 구조를 동심원으로 그려보면, 사건을 발생시키는 중심 모티프는 당연히 '이상'이라는 존재와 그의 '문학'에 관한 것이다. 이것을 중심으로 그 바깥에 서혁수라는 인물이 공개한 이상의 유품과 관련된 '데드마스크'의 이야기가 있고, 그 바깥에 서혁민의 수기 『이상을 찾아서』가 있으며, 또 그 바깥에서 피터 주의 『참조로서의 이상 텍스트』라는 연구서가 안쪽을 감싸고 있다. 이 모든 부분을 전체로 휘감고 있는 최종 '원(圓)'은 당연히 작가인 김연수의 장편소설 『꾿빠이, 이상』이라는 텍스트로, 진본과 위본 사이를 움직이며 존재하는 또 다른 이상(문학)의 '원본'을 지향하고 있다. 이상(문학)을 중심으로 여러 원들이 동심원으로 펼쳐지는 구도 속에서 '데드마스크'와 「오감도 시 제16호 실화」의 진위 여부를 둘러싼 추정, 그리고 이상(문학)의 비밀을 찾고 확정하기 위해 논쟁을 벌이는 인물들(그 닮음의 정도에 따라 서혁민－피터 주－그 밖의 이상 연구가로 설정된 인물들로 나열할 수 있을 것이다)이 『꾿빠이, 이상』의 골격을 형성하고 있다.

3. 진짜와 가짜, 그 진위의 경계선

『꾿빠이, 이상』의 사건을 추동하는 중심 모티프는 이상의 유품인 '데드마스크'와 「오감도 시 제16호 실화」의 진위 여부이다. '데드마스크'는 1937년 4월 17일 도쿄제국대학 부속병원에서 이상이 숨을 거두었을 때 제작된 것으로 소문만 무성한 이상의 유품이다. 그 '데드마스크'가 과연 누구에 의해 제작되었으며, 어떻게 유실되었는가 하는 문제를 둘러싼 이야기가 「데드마스크」의 주요 내용을 이루면서 소설 전체의 사건을 이끌어간다. '데드마스크'와 함께 이 소설을 추동하는 또 하나의 모티프는 기존에 알려진 이상의 시 「오감도」 15편 이외에, "이천점에서 삼십점을 고르는 데 땀을 흘렸다"(「산묵집—오감도 작자의 말」, 1934. 8)는 이상의 글에 근거한 나머지 15편 가운데 하나로 설정한 「오감도 시 제16호 실화」이다.

'데드마스크'와 「오감도 시 제16호 실화」는 현존하지 않는 이상의 유품으로 작가 김연수의 상상력에 의해 설정된 가상의 소재이다. 이 가운데 '데드마스크'는 이상의 임종 당시 실제로 제작되어 얼마 동안은 존재했던 것으로 추정되지만 현재는 유실되고 없는 물건이다. 여기서 작가의 상상력이 본격적으로 발휘되기 시작하는데, 과연 '데드마스크'가 누구의 손에 의해 제작되었으며, 더 핵심적으로는 '데드마스크' 자체보다 그것을 제작한 인물이 논자들에 따라 서로 엇갈리고 있는 '기억'의 상위(相違)에 이 작품의 초점이 맞추어져 있다. 물론 실증적으로는 이상의 죽음에 임종했던 여러 인물들, 이를테면 길진섭, 조우식, 김소운, 변동림(김향안), 또는 삼사문학의 젊은 동인들 가운데 누군가 분명히 '데드마스크'를 떴다는 사실이다. 그러나 누가 이상의 '데드마스크'를 제작했냐 하는 대목에서 의견이 일치하지 않고 있고, 따라서 「데드마스크」의 이야기는 그 제작 주체의 진위 여부에 관심을 두고 있다.

실제의 현실에서 이상의 '데드마스크' 제작과 관련된 견해들로는, 김소운이 '길진섭 제작설'을 주장하고(『하늘 끝에 살아도』) 그것을 고은이 이어받는(『이상평전』) 하나의 축이 있다면, 김향안(변동림)이 '조우식 제작설'을 주장하고 이 주장을 나중에 임종국(『이상전집』)과 이봉구(단편 「이상」)가 이어받는 또 다른 축이 있다. 여기에다 이상의 소설 「지주회시」의 '오(吳)'라고 주장한 문종혁이 길진섭의 '사화상(死畵像) 제작설'까지 제기한 사실을 추가할 수 있는데, 소설은, "같은 날 같은 장소에 있었으면서 김향안은 조우식이, 김소운은 길진섭이 데드마스크를 떴다고 주장하게 되는 문제"(37쪽)에 초점을 맞춰 이야기를 전개한다. 소설 속에서는 길진섭이나 조우식이 아니라 도쿄제국대학 병원에서 함께 이상을 임종했던 삼사문학의 젊은 동인들 가운데 한 사람이 이상의 '데드마스크'를 뜬 것으로 설정하고 있지만, 결국 기억의 불분명함이랄까 기록의 불명확함에서 발생하고 증폭된 풍문의 허상만 남아있을 뿐이다. 비슷한 시간, 같은 장소에서 이상의 최후를 지켜본 사람들이 서로 다른 주장을 할 수 있는가 하는 문제는 불확실한 기억과 기록에만 그치지 않고 그 대상이 현존하지 않음으로써 사후(事後)의 엇갈린 주장들이 창궐하고, 경우에 따라 사기단의 위조 같은 허위 상황이 끊임없이 반복될 가능성을 재생산한다. 여기서 작가는 '데드마스크'가 공개된 이후 그 유품을 진짜로 믿느냐, 그렇지 않으면 가짜로 간주하느냐 하는 이상 연구가들과 세상의 반응에 주밀한 관심을 갖는다.

작품이든 인물이든 이상과 관련된 모든 정황은 진짜냐 가짜냐 하는 진위 문제로 수렴될 가능성이 매우 높다. "진위를 구별하는 것은 결국 논리나 열정이 아닙니까? 하지만 영원한 사랑이나 위대한 문학을 구분하는 것은 무엇입니까? 그건 논리나 열정의 문제를 떠나있는 게 아닙니까?"(66쪽)라며 서혁수가 김연(화) 기자에게 던지는 질문은, 어떤 사물의 진위 여부는 논리나 열정이 아니라 '믿음'의 문제로 귀결될 수 있다는 사실을 상기시켜준다. 결국 '데드마스크'는 사기단의 위조품으로 판명되고 그것을 기사로 발표한 김연(화)는 검찰에 불려가 조사를 받는 일까지 벌어진다(그러나 조금 달리 생각하면, 검찰의 조사와 발표에는 진짜라고 할 수 있고, 가짜라고 할 수도 없는 통념으로서의 일방적 주장만이 진실로 수용되고 있을 뿐이다. 서혁수의 '데드마스크'를 포함하여 이상의 '데드마스크'는 남한에서 발견될 수도 있고, 북한의 김일성 종합대학 도서관이나, 아니면 이상과 절친했던 문우의 후손에 의해 공개될 가능성을 배제할 수 없다). 그 일의 책임을 지고 잡지사에 사표를 낸 김연(화)가 정희와의 관계로 남편인 박태원 연구가를 다시 만났을 때 김연(화)에게 자신의 아내인 정희를 진짜로 사랑하는지 묻는 박태원 연구가의 다음과 같은 말은 '데드마스크'의 진위와 관련하여 이 소설의 의도를 압축하여 보여준다.

> 문제는 진짜냐 가짜냐가 아니라는 것이죠. 보는 바에 따라서 그것은 진짜일 수도 있고 가짜일 수도 있습니다. 이상 문학을 두고 최재서와 김문집이 각각 다르게 말한 것처럼 말입니다. 이상과 관련해서는 열정이나 논리를 뛰어넘어 믿느냐 안 믿느냐의 문제란 말입니다. 진짜라서 믿는 게 아니라 믿기 때문에 진짜인 것이고 믿기 때문에 가짜인 것이죠. (……) 다만 무한한 것 앞에서는 존재 그 자체가 중요하지, 진짜와 가짜의 구분은 애매해진다는 말입니다.
>
> 『꽃빠이, 이상』, 83~84쪽

'데드마스크'의 진위 여부가 열정이나 논리보다 믿느냐 안 믿느냐는 '신념'의 문제라는 것은 아마추어 이상 연구가 서혁민의 수기 『이상을 찾아서』의 내용으로 되어 있는 두 번째 이야기 「잃어버린 꽃」(즉 '失花'이다)에서도 일관되게 드러난다. 그의 이상(李箱)을 향한 탐구는 "아직까지 발견되지 않은 원고라도 찾을까 해서 주말이면 몽유병 환자처럼 헌책방과 고물상을 떠돌아다니는 늙은이이자, 사람들의 성화 때문에 15편까지만 발표하고 중단한 「오감도」의 다른 시편들을 상상력으로 복원하려는"(114쪽), 거의 종교에 가까울 정도의 열정을 지니고 있다.

이상의 유고를 찾기 위해 평생을 바쳐온 서혁민은 일본의 대표적인 모더니스트 하루야마 유키오가 주관한 모더니즘 잡지 『세르팡』을 입수하는 과정에서 아마추어 하루야마 유키오 연구가인 와타나베를 우연히 만나게 된다. 와타나베는 서혁민(수기에서는 일본식 호칭인 '김상(樣)'으로 되어 있다)이 들고 있는 『이상전집』 표지에 씌어 있는 '李箱'이란 한자 이름을 보고 하루야마 유키오의 친필 원고 가운데 '스모모하코'(李箱이라는 이름의 일본

식 발음으로, '자두상자'라는 뜻)라는 괴상한 문자가 적혀 있는 원고가 있음을 기억해내고 서혁민에게 그 사실을 말한다. 이 부분은 이상이 일본에 체류했던 1936년 말과 1937년 초의 기간을 복원하면서, 하루야마와 이상의 교류 과정에서 생길 수 있는 텍스트 혼종 가능성을 상상해 볼 수 있는 대목이다. 이상이 당시 도쿄에 체류하고 있을 때 자신의 원고를 '이상'이라는 이름으로 하루야마에게 보냈을 가능성을 유추할 수 있는 것이다. 원고의 내용 가운데 하나는 "죽고 싶은 마음이 시퍼런 칼날(白兵)을 찾는다는 게 제목의 뜻"(117쪽)인 「백병(白兵)」이란 영화소설로, "세계적인 작가로의 원대한 꿈과 의처증적인 강박관념, 그 사이에 낀 젊은 지식인의 모순되고 병적인 상태를 심리적으로 묘사"(117쪽)한 '의식의 흐름' 기법으로 쓰인 사소설이다. 또 하나의 원고는 「오감도」라는 큰 제목이 붙어 있는 연작시로, "어두움의 한 가운데 검은 꽃" 혹은 "비밀의 한 가운데 검은 꽃"(暗暗ノ中ノ黑イ花)이라는 내용의 '실화'를 부제로 한 「오감도 시 제16호 실화」이다.

그러나 서혁민은 도쿄에서 와타나베를 다시 만나 『세르팡』을 양보한 대가로 이상의 원고를 받으려고 하지만 그 원고는 이미 와타나베가 불태우고 없다. 와타나베가 원고를 불태운 이유는 이상이 하루야마에게 보낸 원고에서 자신의 작품은 모두 거짓이며 가짜라고 말하고 있기 때문에 진정한 이상 추종자라면 이상과 그의 문학을 영원히 지키기 위해서라도 그런 내용의 원고는 공개하지 않는 게 바람직한 일이라고 판단했기 때문이라는 것이다. 결국 서혁민은 와타나베의 말이 옳았다고 생각하며, "이상을 완성시키기 위해서라면 김해경은 죽어야 했"(166쪽)듯이, 자신도 "영원히 이상으로 다시 사는 길"(166쪽)을 선택한다. 이후 서혁민은 하루야마의 유고 속에 들어있다는 이상의 시를 완벽하게 모방한 「오감도 시 제16호 실화」를 창작하여 수기에 남긴 후 이상이 도쿄제국대학 부속병원에서 최후를 맞았듯이 그의 행적을 그대로 따라가기 위해 음독자살로 삶을 마감한다. 이 시가 세 번째 이야기 「새」에 다시 나타나 연구자들의 희비를 가르며 위본 시비를 불러일으키는 계기로 작용한다.

세 번째 이야기 「새」는 「오감도 시 제16호 실화」의 진위 여부를 둘러싸고 벌어지는 논쟁이 사건의 중심축을 이루고, 거기에 화자인 피터 주의 출생에 관련된 개인의 '아이덴티티'와 '남북'이라는 조국(미국의 시민권을 가지고 있기 때문에)의 정치적 '아이덴티티' 문제가 복합되어 전개된다. 여기서 피터 주의 출생 비밀을 담고 있는 '입양기록증'의 상징성은 「오감도 시 제16호 실화」의 진위 여부와도 긴밀하게 연결된다.

피터 주는 이상 탄생 90주년을 기념하는 학술 심포지엄에서 기존의 15편을 토대로 30편이라는 소문만 있고 실체가 알려지지 않은 나머지 「오감도」 15편의 창작방법을 '삼십 일년 삼십 이년 일'(이상이 본격적으로 창작활동을 하지 않고 평범한 일상인 '김해경'으로 존재하며 향후에 발표하게 될 「오감도」 연작의 기초를 설계하고 있었던 시기의 일을 말한다. 이때의 기록이 '삼천점' 분량의 시로 알려져 있지만 유실되어 지금은 그 본모습을 알 수 없다. 작품 속의 '삼십 일년 삼십 이년 일'은 바로 잃어버린 이상의 유고시가 노트에 기록된 시기를 말한다)에 기대어 추정해낸다. 피터 주는 '삼십 일년 삼십 이년 일'이 이상의 시작법과 관련되어 있다고 생각하며, 「지도의 암실」을 비롯한 이 시기의 작품을 참조하여 「오감도」 30편 중 나머지 15편을 복원하는 작업을 한 것이다.

그러나 피터 주의 논문은 뒤이어 「오감도 시 제16호 실화」의 원본을 공개한 권진희의 발표로 인해 별 가치가 없는 것으로 평가된다. 실제의 원본 앞에서 '삼심 일년 삼십 이년 일'을 토대로 추정한 논문은 소설이 아닌 다음에야 학문 연구에서 설득력을 얻을 수 없기 때문이다. 심포지엄 발표 이후 충격을 받고 실의에 빠져 한국을 떠나려던 피터 주에게 김연(화)는 「오감도 시 제16호 실화」를 제공하겠다는 제의를 해온다. 피터 주를 만난 자리에서 김연(화)는 피터 주에게 「오감도 시 제16호 실화」와 제목은 같고 내용은 다른 이상의 유고를 건네주며 그 진위와 관련하여, "중요한 것은 가짜냐 진짜냐의 문제가 아니라는 사실을 알게됐"으며, "진위와는 무관하게 모든 정황이 진짜라면 진짜인 것이고 모든 정황이 가짜라면 가짜라는 사실을 알게 된 것"(200쪽)이라고 말한다.

김연(화)가 피터 주에게 건네준 유고는 물론 두 번째 이야기 「잃어버린 꽃」에 나타나 있듯이 서혁민이 이상을 모방해 만든 위작이다. 여기서 피터 주는 심포지엄에서 권진희가 발표한 「오감도 시 제16호 실화」가 가짜일 수도 있고, 아니면 서혁수를 통해 김연(화)를 거쳐 자신에게 건네진 서혁민의 「오감도 시 제16호 실화」가 진짜가 될 수도 있겠다고 판단한다. "어차피 둘 다 진짜라고 확신할 수 없는 원고라면 좀 더 그 정황이 진짜에 가까운 원고만이 살아남을 겁니다. 그게 바로 세상의 진실이라는 것이 제가 배운 교훈이었습니다."(225쪽)라는 김연(화)의 말을 듣고 피터 주는 그 유고가 자신의 명예를 회복시켜주면서 비로소 한국인으로 살 수 있도록 만들어줄 것이라고 판단한 후 서혁민이 쓴 작품을 「오감도 시 제16호 실화」의 진본으로 공개하기로 결심한다.

「오감도 시 제16호 실화」를 진짜로 만들 수 있는 근거는 시에 표현된 '아해', '거울', '앵무', '총', '모자'라는 단어와 "총은앵무의꿈이었다"는 구절이 어느 누구도 쓸 수 없는 이상 고유의 시어(詩語)라고 판단했기 때문이다. 더구나 권진희가 진본으로 공개한 유고에는 당시에는 존재하지도 않았던 도쿄제국대학 부속병원의 신중앙진료동에서 습득했다는 날짜가 기록되어 있어 그 작품의 신빙성이 떨어진다는 점, 그리고 사망할 때까지 삶이나 문학에서 한 번도 날개를 달고 '날아본' 체험을 하지 못한 이상이 자신을 '날아오르는 새'에 비유한 것으로 되어 있어 이상의 창작

방법과 스타일에 부합되지 않는다는 점을 들어 피터 주는 그것을 이상의 유작으로 볼 수 없다는 결론을 내린다. 실제로 이상의 문학에는 하강과 수평의 이미지는 있지만 상승의 이미지는 거의 나타나지 않는다. 다만 「날개」에 비슷한 이미지가 조금 있을 뿐이다.

'삼십 일년 삼십 이년 일'의 행적을 추정하여, 나머지 「오감도」 15편의 의미를 복원해내는 일은 피터 주에게 자신의 출생 비밀을 찾는 문제와 관련된다. 여기서 피터 주는 평양학생축전에 참가했을 때 김일성 종합대학 도서관을 방문하여 도서관 사서 할머니로부터 전해들은 '데드마스크'의 진위에 관해 자신의 저서 『참조로서의 이상 텍스트』에서 밝힌 얘기를 다시 부정하기만 하면 김연(화)가 본 '데드마스크'가 세상의 평가대로 가짜가 아니라 새롭게 진짜로 인정될 수도 있고, 그렇게 되면 「오감도 시 제16호 실화」 역시 진짜가 될 수 있겠다고 생각한다. 왜냐하면 북에서 들은 '데드마스크' 얘기도 어차피 전해들은 것이어서 확실한 증거가 될 수 없기 때문이다. 여기서 소설의 이야기는 이상의 공개되지 않은 시작품과 나머지 유고의 발견 및 공개 과정을 자신을 나아준 부모의 국적과 존재, 그리고 자신을 키워준 한국계 부모, 더 나아가 미국인으로 살아가며 이상 문학을 연구하는 피터 주의 '아이덴티티' 문제와 연결시켜 진짜와 가짜의 정체에 대한 질문을 확대해나간다.

『꾿빠이, 이상』은 「오감도 시 제16호 실화」의 진위 여부와 피터 주의 출생 비밀을 개인의 '아이덴티티' 문제와 연계시키고, 그리고 거기서 한 단계 더 나아가 한국(북한)이란 집단의 정치적 아이덴티티 문제로까지 확대시킨다.

> 그들이 20대가 되던 1937년 한 사람은 '13인의아해가도로로질주하오'로 시작하는 난해시와 일본어로 쓴 글을 들고 제국의 수도 도쿄에

> 가서 죽었고 다른 사람은 제국을 저주해 150여 명 규모의 유격대를 이끌고 백두산 근처에서 일본군 13명을 사살했다. 수염과 모과처럼 그 기이한 만남. 명명백백한 벌판의 세계와 어두운 새장 속의 세계. 그 두 세계가 동시에 보이지 않으면 조국이 보이지 않는다고 생각했다. 내가 이상의 시에 빠져들게 된 것은 그 때문이었다.
>
> 『끝빠이, 이상』, 211쪽

이상과 김일성의 대비는 어떻게 생각하면 잘 어울리지 않는 발상으로 보일 수도 있다. 또, 피터 주가 이상의 시에 빠져들게 된 계기도 조국의 본모습을 찾고자 했던 정체성 찾기의 과정에서 비롯된 것이라는 진술은 다소 작품 서술의 논리적 비약으로 평가될 소지가 없지 않다. 그러나 이 대목은 이상의 연인과 아내였던 두 여인의 운명적 행로를 생각할 때 꽤 흥미로운 발상일 수 있다. 즉 연인이었던 권순옥이 북쪽으로 올라가 박태원과, 아내였던 변동림이 이상의 사후(死後) 김향안으로 이름을 바꿔 남쪽에서 화가 김환기와 결합한 사실을 생각할 때 정치적 인물로서의 김일성과 문화적 인물로서의 이상을 대비시키는 발상은 언뜻 낯설어 보이면서도, 그러나 그렇게 낯설지 않은 개연성을 확보하고 있다.

잘 알려져 있듯이 이상과 깊이 교류했던 문우들과 연인들의 삶이 이상의 사후 각각의 정치적 · 실존적 선택에 따라 기이한 운명적 행로를 보여주고 있기 때문이다. "한쪽에 『김일성저작선집』이 있었다면, 그 반대쪽에 『이상전집』이 있었"듯이, "내 왼쪽에 입양기록증이 있었다면, 오른쪽에는 『이상전집』이 있었다. 나는 그 둘 중 어느 쪽이 과연 진짜 나의 아이덴티티를 증명해주는 것인지 알 수 없었다. 내게 이상 문학의 세계란 바로 그랬다."(232~ 233쪽)고 생각한 피터 주가 중국인(타이완) 어머니에게서 태어나 한국인 가정에 입양되어 미국인으로 자라고 한국 현대문학을 전공하게 된 자신의 '난수표' 같은 삶을 뒤돌아보며, 거기서 '나는 누구인가'를 문제 삼는 일은 그에게 이상(문학)과 그것을 둘러싼 '난수표' 같은 비밀, 그리고 뒤엉킨 존재 좌표의 실존을 해명하기 위해 탐구해야 할 또 하나의 과제가 아닐 수 없었을 것이다. 개인의 '아이덴티티'로부터 조국의 '아이덴티티'로까지 범위를 넓혀 자신의 존재 문제를 탐색하고 풀어내는 일은 그러나 『꾿빠이, 이상』의 의도만큼 간단한 과제가 아니어서 이후의 또 다른 구상을 요구한다.

이 지점에서 이상의 삶과 문학을 모방하며 자살로 최후를 마친 서혁민의 존재와 삶의 태도를 간과할 수 없다. 서혁민의 평생에 걸친 모방적 삶, 즉 자기를 산 것이 아니라 '이상'이라는 절대의 대상에 이르기 위한 종생의 삶이 가짜의 삶인가, 아니면 진짜를 향해 탐구해가는 구도의 삶인가 하는 문제도 이 작품을 해석하는 주요 과제 가운데 하나로 포석되어 있다. 더구나 '포스트李箱'을 꿈꾸었던 서혁민이 이상의 삶과 문학을 복제하듯이 닮으려고 했던 모방적 삶은 텍스트로서만이 아니라 삶 그 자체였다는 점만으로도 이례적일 수밖에 없다. 소설의 앞부분과 맨 나중에 배치되어 있는 다음의 두 대목은 '데드마스크'와 「오감도 시 제16호 실화」를 포함하여 이상의 삶을 빈틈없이 모방한 자로서 서혁민의 삶의 진위성(眞僞性) 여부를 이해할 때 깊이 음미해볼 만하다.

> 한 작가의 존재감에 압도돼 평생 그 작가가 되는 것을 꿈꾸며 살아왔다. 그 작가의 작품을 그대로 베껴 쓰는 것뿐만 아니라 그의 삶까지 따라한다. 단어 하나하나는 모조품에 불과해 아무런 생명이 없었으며 삶은 누군가 한번 살았던 삶이다. 푸른 나무 그림에 회색을 덧칠한 꼴이었다. 이상을 통해 한번 생명을 얻었던 언어와 삶이 그에게 와서 죽은 갑각류의 껍질처럼 한낱 껍데기에 불과했다. 타인의 목소리를 흉내 낸 듯 자신감이 없었고 글에 가면이 씌워져 있었다. 나도 모르게 겁이 났다. 이를 위해 일생을 바친다는 것은 무모한 짓이라는 생각이 들었다.

> (……) 그는 글을 베껴 쓰는 데 그치지 않고 이상의 삶까지 흉내 냈다. 그건 자기 삶을 판돈으로 거는 엄청난 도박이었다. 문학 작품의 아류는 쉽지만, 삶의 아류는 간단한 문제가 아니었다. 그의 수기는 그걸 증명하고 있었다.
>
> 『꽃빠이, 이상』, 74~75쪽

> 은식기가 덜커덕거리는 소리와 함께 태어난 그 아이는 박제가 되어버린 천재 이상의 가면을 쓰고 죽어버렸다. 그렇게 죽음으로써 영원한 비밀 하나가 그 아이와 함께 사라져버렸다. (……) 그 비밀이 있었기에 얼굴 하얀 아이 김해경은 부러진 날개를 가지고 영원한 작가 이상이라는 어둠을 향해 날아오를 수 있었다. 그 비밀이 뭔지 알 수 없는 한, 이상이란 미친놈의 개수작에서 위대한 명작 사이를 한없이 오르락내리락 할 뿐이었다. 진짜라고 믿는 자에게 그 세계는 진짜처럼 보이고 가짜라고 믿는 자에게 그 세계는 가짜처럼 보인다. 김해경은 그 사실을 알았기 때문에 기꺼이 자신이 창조한 등장인물 이상에게 자리를 내주고 자신이 간직한 비밀과 함께 사라진 것이다.
>
> 『꽃빠이, 이상』, 243쪽

'진위'와 '모방'의 문제를 제기할 때 서혁민이 이상의 작품과 똑같은 시를 쓰는 일과 이상의 미발표 유고를 찾아 헤매는 일이 언제나 같은 의미였다는 고백은 텍스트만이 아니라 개인의 삶 전체가 관여하는 모방의 문제로 확대되어나간다. 한 개인이 타인의 존재를 모방하여 자기 삶의 내용과 형식으로 삼는 일이란 단순히 흉내 바둑을 두는 수준의 치기와는 근본적으로 다르다. 하지만 생각하기에 따라 타인을 진정으로 숭배하며 그의 일거수일투족을 평생 모방해가는 삶처럼 무모하면서도, 그러나 그토록 황홀한 일이 또 어디 있겠는가. 이처럼 기이한 존재의 모순율을 『꽃빠이, 이상』은 서혁민의 수기를 통해 탐색하고 있다. 이렇게 볼 때 화자 김연(화)이 이상의 도쿄에서의 내면을 압축하여 제시하며, "두말할 나위 없이 '이상'이란, 평생 공들인 인물을 지압붕대 삼아 임시 지혈하고 한 여자의 남편이자 한 가정의 장남인 김해경으로 다시 살아가는 일이다. 죽기 전까지 이상에게는 이 두 가지가 공존했었다. 과연 어느 쪽이 진짜 모습에 가까울까?"(123쪽)라며 던지는 질문은 결국 서혁민 자신의 아이덴티티뿐만 아니라 작중인물 모두의 관심이면서 동시에 『꾿빠이, 이상』 전체의 주제를 묻는 사항에 다름 아니다.

4. 순환하는 원본(위본)의 위본(원본)

이상(문학)에 관한 진위 여부를 작품 구성의 핵심 모티프로 삼고 있는 『꾿빠이, 이상』은 이상(문학)이라는 소재를 넘어서 우리 시대의 문화가 당면하고 있는 하이퍼텍스트와, 진리와 가상의 관계에 대한 본질론으로서 가상현실이나 자기동일성을 갖지 않는 시뮬라크르의 문제까지 연결되어 있다는 점에서 한층 복잡한 논의를 필요로 한다. 표면적으로 이 소설은 작품의 여러 모티프들이 보여주고 있듯이 이상의 원본에 얼마나 근접해 있는가 따지는 '유사성(ressemblance)'의 논리에 맞추어져 있는 것처럼 보이지만, 궁극적으로는 원본 없는 '상사성(similitude)'의 방향에서 '또 다른 원본'을 지향해가는 수평적 동일성의 형식을 취하고 있다. 즉 김해경이 '이상'에게 자리를 내주고 비밀을 간직한 채 사라졌듯이 서혁민 또한 자살을 통해 이상의 삶과 문학에 육박해가면서 '또 다른 이상'이라는 원본을 스스로 만들어낸 것이다. 물론 이러한 자살심리의 밑바닥에는 벤야민이 지적했듯이, "비유기적 사물에의 궁극적 감정이입"(유진 런, 『마르크시즘과 모더니즘』)이라는 서혁민의 이상을 향한 대상숭배의 페티시즘적 복합심리가 침전되어 있어, 삶을 가짜로 여기고 죽음을 궁극적 의미에서 진짜로 전복하여 생각하는 병리적 요소의 개입이 전제된 것으로 분석할 수도 있다. 사정이 이렇게 되면 원본으로서의 '이상'과 위본으로서의 '서혁민'의 구분은 무화되며, 이 지점에서부터 모방 주체의 궁극적 대상을 향한 정신의 기묘한 교섭과 상호 복제가 이루어지기 시작한다.

그렇다면 우리의 능력으로 진짜와 가짜를 분명하게 구분하는 일이 가능하며, 또 그 진위를 판별해낼 수 있는 것일까? 아마도 작가는 예술을 가상으로서의 현실 속에서 생산된 또 하나의 가상으로 보았던 니체의 입장(『비극의 탄생』)을 따르고 있는 것처럼 보이는데, '데드마스크'와 「오감도 시 제16호 실화」를 둘러싼 논의의 비밀은 바로 여기에서 한 가닥 실마리를 찾을 수 있다. 이렇게 생각하면 가짜로 판명된 '데드마스크'는 정말로 가짜이며, 그것을 기사로 발표한 김연(화)는 정말로 치명적인 오보를 한 것일까? 김연(화)와 박태원 연구가의 정희에 대한 사랑은 과연 어느 쪽이 더 진실한 것일까? 그것은 결국 작품을 보는 해석 주체의 판단에 달려있는 일일 테지만, 중요한 것은 "진짜냐 가짜냐"는 이분법이 아니라 앞의 인용문에 나와 있듯이 "보는 바에 따라 진짜일 수도 있고 가짜일 수도 있"고, "진위와는 무관하게 모든 정황이 진짜라면 진짜인 것이고 모든 정황이 가짜라면 가짜"일 수도 있다는 점이다. 따라서 진실은 "진짜라고 믿는 자에게 그 세계는 진짜처럼 보이고 가짜라고 믿는 자에게 그 세계는 가짜처럼 보인다"는 쪽으로 사물 인식의 차원이 변경된다. 절대적 존재자로서 신이 부재하는 시대에 진실이란 진실이라고 믿는 자에게 속할 수 있듯이, 소설 속의 논리에서 진짜냐 가짜냐 하는 것은 논리나 열정의 문제가 아니라 믿느냐 안 믿느냐 하는 '신념'의 영역으로 넘어간다. 여기에 『꾿빠이, 이상』의 함의가 있다.

여기서 우리는 진위 여부와 모방의 문제에 대해 몇 가지 경우를 생각해볼 수 있다. 이를테면 몬테시노스 동굴에서 보았던 것이 진짜냐 가짜냐고 묻는 돈키호테에게 '예언하는 원숭이'가 부분적으로는 진짜이고 부분적으로는 가짜라고 대답한 것처럼(『돈키호테』 제2부 25장) 진짜와 가짜 사이의 확연한 경계를 가르는 일은 근본적으로 어려운 일이다. 또한 중세의 '기사도 소설'을 패러디한 것이 『돈키호테』이고, 그것을 다시 패러디한 것 중의 하나가 보르헤스의 단편 「삐에르 메나르, 『돈키호테』의 저자」이며, 또 다시 그 형식을 패러디한 것이 복거일의 『비명을 찾아서』(최유찬, 「'비명을 찾아서'와 '돈키호테'」)와 같은 작품이라고 할 때, 원본의 고유한 실체성은 고정되어 있지 않고 끊임없이 유동하며 다시 씌어지는 운명을 지니고 있다.

모방으로서의 패러디는 마치 써 있던 글자를 지우고 그 위에 다시 쓰는 일종의 '양피지사본(palimpsest)'과 유사한 맥락을 형성한다. 보르헤스의 「바벨의 도서관」에서도, 어떤 원전에 대해 알고 있는 위대한 사서를 만나기 위해 평생 순례의 길에 나서지만, 그 모험의 도정에서 결국 원전은 찾을 수 없기 때문에 인생을 탕진하고 낭비해버렸다고 깨닫는 화자의 진술에서도 우리는 유사한 양상을 발견한다. 그러나 『꿈빠이, 이상』에서 작의(作意)로 누누이 강조하고 있듯이, 텍스트의 진실이란 논리나 열정이 아니라 믿음의 차원으로 변경될 때 어떤 권위적 중심으로서의 단일한 텍스트가 아니라, 그것을 거슬러 올라가며 해체하는 형식으로서의 글쓰기라는 신념을 요청할 수 있다. 따라서 거기에는 열정의 과잉이나 맹신으로 수렴되는 단일한 목소리가 아니라 대상에 대한 다면적 해석의 목소리가 궁극적으로 중요하다는 메시지를 작가는 소설의 행간에 비밀로 간직해두고 있다.

이렇게 보면, 현실과 허구, 진실과 허위의 문제를 소설의 형식에서 꾸준히 탐색하고 천착해온 김연수의 창작적 발상이 우리 근대문학사의 인물 가운데 이상을 도입한 것은 앞서 강조했듯이 매우 자연스러운 선택으로 평가할 수 있다. "비밀이 없다는 것은 재산 없는 것처럼 가난할 뿐만 아니라 더 불쌍하다"(「19세기식」)는 이상의 '비밀'에 관한 에피그램은 우리 문학사의 어느 작가보다 순도 높게 보증해주는 한 가지 사례에 해당할 수 있기 때문이다. 따라서 전성(展性)과 연성(延性)이 뛰어나 고온의 해석에서도 쉽게 산화하지 않는 '백금(白金)의 수사학'으로 이상 문학의 성질을 규정할 때 『꾿빠이, 이상』에 관한 작가의 소망적 사고는 단순한 소재적 관심을 넘어서 어떤 친연성까지 갖게 한다.

『꾿빠이, 이상』은 작가 김연수의 소설쓰기에 대한 방법적 사유인 동시에 존재적 의미를 추적하고 있는 작품으로 확대하여 이해할 수 있는 작품이다. 진본이냐 위본이냐, 진실과 허위냐 하는 이분법으로서의 사유 과정이 아니라 진짜와 가짜 사이에 스펙트럼처럼 펴져 있는 사물의 인식에 관한 여러 겹의 매듭을 다층위의 서술전략으로 형상화하고 있다는 점에서 『꾿빠이, 이상』은 순도 높은 '하이 패러디' 소설의 한 가지 전범으로 삼을 수 있을 것이다. 이 점은 작가가 "おれ達の幸福を神様にみせびらかしてやる"(우리들의 행복을 신에게 과시해 줄거야)라는 이상의 한 「사신」 가운데 나오는 '행복(幸福)'이라는 단어를 '유편(遺鞭)'으로 슬쩍 바꿔 작중인물들에 부여하고(「데드마스크」의 '에피그램', 7쪽), 더 나아가 『꾿빠이, 이상』이라는 "그런 해괴망칙한 소설"을 완성한 후 은밀하게 '이상(문학)'을 향해 경쾌한 패러디를 시도하고 있는 데서도 잘 드러난다.

5. 『꾿빠이, 이상』, 또 다른 원본의 기원

도호쿠 제국대학에 유학 중이던 김기림이 센다이의 어느 객사(客舍)에서 쓴 「산(山)」(1939)이란 수필에서, 자신의 의지가 아닌 것에 끌리지 않고 스스로의 생을 창조해가는 무모한 영웅들로 요절한 세 명의 예술가 랭보와 고갱과 이상을 거론하며, "모든 벗들이 인생의 나래 아래서 가정을 가지고 예금을 가지고 전지(田地)를 가지고 번영할 때 영웅은 사장(沙場)을 피로써 물들이고 자빠진다."고 쓴 적이 있다. 이상에 대한 김기림의 생각을 약간 패러디해 김수영의 시 「이 한국문학사」에 삽입하여 이렇게 다시 써보면 어떨까.

> 우리는 여지껏 희생하지 않는 오늘의 문학자들에 관해서
> 너무나 많이 고민해 왔다
> 김동인 박승희 같은 이들처럼 사재를 털어넣고
> 문화에 헌신하지 않았다
> 김유정처럼 그밖의 위대한 선배들처럼 거지짓을 하면서도
> 소설에 골몰한 사람도 없다……
> 이상처럼 사장(沙場)을 피로써 물들이고 자빠진
> 영웅도 없다……

독실한 종교적 믿음을 가진 사람들이 그렇고, 돈키호테가 그렇고, 작중의 서혁민이 그랬듯이 모방할만한 대상이 있어 거기에 기꺼이 자신의 삶을 기투하며 따라갈 수 있는 사람은 어찌 보면 더 행복한 삶을 살아가는 존재들일지도 모른다. 진실을 척량(尺量)하는 신성한 정전(正典)이 부재하고, 하늘의 별이 더 이상 지도의 몫을 해주지 못하는 타락한 시대에 "이상처럼 사장(沙場)을 피로써 물들이고 자빠진 영웅"의 삶과 문학을 따라 평생을 바친 서혁민의 존재적 투여란 아마도 관념이 도달할 수 있는 최후의 지경 가운데 하나일 수도 있기 때문이다. 패러디의 명수이자 비밀 만들기의 귀재인 이상이 「종생기」에서 "천하 눈 있는 선비들" 또는 "재사들"이라고 호칭한 후세의 작가와 연구자들을 생각할 때 비록 작품 속이긴 하지만 아마추어 이상 연구가 서혁민은 이상의 사도(使徒)로 가장

오른편에 설만한 인물이라고 해야 할 것이다. 그렇다면 이상의 모든 것에 한 치의 간극도 없이 육박해 들어가려 했던 서혁민이야말로 어쩌면 '이상이라는 원본'에 가장 가깝다고 해야 하지 않을까. 이런 맥락에서 서혁민이 피로써 기록한 수기『이상을 찾아서』와「오감도 시 제16호 실화」로 인하여「오감도」30편 가운데 아직 밝혀지지 않은 나머지 15편의 원본에 이르는 한 가지 가능성을 이제『꾿빠이, 이상』을 통하여 상상적으로 복원하고 획득할 수 있는 한 가지 계기를 찾게 된 것일지 모른다.

여기서『꾿빠이, 이상』과 관련하여 한 가지 더 부연하고 싶은 점은 이런 것이다. 작가 · 시인의 이름을 딴 문학상들이 넘쳐흐르고 있지만 진정으로 우리 문학의 영웅들이 거처할만한 작은 집(문학관)과 방(전집) 하나 변변히 갖추지 못한 게 한국문학사의 현실이다. 오늘의 문화적 상황이 우리 문학사의 저 쟁쟁한 주역들(밤을 밝혀가며 폐를 녹이는 현재의 문학적 영웅들을 포함하여)에게 변변한 예의를 갖출 여건이 아직 못 되었음을 반증하고 있다면, 김동인 · 주요한 · 현진건 등 이 땅의 문학사를 일군 주역들이 어느덧 100년의 역사를 증거 하게 된 오늘의 시점에서 김연수의『꾿빠이, 이상』은 이를 대신하여 2000년, "한국문학사를 대신해 죽었고 죽은 지 한 달 만에 부활했던"(10쪽) 이상 탄생 90주년에 바치는 문학사적 '헌정의 서(書)'로 평가해야 할 것이다.

이상(문학)은 박태원의「제비」와「애욕」, 김기림의 <이상의 영전에 바침>이라는 부제가 붙은「쥬피터 추방」을 거쳐, 이봉구의「이상」, 김석희의「이상의 날개」, 박성원의『이상, 이상, 이상』, 이치은의『권태로운 자들 소파 씨의 아파트에 모이다』중 6장「연심(蓮心)의 남편, 퇴장하다」등의 작품으로 계보화되면서 이제 김연수의『꾿빠이, 이상』이라는 또 다른 원본의 날개를 달고 비상하게 되었다. "나는 믿는다. 箱은 갔지만 그가 남긴 예술은 오늘도 내일도 새 시대와 함께 同行하리라"고(「故 李箱의 추억」, 『조광』, 1937) 쓴 김기림의 '조사(弔詞)'를 떠올릴 때, 작가로서는 결코 쉽지 않은 실증적 영역의 학문적 성과들을 섭렵한 위에 작가 특유의 상상력을 마음껏 발휘하여 완성한 『꾿빠이, 이상』을 갖게 됨으로써 우리는 이제 이상(문학)에 관한 또 하나의 새로운 원본을 갖는 행운을 누릴 수 있게 되었다.

____2001

‘허구’의 변용과 확장

김영하 소설의 한 면모

1. 삶의 ‘잉여’로서의 소설

1990년대에 글을 쓰기 시작한 일군의 젊은 소설가들, 이른바 ‘신세대’ 작가들이 작품에서 보여준 섹스 및 죽음 모티프의 미학적 수용, 속도감 넘치는 문체와 자기 분열적이며 은폐적인 수사의 특징에 대해 “더 이상 생존의 실제 상황에서 일어나는 긴박한 삶의 모티프가 이들에게 실감을 주고 있지 않다는 사실을 반증해 주는 것”(김주연, 「성관습의 붕궤와 원근법주의」, 『가짜의 진실, 그 환상』)으로 보는 시각은 설득력 있는 분석으로 읽힌다. 이들 1990년대의 젊은 작가들이 보여준 감각의 파격과 새로움은 대체로 두 가지 방향에서 이해할 수 있다. 하나는, 그들이 지난 시대에 대한 정치적 부채감으로부터 어느 정도 자유로울 수 있었다는 점이고, 다른 하나는 그에 따른 삶의 어떤 절박함보다는 1990년대라는 탈정치적 상황의 문화적 분위기가 제공해주는 정신적 여유로움이 이들 젊은 작가들의 삶과 문학에 적지 않은 영향을 주었으리라는 것이다. 그래서 ‘생활의 잉여로서의 문화'(최인훈, 『문학과 이데올로기』)가 이들 신세대 작가들의 작품 안에는 다양한 스펙트럼을 형성하며 녹아 있다. 그들은 그림을 비롯하여 영화와 만화와 대중음악과 사진 등에 대한 폭넓은 관심이나 지식을 창작의 주요 모티프로 활용한다. 이런 맥락에서 일종의 '문화주의적 경향'이라고 부를 수 있는 왕성한 문화적 감수성과 표현 욕구를 신세대 작가들의 작품을 형성하는 주요 자질로 인식하는 것은 충분한 타당성과 설득력을 지닌다.

김영하는 이미지와 실체 사이의 관계에 대해 탐구하고 있는 등단작 「거울에 대한 명상」(1995)에 이어, 자신의 첫 장편소설 『나는 나를 파괴할 권리가 있다』(1996)에서 소설이 "삶의 잉여에 적합한 양식"임을 피력하고 있다. 소설의 양식 혹은 소설쓰기에 대한 의식의 원점을 형성하고 있는 김영하의 이 명제적 진술은 향후 그의 작품 세계를 담아내는 하나의 틀로서 중요한 함의를 지니게 된다. 소설이 삶의 잉여에 적합한 양식이라는 그의 의식은 1990년대적 문화의 특징을 반영하는 것으로서, 삶의 결핍을 견디고 벗어나기 위한 태도의 치열함이랄까 현실의 척박함에 맞서는 지난 시대의 정신적 긴장감보다는 한결 여유롭고 한가한 시간 안에서 문학을 창작하기에 적절한 자양분을 제공한다.

김영하의 문학에서 '잉여'란 마르쿠제의 '현실/쾌락 원칙'이나 '일/놀이'(『에로스와 문명』)의 대립 구도에서 '쾌락원칙'이나 '놀이'의 축으로 옮겨온 1990년대 문화의 현상을 적용해야만 이해할 수 있는 키워드라고 할 수 있다. 1990년대의 신세대 작가들에게 나타나는 세대론적 공통 감각 속에는 김영하가 말하고 있듯이 삶의 '잉여'로부터 분출되는 내면의 제반 양상들로서 권태나 허무의식, 나르시시즘적 경향, 성적 탐닉을 통한 소통의 가능성 모색, 속도에 심취된 감각 등이 필요조건으로 함축되어 있다. 그런 의미에서 김영하가 소설을 "삶의 잉여에 적합한 양식"으로 포착해낸 것은 소설을 이해하는 자기규정 혹은 창작 원리에 다름 아니며, 동시에 1990년대의 젊은 작가들이 산출한 작품들에서 발견되는 문화적 감수성을 압축하여 설명해줄 수 있는 개념으로 이해될 수 있다.

2. '허구'의 탐구

「거울에 대한 명상」에서도 탐구되고 있듯이, 소설의 현실재현 가능성을 처음부터 배제하고 있는 김영하의 의식은 근대적 의미의 리얼리즘과는 거리를 두고 출발한다. 소설을 삶의 '결핍'이 아니라 '잉여'의 양식으로 이해하는 그의 미학적 태도는 그래서 가상현실이나 판타지 또는 전설 속의 이야기나 역사적 사실로부터 소재를 취하는 경우에도 소설의 현실적 제약으로부터 자유롭게 벗어날 수 있는 것이다. "어차피 허구로 가득한 세상"(『나는 나를 파괴할 권리가 있다』, 61쪽)이며, "세상 모든 것이 이미지로 둘러싸여 있고, 우리가 취하는 하나하나의 행동이 우리가 어디선가 보았던 어떤 이미지나 실체의 복제물에 불과한 이 시대"(「거울에 대한 명상」, 『호출』, 265쪽)에는, 실제 사건보다 허구가 더 쉽게 이해될 수 있다고 보기 때문이다. 퍼포먼스만이 진짜 예술이며, 모니터를 통해서 보여주는 비디오아트는 이미 실재가 아니기 때문에 예술이 될 수 없다는 미미의 주장에 대해 비디오아티스트인 C가, 어차피 예술이란 실재를 한 번 걸러내는 것이며, 그래서 "회화든 조각이든 실재를 어떤 방식으로든 변형해서 실재를 더 실재답게 만들어내는"(「나는 나를 파괴할 권리가 있다」, 113쪽) 과정이라고 말하는 것도 허구를 적극적으로 수용하려는 작가의 미학적 태도와 밀착되어 있다.

이 지점에서 김영하는 소재의 외연을 과거와 역사의 무대로 확장하여 '소설이란 무엇인가'에 대한 근본적인 관심을 재인식하면서, 이를 조선

시대의 '아랑 전설'과 관련된 이야기에 적용하여 심화시켜 나간다. 여기서 주목해야 할 점은 이 소설이 단순히 역사적 사실에서 소재를 취하여 전개하는 역사소설의 취향과는 거리가 멀다는 점이다. 『아랑은 왜』에서 작가는 결국 '허구'의 창조 과정으로서 소설쓰기란 무엇이고, 작가는 누구이며, 그 글을 읽는 독자들은 누구인지 질문하는 소설 창작에 대한 메타픽션의 가능성을 탐구한다. 그런 의미에서 김영하가 자신의 소설쓰기에 대한 인식을 가다듬고 새로운 형식을 실험하려는 의도를 반영하는 과정으로서 과거의 설화를 활용한다든지(『아랑은 왜』), 삭제되거나 누락된 근대사의 영역에 이야기의 생기를 불어넣어 질문을 던지고 있는 것(『검은꽃』)은 아주 자연스러워 보인다.

3. '이야기'의 실험과 활용

김영하는 『아랑은 왜』의 표지 글에서, 아랑 전설을 만들어 퍼뜨리던 옛이야기꾼들처럼 자신도 이야기를 전달하는 하나의 징검다리에 불과한 존재로 규정하면서 그것이 이야기를 만드는 사람들의 운명임을 피력하였다. 이 작품에서 가장 먼저 눈에 띄는 것은, 작가 자신이 '아랑 전설'을 여러 인물의 시각과 입장에 따라 다양하게 변주시켜 해석하는 서술전략으로서 메타소설의 창작과정을 작품 안에 그대로 노출시켜 보여주고 있다는 점이다. 그렇다면 작가는 '아랑 전설'을 가져와서 무엇을 말하려는 것일까?

> 세상 모든 이야기에는 어떤 틈이 있다. 이 틈이야말로 이야기가 어떻게 만들어졌는가를 짐작할 수 있게 해주는 중요한 단서다. 어떤 이야기가 덧붙여지거나 이미 있던 이야기의 요소가 사라질 때, 거기에는 언제

나 작은 흔적이 남게 마련이다.

『아랑은 왜』, 16쪽

서술자로서 작가가 작중 화자를 통해 말하고 있는 핵심은 "모든 이야기에는 어떤 틈이 있다"는 명제이다. 따라서 작가는 아랑 전설에 나오는 이야기를 변형 없이 그대로 가져오는 것이 아니라, 거기에 새로운 형식을 부과하여 재창조하기 위해서는 원 이야기에서 '틈'을 발견하고, 그 틈에 작가의 상상을 부가하여 의미를 형성해나간다. 이러한 의도에서 작가는 "피살자의 시신을 부검하여 사인을 밝혀내는 법의학자의 자세"(17쪽)로 아랑 전설을 재검토하여 다시 이야기를 구성해간다. 여기에 작가는 "현대와 과거를 대위법적으로 나란히, 일정한 거리를 두고 배치하는 구성"(65쪽)을 취한다. 그리고 서사적 화음을 구축하기 위해 "아랑 전설에 대위법적으로 대응하는 현대의 인물"(115쪽)로 번역가 '박'과 미장원 아가씨 '영주'를 이중 구조로 배치한다.

이쯤에서 짚고 넘어갈 것이 있는데, 그것은 우리가 아랑의 전설을 토대로 어떤 이야기를 새롭게 쓸 수 있을까를, 단지 탐색하고 있을 뿐이라는 것이다. 우리는 이 책의 끝까지 여러 자료들을 검토하고 그것을 통해 이야기를 구성하는, 일종의 퍼즐 게임을 계속하게 될 것이다. 누군가는 우리의 책을 바탕으로 새로운 아랑의 이야기를 쓰게 되겠지만 적어도 우리의 책 안에서 이야기의 종결은 없다.

『아랑은 왜』, 203쪽

"16세기로 보내진 근대적 의미의 탐정"(272쪽)으로 설정된 김억균이 합리성과 투명한 이성의 논리로 사건의 진상을 파헤쳐 진실을 찾아가는 인물이라면, 이상사는 비합리성과 불투명성을 특징으로 하는 "전근대적 이야기꾼의 면모”(272쪽)를 보여준다. 그런데 여기서 실제 작가인 서술자가 아랑 전설을 다시 쓰고, 결말 부분에 이르러 ‘박’이 서술자가 다시 쓴 아랑 전설 이야기를 또 다시 서술하고 있는 이유는 이 이야기에서 “종결”이 정해져 있지 않고 누구에 의해서 언제든지 다시 쓰일 수 있다는 탈근대적 서술의 가능성을 열어놓고 있기 때문이다. 다시 말해 작가는 『아랑은 왜』의 원 이야기를 통해 근대소설의 텍스트 생산과 서술 방식에 대한 전복을 시도하고 있는 것이다. 작가의 이런 태도는 그의 문학적 여정에서 갑작스러운 것이 아니라 이미 앞선 작품들을 통해 축적해 온 창작 의식의 경향을 반영한 것으로 이해할 수 있다. 작가의 이러한 탈 근대적 의식은, 우리의 기억에서 누락되어 있거나 사라진 근대 초기의 시공간으로 눈길을 돌려 본격적으로 역사 바깥의 이야기를 소설 영역 안으로 불러들인다.

4. ‘역사’의 소설적 변용과 확장

문학작품에서 역사적인 문제를 다루는 경우, 겉으로 드러난 작품의 주제나 작가의 사상 혹은 사실의 인과관계만이 아니라 그 이면에 숨겨져 잘 드러나지 않는 부분, 역사학이 파악하기 어려운 시대성 너머의 생략된 부분을 보충하여 복원해내는 과정이 필요하다. 다시 말해, 작품을 구성하고 있는 여러 요소나 맥락 가운데 하나의 흐름에 관심을 두고서, 그것이 작품 전체의 구도에서 어떤 의미를 형성하고 서사의 방향에 어떤 영향을 끼치고 있는가 하는 데 관심을 집중하는 것이 요구된다. 그러기 위해서는 기존의 작품 읽기 방향과는 다른 방식, 이를테면 사상이나 이념 등 거시적 관점에서만이 아니라 ‘미시문화사적 방법’에 의해 『검은꽃』 전체의 서사를 구성하는 핵심적인 인자(因子)를 다양한 각도에서 조명하여 읽어내는 일이 요청된다.

미시문화사의 방법론이 보여주는 텍스트 접근 방법이나 추론을 통한 '가능성의 역사'를 『검은꽃』 분석에 적용하여 읽게 될 경우, 작품의 다양하고 세밀한 모습들을 더욱 구체적으로 이해할 수 있다. 이 점은 역사를 '서술하는' 과정에서 역사가들에 비해 문학가들이 훨씬 자유로운 입장을 취할 수 있음을 전제하는 것이다. 왜냐하면 E. H. 카가 말하고 있듯이, 역사의 사실들은 결코 순수한 형태로 존재하는 것이 아니라 기록자의 마음을 통과하면서 항상 굴절되기 마련이며, 따라서 역사가들은 자신이 다루고 있는 사람들의 마음이나 그들의 행위의 배후에 있는 생각을 '상상적 이해'(imaginary understanding)의 과정을 통해 한층 더 풍부하게 도출해 낼 수 있기 때문이다. 역사를 이해하는 이런 입장은 더 나아가 역사의 사실 사이에 가능한 한 밀접한 인과관계를 확정하려는 실증주의 역사학의 입장이 아니라, 인과관계로부터 누락되어 있는 역사의 세부적인 사항들에 주목해야 할 필요성을 강조하게 된다.

『검은꽃』은 『아랑은 왜』에서 이야기의 '틈'을 찾아 소설의 허구적 개입이 가져오는 재창조의 의미에 대해 질문했던 것을, 다시 우리 근대사의 누락된 빈틈의 시공간을 찾아 '이야기'와 소설에 대한 작가의 입장을 역사라는 장(場)에 적용하여 펼쳐내고 있는 역사소설이다. 그러나 『검은꽃』은 기존의 역사소설과 달리 작품 전체를 흐르고 있는 정신이랄까 주제의 지향이 단순히 민족수난사를 기록하려는 열정보다는, 거대한 역사의 강물에 낙엽처럼 흘러내려가는 이름 없는 사람들의 운명에 대한 도전과 좌절, 그리고 죽음에 이르는 과정을 냉정한 시선으로 포착해내고 있는 작품이다.

1905년 4월 제물포 항에서 1,033명의 조선인들이 무너져 내리는 대한제국을 뒤로 한 채 영국 국적의 기선 일포드 호에 승선한다. 부푼 꿈을 안고 긴 여정 끝에 도착한 멕시코 농장에서, 정작 그들을 기다리는 것은 혹독한 노동과 저임금일 뿐이다. 그들은 가혹한 노동에 견디지 못하고 죽거나, 멕시코 전역을 유랑하면서 내전에 휩쓸려 이름도 없이 스러져간다. 그 가운데 42명이 일제에 빼앗긴 나라를 이어받을 새로운 국가 건설 자금을 마련하려고 과테말라 혁명군에 가담하지만, 정부군과의 교전 끝에 대부분 전사하는 비극적 결말을 맞는다.

작가는 『검은꽃』에서 공식 역사의 기록에서는 발견할 수 없는 이름 없는 민중들의 마음이나 욕망의 근거들을 풍부한 상상적 이해의 과정을 통해 세밀하게 복원하고 있다. 이 점은 기존의 우리 역사소설이 닿지 못했던 미개척의 영토를 발견한 것으로, 『검은꽃』의 새로움이자 독창성이라고 할 수 있다. 이런 독창적인 이야기의 창조적 구성이 가능할 수 있었던 것은, 이전의 소설 창작 과정에서 김영하가 축적한 소설 양식에 대한 진지한 천착, 즉 이야기의 기원과 생성 원리를 다양하게 실험하면서 축적된 창조적 상상력이 바탕을 이루고 있었기 때문이다. 다시 말해, 『검은꽃』은 작가 자신이 견지하고 있는 허구로서의 소설에 대한 입장을 대한 제국의 국가적 운명이 다해가는 1905년의 시점으로 이야기의 틈을 벌려, 그 시기를 살다간 이름 없는 한인들의 해외 이주 수난사와 그 운명의 변용에 초점을 맞춰 촘촘하게 메워내고 있다.

이 작품이 역사소설로서 독특한 개성을 발휘하고 있는 지점은 여러 곳에서 발견된다. 멕시코의 에네켄 농장에서 자본의 자기증식 원리에 희생당하는 힘없는 소수민족의 비극적 운명 창조에 작가의 관심이 놓여 있다는 점, 조선의 풍속과 전통 윤리가 무화되는 공간인 '일포드 호'의 상징성이 승화되고 있기 때문이다. 이와 함께 작가는 신분을 초월해 사랑을 나누는 이연수와 김이정, 통역 권용준과 도둑 최선길, 왕족의 후예 이종도, 전직 군인 조장윤, 파계 신부 바오로(박광수), 박수무당 등 독창적인 인물 창조를 통해 근대적 주체의 탄생을 설득력 있게 그려내고 있다. 여기에 아시엔다라는 대농장에서의 일상적 삶이 부과하는 생존을 위한 극한 상황과 멕시코 내전의 소용돌이 속에서 소멸해가는 조선인들의 운명적 유전을 박진감 있게 묘사하고 있다. 그러나 무엇보다 『검은꽃』에서 주목해야 할 점은, 이 작품의 주제로서 강렬하게 분출하고 있는 우리 역사와 민족과 국가에 대한 본원적 질문이다.

> 이정은 일기에다 이렇게 썼다. 국가가 영원히 사라질 수 있을까? 그렇게 된다면 어떻게 될까? 혁명이 시작되고부터 이미 멕시코엔 국가가 없는 것이나 마찬가지다. 모두가 각자의 화폐를 찍고 다른 돈을 쓰는 자는 죽인다. 살육이 살육을 부른다. 힘을 가진 자들은 모두 멕시코시티로 진격한다. 그것이 곧 길고 긴 혁명의 시작과 끝이다. 벌써 수십만이 죽었다. 이것은 국가 때문에 벌어진 일인가 아니면 국가가 없기 때문에 벌어진 일인가. 대한제국이 있었지만 우리는 행복하지 않았다. 그리고 지금의 멕시코도 마찬가지다. 어디에서나 피비린내가 진동한다. 더 센 국가가, 일본이, 그리고 미국이, 약한 나라를 지배하기 위해 전쟁을 일으키고 내전을 지원한다.
>
> 『검은 꽃』, 258쪽

이정과 친하게 지내던 기이한 무정부주의자 미겔이라는 멕시코 병사가 "국가야말로 만악의 근원"(258쪽)이라고 말하는 것이라든지, 과테말라 혁명군의 용병으로서 절체절명의 위기 상황에서 '국적'의 유무에 대해 토론을 벌이는 이 장면에서 우리는 근대가 형성되는 시기의 역사적 정황을 알레고리의 장치로 복원해내는 작가 의식과 미학적 방법론의 한 정점을 읽게 된다. 요컨대 이 작품에서는 근대적 개성을 소유한 여러 유형의 인물 창조 및 서사 공간의 도입, 근대로의 여정과 탈근대로의 환상적 초월이 교차하는 서술 담론 등 소설의 소재를 수용하고 변용하면서 확장해가는 탁월한 이야기꾼으로서의 작가적 면모가 유감없이 발휘되고 있다.

5. 김영하 문학의 향후

「거울에 대한 명상」(1995)으로 등단한 이후 짧은 시간 안에 우리 문단의 주목을 한 몸에 받아 온 김영하는 짧지 않은 문학적 여정을 밟아오면서 자기만의 고유한 문학적 개성과 소설에 대한 비전을 확고하게 마련한 작가로 평가할 수 있다. 그간 소설집 『호출』(1997), 『엘리베이터에 낀 그 남자는 어떻게 되었나』(1999), 『오빠가 돌아왔다』(2004), 그리고 장편소설로 『나는 나를 파괴할 권리가 있다』(1996), 『아랑은 왜』(2001), 『검은꽃』(2003) 등에 이르기까지 자기 고유의 작품 세계를 구축해온 작가로서 이제 그는 자신의 문학에 대한 정리와 새로운 모색이 필요한 시점에 있다. 그의 초기 작품들을 포함하여, 『아랑은 왜』에서의 소설적 실험을 거쳐 『검은꽃』에서 펼쳐내는 삶과 운명과 역사에 관한 작가적 통찰력은, 향후 김영하 소설의 새로운 가능성을 열어주는 뚜렷한 징후로 인식될 수 있을 것이다.

___『문학사상』 397호, 2005년 11월호

관능적 일탈을 향한 현대판 전기소설의 유쾌한 실험

마광수의 『광마잡담』

1. 마광수 문학의 모태

마광수 문학의 모든 것은 시집 『가자, 장미여관으로』(1989)에서 발원하고 있다. 그로테스크하게 화장을 한 여인의 강렬한 얼굴이 클로즈업되어 있는 파격적인 표지의 이 시집에는 작가의 독특한 문학 세계를 일목요연하게 이해할 수 있는 핵심 정보들이 망라되어 있다. 그래서 이 시집을 읽어보면 마광수의 에세이와 시와 소설의 주제 및 모티프들은 물론이고, 지금까지 창작된 그의 작품들을 관통하는 상상력의 모태를 발견할 수 있다. 이를테면 『나는 야한 여자가 좋다』, 『권태』, 『자궁 속으로』, 『사랑받지 못하여』, 『왜 나는 순수한 민주주의에 몰두하지 못할까』 등의 시들은 이후 에세이집이나 장편소설의 표제 및 주제로 확장되고 있으며, 「손톱」, 「그 여자의 손톱」, 「뾰족구두」, 「사랑하는 이여, 난 당신 손톱이 좋았지」 등에서 피력된 관능적 상상력은 에세이집 『나는 야한 여자가 좋다』나, 장편소설 『권태』(1990)와 『즐거운 사라』(1992)에서 마광수 문학의 핵심 모티프인 '손톱 페티시즘'으로 묘사된다. 「모든 것이 불안하다」, 「불편한 것은 아름답다」, 「거꾸로 본 세상은 아름답다」 등에 녹아있는 '불안함', '불편함', '거꾸로 보기'와 같은 시상(詩想)들에도 세상의 사물과 현상을 새로운 시선으로 관찰하여 다시 해석해내려는 마광수 문학 특유의 개성적 면모가 유감없이 발휘되고 있다.

『알라딘의 신기한 램프』(2000)를 비롯하여, 전기소설(傳奇小說) 양식에 관능적 상상력을 한껏 발휘하여 창작된 『광마일기』(1990)와 신작 장편소설 『광마잡담(光馬雜談)』(2005)에 이르기까지 마광수 문학의 고유 브랜드라고 할 수 있는 '관능적 상상력', '페티시즘', '유미적 쾌락주의'의 문학관 역시 『가자, 장미여관으로』에 그 원천을 두고 있어 특별한 주목을 요한다. 한 작가가 한 권의 시집으로부터 시종일관 자신의 문학적 상상력과 모티프를 가져오고 있다는 것은 무척 흥미로운 경우라고 할 수 있다. 마광수가 이 시집에서 자신의 문학관을 포함하여 향후에 전개해나갈 작품세계에 대해 선언적으로 피력하고 있는 다음과 같은 발언은 그의 시와 에세이를 비롯한 일련의 소설들과 장편소설 『광마잡담』을 이해하는 데에도 좋은 지표가 된다.

> 누구나 잘 사는 사회, 누구나 스스로의 야한 아름다움을 나르시시즘으로 즐길 수 있는 사회를 만들어야만 한다. (……) 모든 사람들이 '괴로운 노동'으로부터 해방되어, '즐거운 노동', 이를테면 화장이나 손톱기르기 등을 통해 자신의 아름다움을 가꾸는 노동에서 진짜 관능적 쾌감을 얻을 수 있도록 구체적인 해결책을 모색해 봐야 할 것이다. 따라서 유미주의에 바탕을 둔 쾌락주의, 또는 복지지상주의(福祉至上主義)가 요즘의 내 신조라면 신조라고 할 수 있다. (……) 즐거운 권태와 감미로운 퇴폐미의 결합을 통한 관능적 상상력의 확장은 우리의 사고를 보다 자유롭고 풍요롭게 만들어 준다. 인류의 역사는 상상을 현실화시키는 작

업의 연속이었다. 꿈이 없는 현실은 무의미한 것이고 꿈과 현실은 분리되지 않는다. 꿈은 우리로 하여금 현실적 실천을 가능케 해주는 원동력이 되어 주기 때문이다.

〈책머리에〉, 『가자, 장미여관으로』

이 시집에는 작가의 10대 중반 청소년 시절부터 30대 후반에 이르기까지 창작된 시들이 망라되어 있어 그의 관능적 미의식의 기저와 유미주의적 문학관의 원천을 뿌리에서부터 이해할 수 있는 계기를 제공해주고 있다. 잘 알려져 있다시피, 시집 『가자, 장미여관으로』는 출간 당시 '성(性)'을 소재로 한 독특한 주제 의식과 감각적인 표현으로 우리 문학계에 신선한 충격을 던져주었다. 이 시집은 마광수 문학에 대한 호불호와 견해 차이와는 별도로 그의 문학에 관심을 가지고 있는 사람들에게는 작가의 창조적 상상력과 문학적 입장의 원천을 이해할 수 있는 좋은 텍스트 역할을 하고 있어 꼼꼼히 재음미해 보아야할 필요가 있다.

'유미주의'와 '관능적 상상력'의 확장을 통해 '실용주의적 쾌락주의'나 '복지지상주의 이론'을 문학적 현실 속에서 실현해보려는 작가의 소망적 사고가 이번 신작 장편소설 『광마잡담』에서도 여전히 강조되고 있다. 『알라딘의 신기한 램프』 이후 만 5년 만에 내놓는 『광마잡담』에는 그의 초기 시집 『가자, 장미여관으로』에서 피력된 개성적 문학관이나 세계를 이해하는 독창적 관점이 『권태』와 『광마일기』를 계승하며 지속되고 있다.

2. 현대판 '전기소설'의 실험

그의 첫 장편소설 『권태』가 마치 영화를 보는 느낌을 갖도록 '페티시즘'을 주요 모티프로 하여 판타스틱한 묘사에 치중한 작품이었다면, 『광마잡담』은 관능적 묘사와 아울러 서사적 스토리텔링이 주는 속도감 넘치는 재미를 느끼도록 의도된 작품이다. 『광마잡담』에는 모두 아홉 편의 이야기가 연작 형태로 연결되어 각 작품의 독립된 내용 사이에 유기적 관계가 이루어지도록 배열되어 있다. 『광마잡담』에 배열된 아홉 편의 이야기 가운데 일인칭 '나'가 주인공으로 되어 있는 것은 「인어 이야기」, 「두 여인」, 「무덤 속의 여인」, 「다이아나 이야기」, 「별은 멀어도」 다섯 편이고, 삼인칭은 「모란꽃 이야기」, 「공처가 이야기」, 「노루 이야기」, 「도깨비집 이야기」 네 편이다.

『광마잡담』은 '전기소설(傳奇小說)' 양식의 현대적 적용, '사소설' 기법의 도입, 그리고 '가벼움'의 서술미학 실험 등 몇 가지 면에서 작가의 창작 의도를 뚜렷이 보여주고 있는 소설이다. 우선 이 작품은 우리의 전통소설 양식인 '전기소설'을 실험적으로 도입하고 있다. 이 점에 대해서 작가는 『광마잡담』의 선행 작품인 『광마일기』에서 다음과 같이 밝히고 있다.

> 내가 몽환적인 얘기를 사이사이에 끼워 넣은 것은 전기소설적(傳奇小說的)인 흥취를 도모하기 위한 것이기도 했지만, 그것이 전체 줄거리와도 상관성이 있게 함으로써 소설에서의 '상상적 현실'의 중요성을 강조하고자 하는 의도에서였다. 그렇기 때문에 꽃의 요정이 나오는 얘기인 「꽃과 같이」의 무대는 설악산 백담사가 되었고, 내 친구가 선녀의 핏줄이었다는 모티프로 이루어진 「꿈길에서」는 6·25 동란이 시대 배경으로 자리 잡았다. 그리고 처녀 귀신 야희와의 연애담인 「달 가고 해 가면」에서는 연세대학교 뒷산인 무악산이 등장하게 되었다.
>
> 「내 소설 『광마일기』에 대하여」, 『사라를 위한 변명』, 135~136쪽

작가가 설명하고 있듯이, 『광마일기』의 창작 의도는 현실과 상상의 세계를 넘나들며 사소설 기법을 빌려 '현대판 전기소설'을 시도하려는 데

있다. 그리고 작품의 주된 정서로는 '고급한 센티멘탈리즘'을 위주로 하고, 거기에 '세련된 에로티시즘'을 가미하는 것을 기본 원칙으로 삼고 있다. 이와 같은 작의(作意)는 서양의 문학이 주로 아리스토텔레스의 모방이론에 근거하여 씌어지는 '재현(representation)의 문학'임에 비해, 동양의 문학은 현실과 현상을 뛰어넘어 본체의 신비를 캐보려고 노력하는 '표현(presentation)의 문학'이라는 작가의 문학관에 기반을 두고 있다. 그래서 작가는 동양 문학의 본령이 '전기문학(傳奇文學)'에 있으며, 따라서 작품의 주제도 사회비판에 있는 것이 아니라 환상적이고 비현실적인 소재를 통하여 삶의 근원적 진실을 알아내려는 데 있다고 주장한다.

우리 문학의 흐름에서 이해할 때 전기소설은 매우 광범위하고 뚜렷한 내적 전통을 지니고 있는 소설 양식이다. 이가원 교수가 지적했듯이, 조선시대 전체를 통하여 전기적(傳奇的)인 경향을 띠지 않는 작품이 거의 없을 정도로 전기(傳奇)양식이 조선조 소설에 큰 영향을 끼쳤음은 잘 알려진 바와 같다. 전기소설은 대체로 신괴(神怪) · 염정(艶情) · 우언(寓言) · 호협(豪俠) 등의 유형을 특징으로 하여 현실에서의 인간 생활을 벗어나 천상(天上), 명부(冥府), 용궁(龍宮) 같은 환상적인 세계를 배경으로 벌어지는 비현실적 무용담이나 연애담 같은 기이한 사건들을 다룬다. 『금방울전』, 『금령전』, 『금오신화』, 『삼설기』 같은 고전소설들이 여기에 해당한다. 특히 『광마잡담』 안에 수록되어 이어지고 있는 여러 편들은 요정이나 신선, 여우, 귀신 등을 주요 등장인물들로 삼아서 이색적인 내용을 서술한 전기소설의 결정판인 중국 청대의 문언단편소설집 『요재지이(聊齋志異)』로부터 소재와 모티프를 가져오고 있다.

『광마잡담』에 수록된 아홉 편의 이야기 가운데 「인어 이야기」, 「두 여인」, 「모란꽃 이야기」, 「공처가 이야기」, 「무덤 속의 여인」, 「노루 이야기」, 「도깨비집 이야기」 일곱 편은 모두 전기소설적 기법에 의해 현실과 비현실의 공간을 넘나들며 벌어지는 환상적인 사건들을 다루고 있다. 이들 일곱 편의 각각의 이야기들은 주인공(일인칭 '나' 혹은 작가를 연상시키는 삼인칭 화자)이 용궁에서 추방된 암갈치 인어(「인어 이야기」), 여우의 정령이나 유령(「두 여인」, 「도깨비집 이야기」), 모란꽃 요정(「모란꽃 이야기」), 백사(白蛇)의 정령(「무덤 속의 여인」), 노루 요정(「노루 이야기」) 등과 나누는 유현(幽玄)한 분위기의 관능적인 러브스토리를 내용으로 하고 있다. 실제로 작가는 『광마잡담』 가운데 여러 편들을 포송령의 『요재지이』에 있는 작품들의 모티프를 활용하여 재구성하고 있는데, 「두 여인」, 「모란꽃 이야기」, 「공처가 이야기」, 「노루 이야기」, 「도깨비집 이야기」는 『요재지이』의 「연향(蓮香)」, 「갈건(葛巾)」, 「마개보(馬介甫)」, 「화고자(花姑子)」, 「소사(小謝)」 이야기를 각각 패러디한 것이다. 그런 의미에서 『광마잡담』은 「인어 이야기」나 공상과학 소설의 모티프를 차용한 「다이아나 이야기」, 「별은 멀어도」 두 편을 제외하면 이전의 『광마일기』가 그랬듯이 소설의 전기성에 '고급한 센티멘탈리즘'과 '세련된 에로티시즘'을 가미한 '현대판 전기소설'로 규정할 만하다.

비현실성과 황당무계함을 내용으로 하는 전기소설의 특징은 그 유현성(幽玄性)에 있다. 여기서 '유현(幽玄)'이란 현실의 세계가 아닌 상상적 세계, 환상의 세계를 의미한다. 현실의 모든 양상을 인과와 전생의 업보에 연결시켜 생각하는 윤회사상이 동양적 생활철학의 밑바탕을 이루고 있다는 점을 생각하면, 그의 문학은 우리의 인생 자체가 이미 '꿈'으로 밖에는 표현될 수 없는 불가지론이라는 전제에서 출발한다.[1] 그래서 현실을 영원과 연결시키기 위해서는 현실을 현실 그대로 보지 않는 일종의 '상징적 계시'가 필요하다는 논리가 그의 문학에서 자연스럽게 성립되는 것이

1) 마광수, 『상징시학』, 청하, 1985, 135쪽.

다. 이전의 『광마일기』나 신작 『광마잡담』에서 작가가 집요하게 추구하고 있는 현대판 전기소설의 실험은 오늘의 우리 문학에도 여러 가지 시사점을 제공해준다.

3. '사소설' 기법의 도입

『광마잡담』의 또 다른 특징은 소설의 본령이라고 할 수 있는 '허구성', 즉 '그럴듯한 거짓말' 효과를 최대한 발휘하기 위해 '사소설 기법'을 도입하고 있다는 점이다. 이 점을 구체적으로 알아보기 위해서는 『광마일기』의 창작의도에 대해 설명한 작가의 다음과 같은 진술을 참고해보는 것이 좋을 듯하다.

> 나는 이 소설을 '거짓말이 많이 섞인 사소설(私小說)' 형식으로 썼다. 그래서 남주인공이 꽃의 요정과 연애하기도 하고 고려 때 죽은 처녀 귀신과 연애하기도 한다. 그리고 그런 식의 전기적(傳奇的) 성격의 에피소드가 아니라 하더라도, 남주인공이 친구 부부와 부부 교환의 정사를 벌이거나, 또는 극장에서 자살을 기도한 정체불명의 여성과 연애하는 등 거의가 허구적 스토리로 되어 있다.
>
> 「내 소설의 주인공들」, 『사라를 위한 변명』, 264쪽

전기소설의 성격에 '사소설' 형식을 도입하고 있는 『광마일기』에서 작가는, 조선조의 『금오신화(金鰲新話)』나 『수성지(愁城誌)』, 그리고 『화사(花史)』 등이 주로 3인칭 시점을 활용하고 있는 것과는 달리 작가 자신을 직접 주인공으로 등장시킨 바 있다. '사소설'이 작가 자신이 소설의 주인공으로 직접 등장하여 자신의 체험을 있는 그대로 그리려는 경향의 소설을 의미한다고 할 때, 『광마일기』를 비롯하여 『광마잡담』에서 사소설 기법

을 작가가 즐겨 채택하고 있는 이유는 바로 소설의 본질적 특징인 '그럴듯한 거짓말'을 한층 효과적으로 부각시키기 위한 의도 때문인 것으로 보인다. 「인어 이야기」에서 작가 자신의 본명을 그대로 드러내면서, 거기에다 독자들에게도 잘 알려진 현존 작가 '하일지'를 함께 등장시킨다든지, 「두 여인」에서는 작가 자신이 현재 살고 있는 것으로 보이는 서울 시내의 아파트촌과 그 주변의 카페를 주요 배경으로 삼고 있다. 「공처가 이야기」에서도 주인공을 작가의 이름을 연상시키는 '마광서(馬光瑞)'로 설정하여 서술하고 있는 등 작가는 자신의 모습을 작품 안에 이런저런 형태로 드러낸다.

작가가 의도하고 있는 이런 '그럴듯한 거짓말'은 모방론의 입장에서 볼 때 '개연성(probability)'과 '박진감(verisimilitude)'이라는 서술 미학적 요구를 충족시켜 준다. 또한 이것은 아리스토텔레스가 말했듯이, '뿔 있는 암사슴' 그림이 잘 그려져 즐거움을 줄 수만 있다면 그것이 사실과 꼭 부합하지 않는다고 해도 나름의 가치를 지니고 있다고 보는 이론과도 부합한다.[2] 플라톤의 입장과 달리 효용론의 관점에서 문학의 쾌락적 기능을 중요하게 여겼던 아리스토텔레스는, 문학이 최악의 경우 철학적 진리를 담고 있지 않더라도 문학적 아름다움과 즐거움을 가지고 있으면 그 가치를 인정할 수 있다고 보았다. 다시 말해 아리스토텔레스는 플라톤처럼 예술적 가공 과정에서 발생하는 아름다움을 무시하고 오직 진리만 과도하게 드러내려는 문학에 그다지 높은 가치를 두지 않았다는 점을 생각할 때, 마광수가 자신의 소설에서 '그럴듯한 거짓말'을 도입하고 있는 것은 사실성을 기대하는 독자들의 상상력을 배려하려는 의도적 장치로 이해할 수 있다. 이런 의도가 사소설 형식을 통해 형상화되고 있는 작품이 『광마

2) 이상섭, 『문학이론의 역사적 전개』, 연세대출판부, 1985, 77쪽.

일기』였으며, 그리고 이번 작품 『광마잡담』에서도 다시 그대로 이어지고 있다. 이런 맥락에서 『광마잡담』에 수록된 아홉 편의 이야기들은 비현실적이고 황당무계한 이야기들로 구성되어 있음에도 마치 작가 자신의 실제 체험담 같은 착각을 불러일으키고 있다. 이 점이 그의 소설에서 일관되게 드러나고 있는 서술미학의 주요한 특징이라고 할 수 있다.

4. '가벼움'의 서술미학

『광마잡담』에 보이는 또 하나의 특징은 '가벼움'의 서술미학이다. 소설의 주제나 서술 방식에서 '가벼움', '경쾌함'을 옹호하는 작가의 문학적 스타일은 이미 『광마일기』나 『즐거운 사라』, 그리고 『알라딘의 신기한 램프』에서도 활용된 바 있으며, 이 작품에도 그대로 수용되고 있다. 그러나 '가벼움'이라는 용어가 경건함과 무거움을 중시하는 문학적 분위기에서는 부정적인 뉘앙스로 받아들여질 소지가 있어 이에 대해 언급한 작가의 생각을 알아볼 필요가 있다.

> 우리나라의 현대소설은 지금까지 대체로 '무거움의 미학'으로만 일관해 왔다. 나는 교훈주의를 바탕에 깐 경건주의가 우리나라 현대 소설의 가장 큰 결함이라고 생각한다. 물론 '무거운 소설'이라고 해서 무조건 다 무가치하다는 말은 아니다. 하지만 '가벼운 소설'을 경시하거나 폄하하면서 '무거운 소설'만을 소설의 본령(本領)으로 삼는 것은 아무래도 문제가 있다고 보는 것이다.
>
> 「내 소설 『광마일기』에 대하여」, 『사라를 위한 변명』, 136~137쪽

우리 소설의 전통적 특징 가운데 하나가 주제나 형식면에서 대체로 '가벼운 소설'에 그 정서적 기초를 두고 있다는 점을 상기할 때,[3)] 작가가

전기소설적 형식을 현대적으로 새롭게 시도하려는 의도는 지나치게 이념 일변도의 '무거운 주제'만을 '무겁게' 다루고 있는 우리 문학의 한 경향에 대해 비판하려는 의도를 가지고 있는 것으로 이해할 수 있다. 이것은 그 자신의 문학이론에 대한 입장, 즉 동양문학론에 기초한 문학의 이해 방식과도 상통한다. 이것은 '상징'에 관한 이론서 『상징시학』에서 그가 강조한 바와 같이 '재현적 입장'으로서의 문학관보다는 '표현적 입장'으로서의 문학관을 견지하고 있는 것과 관련되어 있다. 앞서 『광마잡담』의 특징 가운데 하나로 거론한 '전기성(傳奇性)'은 이러한 점에서 '가벼움'의 서술미학과 밀접한 관련을 맺고 있다. 여기서 '가벼운 소설'이란 무엇을 뜻하는 것인지 작가의 주장을 확인할 필요가 있다.

> '가벼운 소설'은 또한 도덕적 당위성이나 작가의 도의적 책임 같은 것을 염두에 두지 않고 창작된다. '무거운 소설'이 다소 위선적인 태도를 밑바탕에 깔고서 제작될 수밖에 없는 특성을 지니고 있다면, '가벼운 소설'은 다소 위악적(僞惡的)인 태도를 밑바탕에 깔고서 제작되는 것이라고 할 수도 있다. 무거운 소설은 작가가 철학자나 사제(司祭) 같은 태도로 창작에 임하는 것이요, 가벼운 소설은 작가가 단지 본능에 따라 움직이는 평범한 인간의 입장으로 창작에 임하는 것이다.
>
> 「내 소설 『광마일기』에 대하여」, 『사라를 위한 변명』, 138쪽

앞서도 말한 바와 같이, 문학이 독자들에게 진리나 교훈을 주지 않더

3) 고전 소설인 『흥부전』이나 『춘향전』에서 보이는 걸직한 육담이나 해학적 표현, 그리고 20세기의 현대소설인 김유정이나 채만식 소설에서 보이는 골계미와 풍자는 바로 내용적인 면에서 현실의 억압과 구속을 형식적으로나마 극복해 보고자 한 데서 나온 서술미학의 전통이라고 할 수 있다. 김시습의 『금오신화』에서 보이는 몽환적 세계의 유현한 분위기 또한 무거운 현실을 가벼움의 서술형식에 의지하여 극복해보고자 한 것으로 해석할 때, 가벼움의 서술미학이란 현실적 질곡의 무거운 무게를 가상적인 현실 속에서나마 극복하고 풀어내려는 작가의 소망에 의해 채택된 기법으로 이해할 수 있다.

라도 미적 아름다움이나 즐거움을 개연성 있고 박진감 있게 제공한다면 그 자체로 충분한 의미를 가질 수 있다. 그가 '도덕적 당위성'이나 작가의 '도의적 책임'을 '무거운 소설'의 범주에 넣고, "작가의 본능에 따라 움직이는 평범한 인간의 입장"을 '가벼운 소설'로 분류하는 태도는 논란의 여지가 적지 않음에도 불구하고 그만이 가지고 있는 매우 독창적인 시각으로 이해할 수 있다. 가벼움이 경박함이나 천박함과 구별되는 의미를 지니고 있다고 전제할 때 우리의 고전소설, 특히 전기소설에 많이 나타나는 '가벼움'의 주제 정신을 작가 자신이 『광마잡담』을 통해 지속적으로 구현하려는 시도는 의미 있는 실험으로 받아들여진다.

'가벼움'의 서술미학은 다시 문체의 관점에서 생각해 볼 필요가 있다. 일상적으로 사용하고 있는 말에서 문학작품을 만들어 내는 행위가 문체행위인데, 이 문체는 그 형성 요인을 네 가지 방향에서 생각해 볼 수 있다. 언어 환경에 의해 형성되는 문체 개념, 주제, 장르, 기타 형식에 의해 형성되는 문체, 수신자나 수신 상황에 따라 형성되는 문체, 작가의 품성에 따라 형성되는 문체가 바로 그것이다.[4] 문체란 의식적이든 무의식적이든 작가가 선택하는 언어의 문제이기 때문에 『광마일기』를 비롯하여 『광마잡담』에 보이는 '가벼움'의 서술미학은 결국 작가의 문체의식과 밀접하게 관련되어 있다. 이 문제를 조금 더 구체적으로 생각해보자.

『권태』에서 손톱의 길이를 65센티미터로 길게 붙이게 하는 과장된 행위라든지, '나'가 '희수'에게 건네는 상스러운 말, 그리고 중간 중간에 내뱉는 희극적이기까지 한 대사들은, 페티시즘에 관한 사변적이고 장황한 『권태』의 담론과 이야기가 '나'와 '희수'의 대화에 의해 더 지루해질 수 있는 여지를 해소시켜 주는 장치로 기능한다. 『광마잡담』에서도 가볍고

4) 김상태, 『문체의 이론과 해석』, 집문당, 1993, 48~54쪽.

구어적인 대사나 문장이 많이 나와 작품 전체의 이야기와 분위기를 편안하게 이끌어가는데, 이는 기존의 적지 않은 소설들이 문장과 문체 면에서 독자에게 무거운 부담감을 주도록 의도됨으로써 작가의 정신적 무게나 깊이를 과잉되게 제시하는 것과는 다른 창작 태도라고 할 수 있다. 작품 제목 가운데 '잡담(雜談)'이란 어휘가 이 점을 잘 보여준다. 당장의 현실적 효용성에 목적을 두지 않고 쏟아내는 일상의 잡담 행위를 통해서 우리는 자신도 모르게 감정이 카타르시스되어 마음의 평정을 찾는 경험을 하게 된다. 경우에 따라서는 잡담 속에서 삶의 활력을 얻기도 하듯이, 소설도 꼭 무거운 주제나 교훈적 메시지를 주지 않더라도 탈현실적 상상의 과정에서 역설적으로 현실의 삶이 부과하는 고통을 극복할 수도 있다. 아마도 소설의 중요한 기능 가운데 하나도 여기에 있을 것이다. 이런 점에서 마광수 소설의 속도감 있는 문체는 가벼운 잡담처럼 독자들로 하여금 방심의 상태에서 상상의 나래를 경쾌하게 펼쳐나갈 수 있도록 유도하는 기능을 하고 있다.

『권태』에 비해 『광마일기』나 『광마잡담』의 문체는 전기소설적인 요소를 가미하고 있어 소설을 찬찬히 음미하여 읽어본 독자들이라면, 마치 3·4조나 4·4조의 산문시를 읽는 것과 같은 율조를 느끼게 된다. 본래 마광수의 문장이 길지 않은 호흡으로 쉽게 읽히면서도 경쾌한 리듬감을 주는 것도 이런 내재적 율격이 그의 문장을 지배하고 있기 때문이다. 「인어 이야기」는 이와 같은 그의 문장과 문체적 특징을 단적으로 확인할 수 있는 단편이다. '나'와 '염희(艷姬)'와의 대화뿐만 아니라 작품 안에 삽입된 시편(詩篇), 「공처가 이야기」에 나오는 유머러스한 주문(呪文), 「모란꽃 이야기」의 단아한 서정적 문장들과 유현한 분위기를 북돋우는 장면들은 작품 전체의 분위기와 이야기 전개 면에서 현실과 비현실을 왕래하는 작품 배경을 설득력 있게 지원하고 있다.

5. 관능적 상상력의 글쓰기

『광마잡담』에서 보이는 이런 서술미학의 특징들은, 작가가 모든 문학 작품을 낭만적 자유정신에 토대를 둔 '인공적인 꿈'이라고 보는 한에서, 앞의 여러 인용문에 나타난 그의 소설 미학적 진술들을 매우 설득력 있는 요소들로 수용할 수 있게 해준다. 그래서 이 소설에는 '인공적인 꿈'의 효과를 발휘하기 위한 여러 장치들이 소설 전체의 유쾌한 재미를 지원해주고 있다. 마광수의 소설에서 구성의 입체성이나 갈등의 양상이 아예 없거나 약화되어 나타나는 것도 이와 같은 동양문학의 전통과 작가의 독특한 서술미학적 관점에 바탕을 둔 소설 양식을 의도적으로 실험하는 데서 나온 결과로 이해할 수 있다.

『광마잡담』에서 또 한 가지 주목되는 작품은 '순간이동 방법'이나 '타임머신'을 이용하여 과학이 발달한 미래세계에 다녀온 진기한 경험을 보여주는 「다이아나 이야기」와 「별은 멀어도」 두 편이다. 작가는 이 두 편의 이야기에서 현재의 시간으로부터 멀리 떨어진 미래세계를 배경으로 하여, "문명과 합리적 지성과 복지가 거의 완벽하게 구현되고", "성의 해방이 완전히 이루어져" "개인의 개성과 성을 가장 중요시"(174쪽) 하는 "행복한 지상낙원"(181쪽)을 꿈꾸고 있다. 「다이아나 이야기」에서 화자인 '나'(작가 자신)는 우주의 '섹사 별'에서 날아온 '다이아나'라는 여인을 통해서 "아름다움을 최고의 가치관으로 놓고서 모든 일을 처리할 때 사람들의 마음은 평화로워지게 되고 또 사이좋은 재분배가 가능해지게 되"(191쪽)는 '탐미적 평화주의'를 주장한다. 완전한 성의 해방이 이루어지고, 학교교육도 없으며, 유전자 복제기술이 발달해 사람들의 평균 수명이 천 살쯤 되는 완전한 유토피아를 상상하는 것이다.

성의 해방이 이루어지면 '먹는 것'은 자연히 해결돼요. 기아의 문제는 식량의 생산 자체에 있는 것이 아니라 고른 '분배'에 있는 것이니까요. 성적으로 배불러지면 사람들은 마음이 너그러워지게 되고, 따라서 식량의 재분배 문제에 보다 적극적으로 돼죠. 또 전쟁 따위로 성적 기아증을 해결하려는 마음도 없어져서 군사비에 쓸 예산을 식량 증산에 다 쓰게 되구요.

『광마잡담』, 180쪽

공상과학이나 유토피아를 다루는 작품의 내용들이 그렇듯이 위의 인용문을 기조로 한 「다이아나 이야기」 속의 상상력은 당연히 현실에서는 실현되기 어려운 '소망적 사고'에 불과할지도 모른다. 그러나 여러 차례 언급했듯이, 소설 이야기의 주요 특징 가운데 하나가 그 자체로 '현실 너머'의 어떤 상황을 전제하는 한에서 소설 속의 현실에서 상상하지 못할 것은 아무것도 없어 보인다. 「다이아나 이야기」 뿐만 아니라 『광마잡담』에 수록된 이야기들은 모두 이런 전제 위에서 전개되고 있다.

한편, 「별은 멀어도」 편에서 작가는 "완벽한 과학의 발달로 인해 사람들이 생활의 풍요와 안락을 보장받고 있는 곳", "건강한 정신상태 유지를 위해 관능의 쾌락을 철저하게 추구하고 향유하는 곳"(277쪽), "사이버네틱스(인공두뇌학)의 발달에 의해 이룩되는 진정한 파라다이스"(281쪽) '에로티카 3000'이라는 혹성을 설정하여 '실용주의적 쾌락주의'와 '복지지상주의 이론'을 펼친다. 『가자, 장미여관으로』에서도 일찍이 피력된 바 있었고, 『광마잡담』의 「별은 멀어도」에서 다시 인용하고 있는 산문시 「신 · 4」는 "시적 상상력을 통해서 그려본 '신들의 나라'"(282쪽)라고 작가가 견지하고 있는 상상의 거점을 다음과 같이 명징하게 보여주고 있다.

신(神)들이 사는 나라에 가보았다. 신들은 마치 진시황과도 같은 쾌락 속에서 생활하고 있었다. 다만, 수많은 시녀나 노예가 모두 생물학적 로봇이라는 점이 다를 뿐이었다. 로봇은 모두 다 잘 생기고 예뻤는데, 인간과 똑같은 모습, 똑같은 지능을 지니고 있었다. 다만 그들에게 자유의지가 없는 것만이 달랐다. 그들은 명령을 받지 않고서는 아무거도 할 수 없다. 그들은 어떠한 개인적 욕구도 갖지 않고 자기의 전문적인 일에 열중하는 이외에는 아무런 기쁨도 느끼지 않는다. 남신(男神)은 절대복종하는 여자 로봇을 수십 개라도 가질 수 있다. 여신(女神)도 마찬가지로 남자 로봇을 수십 개라도 가질 수 있다. 로봇 제조 장치는 소유자의 취향에 따라 여러 종류의 로봇을 만들어낸다. 어떤 로봇에 싫증이 나면 그것을 파괴해 버리면 된다. 그래서 신들의 나라엔 결혼 제도 같은 것이 없다. 각자가 신나게 즐길 뿐이다. 내가 처음 보기엔 신들의 나라는 노예들이 우글거리는 나라였다. 아, 이상하고 신기한 신들의 나라, 어떤 사디스틱한 쾌락도 절대로 보장되는 즐거운 나라."

『광마잡담』, 281~282쪽

그렇다면 이와 같은 무애(無碍)한 상상의 과정을 통해 작가가 독자들에게 보여주려는 것은 무엇일까?

작가에 따르면 꿈과 환상은 우리들에게 정신적 · 심리적 진정제, 즉 카타르시스의 구실을 한다. 제도적 금기 때문에 현실 생활에서 충족시킬 수 없는 욕망, 가령 폭력이나 마약에의 충동, 성적 욕망 등이 예술 작품이라는 상상적 세계를 통해서 상상적으로 충족되는 과정을 대리만족 혹은 대리배설로서의 카타르시스로 인정할 때, 역설적으로 문학예술은 일종의 '무위적(無爲的)' 속성을 갖게 된다. 그런데 문학의 이런 무위적 속성을 좀 더 적극적으로 이해한다면 예술적 활동은 현실에서의 실질적 목적과는 일정한 거리를 두고 있으며, '무목적의 목적'을 지향하는 이러한 무위성에서 예술은 유희, 즉 놀이와 서로 연결되는 통로를 공유하게 된다.

바꿔 말하면 예술의 무위성은, 꿈이 현실에 대한 어떤 책임감을 가질 필요가 없는 것처럼 현실적 윤리와 억압에 대한 위반으로서의 '일탈행위'를 보장해주는 개념이라고 할 수 있다. '현대판 전기소설'인 『광마잡담』에서 작가가 제시하고 있는 이런 문학적 입장은 여러 논의의 가능성을 남겨두고 있긴 하지만, 소설을 '현실 너머'의 상황으로 전제하는 마광수만의 독자적 문학관이 유쾌하게 구현된 하나의 실험으로 이해할 수 있을 것이다.

____2005

가벼움의 소설 미학과 관능적 위월(違越)의 상상력

마광수의 『알라딘의 신기한 램프』

1

『알라딘의 신기한 램프』는 『권태』(1990), 『즐거운 사라』(개정판, 1992), 『광마일기』(개정판, 1996), 『불안』(1996), 『자궁 속으로』(1998)에 이은 마광수의 여섯 번째 장편소설로, 이번 신작은 작가가 오랫동안 일관되게 탐구해온 성문학의 독특한 미학과 사상을 종합적으로 피력한 결정판이라는 점에서 주목된다. 알 만한 사람이라면 알고 있듯이 우리 사회에서 이제 '마광수'라는 이름은 '성문학'과 '성담론'을 논의할 때 빼놓을 수 없는 상징이 되었다. 흥미롭게도 마광수가 소설가로 등단한 시기가 이념이 해체되기 시작한 1980년대 말이었다는 점에서 지난 10여 년간 그를 동심원으로 펼쳐진 다양한 논의들을 반추해볼 때 그의 '성(性)'에 대한 문학적 실험에 대해 정리해볼 시점이 된 것 같다.

마광수는 1977년 박두진 시인에 의해 「배꼽에」, 「망나니의 노래」 등 6편의 시가 『현대문학』에 추천되어 시인으로 등단한 이래, 『가자 장미여관으로』(1989) 등의 시선집을 포함한 4권의 시집과, 『나는 야한 여자가 좋다』(1989) 등 7권의 에세이집, 그리고 『사라를 위한 변명』(1994) 등 2권의 문화비평집을 출간하였다. 또한 그는 1989년 <문학사상>에 장편소설 『권태』를 연재하면서부터 소설가로 등단하여 이번 『알라딘의 신기한 램프』에 이르기까지 모두 6권의 장편소설을 창작하였다. 이번 작품 『알라딘의 신기한 램프』는 지난 10여 년 동안 창작을 해온 마광수 문학의 미학적 경향이 온축된 '결정판'이라고 할 수 있다.

첫 장편 『권태』가 소설의 묘사 문제에 대한 작가의 독특한 신념과 함께, 대상 사물에 대한 심리적 열정을 미학적 등가물로 표현한 페티시즘(fetishism)의 내면세계를 환상적 리얼리즘의 묘사와 서술기법에 의해 그려낸 소설이라면, 『즐거운 사라』는 사실주의 기법에 의해 20대 초반의 자유분방한 여대생의 연애 심리와 성에 대한 '학습욕구'라는 심리적 메카니즘의 미묘한 떨림을 경쾌한 문체로 그린 일종의 연애 성장소설이다. 또한 『광마일기』에서는 고전 전기소설(傳奇小說)의 양식적 실험을 통해 현실과 꿈 사이의 분방한 상상을 경쾌한 문체로 형상화하였으며, 『불안』은 회화적인 기법을 원용하여 '긴 손톱'을 중심 모티프로 불안의 미학과 사도마조히즘의 이미지에 대한 영상미학적 형식 실험을 시도하기도 하였다. 자유주의 성향의 작가를 주인공으로 옛 애인에 대한 열렬한 사랑의 열정을 배틋한 허무의 정조로 그리면서, 자신의 작품 때문에 사법적 검열과 구속을 당하는 '필화사건'(작가의 실제 체험이기도 한)을 통해 두 개의 '자궁 속' 세계(여기서 '자궁 속'이란 여인의 '품 속'과 '감옥'이라는 중의적 이미지를 함께 지니고 있다)를 형상화한 『자궁 속으로』는 『즐거운 사라』와 함께 리얼리즘(사실주의)적 작법을 충실하게 활용한 소설로 분류할 수 있다.

『권태』로부터 장편 에세이 『인간』(1999)에 이르기까지 시와 소설과 에세이를 통해 지난 10년 동안 에로티시즘과 그로테스크 미학을 일관되게 추구해온 마광수의 문학적 화두가 결집된 작품이 『알라딘의 신기한 램프』이다. 이 소설은 중세기 아랍 민중들의 이야기 모음집 『아라비안나이트』에 나오는 「알라딘의 신기한 램프」를 패러디하여, '램프'의 요정 세헤라자데와 화자 '나'(혹은 '나'의 여러 분신)가 시간과 공간을 넘나들며 환상 속에서 동서고금의 미인이나 에로틱한 '여귀(女鬼)'들과 '사도마조히즘'의 성적 쾌락을 즐기기도 하고, 그녀들과 만나고 헤어지는 과정에서 느낀 현실과 상상의 허무한 정조를 낭만적 자유정신에 기반을 둔 성적 판타지와 그로테스크 미학으로 형상화한 옴니버스 스타일의 독특한 이야기 모음집이다.

2

이 소설의 제목과 내용에 대해서는 다음과 같은 언급을 참고할 필요가 있다.

> 『아라비안나이트』에서 우리는 현실중심의 인생관과 육체적 쾌락에 대한 긍정적이고 적극적인 자세를 배우게 된다. 서양의 교훈적이고 정신주의적인 문학 작품들에 비하여 이 책은 그래서 가치가 있다. 인간의 고통을 강조하는 것이 리얼리즘이라면, 쾌락을 강조하는 것이 낭만주의라고 할 수 있는데, 비록 그 쾌락이 공상적이고 환상적인 것이라고 해도 우리는 쾌락의 가치를 부정할 수 없다. 『아라비안나이트』가 보여주는 것은 바로 이러한 '낭만적 공상'으로서의 쾌락이 현실에서 실재할 수 있다는 믿음이다. 이 믿음은 곧 인간의 무한한 창조적 상상력과 결부되어 실제적 진보와 발전을 가능하게 하는 것이며 인류의 역사는 상상을 실재화(實在化)하는 작업이었던 것이다. (……) 과학이 더욱 발달되면 우리는 『아라비안나이트』의 주인공들같이 수많은 미녀 로보트(인간과 똑같이 닮은)들을 부려가며, 손 하나 까딱 않고 쾌락만을 즐길 수 있는 날이 오고야 말 것이다(노동은 절대로 신성한 것이 아니다. 할 수 없

이 하는 것일 뿐이다). 물론 어떤 특정 이데올로기에 대한 흑백논리적 맹종에서 비롯되는 '전쟁'이 우리 지구촌을 전멸시키지 않는 한 말이다. 호전적인 국수주의나 민족주의, 비관적 리얼리즘은 퇴폐적 낭만주의보다 그래서 더 위험하다. 건전한 쾌락주의와 성 해방주의가 제대로 뿌리내릴 수 있을 때, 우리는 『아라비안나이트』에 나오는 상상적인 환락의 신비경(神秘境)을 실제로 실현시킬 수 있다고 나는 확신한다.

『나는 야한 여자가 좋다』, 63~65쪽

『알라딘의 신기한 램프』는 『아리비안나이트』에 나오는 '알라딘의 신기한 램프' 이야기를 모티프로 하여 패러디하고, 거기에 작가가 생각하고 있는 뾰족한 '손톱'이나 '하이힐', '머리카락'과 '장신구' 페티시즘과 사도마조히즘의 그로테스크 이미지와 관능적 판타지를 52개의 짧은 이야기 사슬로 구성한 소설이다. 일반적으로 장편소설은 주인공을 중심으로 다양한 인물들이 큰 주제 밑에 부속되어 부차적이고 다양한 사건을 겪어가면서 궁극적으로 하나의 큰 주제를 긴 시간 속에서 해결하는 이야기 형식을 취한다. 거기엔 대체로 인과적 개연성과 인물들 간의 갈등, 역사철학적 이념이라는 여러 요소들이 개입되기 마련이다. 이와 비교할 때 『알라딘의 신기한 램프』는 장편소설이 갖고 있는 기존의 관행에서 많이 벗어나 있다. 각 장마다 약간의 차이는 있지만 짤막한 소품들의 연쇄다발로 구성되어 있어 일반적인 장편소설처럼 사건이 점진적으로 발전한다거나 갈등을 축적시켜 해소시키는 과정을 밟지 않는다. 따라서 독자들은 1장부터 52장까지 배열된 순서에 구애받지 않고 아무 이야기나 자유롭게 선택하여 읽어도 무방하다.

표면적으로만 보면 이 소설은 화자가 『즐거운 사라』 필화사건으로 구속되었다가 풀려나온 시점으로부터 다시 학교에 복직하는 때까지로 되어 있기 때문에 이야기의 인과적 연결을 요구하는 시간 구성형식을 취하고 있지 않다. 처음 이야기인 「아라베스크」로부터 마지막 이야기인 「갈매기의 꿈」에 이르기까지 작가 자신이 직접 등장하여 전능한 조력자인 램프의 요정 '세헤라자데'와 함께(없는 경우도 있다) 작품 속에 깊숙이 관여하면서, 다양한 인물로 변신하고 분신을 만들어 이야기를 이끌어간다. 경우에 따라서는 작가의 직접 진술이 중간 중간 개입하여 '작의(作意)'를 설명하기도 한다. 다음과 같은 대목은 작가가 어떤 의도로 이 소설의 형식을 취했는지 간명하게 설명해주고 있다.

> 그래서 나는 옴니버스 스타일의 이 소설을 더 전개해 나가기에 앞서, 우선 흔해빠진 '미녀와 거지' 스토리를 내 나름대로 각색한 단편소설 하나를 소개하여 이 소설의 재미를 '가벼움의 미학'으로 풀어나가 보려고 한다.
>
> 나는 원래 소설을 쓸 때 스토리보다는 쉬운 구어체의 문장(또는 '입심')에 더 신경을 쓰고, 문장 가운데서도 묘사문에 신경을 쓴다. 글이란 결국 '문장으로 그려진 그림'이라는 생각을 갖고 있기 때문이다. 말하자면 소재나 주제보다는 '어떻게 썼느냐'를 더 중요시하는 셈이다. 그러므로 앞의 이야기나 다음에 들려드릴 이야기뿐만 아니라 이 소설 전체를 읽어나가면서, 너무 소재나 주제(거창하게 말하면 '사상')에 집착하지 말아주시기를 독자들께 부탁드리고 싶다.(……)
>
> 하지만 나는 모든 소설은 결국 스토리나 구성이 재미를 가져다주기보다는, 작가의 '끼'에 의한 '반복적 집착'과 '입심'이 재미를 가져다준다고 본다. 그래서 앞으로도 나의 본능을 솔직하게 카타르시스(대리배설)시킬 수 있는 얘기를, 내 나름대로 변주(變奏)하여 뻥튀기하는 작업을 계속해 나갈 심산으로 있다.
>
> 「'부마 콤플렉스' 생각」, 1권, 42~43쪽

위의 인용문에 나타나 있듯이 발전 · 파국의 구성 단계론과 스토리텔링의 형식에 별로 구애받지 않고 '가벼움의 미학'과 '구어체 문장'으로 자유롭게 인물과 배경과 부분의 치밀한 '묘사'에 주력하겠다는 것이 이 소설의 창작방법임을 작가는 밝히고 있다. 따라서 이 소설 전체를 통어하는 방법과 형식은 '옴니버스(omnibus)' 스타일과 구어체의 문장, 그리고 대상에 대한 치밀한 세부 묘사에 초점이 맞추어져 있다.

'옴니버스' 스타일이란 하나의 주제를 중심으로 몇 개의 독립된 짧은 이야기를 짜서 한 편의 작품으로 만드는 방식을 말한다. 이렇게 보면 『알라딘의 신기한 램프』는 8~13세기 아라비아의 익조티시즘(exoticism)과 육체적 쾌락(하렘의 여인인 '오달리스크'나 배꼽춤인 '벨리댄스')의 무애(無碍)한 상상력에 의해 이루어진 『아라비안나이트』의 분위기를 주조음으로 하고, 거기에 에로틱하고 환상적인 '이야기 램프'라는 장치를 통해 작가의 관능적 상상을 마음껏 발산해내려는 의도를 가지고 만들어진 소설이다. 특히 첫 번째 이야기의 제목인 '아라베스크'는 이 소설의 얼개와 무늬를 가장 선명하게 보여주고 있다. 아라비아 풍의 공예품이나 건축 장식 등에 쓰인 기하학적 무늬가 '아라베스크(arabesque)'인데, 『알라딘의 신기한 램프』에서는 '신기한 램프'가 연기처럼 뿜어내는 아라베스크적 경향의 에로틱한 상상들이 작품 전편의 분위기를 주도하고 있다. 이른바 아라베스크 소설이 시적이며 몽환에 가까운 산문들로 주로 신비의 세계와 공상에 가까운 사건을 다룬 작품들이라고 할 때, 화자인 '나'가 아름답고 신비로운 인물들(「황진이」, 「색희(色姬)와 양귀비」, 「다시 육림(肉林) 속으로」, 「쾌락의 별궁에서」 등)을 만난다거나, 비현실적 시공간(「아라베스크」, 「즐거운 왕국」, 「그림 속에서」, 「서기 3000년까지 어떻게 기다리지?」, 「샹그릴라」, 「잠자는 숲속의 미녀」)을 넘나들며 벌이는 사랑의 몽환경이야말로 이 소설의 이야기 내용을 구성하는 핵심요소라고 할 수 있다.

『알라딘의 신기한 램프』는 작가가 밝히고 있는 바와 같이, 표면적으로는 현실과 상상 속을 넘나들며 『아라비안나이트』 같이 다양한 성희(性戱)

의 즐거움을 묘사하여 쾌락주의적 인생관을 강조하고 있다. 그러나, 그 이면에는 죽어도 죽어지지 않는 인생을 시니컬하게 조망하거나(「X의 이야기」), 무섭고 불투명한 인생의 비참한 운명(「인생살이」)과 권태롭고 허무한 인생(「개미」)을 그리고 있으며, 거기에 세련된 에로티시즘을 다소 가미하는 방식을 기본 원칙으로 삼고 있다. 여기서 한 가지 눈여겨보아야 할 것은 관능적 상상이라고 해서 그것이 꼭 '쾌락적'인 것만을 의미하지는 않는 점이다.

> 한 가지 덧붙일 말은, '관능적 상상'이란 반드시 즐겁고 쾌락한 것을 뜻하는 것만은 아니라는 사실이다. 관능적 상상은 곧 '야(野)한 상상'이므로 슬픈 것이 들어갈 수도 있다. 야(野)한 자연(自然) 속에서는 언제나 쾌락과 고통이 엇갈리게 마련이기 때문이다.
>
> 「리나 이야기」, 1권 63쪽

『권태』를 비롯하여 『광마일기』와 『즐거운 사라』, 그리고 『알라딘의 신기한 램프』에 등장하는 주인공들은 모두 매우 독특한 개성을 보유하고 있다. 이러한 인물 창조는 문학의 근본적 창작 동기를 '판타지의 창조'에 두는 작가의 문학관과도 밀접하게 관련되어 있다. 그래서 그의 소설은 '사회주의 리얼리즘'이 추구하는 이념지향이나 '비판적 리얼리즘'의 현실 비판과 전망 제시보다, 낭만적 환상에 바탕을 둔 소설의 분위기를 추구한다. 사실 이 점이 그의 소설과 문학 세계를 비판적으로 보도록 만드는 주된 요인이기도 하다.

> 리얼리즘이라는 것이 꼭 현실의 반영이어야 한다고 하는 말에도 나는 찬동할 수 없다. 어떻게 보면 모든 문학작품은 다 '리얼'한 것이다. 낭만적 환상을 소재로 하여 글을 쓴다고 할지라도, 그 수법은 환상을 얼마나

'리얼'하게 묘사해 내느냐에 중점을 두어야 한다. 물론 요즘 주장되는 리얼리즘은 '묘사론'적 기법주의로서의 리얼리즘이 아니라 일종의 '사회주의적 리얼리즘'이긴 하지만, 아무튼 인간의 마음속에 품고 있는 생각—이성적 판단에 의한 것이든, 판타지에 의한 공상에 의한 것이든—을 묘사한다는 점에 있어서는 낭만주의와 별 차이가 없다고 본다.

『권태』 후기, 〈창조의 원천으로서의 권태〉

인간의 상상력은 무한하다. 그것이 '관능적 상상력'일 경우엔 더욱 그렇다. 상상은 언제나 실제화(實際化)되게 마련이고, 그래서 과학의 발달이나 인권 신장이 이루어졌다. 그래서 나는 관능적 상상력을 모티프로 한 시나 소설을 쓰기 시작하면서부터, 언젠가는 내 손으로 새로운 「알라딘의 신기한 램프」 얘기를 써봐야겠다고 마음먹게 되었다. 「알라딘의 신기한 램프」를 얻는 것이야말로 모든 인간의 궁극적 소원이요, 갈망이라고 믿고 있기 때문이었다.

나는 고달픈 현실에 찌들어 있는 사람들이 상상조차 마음대로 못하면서, 숨소리조차 죽여가며 살아가고 있는 것이 보기에 딱했다. 그리고 상상을 단죄하기까지 하는 이 나라의 참담한 현실에 분노가 치밀기도 하고 해서, 소설로나마 그들을 위로해주고 나 또한 대리만족(또는 대리배설)의 효과를 맛보고 싶었다.

그런데 나는 「알라딘의 신기한 램프」를 다시금 정독해 나가는 동안, 요술램프를 얻는다는 것이 실제로 가능할지도 모른다는 생각을 해보게 되었다. 그 이야기의 기본 모티프는 물론 바보 같은 '부마 콤플렉스'로 되어 있다. 하지만 알라딘이 요술램프를 얻게 되는 과정을 묘사한 부분만큼은, 우리가 돈·섹스·명예 등 실제적인 행복과, 나아가서는 인권 신장과 분배정의(分配正義)의 실현, 또는 진짜 명실상부한 자유민주주의를 성취시킬 수 있는 방법을 어느 정도 암시해주고 있기 때문이었다.

『「알라딘의 신기한 램프」 생각』, 1권, 59~60쪽

그는 이념적 지향을 강조하는 리얼리즘 문학에 대해 매우 비판적인데,

이런 의식은 앞서 밝힌 바 있듯이 자신의 소설적 입장에 대한 뚜렷한 신념에서 비롯된 것이다. 특히 그가 소설에서 '묘사적' 기법의 중요성을 강조하면서 인물의 심리적·외면적 묘사에 집착하는 이유도 '묘사'에 대한 강한 신념에서 비롯되고 있기 때문이다. 그러나 그의 묘사 중심주의는 묘사 그 자체에만 머물러 있는 것이 아니라 작품 전체의 창작 의도 속에서 주제와 긴밀하게 연결되고 있다는 점을 아울러 파악해야만 한다.

3

『알라딘의 신기한 램프』의 핵심 모티프 가운데 하나는 작품 속에 등장하는 여성들의 현란한 머리카락, 송곳처럼 뾰족한 하이힐, 육체를 치장하는 다양한 종류의 장신구가 연출하는 그로테스크의 미(美)에 화자인 '나'가 '페티시즘'의 심리를 보여주는 부분이다. 페티시즘이란 말하자면 그로테스크 미의 상징적 극대화라고 할 수 있다. 왜냐하면 페티시즘의 대상은 예외 없이 비현실적이고, 괴기스럽고, 유현미(幽玄美) 넘치는 관능적 심벌로 이루어져 있기 때문이다(「페티시즘의 미적 승화」, 『나는 야한 여자가 좋다』, 161쪽). 그런 의미에서 첫 장편 『권태』와 마찬가지로 『알라딘의 신기한 램프』도 상상의 램프를 마찰시켜 온갖 종류의 페티시(fetish : 미적 고착 심리의 대상)를 묘사하고 있다는 점에서 페티시즘에 관한 교과서라고도 부제를 붙일만한 소설이다. 특히 이 소설은 편집증에 가까울 정도로 뾰족하고 날카로운 '손톱' 취향을 축으로 온갖 성적 페티시의 환상을 체험하는 작가의 심리와 행위가 아주 구체적으로 묘사하고 있다. 그러나 이런 페티시즘의 심리를 단순히 작가 자신의 성적 기벽(奇癖) 취미로만 이해해서는 이 소설의 본의(本意)를 제대로 파악할 수 없다. 여기에는 한층 더 심층적인 인간 심리에 대한 집요한 탐색이 개입되어 있기 때문이다.

작가는 이 소설에서 화자인 '나'를 프리즘으로 하여 여러 가공인물들이 구현하는 성적 취향과 사도마조히즘의 심리를 페티시를 통해 그리고 있다. 따라서 『알라딘의 신기한 램프』에 집중적으로 묘사된 페티시즘의 문제는 작중인물, 특히 이 소설에 등장하는 '나'의 심리와 여성인물들의 심리문제와 관련지어 함께 이해할 필요가 있다.

> 어린 시절부터 지금까지 나의 머릿속을 떠나지 않고 맴돌며 관능적 상상력을 키워 준 것은 언제나 '손톱'의 이미지였다. 특히 나는 여인의 긴 손톱을 너무나 사랑한다. 손톱은 원시시대의 인류에게는 다른 동물의 경우처럼 일종의 가학적 무기였을 것이다. 그래서 비수처럼 날카로운 여인의 긴 손톱은 사디즘을 연상시킨다. 그러나 가학적인 용도로 쓰이던 손톱이 이제 화사한 아름다움의 상징으로 변했다는 점, 그로테스크한 관능미의 심벌로 변했다는 점에서 나는 인류의 미래를 밝게 바라볼 수 있는 어떤 희망적인 예감을 얻는다. 인간의 가학성이 미의식과 합치되어 아름다운 판타지로 승화될 수 있을 때, 진정한 인류의 평화, 전쟁이 없는 세계가 건설될 수 있다.
>
> 〈책머리에〉, 『나는 야한 여자가 좋다』

> 나는 어렸을 때부터 매니큐어를 바른 긴 손톱이나 높은 뾰족구두를 미치도록 좋아하는 등, 서양식 페티시즘(fetishism)에 대한 동경이 남달리 강했다. 나는 한복을 입은 여자에게서 성적 매력을 느껴본 적이 한번도 없다. 그래서 나는 앞가리마를 타고 곱게 쪽을 찐 머리에 오이 씨 같은 버선, 그리고 흰 목이 날렵하게 드러나는 저고리의 동정 선(線) 등을 통해 페티시즘적 감흥에 빠져든다는 것은 상상할 수조차 없었다.
>
> 「황진이」, 1권 195쪽

페티시즘은 원래 물신숭배(物神崇拜)나 주물숭배(呪物崇拜) 또는 고착성욕 등으로 번역되는데, 특별히 어떤 물건에 집착하면서 쾌감을 얻는 것을 가리킨다. 아이들이 인형이나 장난감을 가지고 놀면서 즐거워하는 것이라든지, 어른들이 이성의 특정한 장신구나 의복 또는 신체 부위 등에 특별히 집착하는 현상 역시 페티시즘의 심리라고 할 수 있다. 그래서 페티시즘은 인간의 성적 본능의 일부를 형성하게 된다. 이러한 심리를 좀 더 심층적으로 분석해 보면 이것은 '살아있는 생명체에 대한 혐오증'을 전제로 하고 있다. 현실적 삶의 고통에 의해 야기되는 인간의 퇴행욕구는 어떤 영원한 물질로 돌아가고 싶어 하는 원초적 소망을 갖게 하며, 궁극적으로 죽음에 대해 강력한 긍정을 하게 만든다. 페티시즘은 그래서 '죽음에의 욕구'와 통해 있으며, 따라서 마조히즘과도 깊이 연계되어 있다.

'죽는다'는 사실 자체가 '있음'에서 '없음'으로의 전환이며, 곧 '생물체'에서 '무생물체'로의 존재전이인 것이다. 가령, 벤야민적 관점에서 자살은 "비유기적인 사물에의 궁극적 감정이입"(유진 런, 『마르크시즘과 모더니즘』)이라고 할 때, 이 역시 페티시즘의 극치를 이루는 심리적 양상의 한 형태를 구성한다. 타자에 의해 물질적 대상으로 전락하거나, 무생물로 돌아가 영원히 안주하고 싶어 하는 심리, 즉 살아있는 육체가 아닌 무생물적 물질에 대한 집착이 페티시즘이다. 더 나아가 페티시즘은 '살아있는 생명체에 대한 혐오감'이나 '무생물에의 동경'에서 비롯된 '중성 지향적 심리'에 그 뿌리를 내리고 있다. '아니무스(Animus)'나 '아니마(Anima)'는 그런 심리 현상의 근원을 잘 설명해 주는 개념이다. 12장 「어떤 만남」에 진술되어 있는 것처럼, "내 잠재의식 깊숙이 숨어 있던 여성다움에 대한 동경"(1권, 246쪽)인 '아니마(Anima)' 같은 것도 남녀양성이나 중성지향 심리의 예 가운데 하나이다. 그런 의미에서 인간의 성심리는 중성적 혹은 양성적 심리를 궁극적인 지향 목표로 삼게 된다. 페티시즘은 바로 이와 같은 심리에 대한 대안적 욕망이다.

이 작품에서 화자는 '물질이면서도 물질이 아닌 상태'로서의 중성적 존재가 되고 싶어 한다. 그러한 중성적 존재의 대표적 상징이 바로 '손톱'이다. 작가는 수많은 페티시 가운데 특히 '긴 손톱'에 집착하고 있는 이유를, 물질과 생명 양자를 포용하는 의미와 유미적 실용주의 및 평화주의, 그리고 양성적 의미로 수용하면서 다음과 같이 밝히고 있다.

> 옆의 남자가 설명해주기를, 탐미적 에로티시즘만큼 사람의 마음을 평화롭게 해주는 것은 없다는 거야. 남자건 여자건 머리를 짧게 깎아놓으면 다들 마음이 전투적으로 된다는 거지. 그리고 손톱을 길게 기르고 정성껏 가꾸는 사람은, 손톱이 부러지는 게 아까워서라도 절대로 남을 할퀴지 않는다는 거야. 듣던 중 꽤 그럴듯한 이론이라고 생각했지.
>
> 「너 죽어봤니?」, 1권 340쪽

『권태』의 '나'와 '희수', 『광마일기』의 주인공 '나'와 '요정(妖精)들', 그리고 『즐거운 사라』의 한지섭 교수와 '사라', 『알라딘의 신기한 램프』에 나오는 세헤라자데를 비롯한 많은 여성인물들이 모두 지독한 페티시스트들로 그려져 있는 것은 작가의 페티시즘적 소망(그의 페티시는 길고 뾰족한 '손톱'이다)이 작품 속에 반영된 흔적들이다. 작가는 여성의 미의식과 '치장할 수 있는 권리'를 부러워하며 사회제도로 강요된 남녀의 변별성을 거부하고 양성적 나르시시즘을 꿈꾼다. 화자는 「즐거운 왕국」, 「남근석(男根石)의 최후」, 「잠자는 숲속의 미녀」 등에서 앞으로의 사회는 여성이 남성을 지배하게 될지도 모른다며 남성의 위축과 몰락을 예측하는 데까지 나아간다.

> 지금까지의 사회제도는 남성들을 전쟁이나 노역에 동원하기 위해 그들이 아름다움을 가꿀 기회를 박탈해 버렸다. 그래서 요즘에는 여성 같은 화사한 몸매를 갖고 싶어 안달복달하는 여장남성(女裝男性)들의 수효가 급증하는 추세에 있는데, 이는 '남성해방운동'의 신호탄이라고도 볼

수 있다. 상당수의 남성들은 자신이 반드시 용감해야 하고, 투박한 육체를 가져야 하고, 힘이 세야 한다는 사실에 반발하고 있는 것이다.

「황진이」, 1권 221쪽

이 작품에서 화자와 소설 속의 여성들이 모두 페티시스트로 그려지고 있는 것은 표면적으로는 유미적 평화주의와 여성적 '인공미'에 대한 열망이요 성적 대상으로서의 여성에 대한 열망이지만, 이면적으로는 '살아있음'에 대한 존재적 공포를 극복하기 위한 심리 때문이다. 삶에 대한 존재적 공포 심리는 궁극적으로 죽음을 향해 나아가지만 그것은 일상사에서 고독이나 불안 등으로 변주되어 나타나거나, 더 포괄적으로는 권태감으로 표출된다. 그렇지만 이러한 고독이나 불안, 또는 권태는 마광수의 소설 주인공들의 의식과 행동 속에서 그대로 나타나지 않고 일정한 여과 과정을 거쳐 성적 페티시와 판타지에 대한 발랄한 상상력으로 구체화된다. 이것이 마광수의 소설을 다른 작가들의 작품과 변별되게 하는 요소이다.

손톱 페티시가 갖는 미학적 측면과 자궁회귀본능에 대해서는 일찍이 초현실주의 시인 로트레아몽(Lautréamont)도 『말도로르의 노래(Les Chants de Maldoror)』(1868)에서 날카로운 긴 손톱의 가학적 이미지를 표현했듯이, 마광수의 시나 소설에 등장하는 날카롭고 긴 손톱은 권력욕구의 심층심리인 자궁회귀본능의 미학적 상징물로 기능하는 페티시라고 할 수 있다. 『권태』 뿐만 아니라 『광마일기』나 『즐거운 사라』를 거쳐 『알라딘의 신기한 램프』에서 '나'가 집요하게 추구하고 여성 인물이 치장하고 있는 손톱 페티시는 그가 1967년에 쓴 단편 「손톱」에서부터 나타난다. 『알라딘의 신기한 램프』의 50장 「손톱」에도 그려져 있듯이 그는 오랫동안 '손톱'에 집착하여 그것의 상징성을 파헤쳐나갔고, 그 결과 손톱의 상징은 그의 논문 「미의식의 원천으로서 자궁회귀본능에 대하여」에서 '자궁회귀본능', '권력욕', '일부러 불편하게 하기', '미의식'의 심리적 체계로 정리되어 있다.

그런데 『알라딘의 신기한 램프』에서 볼 수 있는 이러한 페티시들이 단순히 손톱, 발톱, 긴 머리카락, 구두, 장신구 등으로만 그려지고 있는 것이 아니라, 현란하고 화려한 색채 이미지를 통해 재차 환기되고 있다는 점이다. 그래서 이 작품은 페티시의 단순한 나열에만 그치고 있는 것이 아니라 마치 구멍을 통해서 들여다보는 만화경 속의 환상적 색채를 보고 있는 느낌을 준다.

대부분의 우리나라 근대소설이 이와 같은 색채묘사에 의외로 둔감하다는 점을 상기한다면, 색채의 연금술적 묘사가 대상 사물로서 페티시에 채색됨으로써 비생명적인 대상에 육신을 불어넣으려는 작가의 상상력은 이 작품을 '읽는 소설'로서 뿐만 아니라 '보는 소설'로서 독자들에게 다가가게 하는 효과를 얻는다. 이런 맥락에서 이 작품은 이야기의 서술적 기능보다는 회화적 장면묘사에 더 치중하고 있는 것이다. 23장 「그림 속에서」나 24장 「초상화」에서 현실과 그림 속의 비현실을 중첩시켜 그 경계를 무너뜨리는 것도 그림 속으로 들어가 현실을 초월한 몽상적 판타지와 황홀한 로맨스를 즐기겠다는 작가 의식의 표현이라고 할 수 있다. 『알라딘의 신기한 램프』에 그려진 다양하고 감각적인 페티시 묘사는 묘사 그 자체를 넘어서 독자들에게 회화적 만화경을 보여주고 있다는 점에서 이 작품은 매우 유니크한 위치를 차지하고 있다.

4

앞에서 분석한 바와 같이 이 소설의 본류는 주인공이 램프의 요정 세헤라자데를 매개로 시공을 넘나들며 몽환적 에로티시즘의 다양한 진경을 음미하는 내용이라고 할 수 있다. 그러나 렌즈의 초점을 조금 먼 곳에 맞춰 조망해보면 이 소설은 작가가 체험한 현실의 비이성적 폭력에 대해서도 풍자하고 있다는 사실을 발견하게 된다. 1장 「아라베스크」에 나타나 있듯이, 장편소설 『즐거운 사라』가 지나치게 야하다(외설스럽다)는 이유로 형사범 취급을 받고 급기야 현행범으로 구속되어 감옥생활까지 하게 된 작가 자신의 체험을 고백하는 것으로부터 이야기가 시작되고 있다는 점에 주목할 필요가 있다. 마광수는 이런 상황을 이미 『자궁 속으로』에서도, 작품이 야하다는 이유로 주인공(이 작품에서 주인공 '박민우'는 곧 작가 자신이다)인 작가를 반국가사범으로 기소하여 구속하는 사법 당국의 문화탄압과 작가의 상상력을 억누르는 우리 사회의 위선적 이중구조에 대해 희화적으로 풍자한 바 있다.

『알라딘의 신기한 램프』의 가장 바깥 동심원에서 작가가 작품을 응시하고 있는 것도 바로 사법기관의 음험한 시선이나 유교 이데올로기를 전범(典範)으로 삼고 있는 지식인들의 보이지 않는 감시이다. 작품 속에서 작가가 다소 격앙된 어조로 비판하고 있는 대상과 상황은 "당시 언론의 하이에나 같은 작태와 꽉 막힌 지식인들의 비이성적 마녀사냥"(1권 13쪽)이다. 그런 상황에 대한 비판과 풍자로서의 심리적 대리배설은 「아라베스크」 이외에도 「램프의 요정」 등 작품 곳곳에서 화자의 우울한 정조로 나타나기도 한다.

『알라딘의 신기한 램프』 전편을 통해서 작가의 이런 심리가 가장 역설적으로 풍자되고 있는 곳은 13장 「심각해 씨의 비극」이다. 작가가 직설적으로 진술하고 있는 다음과 같은 대목은 그런 심리적 정황을 여실하게 보여준다.

『즐거운 사라』가 형법상의 유죄라고 판결한 법원의 판결문 가운데는, 사라가 여자 친구와 재미삼아 동성애적 애무를 한번 연습해 보는 장면을 묘사한 몇 줄이 유죄의 근거로 제시되고 있다. 더욱 기가 막힌 것은, 사라가 오럴 섹스나 자위행위를 하는 장면조차 유죄의 근거로 제시되고 있다는 사실이다. <크라잉게임> 같은 동성애 영화나 <파리에서의 마지막 탱고> 같은 항문성교 영화는 수입을 허가하면서, 한국 사람들은 자위행위나 오럴섹스조차 안 된다는 판결은 아무래도 기막힌 아이러니요 난센스였다. 도대체가 형평성도 없고 기준도 없었다. 권위주의적 강제(强制)와 비합리적 획일주의만 난무하는 것이 바로 이 땅의 현실이었다. 성문제에 대한 논란 이전에 인권보장이나 자유권 보장이 전혀 되어 있지 않은, 그야말로 '합리적 지성'이 부재(不在)하는 윤리적 전제(專制) 시대의 질곡 속에서 나는 허우적거리고 있었다.

「심각해 씨의 비극」, 1권 249~250쪽

「심각해 씨의 비극」은 현재가 아니라 22세기의 한국사회에서 일어났던 실화에 대해 세헤라자데가 주인인 '나'에게 이야기를 들려주는 방식으로, '나'(주인님, 즉 작가 자신)와 정반대의 상황에서 고초를 겪은 대학 교수의 이야기이다. 20세기 말의 M교수 사건 이후 한국 사회는 완전한 성개방이 이루어져 정신적 섹스와 육체적 섹스를 분리하지 않게 되었으며, 따라서 "혀는 식사 및 섹스에 있어 동일한 기능으로 작용한다."는 것이 결코 변태가 아니라 일반적 통념으로 인정된 사회에서 Y대학 성과학대학(性科學大學) 용설학과(用舌學科) 교수인 '심각해'가 『이성(理性)으로서의 사랑』이라는 책을 출간한다. 그 책의 내용은 정신으로서의 이성적 사랑과 성행위 시 혀를 사용하는 육체적 사랑을 분리하는 이론, 즉 "섹스행위 때 사용되는 혀는 먹는 행위 때 사용되는 혀와는 다른 심리적 메커니즘으로 작용한다. 섹스행위 때 사용되는 혀에는 반드시 정신적 사랑, 즉 다시 말해서 '이성적 합일(合一)로서의 사랑이 심리적 동인(動因)으로 추가된다."(1권, 252쪽)는 것이다. 「심각해씨의 비극」은 새로운 학설 때문에 기성 학계나 권력층, 그리고 일부 독자들의 분노를 사는 한편, 풍속을 심각하게 위협할 사회의 암적 존재로 지목되고, 결국 '사회의 안위를 해치는 불온한 사고방식의 유포'에 해당되는 국가보안법에 걸려 구속되는 이야기이다. 이런 설정은 '심각해 교수'와는 정반대의 생각을 『즐거운 사라』에서 묘사했다는 이유로 1992년 사법 당국에 의해 실제로 구속되기까지 했던 작가의 실제 체험을 180도 뒤집어 풍자하고 있음을 어렵지 않게 간파할 수 있다. 결국, 심각해 교수와는 정반대의 죄명으로 정죄(定罪)를 당한 작가 자신의 뼈저린 체험과 울화와 우울이 역설적으로 풍자되고 있음을 「심각해 씨의 비극」은 보여준다.

작가의 '법(法)'에 대한 풍자는 19장 「색희(色姬)와 양귀비」와 20장 「X의 이야기」에서도 계속된다. 죄업이 워낙 커 좋은 곳에 환생하지 못하고 아프리카의 우간다에 다시 태어날 운명에 처한 양귀비가 '나'와 즐기기 위해 태어날 날짜를 연기시키면서까지 호송을 맡은 귀졸(鬼卒)을 돈으로 매수한다. 죽어서도 뇌물이 통하고 명부(冥府)의 염라대왕조차 불공정한 판결을 내리는 행위에 대한 풍자를 화자는 전생의 일을 5대(代)까지 기억하고 있는 친구 X를 통해 다시 이야기하고 있다. 친구 X의 이야기에 의하면, 공평무사해야 할 저승의 염라대왕은 물론이거니와 「색희와 양귀비」에서도 볼 수 있듯이 법을 집행하는 '귀졸'조차도 뇌물을 받아먹는다는 것이다. 말하자면, "감정과 독단에 쏠리고, 돈 있고 힘 있는 자에겐 관대하고 힘없는 자에겐 사디스틱한 게 바로 법관이요 염라대왕"(2권 11~12쪽)이라는 것이다.

정의를 수호하는 법의 여신 '디케'가 온전하게 제 역할을 하기 위해서는 양손에 '저울'과 '칼'을 다 가지고 있어야 한다. 그러나 저울은 내려놓고 서슬 푸른 칼만 들고 있는 것 같은 형국을 작가는 저승의 염라대왕과 귀졸에 빗대어 풍자하고 있다. 물론 작가가 정의를 수호하는 법의 숭고한 정신에 대해 무조건 싸잡아서 비판하는 것은 아니다. 그가 풍자적으로 비판하고 있는 것은 양심과 표현의 자유에까지 권력기관의 하수인이 되어 칼날을 무소불위(無所不爲)로 휘두르는 법의 남용과 월권이다.

이 소설에서 풍자하고 있는 것은 비단 '법'만이 아니다. 「남근석(男根石)의 최후」에서는 SF 판타지의 만화적 상상력을 활용하여 "여자는 고위층이나 자본가들이 사육하는 애완동물"이 돼 버린 황량한 미래사회를 그리고 있다. 그러나 남자도 여자의 자궁에서 나온 이상 미래는 여성들이 지배하게 될 것이라는 전망을 함으로써 남성(男性)을 상징하는 '남근석'의 몰락을 통해 자본주의와 성(性) 사이의 관계를 냉소적으로 풍자한다. 43장 「신선이 되기까지」에서는 젊은 수도자와 늙은 수도자가 신선이 되기 위해 마지막 관문인 육욕(肉慾)의 시험에 들게 된다. 이 이야기에서 젊은 수도자는 육욕을 참지 못해 파계를 각오하고 여인과 운우(雲雨)의 정을 나누지만 그로 인해 오히려 신선이 된 반면, 육욕의 시험을 참고 이겨 낸 늙은 수도자는 뜻을 이루지 못한다. 늙은 수도자는 젊은 수도자의 도움으로 겨우 반쪽만의 신선이 될 수밖에 없었다는 이야기를 통해 작가는 육욕을 절제하고 인내하는 것보다는 솔직하게 표출하는 편이 더 중요하다는 것을 강조한다.

5

마광수의 소설은 이른바 '허구성'과 '개연성'을 기본 원리로 채택하여 자유롭고 낭만적인 상상을 통해 인간과 성의 문제를 다루고 있다. 특히 그의 소설은 '가벼움의 미학'에 토대를 둔 '묘사적' 리얼리즘 기법과, 만화적 상상력과 낭만적 판타지를 적절하게 혼합하여 리얼리즘의 미학과는 다른 독창적인 자기만의 세계를 확보하고 있다. 그가 이념으로서의 리얼리즘 대신 '묘사적' 기법의 리얼리즘으로 인물이나 대상을 그려내고자 한 것은, 인간이 마음속에 품고 있는 생각이 이성적인 것이든 판타지에 의한 공상에 속하는 것이든 모두 현실적으로 중요한 것이고, 그와 같은 생각이 궁극적으로 인간의 행복한 상황에 긍정적 영향을 미친다는 믿음을 강력하게 가지고 있기 때문이다. 그런 의미에서 마광수 소설의 창작정신과 방법론은 관능적 상상력에 토대를 둔 낭만적 리얼리즘이라고 불러도 좋을 것이다.

『알라딘의 신기한 램프』는 사도마조히즘이라는 인간의 근본 심리를 기본 모티프로 하여 다양하고 현란한 페티시즘의 묘사를 통해 낭만적 판타지를 능란하게 펼쳐 보여주고 있을 뿐만 아니라, 자유로운 상상과 표현을 억압하는 법과 도덕과 문화의 위선적 이중구조를 풍자하고 있다. 이전 작품에서도 그랬듯이 『알라딘의 신기한 램프』에서 작가가 특히 강조하여 묘사하고 있는 페티시즘은 그 유례를 찾아보기 힘들 정도로 독창적인 세계를 일구어 냈다는 점에 주목할 필요가 있다. 그런 점에서 이번 신작 장편 『알라딘의 신기한 램프』는 성적 대상물로서의 페티시를 단순하게 제시하거나 나열만 하고 있는 것이 아니라, 거기에 치밀한 형체 묘사와 색채 묘사를 덧붙여 사도마조히즘이라는 심리와 연결시키고 있어 실로 회화적 묘사의 영역을 새롭게 개척해낸 작품으로 평가할 수 있다.

『권태』와 『광마일기』를 포함하여 『알라딘의 신기한 램프』는 마광수 문학의 형식과 정신을 선명하게 압축하여 보여주는 조감도이자 결산서라는 의미를 부여할 수 있을 것이다. 여기에 덧붙여, 관능적 위월(違越)의 상상력이 향후 그의 소설에서 어떻게 전개되어 나갈지 자못 궁금하다.

____2000

제2부

상처의 기억과 존재 탐색의 기록

죄악의 종말적 사상과 구원의 묵시록

삶의 우연성과 실존적 고독의 탐구

실존적 허무의식의 기저(基底)

상처와 기억

존재의 심연에 대한 서늘한 탐구

'사랑'의 실체에 관한 단상

죄악의 종말적 사상과 구원의 묵시록

박상우의 『가시면류관 초상』

1. '카토블레파스' 혹은 작가의 운명

박상우의 소설을 읽으면서 생각하게 되는 것은 작가의 '정체성' 문제와 관련된 마리오 바르가스 요사의 「젊은 소설가에게 보내는 편지」라는 글이다. 이 글에서 요사는 작가의 정체성에 대해, 현재 우리가 살고 있는 세상과 다른 세계를 상상하는 '취향'('경향' 또는 사르트르가 '선택'이라고 부른 것)이 작가들에게 문학적 소명의 원천이 되며, 현실에 대한 반항의 사고로부터 형성된 그들의 취향은 근본적으로 권위와 제도와 고정된 믿음에 대한 반항의 태도에 닿아있다고 말한다. 작가에게 주어지고, 그로 하여금 이야기를 상상하도록 자극하는 에피소드와 상황 또한 실제의 삶과 있는 그대로의 세상에 대한 반항에 관련되어 있다는 것이다.

그런데 이 반항은 문학 창작에 종사하는 작가들에게 소명의 뿌리인 동시에 허구에 의한 현실의 대체라는 상징적 작업을 통해 현실의 세계를 도발하게 만드는 은밀한 이유가 된다. 소설의 정체성이 현실을 충실하게 반영하면서도 그 안에 반항을 기획하는 운명을 생리로 하는 이유 또한 작가적 정체성의 원천이 이런 원리에 닿아있기 때문이라는 게 요사의 생각이다. 자신의 경험을 이야기로 변모시킴으로써 비로소 거기에서 벗어나는 경험들을 기록하고 그려낸다는 점에서 요사는 작가들을 '카토블레파스'(카토블레파스는 보르헤스가 『상상동물 이야기』에서 재창조한 신화적 동물로, 발로부터 시작하여 스스로를 삼키는 존재이다)에 비유하기도 한다. 이렇게 볼 때 자신의 경험과 기억의 상처들을 덧내 언어로 표출하는 작가들은 그들이 작가로 사는 한 카토블레파스처럼 자신의 정신과 육체를 먹어치우며 살아갈 수밖에 없는 운명을 짊어지고 있다.

우리 시대의 소설가 박상우 또한 요사가 말한 바와 같이, 작가란 근본적으로 이 세계와 불화하는 존재로, 인간과 인생에 대한 포괄적인 애정을 가지고 현실에 은폐되어 있는 불행을 독자들에게 자각하게 하려는 반항적 열정을 가지고 있다고 말한다(『내 영혼은 길 위에 있다』, 225쪽). 그런 의미에서 박상우가 말하는 작가와 소설의 정체성 또한 요사의 생각과 다르지 않음을 알 수 있다. 등단 이후 지금까지 흔들림 없이 자기만의 독자적인 소설세계를 구축해 온 박상우 소설의 의미를 분석하는 자리에서 요사의 「젊은 소설가에게 보내는 편지」는 작가와 소설의 정체성 문제와 관련하여 한번쯤 음미해볼만한 글이라고 생각한다.

2. 세계와 소설혼(魂)의 조응

박상우의 작가적 행보를 지켜본 사람들은 잘 알고 있겠지만, 그는 등단 이후 지난 15년 동안 소설에 대한 실험과 성찰을 통해 끊임없이 자기 갱신을 거듭해온 작가이다. 그리하여 이제 그는 어느덧 자기만의 문학적 성채, 자기 고유의 감각과 정신을 보유한 '소설혼'을 구축하고 있는 것으로 보인다. 그가 기회 있을 때마다 <작가의 말>이나 <작품 후기>에서 그가 일관되게 밝히고 있는 소설에 대한 입장을 보면, 이 작가야말로 시대나 풍조와 유행과는 거래를 하지 않고 습작시절부터 간직해온 문학적 소명과 세계에 대한 일관된 신념을 소설이라는 '도기(陶器)'로 하나하나 빚어내고 있다는 생각을 갖게 한다. 이것은 언젠가 그가 밝혔듯이, 등단하기 이전부터 이미 창작노트에 자신이 써야 할 소설을 44편이나 구상하고 있었다는 발언에서 짐작할 수 있는 작품의 다산성과 작가적 성실성 이면에, 소설의 일관된 미학과 주제를 글쓰기의 기원적 모체로 간직하고 있음을 말해주고 있다. 그리하여 자신이 감당해야 할 문학적 과제를 시간의 대지 위에 소설적 진실로 건축해내려는 작가적 소명의식이 '인줏빛 오토바이'가 그에게 당선통지서를 가져다 준 이후 지금까지 일관되게 이어져오고 있는 것이다.

> 소설가는 소설을 만들고, 소설은 소설가를 만든다. 이것이 소설가에게 세상의 본질을 꿰뚫어보는 영매(靈媒)의 기능을 제공한다. 세상의 온갖 유혹과 위기가 소설가들의 의지를 꺾지 못하는 이유가 바로 여기에 있다. 멀고 험난한 장도, 부귀영화와 무관한 현실, 고뇌와 고독으로 점철된 인생의 뒤안길에서 그들이 얻게 되는 것—그것은 타협과 동화가 아니라 거부와 불화의 상징으로 주어지는 영혼의 가시 면류관일 뿐이다.
>
> 『내 영혼은 길 위에 있다』, 227쪽

박상우가 품고 있는 소설혼이란 정치적 허위의식(「샤갈의 마을에 내리는 눈」, 「적도기단」, 「사하라」, 「그가 정신분열자라는 기록에 관하여」 등 초기작에서 탐구된 일련의 주제)과, '자본이라는 파시스트', '새로운 시대가 제공해준 욕망의 에스컬레이터'(「독산동 천사의 시」)에 들린 자본주의적 물신성으로부터 탈주하려는 정신적 기획이며, 소설의 언어를 통해 세계의 진실을 찾아가려는 작가적 영혼의 진정성을 의미한다. 지난 세기의 90년대 이후 이런 정신적 지향은 "무한대의 물질적 유혹이 정신을 혼미하게 만드는 공간" 혹은 "물질에 대한 숭배심"(「내 마음의 옥탑방」)이 팽만한 자본주의 물신성에 대한 비판적 인식에서 그 절정을 이루고 있음은 널리 알려진 사실이다. 그러나 소설을 향한 박상우의 작가적 소명의식은 자주 언급되듯이 등단 초기의 예술적 낭만정신으로부터, 이후 세계의 변화 양상에 따라 부정과 역설의 언어를 통한 극한의 사유로 인간의 심성에 내재한 원초적 악마성의 탐구를 감행하는 쪽으로 전환되기 시작한다. 다음의 <작가의 말>을 읽어보자.

> 내 스스로 억압해 온 문학적 개성, 내 스스로 개진해야 할 문학적 기질을 다시 생각한다. 아주 오래된 기다림에 가까스로 마침표를 찍었다는 생각이 든다. (……) 이제 내 혈관을 타고 흐르던 오래된 독이 내 소설의 악마적인 질료가 될 것이다. 해묵은 열정과 감성이 스러진 자리, 존재와 존재 사이의 부조리한 경계지점에서 빙벽처럼 나는 다시 태어나고 싶다.
>
> 〈작가의 말〉, 『사탄의 마을에 내리는 비』

<작가의 말>에서 읽을 수 있듯이, 스스로 억압해 온 문학적 개성을 해방시켜 그의 의식의 혈관 속에 흐르던 '오래된 독'을 자기 소설의 '악마적인 질료'로 삼겠다는 작가적 다짐의 결과가 『사탄의 마을에 내리는 비』(2000) 속에 수록된 표제작과 일련의 작품들에 담겨 있다. 물론 『사탄의 마을에 내리는 비』에 수록된 작품들이 주로 새로운 세기 이전에 창작된 것들이란 점에서 이미 거기에 세기말의 어떤 종말적 징후가 강하게 내포되어 있음을 간파하는 것은 그렇게 어려운 일이 아니다. 새로운 세기에 접어들어 박상우 소설의 이런 의식은 『까마귀떼그림자』(2001)에서

한층 첨예해지고 있다.

『까마귀떼그림자』에서 볼 수 있듯이, 박상우는 "종말적 현실 속에서 배양되는 인간 영혼의 악마성에 대한 탐구를 통해 현대인의 존재론적 기저(基底)를 해독하려는 시도"(김민수, 「시간의 폐허를 지나 인간의 광야로」)를 감행한다. 그런데 박상우가 이 작품의 <작가후기>에서 토로한 다음과 같은 말은 작금의 그의 소설세계를 기율하고 있는 어떤 정신의 지표를 확인하는 데 유용한 참조점을 제공해준다.

> 『까마귀떼그림자』는 칼을 생각하며 쓴 소설이다. 펜이 아니라 칼을 들고 쓴 소설이라 해도 과언이 아닐 것이다. (……) 칼로서의 펜, 펜으로서의 칼을 생각하게 만드는 게 세상이기 때문이다. (……) 세상이 아무리 변한다 해도, 소설은 나에게 끝끝내 오락일 수 없다. 펜이 칼보다 강하다는 관념적 위안도 필요 없다. 다만 펜을 칼처럼 사용하며 냉정한 검객이 되고 싶을 뿐이다. (……)
>
> 〈작가후기〉, 『까마귀떼그림자』

"다만 펜을 칼처럼 사용하며 냉정한 검객이 되고 싶을 뿐"이라는 박상우의 팽팽한 고백이 범상하지 않은 것은 우리가 1930년대의 고독한 산책자 이상(李箱)이 남긴 한 가지 명제를 기억하고 있기 때문이다. 이상이 「12월 12일」(1930)이라는 소설에서 글쓰기와 관련하여 자신의 존재적 고독을 가장 극렬한 언어로 피력한 "펜은 나의 최후의 칼이다."는 선언이 그것이다. 아마도 20세기 한국문학이 산출한 문학적 명제 가운데 가장 인상적인 이 구절을 다시 박상우에게서 유사한 어법으로 듣는 일은 시대를 넘나들며 공유하는 작가적 고뇌의 어떤 동질성마저 느끼게 만든다. "다만 이 무서운 기록을 다 써서 마치기 전에는 나의 그 최후에 내가 차지할 행운은 찾아와주지 말았으면 하는 것이다. 무서운 기록이다."(「12월 12일」)

라고 쓰고 있는 이상의 결연함과, "펜이 아니라 칼을 들고 쓴 소설"이라는 박상우의 단호함이 오버랩되는 것은 요사가 말한 작가적 정체성을 생각할 때 수긍할 만한 정당성을 갖추고 있는 것으로 보인다.

박상우 소설의 최근 경향에 대해서는 많은 비평가들이 '악마성', '묵시록적 상상력', '종말의식'이라는 키워드로 조명하고 있듯이, 자본주의의 물신에 제어된 인간의 본성과 세계에 내장된 악마적 심성의 근원적 좌표를 투시하여 그 욕망의 본질을 해부하려는 데 있는 것으로 파악된다. 이미 박상우는 『사탄의 마을에 내리는 비』에서 동명의 표제작에 등장하는 인물들이 지닌 익명의 기호들과 단자적 관계 및 근원적 소통불능의 상황으로, 『까마귀떼그림자』에서는 불길한 색채 이미지, 즉 근원을 알 수 없이 도처에서 피어오르는 '검은 연기 기둥'과 '그림자'로 이 세계의 생리를 파악하면서, 서로가 서로를 배제하고 도구화하는 현대적 삶의 악마적 양상을 한층 첨예한 미의식으로 인화해낸 바 있다.

이들 작품의 인물들은 "빛을 꿈꾸지 않아도 되고, 구원을 갈망하지 않아도 되는 곳. 내일을 걱정하지 않아도 되고, 인생을 두려워하지 않아도 되는 곳. 황홀한 지옥", "저주받은 영혼이 안식할 수 있는 지하 묘지"(「사탄의 마을에 내리는 비」)인 물신(物神)의 신전, 죽음과 종말의 이미지로 가득한 '카타콤'을 찾아 삶을 파괴적으로 소비한다. 이제 그들은 희망과 구원의 한 가닥 빛줄기도 믿지 않으며, 도로(徒勞)의 절망 속에서도 포기하지 않고 "산정을 향해 바위를 밀어올리는 불굴의 의지를 상실한 시지프들"(「내 마음의 옥탑방」), 다시 말해 '거세당한 시지프들'일 뿐이다. 그리하여 "자본이 하느님인 시대"(『까마귀떼그림자』)에 서로가 서로에게 욕망의 대상으로만 존재하며 어둠과 종말의 시간을 향해 질주하는, "아무도 보이지 않지만, 보이지 않는 눈까지 경계하는 밀폐 공간의 인간들"(『까마귀떼그림자』)만이 최저낙원(最低樂園)을 구성할 뿐이다. 박상우가 『사탄의 마을에 내리는 비』와 『까마귀떼그림자』에서 설정한 공간 '카타콤'이나 'MEMBERS CLUB 까마귀떼'는 "구원이 아니라 재앙을 알리는 불길한 경고음"(「사탄의 마을에 내리는 비」)만이 들리는 종말의 연옥이며, 일말의 구원의 빛이 스며들 틈조차 없는 지옥 그 자체이다. 그러나 바위를 밀어 올릴 불굴의 의지도, 저 지상의 빛을 찾아 여행을 떠나려는 의지도 거세된 그들을 구원할 가능성은 부재하는 것일까? 여기서 박상우만의 방론법이 가동하기 시작하는데, 죄와 악의 부정성을 끝까지 밀고나감으로써 구원의 방법과 가능성을 모색하려는 시도가 바로 그것이다. 죄와 종말을 피해 달아나는 것이 아니라 죄와 악의 종말을 경유해 구원에 이르려는 작가의 사상이 이제 『가시면류관 초상』에서 감행되기에 이른다.

3. 죄악의 연대기, '카인의 비밀일기'

박상우의 신작 장편소설 『가시면류관 초상』은 앞선 두 작품, 즉 『사탄의 마을에 내리는 비』와 『까마귀떼그림자』에서 탐구한 종말의 사상을 한층 더 밀고나가, 종교적 상상력 속에서 죄와 구원의 문제를 충격적인 주제로 그리고 있는 작품이다. 이 작품에서 작가는 악을 선의 도덕률로 구축(驅逐)하려는 것이 아니라 오히려 "죄를 통해 구원으로 나아가는 길"(『가시면류관 초상』, 252쪽. 본문에서 『가시면류관 초상』을 인용할 때에는 쪽수만 제시)로 시선을 돌려 속죄와 구원의 어떤 가능성을 묻고 있다. "천국과 지옥이 같은 길에서 시작되고 같은 길에서 끝난다"(142쪽)는 작품 속 진술에 나타나 있듯이 이 소설이 구현하고 있는 윤리적 불온성은 20세기 초반 김동인의 「광화사」나 「광염소나타」에서 잠깐 모습을 드러낸 적은 있었지만, 박상우의 이 작품만큼 인물들의 악마적 심성을 강렬한 주제의식으로 형상화한 예는 한국소설에서 발견하기 어렵다. 그런 의미에서 『가시면류관 초상』의 창작적 발상이나 주제는 그 자체만으로도 작금의 우리 문단에 충격을 주기에 충분한 작품이다.

『가시면류관 초상』은 지금까지 박상우가 추구해온 기왕의 문학적 성과를 포괄하여 수렴하면서, 등단 이전부터 지금까지 작가 자신이 품어온 소설혼의 옥타브를 가장 높은 음역에서 연주하려는 작의(作意)를 보여준다. 특히 이 작품에서 작가는 성서 가운데에서도 가장 가혹한 모티프인 '카인과 아벨의 이야기'를 작품 속의 두 텍스트(세이턴이 준 고대의 '필사본 노트'와 유인하가 기록한 '카인의 비밀일기'라는 제목의 '노트')에 병치시켜 서술하는 액자형식의 구성과 함께 '기록'의 변용이 갖는 의미를 특별히 강조하고 있어 주도면밀한 독해가 필요하다.

『가시면류관 초상』은 작가 박상우가 지향하고 있는 소설혼의 큰 매듭을 이루면서, 동시에 작가가 인식하고 있는 이 세계의 윤리적 감각을 뿌리에서부터 전복하려는 소설적 모험을 감행하고 있다. 작품 제목에서도 이미 드러나 있듯이 종교적 구원의 메시지를 강렬하게 환기시키고 있는 『가시면류관 초상』은, 가령 등단작인 「스러지지 않는 빛」이나 「백마, 그 폐허」 등에서 노정된 예술적 낭만주의의 세계인식과, 90년대 중반 이후 인간과 세계에 대한 작가의 전회된 인식이 현재 어떤 지점에 와 있는지 극명하게 보여주고 있어 무척 흥미롭다. 이 세계의 정치적 허위의식이나 자본주의적 욕망의 본질을 환멸의 낭만주의로 포착하였던 초기의 『샤갈의 마을에 내리는 눈』과 『독산동 천사의 시』 등으로부터, 개인의 실존과 세계의 관계적 양상에 연루된 악마적 본성을 그린 『사탄의 마을에 내리는 비』와 『까마귀떼그림자』를 경유하여 이제 『가시면류관 초상』에 이르러서는 박상우 소설세계의 한 결산을 이루어내고 있다.

이번 작품 『가시면류관 초상』에서 작가는 이 세계를 구성하고 있는 삶의 원리를 카인과 아벨 이야기라는 성서의 시원(始原)에 토대를 두고 인류 최초의 살인에 잠복된 '죄'와 '구원'의 관계에 대한 근원적인 질문을 제기하고 있다. 작품의 질료로 선택된 악마, 지옥, 묵시, 폭력, 광기, 죄, 구원, 종말 등의 선홍빛 언어에서 발견할 수 있듯이 『가시면류관 초상』은 이제까지 한국문학이 쉽게 경험하지 못했던 어둡고 불길하고 황폐한 인간의 정신적 풍경을 근친상간의 모티프와 가족의 해체 및 광기와 살인의 비극적 결말로 이끌어가면서, 카인으로 위장하여 위악적인 삶을 연기하는 액자 속의 주인공 화자를 통해 종교적 구원에 이르는 이야기를 보여주고 있다.

『가시면류관 초상』은 액자형식의 구성과 추리기법을 활용하고 있는 소설이다. 특히 쉽게 이해하기 어려운 암호 같은 문장('도원 형'이 작성하여 남겨 놓은 메시지)과 작품의 마지막에 가서야 아버지를 죽인 범인이 누구인지 드러나는 추리 기법이 이 소설의 이야기를 한층 흥미 있게 만들고 있다. 소설 속의 이야기는 두 개의 '노트'를 중심으로 전개되면서 '죄의 발생학'과 '구원의 윤리학'이라는 문제를 탐구해나간다. 여기서 두 개의 노트 가운데 하나는, 카페 카오스의 여주인 세이턴(사탄)이 유인하에게 건네준 것으로, 그 노트에는 카인과 아벨에 관한 이야기 중에서 후세 사람들에 의해 삭제된 '필사본 기록'이 담겨있다. 다른 하나는, 『가시면류관 초상』의 화자이자 주인공인 유인하가 세이턴에게서 받은 노트의 내용을 계기로 자신을 둘러싼 가족의 비극적 사건을 기록한 '카인의 비밀일기'라는 노트를 말한다. 유인하의 이 노트에 기록되어 있는 내용이 바로 『가시면류관 초상』인데, 작가는 이 '노트'를 어느 성당의 신부로부터 받았다고 작품의 첫머리에 밝히면서 이야기를 전개한다.

> 내가 바오로 신부에게서 처음 이 노트를 건네받았을 때, 그 첫 페이지에는 '카인의 비밀일기'라는 제목이 붙어 있었다. 하지만 그 노트를

> 성당에 놓고 간 사람의 기록에서 내가 발견한 것은 '가시면류관 초상' 이었다. 오랜 세월, 죄의 의미가 부화된 결과이리라.
>
> 『가시면류관 초상』, 5쪽

작가가 작품의 전개에 앞서 <서문> 격으로 밝혀놓은 위의 글에서 알 수 있듯이, 죄악의 행적에서 작가가 구원의 메시지를 발견하고 있음을 픽션적인 장치로 명시하면서 이야기를 끌고나간다. 이 소설에는 여러 겹의 기록(노트)이 중첩되어 있는데, 우선 카인과 아벨에 관해 세상 사람들에게는 잘 알려져 있지 않은 내용을 수록한 '필사본 노트'가 있고, 그것을 바탕으로 화자인 주인공 유인하가 근친상간의 죄의식과 살인 및 자살로 점철된 자신의 비극적 가족사를 기록한 '카인의 비밀일기'가 있으며, 이것을 다시 소설의 '필자'가 어느 성당의 신부로부터 입수한 노트의 기록에서 '가시면류관 초상'이라는 주제를 발견하여 독자들에게 소개하는 순환구조의 형식을 취하고 있다.

이처럼 이 소설은 신비감에 휩싸인 카페 '카오스'의 여주인 세이턴이 유인하에게 건네준 오래된 필사본 노트(카인과 아벨에 관해 성서에서는 누락된, 살인을 둘러싼 인과관계의 전모를 기록해 놓은 노트) → 유인하의 '카인의 비밀일기'(필사본 노트의 내용을 토대로 자신을 둘러싼 가족의 비극적 이야기를 이레 동안 기록하여 성당에 남긴 유인하의 기록) → '가시면류관 초상'(이 소설의 필자가 노트를 성당에 놓고 간 사람의 기록에서 발견한 '카인의 비밀일기'의 주제)이라는 복합적인 구성으로 전개된다. 이렇게 볼 때 세이턴의 필사본은 성서 속에 있는 카인과 아벨 이야기에서 누락된 내용을 보충하여 기록한 이야기이고, 유인하가 작성한 '카인의 비밀일기'는 다시 '필사본 노트'를 자기의 격정적 삶에 맞게 보충하여 기록한 이야기가 된다. 나아가 '필자'가 성당의 신부로부터 입수했다는 '가시면류관 초상'의 이야기는 다시 독자들의 의식 속에서 최종적으로 채워지기를 기다리는 기록(소설)이 된다. 이처럼 박상우는 이 작품에서 지금까지의 스타일과는 다른 글쓰기 형식을 실험하면서 동시대의 선악에 관한 윤리적 감각을 전복하는 정신적 비행을 감행하고 있다.

그러나 이 작품에서 가장 핵심적인 사안은 유인하가 기록한 '카인의 비밀일기'의 내용이다. 이 노트는 인간들의 종교에 대한 세속화 욕망이 신의 진정한 가르침을 왜곡시켰다고 말한 세이턴의 해석, 즉 '필사본 노트'의 내용을 현실에서 구체화한 기록이다.

> 카인을 올바르게 깨달으면 지상의 종교는 무의미해져. 어째서 카인과 아벨 사이에서 일어난 살인사건의 인과관계가 성서에는 밝혀져 있지 않을까. 모든 게 이야기에서 시작되고 이야기에서 끝나는데 어째서 인과관계는 삭제되고 후세 사람들은 그것을 하느님에 대한 카인의 질투심으로 일방적으로 왜곡하는 것일까. 종교를 세속화시키려는 인간들의 욕구가 결국 신의 진정한 가르침을 외면한 거야. 삭제하면 성스러워질 줄 알았지만 삭제함으로써 더 큰 가르침을 잃게 된 거라구. 죄악을 통한 진화, 그것이 카인과 아벨의 이야기에 숨겨진 진정한 메시지이지.
>
> 『가시면류관 초상』, 223쪽

세이턴의 말에 따르면, 카인과 아벨의 이야기에 숨겨진 진정한 메시지는 "죄악을 통한 진화"를 가르쳐 주려는 것이며, 그리고 카인과 아벨의 문제는 성서 속에 화석으로 남겨진 이야기가 아니라 '지금－여기'에서도 여전히 인간들 사이에서 일어나고 있는 행동에 담긴 이면적 진실이라는 것이다. 또한 세이턴의 해석에 따르면 카인이 아벨을 죽인 진짜 이유도 하느님에 대한 질투 때문이 아니라 '여자'와 관련된 문제로, 카인과 아벨의 이야기에서 여자를 보충하여 읽어야만 비로소 그 이야기의 누락된 인과관계가 제대로 성립된다는 것이다. 필사본 노트에는 여자 때문에 아벨을 죽인 카인이 그 벌로 에덴의 동쪽으로 추방된 다음, 두려움과 공포의 저주에 사로잡혀 어느 곳에도 정착하여 안식을 얻지 못한 채 살다가 결국 자신의 아들이 쏜 화살에 맞아 죽는다는 내용이 들어 있다. 세이턴이 유인하에게 들려준 이 내용이 『가시면류관 초상』의 주요 이야기를 이끌고 있는데, 이는 '나(유인하)'가 동생(유정하)의 애인(윤모란)과 관계를 맺는 데서 발생하는 근친상간의 죄의식을 동심원으로, 마지막에 아버지를 살해하게 되는 상황까지 '카인의 비밀일기'는 '필사본 노트'의 원형적 패턴을 현대적으로 번역한 것이라는 의미를 갖는다.

여기서 주목해야 할 부분은 필사본 노트에 등장하는 카인과, '카인의 비밀일기'의 기록자인 유인하의 무의식을 중첩시켜 해석하는 대목이다. 세이턴의 말을 빌어서 윤모란은 유인하에게, "모든 남자들의 무의식 속에 카인의 가해의식과 아벨의 피해의식이 교묘하게 함께 숨어 있다"(91~92쪽)며, "자신이 아벨이라는 걸 숨기기 위해 죄악의 이미지를 차용하는"(199쪽) 사내들은 모두 아벨 콤플렉스에 빠져있다고 말한다. 윤모란의 분석대로라면 유인하는 자신이 아벨임을 숨기기 위해 카인의 페르소나로 살아가는 악마적 존재에 해당하는데, 그 죄악에서 벗어나기 위해서는 윤모란이 말하고 있는 것처럼 지옥의 상상력과 지옥의 언어로 죄악의 뿌리를 끝까지 파헤쳐 종말을 선사해야만 한다. 그리고 모든 죄업을 끊기 위해 구원의 출구를 향해 직접 달려나갈 것이 아니라 "종말을 넘어 더 큰 종말"(209쪽)을 예비하라는 종말의식이야말로 구원에 이르기 위해 유인하가 감당해야 할 전제조건이 된다. 그러니까 유인하가 진정한 구원에 이르기 위해서는 '수직적 초월'이 아니라 현실의 삶 자체, 그 반복되는 일상의 시간이 지옥이라는 철저한 자기인식이 필요함을 작가는 작중인물을 통해 환기시키고 있는 것이다.

그런데 이와 같은 철저한 종말의식은 작가가 이미 『사탄의 마을에 내리는 비』와 『까마귀떼그림자』의 곳곳에서 여러 인물들의 의식을 빌어 피력했던 것처럼 『가시면류관 초상』에서도 물신에 육화된 존재로 설정된 아버지에 대한 유인하의 근원적 증오심으로 나타나고 있다. 요컨대 유인하가 남긴 '카인의 비밀일기'의 핵심은 "증오의 방식으로 세상을 사랑한 죄"(250쪽)의 기록을 세상에 남김으로써 "죄를 통해 구원으로 나아가는 길"(252쪽)을 제시하려는 것이다. 그리하여 유인하는 그 길을 따라갈 때 진정으로 "종말과 구원이 맞닿은 곳에 당도할 수 있"(252쪽)는 자기 확신에 도달하게 된다. 이후 유인하는 "너에게로 와서 너에게로 간다. / 나에게로 와서 나에게로 가라."(244쪽)는 '도원 형'의 메시지를 계기로 아버지를 죽이는 길로 들어서게 되는데, 역설적으로 그 죄업의 궁극적 종말을 통해 구원에 이르는 '죄악의 연대기'를 완성하게 되는 것이다.

『가시면류관 초상』에서 또 하나 주목해야 할 부분은 작가가 말하는 '기록'의 의미이다. 박상우는 이미 「어느 지하생활자의 수기」(『사탄의 마을에 내리는 비』)에서 지하생활자(작가)로서 '기록'의 의미에 대해 보들레르의 잠언(「현대적 삶의 화가들」)을 변용하여 기록, 즉 소설 쓰는 일의 의미를 피력한 바 있는데, 그것은 앞에서 제시한 <작가의 말>과 <작가후기>를 통해서도 알 수 있듯이 '기록'의 의미야말로 진실을 포착할 수 있는 작가적 소명의 중요한 원천임을 나타내고자 한 것이다.

> 기록은 인간에게 주어진 가장 고귀한 능력이다. 그것은 진실을 바탕으로 삼고, 진실로써 구축되는 것이다. 진실을 전제로 하지 않은 기록은 쓰레기만도 못한 것이다. 진실로써 이루어진 기록은 어둠에도 파묻히지 않고 빛에도 바래지 않는다. 제대로 된 기록은 인류를 이끄는 길라잡이 역할을 하지만 그릇된 기록은 인간의 사유를 마비시킨다. 인류를 구원으로 이끄는 이성의 길, 죄악의 역사를 밝히는 마지막 등불로서의 기록.
>
> 『가시면류관 초상』, 234~235쪽

죄악에 관한 위악적 태도를 시종일관 견지하면서, 그 행위들로부터 비롯된 일련의 비극적인 사건들을 '카인의 비밀일기'로 작성하는 유인하의 의식에서 드러나고 있듯이, '기록'하는 일이야말로 "인류를 이끄는 이성의 길"이자 "죄악의 역사를 밝히는 마지막 등불"이라는 작가의 신념(소설론)을 위의 인용문은 잘 보여주고 있다. 성서의 카인과 아벨 이야기에서 누락된 부분을 채워 넣은 고대의 '필사본 기록이 그렇고, 유인하가 "나의 죄악이 세상에 까발려지고, 짓이겨지고, 피 흘릴 수 있게 되기를 나는 빌고 싶다."(235쪽)고 '카인의 비밀일기'에 쓰고 있듯이, 그 기록을 소설이라는 장치로 부화시켜 세상에 알리는 작가의 의지 또한 세계를 해석하면서 동시에 소설적 진실을 발견하기 위해 전제가 된다. 왜냐하면 죄악의 실상을 조작하지 않고 있는 그대로 작성하여 드러내는 기록을 통해서만 '나'(유인하)의 죄악이 세상에 드러나게 될 것이고, 그래야만 구원을 받을 수 있다고 작가는 보고 있기 때문이다. 이처럼 '기록'의 가능성을 통해서만 진정한 구원에 이를 수 있음을 작가는 '나'(유인하)의 의식으로 보여주고 있는 것이다.

4. 종말의 사상과 구원의 묵시록

박상우는 카페를 작품의 주요 무대로 설정하는 도시적 감수성, 건조한 수사로 이루어진 문장, 군더더기 없는 명료한 문체, 작가와 시인을 비롯한 예술가 주인공들을 작중인물로 활용하고 있다는 점에서 도시적 감수성의 계보를 잇고 있는 작가라고 할 수 있다. 80년대 후반부터 작가 생활을 시작한 그가 예술적 낭만주의(이를테면 '예술가 소설'이나 '소설론 소설'의 형식으로 자신의 소설미학을 전개해 온 것)로부터, 세계사의 사상적 지도가 재편되는 90년대에 팽배했던 정치의식의 퇴조와 무관심에 대한 환멸의 낭만주의를 거쳐, 『사탄의 마을에 내리는 비』와 『까마귀떼그림자』에서 자본의 물신성이 뿜어대는 세계를 종말의식의 징후로 포착하였고, 이제 『가시면류관 초상』에서 자본주의적 세계에 살고 있는 존재들의 악마적 성격에 대해 종말의 사상을 거쳐 구원에 이르는 길을 찾기에 이른 것이다.

어쩌면 박상우 소설의 오랜 주제가 투영되어 있다고도 할 수 있는 『가시면류관 초상』은 「사탄의 마을에 내리는 비」에서 시작되어 『까마귀떼그림자』를 거쳐 세계에 대한 종말의식을 구원의 묵시록으로 제시하려는 일련의 시도를 마지막으로 장식하는 작품이라고 할 수 있다. 박상우는 세계를 인식하는 태도로서 이전의 낭만적 방법보다는 종말적인 의식으로 인간과 인생을 기록해내는 일이 이 세계의 리얼리티를 제대로 구현하는 방법임을 『사탄의 마을에 내리는 비』와 『까마귀떼그림자』에서 보여주었다. 그리고 이번의 신작 장편소설 『가시면류관 초상』을 통해서는 종말의식의 세계를 넘어 어떤 구원의 가능성에 이르는 길을 주인공 유인하의 의식과 삶을 통해 보여주고자 하였다.

2000년 이후, 새로운 세기에 이런 종말의식과 세계관을 통해 인간과 인생에 내재한 죄의 기원을 묻고, 그것을 기록으로 남기려는 박상우의 소설적 분투는 그의 최근 작품들 도처에 '피의 잉크'로 기록되고 있음을 확인할 수 있다. 자본이라는 광기에 내몰린 영혼의 고독과 불길한 징조를 박상우는 이미 『까마귀떼그림자』의 검은 연기기둥과 그림자의 이미지로 형상화한 바 있는데, 그 종말의식의 절정은 "고층빌딩 옥상에 설치된 광고 전광판, 모텔 네온사인, 안마시술소 네온사인, 교회의 붉은 십자가…… 피 흘리며 꿈틀거리는 어둠의 내장 같다."(『까마귀떼그림자』, 82쪽)는 묘사에 잘 함축되어 있다. 여기서 박상우는 이 세계를 종말적으로 이해하는 데에서 더 나아가 『가시면류관 초상』을 통해 죄의 기원을 통해 구원의 가능성을 되묻고 있다. 작가가 보는 한에서 어쩌면 이 세상은 지옥이며,

인간들은 모두 악마일 수 있다는 역설을 작중인물 윤모란의 입을 빌어 다음과 같이 피력해놓고 있는 데에서 작가 박상우의 인간과 세계에 대한 인식의 핵심을 발견할 수 있다.

> 나는 요즘 아자젤에 관한 생각을 자주 해요. 악마가 불쌍하다는 생각을 한다구요. 어쩌면 악마보다 더 무서운 게 인간일지도 모른다는 생각…… 멀쩡한 양을 속죄의 희생물로 삼고, 그것도 모자라 나중에는 양에게 악마의 허울을 씌워버리는 게 인간이잖아요. 아자젤이 그렇게 해서 생긴 악마라면, 그 악마는 얼마나 슬프고 억울할까…… 어쩌면 우리가 알고 있는 악마는 인간들이 자신들의 사악함을 위장하기 위해 만들어낸 술수의 산물이 아닐까, 하는 생각이 들어요. 인하씨는 그런 생각해 본 적 없나요?
>
> 『가시면류관 초상』, 59쪽

이 세계가 이미 지옥이고, 이곳에 사는 사람들이 악마의 죄의식을 가지고 있는 종말적 상황에서는 인간의 사랑으로 문제를 결코 해결할 없다는 것이 작중화자 유인하의 신념이다. 어머니가 보던 성경은 아버지에 의해 폭력의 도구가 되어버리고, 성서 속의 카인과 아벨 이야기에 나오는 인류 최초의 형제살해 모티프는 유인하로 하여금 동생의 연인과 섹스를 하는 것으로 발전하고, 더 나아가 물신적 욕망의 전형으로 그려진 “아버지를 죽이고 싶다.”(8쪽)는 무의식의 욕망을 실천하게 만든다. 그럼에도 불구하고 “종말을 향한 진군”(113쪽)의 나팔을 힘차게 부는 이 세계의 현실을 “지옥의 상상력과 지옥의 언어”(204쪽)로 그리고 있는 『가시면류관 초상』의 종말적 죄의식은 종교적 구원에 의해 씻겨질 수 있다는 가능성을 박상우는 『가시면류관 초상』의 마지막 장면에서 피력하고 있다. 물론 그 구원의 가능성을 종교적 모티프를 통해 구하고 있다는 점에서 작가가 제시한 결론에 대해서는 여러 이견들이 생길 수도 있다. 그럼에도 불구하고 다음과 같은 마지막 장면에 잘 나타나듯이, 이 세계에 대한 유인하의 죄악의 실천과 악마적 투쟁은 새로운 종교적 체험을 통해 또 다른 길로 들어서는 계기를 제공함으로써 색다른 감동을 주고 있다.

> 어느 순간, 문득 눈을 떴을 때 끔찍스런 장면이 눈앞에 펼쳐진다. 머리에 가시면류관을 쓰고 온몸으로 피를 흘리는 사람의 모습이 허공에 걸려 있다. 고개를 한쪽으로 꺾은 그의 두 눈에서 뜨거운 눈물이 흘러내리고 있다. 나의 두 눈에서도 뜨거운 눈물이 흘러내린다. 나는 온몸을 떨며 그를 올려다본다. 그의 얼굴에 정하의 얼굴이 겹치고, 그의 얼굴에 윤모란의 얼굴이 겹치고, 그의 얼굴이 세이턴의 얼굴이 겹치고, 그이 얼굴에 애란의 얼굴이 겹치고, 그이 얼굴에 은지의 얼굴이 겹치고, 그의 얼굴에 도원 형의 얼굴이 겹치고, 그의 얼굴에 어머니의 얼굴이 겹치고, 그의 얼굴에 아버지의 얼굴이 겹친다. 이윽고 그의 얼굴에 내 얼굴이 겹칠 때, 가시면류관에 눈부신 아침 햇살이 쏟아진다. 천장과 제대 벽면의 스테인드글라스로 밀려든 돋을볕이 신비스런 꽃을 피운 것 같다. 나는 황금 체인을 손에 걸고 천천히 자리에서 일어난다.
>
> 『가시면류관 초상』, 253쪽

죄악의 실천을 통해 구원으로 나아가는 길, 그 길을 따라가면 "종말과 구원이 맞닿은 곳"(252쪽)에 당도할 수 있다고 고백하면서 유인하는 '도원 형'이 남긴 암호 같은 문장의 메시지대로 "아버지를 죽이고 아버지를 따라가는 길, 아버지를 따라가며 아버지를 죽이는 길"(252쪽)을 선택하게 된다. 그리하여 유인하는 성(聖)과 속(俗)의 경계를 가르는 스테인드글라스 안쪽의 성당에서 '가시면류관의 초상'을 체험하고 구원을 얻게 된다. 비록 유인하에게는 세속에서의 심판이 남겨져 있지만, 성당을 나서는 그에겐 눈부신 햇살이 가득하다. "내가 흘린 피가 내가 지은 죄의 대가가 되기엔 아무리 가도 끝나지 않을 길"(254쪽)임에도 그는 이제 그 길을 당당히 걸어갈 수 있게 된 것이다.

종말의 사상으로 이 세계의 악마적 현실을 그린 『사탄의 마을에 내리는 비』와 『까마귀떼그림자』를 넘어 한 가지 그 구원의 길을 제시하고 있는 신작 장편소설 『가시면류관 초상』에서 이전에는 볼 수 없었던 박상우 소설의 또 다른 가능성을 읽게 된다. 그것은 종말의식을 다룬 박상우의 일련의 소설 작업이 이제 『가시면류관 초상』에서 철저한 죄악을 실천함으로써 구원에 이르게 된다는 역설의 사상을 통해 그가 한 시기를 매듭짓고 새로운 소설세계를 찾아나갈 것이라는 예감을 들게 하기 때문이다. 사실 죄악의 사상이나 종말의식에 관한 문학적 탐구는 서양의 기독교적 문화에서는 매우 자연스러우면서도 풍부한 전통 속에서 이루어져 왔다. 반면에 이런 유형의 소재는 우리의 문학사상적 전통에서는 쉽게 접근하기 어려운 내용이라고 할 수 있다. 김동리의 『사반의 십자가』로부터 이문열의 『사람의 아들』, 조성기와 이승우의 소설들이 보여준 주제의식과 도 다른 감각과 기법으로 죄와 구원의 문제를 다루고 있는 박상우의 『가시면류관 초상』은 그 내용과 주제의 낯선 충격과 함께 우리 문학의 소재를 확장하면서 새로운 지평을 열어주고 있다.

____2003

삶의 우연성과 실존적 고독의 탐구

이상운의 『쳇, 소비의 파시즘이야』

"몸은 멈췄지만 정신은 계속 길을 가고 있었던 것이다."
—「시체는 어디에 있나」 중에서

1. 이상운 소설 개관

작가 연보를 보면 이상운은 올해로 등단 10년을 맞는다. 1997년 전작 장편소설 『픽션클럽』으로 문단에 나온 이래 그는 10년 동안 『탱고』(2000), 『누가 그녀를 보았는가』(2002), 『내 마음의 태풍』(2004), 『내 머릿속의 개들』(2006) 등의 장편소설, 『달마의 앞치마』(1999), 『제발 좀 조용히 해줘』(2001), 『책도둑』(2004) 등의 소설집을 발표하였다. 한 작가의 10년 창작 경력이란 꽤 의미 있는 시간이라고 할 수 있는데, 앞에 제시한 다양한 형식의 작품들에서 이상운은 이 세계에 편재하는 위선과 허위의 양상을 특유의 풍자적 어법으로 형상화하여 자신만의 독자적 문학 세계를 구축하였다. 이번 소설집 역시 자신이 추구해온 소설적 경향으로서 작가 특유의 개성적인 모습을 보여주고 있다. 그런 점에서 이번 소설집은 작가에게 등단 10년의 결산인 동시에 향후에 전개될 문학적 방향의 바로미터라고 할 수 있다.

이상운의 작품을 읽어본 독자들이라면 알겠지만, 그는 등단작『픽션클럽』에서부터 최근의『내 머릿속의 개들』에 이르기까지 현실을 풍자하는 날카로운 의식과 해체적 구성 방식으로 자기만의 문학세계를 구축해 왔다. 장편소설들을 포함하여, 자신의 문학과 세계에 대한 견해를 피력해 놓은 이야기 모음집에서도 이상운은 '우연성(contingency)'에 의해 발생하는 삶의 부조리함이나 이 세계의 불합리한 현상들을 알레고리적 기법으로 포착해내고 있다. 그의 작품들은 세계와의 진정한 소통을 방해하는 일상의 허위에 대한 전복을 겨냥하면서 동시에 과잉소비의 물신성에 침윤된 자본주의 세태의 부박함을 공략한다. 이상운의 독자적 작품 경향은 이미 등단작『픽션클럽』에 잘 나타나있다. 이번 소설집의 논의를 위해『픽션클럽』에서 받았던 느낌을 먼저 정리해본다.

공상적 꿈꾸기를 즐기며 정신의 자기 승리법으로 자신에게 닥친 어려운 상황을 타개해 나가던 소년이 성장해 소설가가 되지만, 냉혹한 자본의 물신성 앞에서 글 쓰는 정신을 시장에 내다 팔지 않을 수 없는 작가로서의 내면고백이『픽션클럽』의 핵심 이야기였던 것으로 기억한다. 특히 그 작품이 내게 흥미를 끌었던 것은 간결한 문장에 실린 냉소적 허무주의와 풍자적 문장에 담겨있는 어떤 독특한 느낌 때문이었다. 가령, 커트 보네거트에게 빌려왔다고 고백하면서 작품 중간 중간에 반복적으로 삽입해놓은 "인생은 그렇게 가는 것!"이라는 경구적 진술은 일견 엄숙해 보이면서도 무척 희화적으로 읽혔던 기억이 있다. 한국 문단에서는 흔치 않은 개성적 문체를 지니고 있다는 생각이 이상운의『픽션클럽』에 대한 기억으로 남아있다.

『픽션클럽』에서 이상운은 자본과 상품이 홍수로 넘쳐흐르는 물신성의 세계에서는 공상과 무의식마저 상품화될 수밖에 없음을 메타픽션적 방법과 알레고리 기법에 의해 해체하는 방식으로 이야기를 구성한다. 현실 자체가 일종의 픽션이기 때문에 이 픽션의 현실을 다시 픽션화해야만 비로소 온전한 현실의 모습이 드러날 수 있다는 논리가 알레고리의 언어로 활용된 것이다. 작가는 철저하게 타락한 사회에서는 순수하게 타락한 인물의 거짓 없는 반항만이 우리가 꿈을 꾸는 가치를 만들어낼 수 있다고 상상을 한다. 이상운 소설의 화자로 등장하는 인물들이 대체로 전형적인 공상가이거나 부정적 양상을 공격하는 냉소적 성격의 작가로 설정되는 까닭은 여기에 있다. 일그러진 현실의 양상을 재차 일그러뜨리는 방식으로 상상하는 것이야말로 진정한 풍자의 원리이기 때문이다. 『픽션클럽』에서 시도한 풍자적 화법과 알레고리 기법은 이후의 작품들에서도 중요한 창작방법론으로 활용된다.

이상운의 작품에 대해 언급한 평자들의 견해를 정리하면, 그의 소설은 '현대 소비사회의 물신성에 대한 풍자'와 '소통부재로 인한 실존적 고독의 탐구'를 주요 테마로 삼고 있다. 성장소설과 자서전 형식을 해체한 피카레스크풍의 풍자소설 『픽션클럽』, 연애소설과 추리소설의 형식에 우연성을 섞어 픽션에 대한 성찰을 시도하고 있는 『탱고』, 추리소설적 구성에 의해 마약중독으로 죽은 한 여자에 대한 의문을 풀어가면서 세상과의 의사소통 문제와 자기정체성에 대해 질문하는 『누가 그녀를 보았는가』, 부당한 억압과 폭력에 맞서 자유와 해방을 갈구하는 소년들의 열정과 아픔을 작가의 청춘시절을 배경으로 그린 『내 마음의 태풍』, 자본주의 세태에 대한 냉소와 풍자를 희극적 터치로 경쾌하게 구성함으로써 우리시대의 우화를 그려냈다고 평가되는 『내 머릿속의 개들』 등이 지난 10년 세월에 걸쳐 창작된 이상운의 작품 경향을 보여준다.

이번의 신작 소설집 『쳇, 소비의 파시즘이야』에 수록된 9편의 작품에서도 작가는 앞선 작품들의 연장선에서 '여로'의 이야기 구조를 바탕으로 일상의 우연성이 발산하는 실존적 고독의 의미를 탐구하는 한편, 대량 상품 소비사회의 허위와 위선에 대한 풍자를 감행한다. 또한 작가는 삶의 여로에서 겪는 우연성과 불가해함, 관계 및 소통부재의 시대를 살면서 진정한 대화를 추구하려는 인물들의 이야기를 다채롭게 들려주고 있다.

2. '여로'의 이야기 구조

소설집『쳇, 소비의 파시즘이야』에서 작가는 여행 관련 글을 쓰는 르포 작가 '이마립'을 화자로 설정하여 삶의 다양한 국면에서 만나고 헤어지는 군상들의 이야기를 다루고 있다. 화자인 논픽션 작가 이마립은 일상의 여정을 왕래하며 여러 인물들과 만나 대화를 나누는 과정에서 겪는 삶의 우연성에 관한 문제, 자본주의 사회에서 허위와 위선을 일용할 양식 삼아 타락한 방식으로 살아가는 인물들을 연민의 시선으로 풍자한다. 이번 소설집에서 이상운은 특유의 경쾌한 문장으로 다종다양의 인간 군상들이 연출하는 과잉 소비사회의 허위의 양상을 제시하고 비판한다. 여로 형식을 채택하여 서술하는 이야기 방식을 언급한 다음 대목을 보자.

> 스티븐슨은 이런 말을 했다. '우리는 모두 여행자이다. 존 버니언이 이 세계를 황야라고 불렀을 때의 그 의미에서.' 그렇다. 우리는 모두 여행자이다. 이 세계를 황야가 아니라 천국이라고 생각하는 사람이라 할지라도 그는 여행자이다. 그리고 그 여로의 의미를 해석할 수 있는 건 자기 자신뿐이다.
>
> 『쳇, 소비의 파시즘이야』, 181쪽

1930년대의 시인이자 비평가인 김기림은 시집『태양의 풍속』(1939)에 수록된「함경선 오백 킬로 여행 풍경」이라는 시에서 "세계는 / 나의 학교

/ 여행이라는 과정에서 / 나는 수없는 신기로운 일을 배우는 / 유쾌한 소학생이다"라고 서술하고 있다. 이 시의 발상에 기대어 생각해보면, 소설의 화자 역시 여행의 과정에서 보고들은 신기한 이야기들(유쾌하기도 하고 유쾌하지 않기도 한 모든 형태의 이야기들)을 말하고 싶어 하는 '세계라는 학교의 학생'이다. 화자는 사람들을 여행의 형식에 따라 인도하는 이야기의 가이드일 수 있으며, 영혼의 원점을 찾아 성지를 방문하는 순례자로 설명될 수도 있다. 세상의 이곳저곳을 여행하며 먼 곳의 진기한 이야기를 가져오는 '뱃사람'(발터 벤야민, 「이야기꾼과 소설가」) 유형에 속할 법한 화자 이마립은 "여행 관련 글을 쓰는 논픽션 작가"로서 이 소설집 전체를 관통하며 다양한 인물들의 이야기를 전해준다. 각각의 작품에 여러 형태의 화자로 등장하는 이마립은 삶의 지향점과 여로의 목적이 무엇인지 끊임없이 질문을 던지는 인물로, "상상이라는 것도 여행이라고 생각해 보면 그 여로의 기록도 일종의 르포라고 할 수 있을 것"(「시체는 어디에 있나」)이라며 '글 쓰는 여행자'로서의 자기정체성을 규정한다. 그는 "여로라는 화두를 머리에 이고 여행 관련 글을 주로 쓰고 있지만 인생살이 온갖 잡사가 다 여행"(「첫, 소비의 파시즘이야」)이라는 관점에서 세상은 여행지이며, 자신과 함께 떠나고 만나고 헤어지는 사람들, 그리고 자신의 이야기를 듣는 사람들 모두는 여행자들이라고 생각한다.

세상의 여로를 왕래하는 여행자 모티프는 비단 화자인 이마립에게만 해당하는 것은 아니다. 지금 이 글을 쓰고 있는 필자나, 이 글을 읽어줄 어떤 독자들, 그리고 이 작품들을 쓴 작가까지도 모두 '지금-이곳'에서의 여로에 동행하고 있는 여행자들이다. 나아가 먼 훗날 지옥이나 연옥이나 천국의 길 어디쯤에서 다시 만날지도 모를 영원의 여행자이기도 하다. 태어나기 이전부터 이미 여행자들인 우리는 그런 의미에서 현대적 삶의 과정은 물론, 삶이 끝나고 난 이후조차도 예정된 여로의 바깥을 한

치도 벗어날 수 없는 운명에 처해 있다. 그래서 이 소설집 안에서 화자가 말을 걸고, 타인의 이야기에 귀를 기울이며, 이야기를 들려주는 인물들은 모두 여로의 과정에서 만나고 헤어지고, 또 다시 만날 '우주적 인연'의 매듭으로 엉켜 있는 존재들이다. 이런 맥락에서 화자는 "행로와 마음의 풍경"(「시체는 어디에 있나」)과 "생각의 여로"(「반월성에서」)를 따라가면서 자기만의 독자적인 '여행의 존재론'을 형성한다. 화자가 터득한 여행의 존재론이란 "세상을 떠돌고 취재를 하고 사진을 찍고 논픽션 잡문을 쓰면서 터득한 개똥철학에 의하면, 만물은 변하고 결국엔 사라져버린다는 것"(「생활이 그대를 속일지라도」)이다. '만물은 변하고 결국엔 사라져버린다'는 말은 작가의 세계관을 담고 있는 주요 명제이면서 이 소설집 전체의 이야기를 구성하는 기본 틀이자 여로의 이야기 구조를 지탱하는 핵심 원리이다. 다시 말해, '만물은 사라진다'는 명제는 작가에게 세계가 어떤 보편성에 의해 운행되는 것이 아니라 오히려 우연성에 의해 지배된다는 것, 그리고 그것이 이 세계의 엄연한 원리임을 지시해주고 있다.

3. 삶의 '우연성' 탐구와 소설적 방법론의 모색

이상운의 작품에서 자주 언급되는 '우연성'의 문제는 그의 소설 방법론과 긴밀한 관련을 맺고 있다. 이 점은 소설집 전체에서 이상운이 우연한 교통사고에 의한 죽음(「그레고르 잠자는 왜 벌레가 되었을까」), 우연한 돌풍에 의한 사고사(「포복에 대한 명상」) 등 여러 유형의 우연성을 이야기 전개의 핵심 모티프로 활용하는 데서 잘 드러난다. 이러한 모티프들은 개인을 파멸시키고 관계를 단절시키는 우연성의 어떤 힘이 현실의 실제 삶과 어떻게 관련되고, 또 어떻게 개입하고 있는지 탐구하려는 작가의 의식을 반영해준다.

소설집 전체의 이야기에서 이상운은 보편성이나 필연성보다는 우연성이 우리 삶을 지배하는 원리라고 믿는다. 이 우연성의 문제는 이미 그의 다른 장편소설『탱고』의 핵심 테마이기도 했는데, 이번 소설집에서도 그는 우연성의 문제를 집요하게 탐구한다. 삶의 우연성이 불러오는 문제에 대해 작가는 화자 이마립의 시선을 매개로 하여 대학 서클 후배와의 우연한 만남과 그로 인해 지속되는 인연(「시체는 어디에 있나」), 돌풍에 휘말려 떨어진 당구장 간판에 머리를 맞아 죽은 어떤 여자에 관한 언급(「포복에 대한 명상」), 두 젊은 남녀의 우연한 만남과 대화에서 읽을 수 있듯이 "우연한 이 여행"을 함께 하고 있다고 느끼는 의식(「로이 리히텐슈타인풍의 여자」), 고현이라는 사내가 화자에게 들려주는 사랑했던 여인의 죽음(「그레고르 잠자는 왜 벌레가 되었을까」) 등을 각 작품에 삽입하고 있다. 이 우연성의 문제를 이상운은 필연과 질서, 확신과 이성적 논리를 해체하는 소설적 방법의 모티프로 활용한다.

이상운의 소설적 방법론의 핵심은 여기에서 찾을 수 있다. 그 방법론이란 작가 자신의 세계관이 반영된 의식의 지향점을 의미한다. 이것은 이상운의 현실에 대한 인식과 그것을 소설적 형식으로 수용하는 방법론적 인식과 밀접한 관련이 있다. 그가 가상의 대담 형식을 차용하여 피력한 자신의 소설 구성론에서 "나는 군데군데 뜯기고 끊어진 낡은 필름 조각들을 '간신히' 꿰어 맞춰놓은 듯한 소설"(『누가 그녀를 보았는가』)을 방법론으로 채택하고 있다고 밝혀놓았다. 여기서 그가 인식하는 현실의 존재 양상과 그것을 소설의 형식으로 채택하고 방법으로 활용하는 것 사이에는 밀접한 상관성이 있음을 알 수 있다.

> 인과가 모호하고, 정보가 부족하고, 뒷일을 알 수 없고, 길게 이어지는 사건이 아니라 조각난 파편들로 구성되어 있고…… 이게 내가 본

> '현실'이다. 나는 독자들이 그렇게 모호하고, 부족하고, 알 수 없고, 조각난 장면과 시간들을 각자의 상상력과 해석으로 채워 가며 읽기를 기대하고 있다. 우리가 우리 자신의 삶을 읽어 가는 방식도 그렇지 않나? 설마, 당신의 인생이 애거사 크리스티의 추리 소설처럼 극적으로 구성되어 있다고 믿는 건 아니겠지?
>
> 『누가 그녀를 보았는가』, 298쪽

『누가 그녀를 보았는가』에서 읽을 수 있듯이 이상운은 '현실'이 "조각난 파편들로 구성되어 있"다는 인식 아래 '인과율'에 의해 이어지는 극적 구성을 거부하는 방법론을 채택한다. 이런 맥락에서 그는 이미 『탱고』에서도 어떤 '인과율'이나 정보의 원활한 소통, 유기적인 삶의 구성 원리가 결코 현실의 진정한 모습이 아님을 주인공들의 만남의 관계를 통해서 탐구한 바 있다. "정체라는 거…… 사실 다 허상 아닌가요?"(『누가 그녀를 보았는가』)라고 반문하는 데서 잘 드러나고 있듯이 이상운이 인식하는 현실이란 가짜와 허상과 왜곡된 정보가 "조각난 파편"의 형태를 이루고 있는 장소이다. 그는 "인과가 모호하고, 정보가 부족하고, 뒷일을 알 수 없고, 길게 이어지는 사건이 아니라 조각난 파편들로 구성되어 있"는 현실의 모습을 형상화한 소설의 모습을 제대로 복원하고 구성하기 위해서는 독자들이 그러한 장면과 시간들을 각자의 상상력과 해석으로 채워야 한다고 주문한다.

잘 알다시피 원론적 의미에서 소설은 작품 내부에서 작가 자신의 모습을 직접 드러내기보다는 화자와 인물의 목소리를 통해 이야기를 들려주는 글쓰기 방식을 취한다. 하지만 소설의 담론에서 작가가 스스로 목소리를 드러내는 순간 이야기의 환영은 깨지면서 소설과 현실의 경계는 해체된다. 여기서 작가와 독자 사이에 새로운 의사소통 형식이 발생하고 새로운 구성 방법이 시도된다. 이와 같은 글쓰기의 방식을 통해서 모든 현실의 이야기가 소설이라는 글쓰기의 현실임을 노출시킴으로써 표면에 드러나지 않는 이 세계의 진실, 즉 보이지 않는 힘들의 역학 관계를 밝혀낼 수 있게 된다. 이런 이야기 구성의 방법을 수용할 때 우리는 우연성에 의해 구성되는 파편적 현실의 연속이 오히려 더 올바른 현실의 모습을 비춰줄 수 있다고 믿게 된다. 이상운 소설의 메타픽션적 성격, 해체적 글쓰기의 원리는 여기에서 비롯되며, 이 지점에서 그는 현실의 구조를 해체적으로 인식하는 입장을 갖는다.

「시체는 어디에 있나」에서 화자인 이마립이 "소설이 지어낸 이야기이긴 하지만 보편성이 있는 것이니까 거짓은 아니다"라고 말하자 관광버스 회사 사장이 "보편성 같은 건 없"으며, 따라서 "인생은 단 한 번뿐인 개별적인 사건들의 무한한 연속"이라고 반박하는 장면은 현실을 인식하는 작가의 시선이 어디에 있으며, 그것을 소설적 방법론으로 어떻게 인식하고 있는지 잘 보여준다. 화자 또한 관광버스 회사 사장의 말을 부인하지 않으면서 다음과 같이 생각한다.

> (……) 보편성이라고는 눈곱만큼도 없는 희한하고 충격적인 일들로 가득 찬 인생, 나도 그걸 부인하고 싶은 마음은 없었다. 충격적이라고 할 것까지는 없다 하더라도 삶은 보편성이니 뭐니 논할 필요도 없이 원래부터 보편성과는 무관한 파편들로 가득 차 있는 것 같다. 하지만 바로 그래서 사람들은 단지 보고 들은 사실만 얘기하는 나와 같은 잡문 작가가 아니라, 그들이 원하는 허상까지도 얘기할 줄 아는 진짜 작가를 원하는 게 아닐까?
>
> 「시체는 어디에 있나」, 195~196쪽

"한 번뿐인 인생의 이토록 줄기차게 이어지는 여로"에서 대학 시절의 서클 후배인 김민선과의 우연한 만남, 그녀 어머니의 장례식장에 조문을 온 관광버스 회사 김 사장과의 대화, 그리고 D시 초등학교에서 발견된 유골을 둘러싼 미스터리 등 일련의 상황들을 경험하면서 화자는 이런 일들이 "전 우주의 시간에서 단 한 번뿐인 개별적인 사건"임을 느낀다. 그 결과 화자는 현실의 실제 삶이라는 것이 "보편성과는 무관한 파편들"로 가득 차 있기 때문에 사람들은 보고 들은 사실만 전달하는 르포작가의 글보다는 허상의 형식을 빌려서라도 보편성의 원리가 살아 움직이는 이야기를 만들어주기를 바라고 있다고 해석한다. 이런 맥락에서 작가인 이상운은 화자를 통해 현실이 보편성의 원리에 의해 움직이는 것이 아니라 우연성에 의해 지배되고 있음을 소설적 방법론의 차원에서 질문하고 있는 것이다. 삶의 여로에서 연속되는 우연성에 대한 작가 이상운의 경험은 작품 안에서 화자의 현실에 대한 인식을 반영하면서 소설집 전체의 테마를 형성하는 원리로 작동한다.

4. 과잉 소비 사회와 존재적 고독의 양상

이상운의 소설집에서 읽을 수 있는 또 하나의 테마는 존재적 고독의 양상에 관한 것이다. 자본주의의 과잉 소비 세태와 물신성이 범람하는 질서 안에서 삶을 꾸려나가는 단독자로서 작품 속의 인물들이 느끼는 존재적 고독이란 우연성의 원리가 지배하는 세계의 형식으로부터 피하기 어렵다는 막다른 의식에서 발생한다. 이 점은 이번 소설집에서 여러 유형의 인물들을 통해 강조되고 있다.

「시체는 어디에 있나」에서 화자는, 탐정 소설가 오목련의 칼럼 내용을 인용하여 D시 초등학교에서 발견된 미지의 유골에 대해 세상 사람들이 놀랍고 신비롭고 진기한 사연이 숨어있기를 기대하는 이유에 대해, 우리가 존재의 알리바이로 삼을만한 아무런 이야기도 가지고 있지 않기 때문에 그렇다고 진단해낸다. 그래서 세상 사람들은 우리의 삶에서 전혀 비본질적인 삽화에 지나지 않을 아주 조그만 미스터리에 현혹되어 그 궁금증이 어서 풀리기를, 마치 자기존재의 근본 이유를 갈망하듯이 흥분하여 고대한다는 것이다. 화자가 인용한 탐정 소설가의 칼럼 내용 가운데 한 부분을 제시하면 다음과 같다.

> 우리들 개개인과 우리들 개개인의 집합인 사회 전체에 퍼져 있는 불안하고 파편적인 모호함을 미지의 유골에 투사하고, 그 놀라운 비밀이 밝혀져 우리를 둘러싼 존재의 안개가 걷히기를 우리는 기대하고 있다.
>
> 「시체는 어디에 있나」, 203쪽

그러나 화자는 탐정 소설가의 견해를 빌려 이것이 안타깝게도 부질없는 기대일 뿐이라고 결론을 내린다. 존재적 고독에 대한 작가의 탐구는 「반월성에서」 같은 작품에서 어떤 사내가 화자에게 또 다른 어떤 사내의 주란(酒亂)과, 머리에 붙은 달 떼어 내기에 관한 작란(作亂)에 대해 들려주면서 고백하는 다음과 같은 대목에서도 확인할 수 있다.

> 나도 그렇습니다. 지독한 고독을 맛보려고 이곳을 찾지만 언제나 그리움에 사무치게 되지요. 달과 술과 더불어 꿈인 듯 현실인 듯 분간이 되지 않는 몽환 상태에 빠져서 말이죠. 그러면 어느새 신라에 호적을 둔 예쁜 처녀 귀신이라도 찾아 주었으면, 하고 은근히 바라게 되죠.
>
> 「반월성에서」, 214쪽

"투명한 외로움", "철저한 고독", "극도의 고독한 빈곤", "한결같이 배어 있는 고독감", "모욕적인 피로와 고독을 감수하고 있는 사람들"로 표현되는 고독의 양상들은 소설집의 여러 곳에서 어렵지 않게 발견된다.

> 나는 많이 고독했다. 슬펐고, 쓸쓸했다. 나는 때로 나를 존재케 하는 이 우주가 미웠다. 나는 무엇인가가 없지 않고 있다는 것 자체가 미웠다. 생명에게 가장 방해가 되는 것은 생명 자체다, 라는 경구도 만들어 보았다.
>
> 「포복에 대한 명상」, 24쪽

> 존재의 의문에 사로잡혀 밤마다 별을 보며 우주의 끝에 대해 고민하던 사춘기 시절에도, 실존적으로도 처세적으로도 지리멸렬했던 청년 시절에도, 사람이 많거나 사람이 없는 여로에서 대체로 외롭고 쓸쓸하고 어딘가 내가 떠나왔던 그곳으로 돌아가고 싶다는 느낌이 들 때마다 나는 늘 그를 생각했다.
>
> 「센티멘털 요정」, 264~265쪽

이 소설집에서 무엇보다도 과잉 소비사회를 살아가는 존재의 실존적 고독을 가장 극명하게 보여주는 경우는 표제작 「쳇, 소비의 파시즘이야」이다. 이 작품에서 스타 광고인이자 "발랄한 자본주의적 교환을 정직하게 반영하는 시들로 채워진 전작시집" 『토템 피플』의 주인공인 시인 장운성은 화자에게 모든 것이 소비재가 되어 버린 우리 문화의 온갖 현상에 대해 "추상적인 것이건 구체적인 것이건 우리는 다만 그것을 소비할 뿐"이고 "모든 게 복사품"일 뿐이라며 냉소적으로 발언한다. 뿐만 아니라 장운성 시인은 화자에게, 우리가 자본주의적 과잉 소비체제의 이 현실에서 조금도 벗어날 수 없기 때문에 삶의 잉여감에서 발생하는 고독을 견디려면 '웃음'이 필요하다고 말한다. 시인은 화자에게 이 고독감을 극복하려면 도처에 깔린 이상한 우연들로 존재 자체를 웃겨보는 것도 한 가지 방법일 것이라고 조언한다. 시인이 화자에게 여행지 취재기사를 읽어보았다며 화자의 글에서 "사람살이의 터무니없는 우연성에 대한 유머 같은 것"을 느꼈다고 말하는 것에서도 자본주의 체제의 롤러코스터에 탑승하고 있는 자신의 부박한 운명을 자조적으로 표현한 것으로 이해할 수 있다. 시인 장운성이 알코올에 탐닉하며 삶의 기이한 여로 속에서 거의 은둔을 하면서 자기 파괴적인 생활을 하다가 삶을 마무리할 수밖에 없었던 이유도 자본주의적 삶이 부과한 존재적 고독의 한 극단적인 양상으로 받아들일 수 있을 것이다.

> 시인은 『토템 피플』의 성공에 대해 시대정신에 열렬히 편승한 결과라고 말했다. 그러니까 세상의 빛깔과 흐름에 자신의 실존을 철저히 일치시켰다는 말이었다. 그런 점에서 나는 그가 철저히 자기 파괴적인 길을 걸었다고 생각한다. 그건 아무나 선택할 수 있는 길이 아닐 것이다. 시로, 평론으로, 논문으로 자본주의의 물신성을 맹렬하게 비난하는 자야 많지만 스스로 물신주의의 극단으로 자기를 몰아붙이는 자는 없으니 말이다.
>
> 「쳇, 소비의 파시즘이야」, 86~87쪽

장운성 시인이 스스로를 물신주의의 극단으로 몰아붙인 것은 자본주의의 여로에서 "뭔가를 소비하게 되어 있는 회로에 갇혀 있기 때문에 소비할 것이 없거나 속도가 느려지면 미쳐서 난동을 부릴 게 뻔"하다는 자기 진단의 표현이라고 할 수 있다. 그런 점에서 그의 행위는 그 자신이 분석하고 있듯이 "소비의 언어를 제공하여 난동의 방어에 일조하"려는 역설적 행위로 받아들여진다. 그가 화자에게, "천재가 아닌 내가 철저한 고독을 통해 얻은 것은 웬만한 성취에 이른 시와 극도의 고독한 빈곤과 저 앞에서 희미하게 들려오는 쓸쓸한 파멸의 나팔 소리뿐"이었음을 고백하고 있는 것은 자본주의적 삶의 잉여감에서 비롯되는 존재적 자기인식의 자연스러운 귀결이라고 할 수 있다. 그리하여 과잉 소비사회를 살아가는 한 주체의 존재론적 고독과 내면의 심리가 '소비의 파시즘'이라는 주제에 압축되어 다음과 같이 제시되고 있다.

> 나는 노래한다
> 일시적이고 대중적이고
> 싸구려적인 것들을
> 나는 노래하고 외친다
> 섹시하고 싱싱하고
> 신나는 것들을
> 나는 노래하고 외치고 토한다
> 일회용적이고 임시적이고
> 대량 생산적이고
> 다국적 기업적인 것들을
> 랄라 트랄라
> 트랄랄라 랄라

『토템 피플』의 <서시>로 인용되고 있고, 또 「로이 리히텐슈타인풍의 여자」에서 철수가 읊어대는 노래(혹은 시)로 다시 등장하는 위의 시에서 작가는 속도의 여로를 질주하는 자본주의 시대의 소비 세태와 의식의 양상을 역설적으로 찬양한다. 이러한 자기역설과 희화적 풍자에는 "완전한 소통을 100이라고 한다면 우리는 겨우 5를 주고받기 위해 95의 쓰레기를 토해 내야만" 하는 '소비의 파시즘' 시대, 그리고 로이 리히텐슈타인의 팝아트로 상징되는 과잉 소비사회의 여로 안에서 살아가는 존재들의 실존적 고독과 숙명이라는 주제가 함축되어 있다.

5. 이상운 소설의 문체에 대한 단상

이태준은 『문장강화』에서 말을 뽑아내고 나서도 문장이기 때문에 맛있는, 매력 있는 어떤 요소가 남아야 문장으로서의 생명이 있다고 하였다. 이 말을 상기할 때, 이상운의 문체에서는 비유와 수사가 다 증발해버리고 난 다음에도 버번위스키 같은 주향(酒香)을 느낄 수 있다. 소설에서 문체란 자기만의 개성적 스타일과 성격을 담아 세계의 실상을 언어로 표현하는 의식의 행위이다. 그와 같은 문체의 연금술적 자기연마야말로 작가 고유의 개성을 창조해가는 과정이라고 할 때 급소를 찌르는 유머 감각과 생의 이면을 꿰뚫는 이상운 소설의 지적 통찰력은 이번 소설집에서도 유감없이 발휘되고 있다. 그러나 이것은 이상운이 문장의 장식에 치중하는 어떤 스타일리스트라는 말은 아니다. 오히려 그가 추구해가는 작품의 문체와 문장 안에는 세상에 가득한 허위와 위선을 공략하는 비수(匕首)의 언어가 장착되어 있다. 아마도 이런 문체는 작가 자신이 『픽션클럽』에서 자주 인용하며 강조했던 보르헤스나 보네거트 또는 도널드 바셀미 같은 포스트모던 계열의 작가들로부터 영향을 받은 점도 있을 것이다. 이상운은 우리 문단에선 보기 드문 개성적 문체와 독특한 주제의식을 보유하고 있는 작가라는 점을 그의 이번 소설집을 읽으면서 다시 확인하게 된다.

____2007

실존적 허무의식의 기저(基底)

마광수의 『유혹』

1. '마광수 문학'의 이해를 위한 전제

'마광수 문학'은 이제 한국문화의 한 상징적 코드이다. '야한 여자론'(『나는 야한 여자가 좋다』)으로 시작되어 우리 사회의 '성(性)의식'이 규율하는 금기에 적지 않은 기간 혈혈단신 고투를 벌여온 그의 문학적 행보는 지금도 여전히 뜨거운 논점을 형성하고 있다. 1992년의 『즐거운 사라』 필화사건에서 한 정점을 이루었던 '표현의 자유' 문제는 이후에도 그의 작품이 출간될 때마다 사법 당국이나 문학계(文學界) 안에서 '뜨거운 감자'로 논쟁이 되고 있다. 그것은 아마도 그의 문학이 집요하게 추구하고 있는 성 묘사와 서술에 대한 사회적 규범이 강력한 금제로 작동하고 있기 때문일 것이다. 이는 성에 관한 담론과 표현물들이 온·오프라인을 넘나들며 광범위하게 표출되고 있는 오늘의 문화 현실에서도 언어적 기호로 상상된 문학적 구성물이 여전히 검열이라는 제동장치에 묶여있음을 반증해주는 현상이 아닐 수 없다.

성에 관한 문학적 표현은 굳이 사드나 바타이유를 위시한 서구 작가들의 과격한 성 담론을 끌어들이지 않더라도 민주 사회의 핵심 운영원리인 '표현의 자유'라는 정신 안에서 유연하게 수용되어야 할 사안이라고 할 수 있다. 문학예술에 관한 한 사법적 판단이나 윤리적 제약보다는 문학 시장의 구조 안에서 자율적으로 논의되고 수용되는 유통 과정이 우리 사회의 문화 체질과 자생력을 강화시킬 수 있는 방안이라는 점을 생각할 때 마광수 문학, 더 나아가 성(性)문학에 대한 사회 내부의 의식은 지금보다 훨씬 더 유연해질 필요가 있다. 마광수의 신작 장편소설 『유혹』을 읽으면서 이 점을 먼저 떠올리는 것은 우리 사회의 경직된 의식이 그의 문학에 내장된 성적 무의식과 판타지, 미적 감각을 형성하는 구체적 항목들과 불필요한 대립각을 세우고 있는 것은 아닐까 하는 우려 때문이다.

마광수의 문학작품 전체를 관통하고 있는 분방한 성적 상상력은 신작 장편소설 『유혹』에서도 유감없이 발휘되고 있다. 마광수는 『나는 야한 여자가 좋다』(1989)와 『즐거운 사라』(1992)를 거쳐 『광마잡담』(2005)과 『로라』(2005), 그리고 이번의 『유혹』(2006)에 이르기까지 자신의 문학을 관통하고 있는 성적 상상력의 세밀한 감각들을 독자적으로 활용하고 있다. 잘 알려진 바와 같이 그의 문학세계를 설명하는 핵심개념들로 '페티시즘', '탐미적 관능', '관능적 상상력', '관능적 일탈미', '유미적 평화주의' 등을 들 수 있는데, 유미적 상상력 차원에서 탐미적 관능미를 자유자재로 활용하고 있는 이전 작품들과 비교하여 『유혹』에서는 성적 판타지의 문제를 카타르시스의 실제적 효용성이라는 차원에 접목시켜 형상화하고 있다.

이번 소설에서 무엇보다 주목되는 것 한 가지는 그의 분방한 성적 상상력을 구성하는 내면원리로서 실존적 허무의식의 정체를 확인할 수 있다는 점이다. 이 점은 그의 문학적 내면을 심도 있게 이해하는 데 불가결한 요소이지만 깊이 논의되지 못하고 간과된 것이 사실인데, 이번 소설에서는 그의 미의식과 세계관의 근간을 이루는 실존적 허무의식이 성 치료라는 독창적 모티프를 통해 선명하게 노정되고 있다. 아울러, 마광수문학의 핵심기제로 작동하는 카타르시스의 문제가 상징적 회로가 아니라 실제적 효용으로써 문학치료의 영역에서 논의될 수 있는 가능성을 열어주고 있다. 시인과 소설가 이전에 문학연구자로서 오랫동안 카타르시스의 실제적 효용성 문제를 탐구해온 그의 문학에 대한 기본 입장이 『권태』(1990, 개정판 2005), 『광마일기』(1990, 개정판 1996), 『즐거운 사라』(1991, 개정판 1992), 『불안』(1996), 『자궁 속으로』(1998), 『알라딘의 신기한 램프』(2000), 『광마잡담』(2005), 『로라』(2005) 등의 작품을 경유하여 『유혹』에서 자유롭게 구현되고 있는 것이다.

또 하나 눈여겨보아야 할 것은 이미 『즐거운 사라』에서도 시도되었던 '열린 결말'의 구조를 이번 작품에서 다시 채택하고 있는 점이다. 작가는 『유혹』에서 시작과 전개와 종결이라는 소설의 기본 문법에 전형적으로 나타나는 '닫힌 구조'를 배제하고 있다. 결말이 완결되는 닫힌 소설이 아니라 끝이 결정되지 않는 순환원리로서 무언가 하나의 결말로 귀결되지 않는 '열린 소설'의 구조에 대한 실험을 작가는 『유혹』에서 시도하고 있다.

2. 카타르시스의 문학적 효용론

마광수 문학은 성 이론에 기반을 두고 독자적으로 추구해온 문학관에 토대를 두고 있다. 자신의 여러 이론서에서 언급하였듯이 그는 '효용론'에 바탕을 둔 문학의 카타르시스를 강조한다. 문학이 인간의 정신에 실제적으로 어떤 효용성을 줄 수 있는가 하는 것이 그의 주된 연구 주제였고, 이런 관심은 그의 문학 전반에 고스란히 반영되어 있다. 그의 문학에 충만한 성적 판타지나 관능적 이미지, 유미적 상상력은 바로 문학의 궁극적 효용성으로서 문학을 통해 현실 속에서 억눌린 감정을 자연스럽게 배출할 수 있는 통로를 마련하는 데 있다고 보는 게 좋을 듯하다. 이 지점에서 마광수의 문학관은 독자와의 관계를 고려할 때 효용론이라는 관점에서 매우 중요한 사항으로 부각된다.

문학의 효용성에 관한 문제는 아리스토텔레스의 카타르시스 이론과 직결된다. 아리스토텔레스는 『시학』 6장에서, "비극은 연민과 공포를 환기시키는 사건을 통하여 감정을 카타르시스(catharsis)시킨다."고 말한 바 있다. 여기서 '정화' 또는 '배설'을 의미하는 카타르시스란 문학이 독자에게 주는 직접적인 영향을 설명하는 개념이다. 마광수는 바로 이 카타르시스 이론의 중요성을 수용한 이후 이에 근거하여 '효용론으로서의 카타르시스 문제'를 집중 탐구해왔고, 거기에 그의 주된 관심사인 성적 미의식과 결합하여 그만의 독특한 문학세계를 형성하게 되었다. 또한 그는 서구적 개념으로서의 카타르시스와는 달리 동양사상에 뿌리를 두고서 음양사상과 한방의학 이론, 그리고 불교사상에 접목시켜 자신의 문학관을 작품 속에 반영하고 있다.

마광수의 카타르시스 이론을 중심으로 한 문학관의 정체를 더 분명히 파악하기 위해서는 정신적 개념으로서만이 아니라 의학적·육체적 개념으로 받아들일 필요가 있다. 즉 그의 이론대로 카타르시스를 '배설'로 해석할 때 그것은 단순한 감정의 배설, 억압된 심리적 욕구의 해방이라는 정신적 의미만이 아니라, 정신과 육체를 아울러 포괄하는 인체의 종합적이고도 유기체적인 대사 작용으로 이해할 수 있다. 이러한 이해를 돕기 위해서는, 인간의 생명활동을 물질적인 면이나 정신적인 면의 한쪽으로만 파악하지 않고 육체와 정신의 상호작용으로 보아 일원론적으로 인식한 한방의학의 개념이 요청된다. 그는 서양의 비극적 카타르시스 개념

대신 희극적 카타르시스 역시 중요한 효용이 있다고 진단하고, 여기에 사상의학(四象醫學)에서 말하는 체질론(體質論)을 추가하여 독자 위주의 유연한 효용론을 전개한다. 카타르시스에 대한 이러한 이해는 현대인들에게 문학이 단지 심미적 차원에만 머물러 있을 것이 아니라 인간 치료의 실용주의적 차원으로까지 나아가야 한다는 것을 구체적으로 증명해 보고자 한 시도로 이해할 수 있다. 이처럼 마광수는 자신의 독자적인 카타르시스 이론을 줄곧 문학 작품에 반영하는 글쓰기를 해왔는데, 『유혹』 역시 이런 연장선 위에서 이해하는 것이 필요하다.

대학병원 정신과 교수인 주인공 이경훈은 서양의학에 자신이 오랫동안 관심을 가져온 한방을 도입하여 치료를 하는데, 결국 이런 이단적 행위가 발단이 되어 동료 교수들로부터 비판과 따돌림을 당하고 병원을 그만둔다. 물론 경훈이 대학병원의 교수직에서 물러나게 된 결정적인 원인은 여성 환자와의 스캔들 때문이지만, 이 작품에서 제일 먼저 눈에 띄는 것은 성에 문제가 있는 환자들을 치료하는 과정에 한의학적 방법을 도입하는 그의 독특한 치료술이다. 이것은 아마도 작가 자신이 실제로 깊은 관심을 가지고 있는 동양의학 혹은 한방의학에 대한 지식을 작품 안에서 주인공의 치료 행위에 투영한 것으로 보인다. 효용론의 관점에서 문학을 일종의 치료제로 받아들일 때 정신과 의사라는 주인공의 직업 설정과 치료 행위는 자연스럽게 작가의 문학관이 반영된 것으로 이해할 수 있다.

『유혹』은 성 치료를 전문으로 하는 의사로서 주인공이 다양한 유형의 성불구환자들을 진단하고 처방하는 과정과, 그로부터 비롯되는 남녀관계의 애증 및 성의 교환 과정에서 발생하는 내면심리를 다루고 있다. 그림을 전공했고, 화랑을 경영하는 30대 중반의 독신여성 타미, 아버지에 대해 품었던 적개심을 아버지의 대리인이라고 할 수 있는 남성에게 투사하여 복수하려는 잠재의식을 위장하여 결혼하지만 그것이 원인이 되어 불감증환자로서 부부관계에 어려움을 겪고 있는 이방숙, 편모슬하에서 성장하여 상대하는 여자를 무의식적으로 어머니와 동일시하는 애증병존 심리로 인해 잠재의식에 축적된 죄의식 때문에 발기부전이 되어 이혼을 하고 그 충격으로 성적 고통에 시달리는 T교수, 여성 동경이라는 특이한 성 취향을 가지고 있는 남자대학생 이성기 등의 여러 인물들은 경훈의 효과적인 성 치료를 받고 병을 극복해간다. 성 치료 전문의를 주인공으로 설정하여 성적 결함을 가지고 있는 여러 유형의 환자들을 치료한다는 설정은 작품 속에서 효과적으로 활용할 수 있는 장치로서 개연성을 확보할 수 있다. 특히 작가의 분신이라고도 할 수 있는 주인공 이경훈의 성적 취향을 환자 이성기의 성적 고민에 결부시키고 있는 발상은 문학의 효용론적 관점에서 이해할 수 있는 충분한 계기를 제공해주고 있다. 주인공의 다음과 같은 생각은 이 점을 잘 보여준다.

> 정신분석학적으로 따져볼 때 이성기는 복장도착증에다가 나르시시즘, 그리고 관음증적 취향을 함께 가지고 있는 남자라고 볼 수 있었다. 그리고 여성의 몸뚱어리 전체를 하나의 미적 숭배 대상으로서의 물신적(物神的) 우상으로 보는 페티시즘(fetishism) 심리가 마음 밑바탕에 깔려 있었다. 경훈은 이성기를 보며, 어쩌면 자기도 이 환자와 비슷한 패턴의 인간인지도 모른다고 생각했다. 하지만 조금 다른 점이 있다면 자기에게는 동성연애 심리가 전혀 없고, 또 복장도착 증세나 여성동경의 심리가 아주 심하지는 않다는 것이었다.
>
> 『유혹』, 217쪽

페미니스트이자 일종의 탐미적 페티시스트로서 이성기는 경훈이 고용한 성 치료 보조원인 민자의 적극적인 치료를 받으면서 서서히 회복되어간다. 경훈과 이성기는 복장도착증과 나르시시즘과 관음증 취향을 함께 가지고 있으며, 여성을 미적 숭배의 대상으로 간주하는 페티시스트라는 점에서 약간의 차이가 있다. 하지만 경훈은 이성기에게서 자신의 모습을 읽어낸다. 이 작품에서 관심을 가지고 보아야 할 점은 작가가 이전 작품에서 추구해온 관능적 미의식으로서의 페티시즘이나 유미적 상상력을 성치료라는 구체적인 과정에 도입하여 적용하고 있는 장면들이다. 특히 경훈이 독특한 성적 매력을 지닌 민자라는 여성을 우연히 만나 사귀게 되고, 이후 성 치료 보조원으로 고용하여 환자들을 치료하는 과정이 무척 생생하게 묘사되고 있는데, 이런 장면들은 문학이라는 허구적 장치 속에서 작가가 구상하고 있는 상상력을 효과적으로 구현한다.

그러나 무엇보다도 이 작품에서 관심을 갖게 되는 것은 문학의 실제적 효용성에 관한 작가의 일관된 발언들이 작품 안에 깊이 투영되어 있다는 점이다. 다시 말해 독자심리학의 맥락에서 『유혹』의 인물들의 의식과 행위가 연출하는 여러 계기들은 권태로운 일상의 삶에 일정한 활력을 공급한다. 현실생활에서는 윤리적 규범으로 인해 억압돼 있던 가학욕구가 문학작품이라는 장치를 통해서 대리배설되어 울체(鬱滯)된 잠재의식을 해방시키는 계기를 제공해줄 수 있는 것이다. 일탈적이고 가학적인 내용으로 구성된 문학 등의 예술작품을 '인공적인 길몽'으로 보고 있으며, 그 대리배설적 효용가치를 옹호하는 한에서 좋은 꿈을 인위적으로라도 더 적극적으로 만들어내야 한다는 것, 그것을 작가는 『유혹』에서 성 치료라는 모티프를 활용하여 서술하고 있다.

『유혹』의 주요 관심사인 문학의 실제적 효용성 문제와 관련하여 작가의 생각을 몇 가지 더 알아보도록 하자. 마광수는 이미 여러 글에서 자신이 구상하고 있는 세계를 "유미적(唯美的) 쾌락주의에 바탕을 둔 복지지상주의(福祉至上主義)"(「복지지상주의를 위하여」, 『자유가 너희를 진리케 하리라』)라고 밝힌 바 있는데, 이렇게 될 때 이데올로기의 폐해와 독선적인 종교의 폐단이 가져다준 인류간의 상쟁사(相爭史)가 사라질 수 있다고 주장한다. 그가 여러 저술과 문학 작품에서 강조하고 있는 유미적 상상력에 바탕을 둔 평화주의는 그의 독특한 미의식과 어울려 독자적인 세계를 구축한다. 다음과 같은 발언들을 보자.

> 어린 시절부터 지금까지 나의 머릿속을 떠나지 않고 맴돌며 관능적 상상력을 키워 준 것은 언제나 '손톱'의 이미지였다. 특히 나는 여인의 긴 손톱을 너무나 사랑한다. 손톱은 원시시대의 인류에게는 다른 동물의 경우처럼 일종의 가학적 무기였을 것이다. 그래서 비수처럼 날카로운 여인의 긴 손톱은 새디즘을 연상시킨다. 그러나 가학적인 용도로 쓰이던 손톱이 이제 화사한 아름다움의 상징으로 변했다는 점, 그로테스크한 관능미의 심볼로 변했다는 점에서 나는 인류의 미래를 밝게 바라볼 수 있는 어떤 희망적인 예감을 얻는다. 인간의 가학성이 미의식과 합치되어 아름다운 환타지로 승화될 수 있을 때, 진정한 인류의 평화, 전쟁이 없는 세계가 건설될 수 있다. 주관과 객관, 감정과 사상, 관념과 사물의 대립을 지양하고 그것을 생동력 있게 통일시킬 수 있는 근원적 에너지가 바로 '환타지'에 간직되어 있기 때문이다. 관능적인 아름다움과 관념적 사랑이 아닌 성애적(性愛的) 사랑이 합치될 수 있을 때, 우리는 이데올로기의 질곡에서 벗어나 개개인의 당당한 쾌락추구에 기초하는 진정한 평화와 행복을 이룰 수 있을 것이라고 나는 믿는다.
>
> 〈책머리에〉, 『나는 야한 여자가 좋다』

> 누구나 잘 사는 사회, 누구나 스스로의 야한 아름다움을 나르시시즘으로 즐길 수 있는 사회를 만들어야만 한다.(……) 모든 사람들이 '괴로운 노동'으로부터 해방되어, '즐거운 노동', 이를테면 화장이나 손톱기르기 등을 통해 자신의 아름다움을 가꾸는 노동에서 진짜 관능적 쾌감을 얻을 수 있도록 구체적인 해결책을 모색해 봐야 할 것이다. 따라서 유미주의에 바탕을 둔 쾌락주의, 또는 복지지상주의(福祉至上主義)가 요즘의 내 신조라면 신조라고 할 수 있다. (……) 즐거운 권태와 감미로운

퇴폐미의 결합을 통한 관능적 상상력의 확장은 우리의 사고를 보다 자유롭고 풍요롭게 만들어 준다. 인류의 역사는 상상을 현실화시키는 작업의 연속이었다. 꿈이 없는 현실은 무의미한 것이고 꿈과 현실은 분리되지 않는다. 꿈은 우리로 하여금 현실적 실천을 가능케 해주는 원동력이 되어 주기 때문이다.

〈책머리에〉, 『가자, 장미여관으로』

한편, 작가는 포르노 영화나 소설 같은 에로티시즘 예술이 실제로 성의학에 이용되고 있으며, 성적 공상이 성행위를 할 때에 더욱 큰 절정감을 느끼게 해준다는 사실을 다음과 같이 강조한다.

누구나 편안하게 성적 공상을 하면서 거기에 덧붙여 에로틱 아트를 당당하게 이용할 수 있게 된다면, 성적 억압이나 성적 무기력증 때문에 생기는 정신적 병리현상이나 불행한 남녀관계는 해결될 수 있다. 자극적인 성희 장면이나 내용을 담은 영화나 소설 또는 사진 작품 등을 성적 흥분을 돕기 위해 적절히 활용하는 것은 전혀 죄될 일이 아니다. 예술작품은 어떤 형태로든 '자극'을 주기 위해 만들어지는 것이기 때문이다. 우리는 에로틱 아트를 활용하여 성욕을 보다 더 '상승적으로' 배설시킬 권리가 있는 것이다. 예술은 인간의 상상력을 무한히 확장시켜 억압된 욕구들을 보다 더 효과적으로 카타르시스시키는 데 목적이 있다. 물론 정신적 정화에 의한 일시적 망각이 아니라 시원한 대리배설로서 말이다. 예술이 경건주의를 벗어나 보다 더 솔직해질 수 있을 때 인간의 삶은 더욱 활기차고 건강해질 수 있고, 보다 더 밝은 사회가 이룩될 수 있다."

「에로틱 아트의 긍정적 효용」, 『문학과 성』, 315쪽

위의 글에서 읽을 수 있듯이 마광수는 에로티시즘 예술이 자기취향에 맞는 성적 환상을 죄의식 없이 즐길 수 있도록 도와주는 역할을 하기 때

문에 에로티시즘 예술에 대한 논의는 윤리적인 차원이 아니라 정신건강의 차원에서 적극적으로 다루어질 필요가 있다는 점을 강조한다. 그런 점에서 한국 사회에서 성의 문제가 지금보다 더 개방되고 논의되어야 할 필요가 있으며, 아울러 성을 중심으로 한 에로틱아트가 지닌 긍정적 효용성을 적극적으로 인정해야 한다고 주장한다.

3. 실존적 허무의식의 발현

마광수는 여러 논문과 에세이를 통해 자신의 문학을 구성하는 사상적 자양분이 기본적으로 불교사상에 토대를 두고 있음을 밝히고 있다. 그는 인간이 비극에서 느끼는 심리적 고통과 카타르시스 효과에서 오는 예술적 쾌감 사이에는 긴밀한 연관성이 있는데, 이 점을 그는 불교사상의 논리로부터 이끌어내고 있다. 마광수의 문학을 이해하는 데에서 불교의 진리 개념은 중요한 논점을 제공해준다. 이 점은 역시 『유혹』의 이면에 잠재되어 있는 작가의 세계관을 이해하는 데 중요한 계기를 공급한다.

그는 불교의 진리 가운데 이른바 사성제(四聖諦)의 진리와 오온(五蘊) 등의 개념을 다음과 같이 자신의 문학에 반영한다. 즉 사성제(四聖諦) 개념의 핵심은 인간의 현실생활 자체가 생로병사 등의 고통으로 가득 찬 비극적인 것이기 때문에 그 고통의 원인인 마음의 집착, 즉 욕심을 없애기 위해서 바른 도를 지켜나가야만 한다는 것이다. 그러므로 인간이 성불하기 위해 도를 닦으려면 먼저 고(苦)의 진리를 깨닫는 것이 선결과제가 된다. 즉 인생살이에서 누구나 추구하는 인생의 보람이나 행복은 원래부터 존재하지 않고 오직 비극적 고통만이 충만할 뿐이라는 사실을 선결조건으로 받아들여야 한다는 것이다. 우리의 감각세계와 물질의 법칙을 지배하는 현상세계의 오온은 모두 다 빈 것이고 실체가 없는 것이며, 원래 실체가 없는 텅 빈 것이기 때문에 온갖 허망한 현상들이 나타난다. 이 현상들 가운데에는 기쁨과 슬픔, 쾌락과 고통, 미움과 사랑 등이 모두 포함되어 있다.

여기서 주의해서 생각해보아야 할 대목이 있다. 마광수가 파악하고 있는 고제(苦諦)란 것의 진정한 의미는, 실제로 우리의 본성 그 자체가 고통만으로 가득 차 있다는 비관주의적이고 염세적인 사고방식에서 나온 것이 아니라, 지극히 낙관주의적이고 인본주의적인 사고방식에서 나온 것이라는 점이다. 그는 불교의 사성제(四聖諦) 개념에서 나오는 고(苦)의 진리를 우선 인정한 후, 그것을 인간존재의 긍정적 의미를 깨닫기 위한 득도 과정에서의 과정적 수단으로 활용하자는 것이 불교사상의 핵심이라고 이해한다. 아울러 이것은 아리스토텔레스가 말한 카타르시스의 의미와도 합치된다고 파악한다. 고(苦)의 깨달음은 인간이 불성으로 나아가기 위한 중요한 출발점이 되는데, 그는 불교의 '고제'에 대한 깨달음으로부터 일상의 삶에 내재된 실존적 허무의식을 도출해낸다.

비극이 우리에게 불러일으키는 연민과 공포, 즉 비극적 고통의 감정이 어떻게 카타르시스를 줄 수 있는가 하는 문제를 그는 불교사상의 사성제 개념인 고(苦)의 문제와 관련지어 설명하면서 카타르시스의 문제를 음양의 상징이론에 확대시켜 적용하는 데까지 나아간다. 특히 한방의학과 카타르시스를 연결시켜 논의한 것은, 마광수 문학론의 특징인 '연역적 상징이론과 구체적 효용성의 결합'이라는 새로운 방법론적 지평을 열어준 사고라고 할 수 있다.

> 모든 행복감(幸福感)은 찰나의 착각에 지나지 않는다. 인간의 일생은 무조건 비극이다. 석가가 깨달았다는 '고제(苦諦)'는 그래서 중요하다. 모든 중생들은 오직 고통스럽다는 진리…… 그것을 석가는 평생 동안 설파하였다. 그런 실존적 허무의식을 일단 깨달아야 '고통으로부터의

탈출'이 가능해진다. 막연한 낙관주의처럼 인간을 허망하게 만드는 것은 없다. 즉, 궁(窮)할대로 궁해져야만 '통(通)'의 상태가 온다. 비극이 실존의 전부라는 것을 알아야만 우리는 비로소 불행을 극복해 낼 수 있다. 절망보다 더 두려운 것이 희망이다. 희망을 죽여버려라.

『마광쉬즘』, 98~99쪽

이렇게 볼 때 작가가 여러 글에서 강조하는 '야(野)한 자각'은 이와 같은 실존적 허무를 깨닫는 것이고, 따라서 '야한 정신'은 허무정신이면서 실존적 비극정신의 깨달음(『마광쉬즘』, 99쪽)이라는 논리가 성립된다. 다양한 성 치료의 양상을 표면에 과도하게 노출하고 있는 『유혹』에서 주인공 경훈이 다음과 같이 말하는 것은 생의 이면에 잠복해 있는 비극성과 실존적 허무의식을 반영하는 증거라고 할 수 있다.

존재 자체가 증오스럽다. 프로이트의 시대가 '성적(性的) 좌절'의 시대였다면, 현대는 '실존적 좌절'의 시대다. 실존적 좌절은 권태를 낳고, 권태감은 사람들을 우울증으로 몰아간다. 갱년기에 찾아오는 무력감 때문에 생기는 우울증이나 어이없는 실연(失戀) 따위로 찾아오는 우울증, 또는 극도의 열등감에 기인하는 우울증 등은 차라리 치료하기 쉽다. 그러나 단조롭게 되풀이되는 일상사와 거기서 누적된 권태감으로 인해서 생겨나는 만성적인 우울증은 오히려 치료하기가 어렵다.

『유혹』, 47~48쪽

실존적 허무주의는 이미 그의 앞선 작품들에서도 피력된 바 있는데, 영상시나리오로 구상된 「권태를 위한 메모」에서 "관능적으로는 무척이나 열정적이지만, 인생관 그 자체는 허무주의적이라는 것"(『야하디 얄라숑』)을 강조한 것이라든지, 시작품에서 "사랑을 하면 할수록 외로워져요 / 사랑을 하면 할수록 죽고 싶어져요 / 당신의 헛된 약속 / 나의 헛된 주절거림 /

아 모든 건 안개 속 술래잡기 놀이 / 같이 몸을 합쳐도 계속되는 고적감” (「사랑이 얼마나 사람을 고독하게 만드는지」, 『야하디 얄라숑』)을 언급하고 있는 것도 작가의 뿌리 깊은 허무의식을 보여주는 한 가지 예이다. 성 치료를 통한 관능적 상상력의 묘사에 바탕을 둔 『유혹』의 이야기 이면에는 세계에 대한 철저한 허무주의자의 비극적 인식이 투영되어 있는 것이다.

4. ‘열린 결말’의 의미

마광수는 이미 『즐거운 사라』에서 결말을 의도적으로 해피엔딩과는 정반대인 비극적 결말로 처리하지 않았다. 흔히 죽음이나 파멸로 결말을 마무리하여 ‘사랑에 대한 비극적 인식’을 주제로 삼는 기존 소설의 통념을 극복하려는 작가의 의지가 반영된 것이라고 이해할 수 있다. 작가는 주인공 사라가 추구하는 사랑의 ‘자유성’에 대한 인식을 열어놓음으로써 주인공에게 능동적이고 독립적인 생명력을 부여하는 동시에 독자에게도 역시 열린 상상의 계기를 제공해주려는 의도에서 결말 처리를 그렇게 했던 것으로 이해할 수 있다. 『즐거운 사라』에서 이야기의 결말을 열어놓음으로써 소설 속의 사라를 시대의 윤리에 희생되어야 할 속죄양이 아니라 확장된 자유를 누리며 스스로의 당당한 행복을 추구하는 적극적 인물로 만들어내고 있다.

『유혹』에서 작가는 결말을 열어놓음으로써 ‘열린 소설’을 만들어보려는 시도를 하고 있다. 작품의 결말에 이르러 작가가 다음과 같이 어떤 가능성을 암시하고 있는 데서도 ‘열린 결말’의 구조에 의미를 부여하려는 고민의 일단을 엿볼 수 있다.

> 갑자기 결말로 치닫기 위해 돌연한 교통사고나 돌연한 자살 같은 것이 곧 등장할지도 모른다……. 또는 내가 의료행위를 빙자한 매매춘을 시켰다는 죄목으로 잡혀가게 될지도 모르고……. 경훈은 문득 이런 생각이 들었다.
>
> 『유혹』, 288~289쪽

주인공 경훈으로 하여금 이런 생각을 갖게 한 것은 소설의 결말이 꼭 비극적이거나 일정한 매듭을 지으며 종결될 필요가 있겠느냐는 의문을 작가가 가지고 있기 때문이다. 하우푸트만이나 브레히트의 드라마가 추구하는 이른바 '개방형 종결' 형식의 드라마에서 극의 결말이 앞에서 진행되어 온 이야기와 사건의 완벽한 마무리를 지향하는 것이 아니라 '미결정'이나 '미해결'을 나타내듯이, 작가는 독자들에게 그들이 기대하고 있는 이야기의 분명한 결말을 어떤 형태로든 확정하여 제공하지 않겠다는 의도를 취한다. 『즐거운 사라』와 마찬가지로 『유혹』에서도 작가는 '닫힌 소설'의 구조만이 플롯을 잘 짠 소설로 간주되는 문학 풍토에 강한 이의를 제기하려는 의도를 가지고 새로운 시도를 하고 있다.

5. 마광수 문학의 불온성

마광수의 문학은 우리 사회의 통념이 강요하는 현실에서 근본적으로 불온한 입장을 견지하고 있다. 그가 밝히고 있듯이 본질적으로 문학은 불온하며, 문학은 항상 현실에 대해 일탈적이고 가치전복적일 수밖에 없기 때문이다. 그러나 다른 한편, "사회적 통념에 대한 반란"으로서 문학은 "즐거운 저항"이며 "과거에 대한/끊임없는 회의요/미래에 대한/끊임없는 꿈꾸기"를 할 수 있는 정신의 탈주 장치이기도 하다. 동시에 문학은 "우리를 억압하고 순치(馴致)시키는 / 권력과 윤리에 대한 / 끊임없는 조소"(「본질적으로 문학은 불온하다」, 『야하디 얄라숑』)이기 때문에 본질적으로 불온한 문학은 시대와 불화하고, 작가는 시대와 사회의 금제로부터의 고통을 피하기 어렵다.

인간의 내적 체험의 소산인 금기와 위반들은 그것이 개인적인 것이든 사회적인 것이든 우리 내부에 감추어진 욕망들로부터 생겨난 것들이다. 조르주 바타이유가 금기와 관계하는 근본적인 것들로 '죽음'과 '성'을 들면서(『에로티즘』), 금기의 구심력과 위반의 원심력 사이에서 억압된 본능을 현시하며 사회적 금기를 간접적으로 위반함으로써 우리들 내부에 똬리를 틀고 있는 욕망을 탈주시키는 계기를 찾으려고 했던 것은 문학의 본질적 특성으로서 '불온성'에 대한 적극적인 긍정이라고 할 수 있다. 마광수의 문학 역시 같은 맥락을 공유한다. 진정한 섹슈얼리티는 '윤리'와 '정상'을 거부하는 '창조적 불복종'에 있는 것이다(『마광쉬즘』, 115쪽). 『유혹』에서 작가는 세상의 감시에 움츠리지 않고 이 점을 말하고 있다.

___2006

상처와 기억

김혜정의 『바람의 집』

1

이 세상에 몸과 마음에 상처 한두 가지씩 안고 살아가지 않는 사람이 있을까? 아마도 있다면, 그런 존재들이란 선경(仙境)의 신선들처럼 복락을 누리며 사는 사람들일 것이다. 아니면 그런 사람들이 사는 사회란 공상 과학 영화에서나 볼 수 있는 것처럼 아무런 고민도 없고 삶에의 욕망도 필요치 않아 권태에 찌든 일상만 되풀이하는 사람들로 넘쳐나게 될 것이다. 그러나 그런 세상과는 달리 우리가 이 세상에 태어나 살아간다는 것 자체가 근원적으로 세파에 부딪치고 욕망이 충돌하면서 몸과 마음에 크고 작은 상처들을 축적하고 치유해가는 순환의 과정이다. 마르쿠제의 퇴행논리에 따르면 모든 사유의 근원에는 충족의 기원이 자리 잡고 있듯이, 모든 현실적 욕망 충족의 과정에도 그 근원에는 상처의 기억이 자리 잡고 있다. 그런 의미에서 몸과 마음에 새겨지는 상처란 삶의 본질을 구성하는 기억의 침전물이자 분비물인 것이다. 그래서 몸과 마음에 이런저런 이유들로 새겨진 상처를 안고 살아가는 존재들이 우리들 인간이며, 또 그것이 사람살이의 항사(恒事)라고 나는 생각한다.

이 글을 쓰고 있는 지금, 내 몸에 새겨진 이런저런 상처들을 만져보면서 나는 지나간 시절의 기억들을 하나씩 호출해본다. 어린 시절 포인터 사냥개에게 손톱을 물린 상처, 자전거를 타다 까칠한 벽에 부딪치면서 찢어진 내 오른 팔꿈치의 흉터, 수술 자국으로 약간 도드라져 있는 몸의 작은 흔적들. 어디 그뿐인가. 지금껏 살아오면서 기억 속에 떠오르고 있는 의식의 상처와, 어떤 계기로 불현듯 튀어 오르는 무의식 속의 크고 작은 상심의 잔해들. '나'라는 몸과 마음, 의식과 무의식 속에 뒤엉켜있을 그 상처의 흔적들은 어느 좋았던 기억이나 아름답고도 아련한 추억들과 더불어 나의 감각의 실존을 구성하며 현존을 자극하고 있다.

상처에 관한 기억들은 비단 개체적 인간에게만 국한되어 있지 않다. 역사적 · 문화적 범주 속에 가라앉아 있는 집단적 상처의 기억들 또한 우리에게 많은 이야기들을 들려주고 있다. 나와 관계되어 있는 타자와, 타자들을 포함하여 집단으로서의 사회와 국가라는 영역에 이르기까지 시간과 공간을 넘어서 무수한 상처의 사연들로 이루어진 이야기야말로 역사와 사상과 문학을 구성하는 상처의 다른 이름들이다. 그래서 영광과 비참의 순환 속에 더께더께 붙어있는 상처의 기록들이 인류문화사의 배면(背面)을 가득 채우고 있는 것이다. 가령 백 년 동안의 우리 근대사를 돌이켜볼 때 거기서 우리는 숱한 상처 주고받기와 보듬기의 신산한 순환을 발견하게 된다. 월드컵 경기로 온 나라가 연일 열광했던 지난 유월, '붉은 악마(Be The Reds!)'의 물결이 출렁이는 거리에서도 우리 사회를 짓눌렀던 색깔의 깊은 상흔(傷痕)을 발견할 수 있지 않았던가.

개체로서의 인간이든, 역사로서의 집단이든 한 생애와 시대를 상처받지 않고 살아갈 수만 있다면 얼마나 좋을까. 그렇지만 사람들의 소망처럼 그럴 수 없는 게 우리들 삶의 내용이자 형식이다. 역사적 존재로서 시간의 지배를 받는 우리들은 누구나 적어도 하나 이상씩은 몸과 마음에 어떤 종류의 상처를 안고 살아갈 수밖에 없는 존재들이다. 그래서 인생이란 굳이 불교적 통찰을 빌지 않더라도 주체와 타자들 사이의 삶을 무대로 펼쳐지는 고해(苦海)의 연극 같은 것일지도 모른다. 그런 점에서 아리스토텔레스가 연극의 효용성으로 도입한 '카타르시스'의 의미를 우리는 사람살이에서 주고받아 축적된 '상처'의 발견과 그 치유에 관한 깨달음의 과정으로 풀이할 수도 있을 것이다. 달리 말하면, 자기 정체성을 찾아가고 존재의 의미를 탐구하려는 사람들 사이의 상호작용 속에서 발생하는 상처를 해소해가는 과정의 결과가 바로 카타르시스, 즉 정화(淨化)이자 순화(醇化)이고 배설(排泄)인 것이다.

삶의 상처와 고통을 대하는 태도에 대해서는 '의미요법'이라는 정신치료법을 창시한 유태계 정신분석학자 빅터 프랭클(Victor Frankl)의 말을 참조해 보는 것도 좋을 듯하다. 삶의 과정에서 불거져 나오는 고통을 피하지 않고 오히려 거기에 다가감으로써 존재의 의미를 찾아야 하며, 자신에게 부여된 고통을 적극적으로 껴안아야 한다고 빅터 프랭클이 강조한 것(『죽음의 수용소에서』)도 따지고 보면 연극 행위의 궁극적 목적을 논한 아리스토텔레스의 카타르시스 논리와 큰 차이가 없어 보인다. 가령 빅터 프랭클이 존재의 의미를 탐구하는 방법 가운데 하나로 제시한 '사랑'이라는 것을 조금만 더 생각해 보면 그것은 결국 '타자를 깊이 체험하려는 주체의 관심'을 지칭하는 것이다.

이렇게 보면 사랑이야말로 우리들 인간이 내세울 수 있는 주체(타자)와 타자(주체) 사이의 가장 속 깊은 소통과정 가운데 하나인 것이다. 그러나 이 사랑에도 그 심저(心底)에는 늘 '독(毒)' 성분이 침전되어 있어 언제든 관계의 파탄과 소통의 단절을 불러올 수 있다. 그런 점에서 주체와 타자 사이에 형성된 존재의 유대감을 위협하는 '독'은 사랑의 감정과 한 쌍(Couple)을 이루는 관계에 있다. '애증'이야말로 이 점의 정곡을 정확하게 찌르고 있는 감정 아니겠는가. 깊은 유대감과 상호 이해, 그리고 주체와 타자 사이의 상처가 조건 없이 수용되고 위로받는 과정이야말로 진정한 사랑의 의미이겠지만, 사랑이 깊어질수록 그것을 위협하는 '독'의 성분도 그만큼 비례하는 경우를 인생을 살면서 경험할 때 사랑이라는 감정의 어려움을 깨닫게 된다. 사랑이 한순간에 엄청난 증오로 돌변하여 관계의 파국을 초래하는 상황이 바로 그런 경우이다. 어떤 대상에 대한 과도한 '집착'이 수용되지 못하고 거절되거나 배반당할 때 겪게 되는 감정 같은 것 말이다.

삶의 도정에서 발생한 상처의 기억들을 불러내어 그 정체를 기록하고 성찰하려는 작가의 내면이 김혜정의 이번 소설집에는 매우 개성적인 소재들로 포진되어 있다. 「가마우지」, 「심우곡」, 「바람의 집」, 「열대야」, 「나부의 초상」 등 다섯 편의 작품에서 각각의 인물들은 상처에 대한 여러 갈래의 기억과, 그 기억에 남아있는 상처의 양상들을 벗겨가면서 불가해한 삶의 미궁 속을 헤쳐나간다.

2

김혜정의 첫 창작집 『복어가 배를 부풀리는 까닭은』(2000)에 수록된 동명의 표제작이나, 등단작인 「비디오 가게 남자」(1995)에서도 나타나 있듯이 그녀의 소설에는 상처받은 영혼들과 소통 부재에 관한 이야기들이 주요 테마를 이루고 있다. 그녀의 소설들은 바로 그런 상처의 기억들을 거슬러 올라가면서 인간 존재의 조건과 소통의 어긋남, 그리고 삶의 불가해함을 탐색하고 있다. 그래서 그녀의 소설은 사랑의 감정과 연애의 과정에 대해 "어차피 진실에 대한 기대를 하지 않는다면 상처받을 것도 상처 줄 것도 없기 마련"(「복어가 배를 부풀리는 까닭은」)이라는 정의를 기조로 전개된다. 남녀(혹은 여성) 관계에서 분비되는 '사랑'의 감정에 대해, "사랑이라는 것, 견딜 수 없을 때가 있다"고 의식하는 작가의 '탈낭만적' 태도는 이 소설집 전체를 관통하면서 "상대에게 더 많은 것을 원하게 될 때" 나타나는 "폭력"과 "피해의식"의 관계 양상들을 탐색한다.

남녀 관계에서 일어나는 상처의 감정을 "아득한 기억의 공제선 밖"이나 "아스라한 기억 저 편"으로부터 다시 소환하여 서술하고 있는 그녀의 소설은, '사랑'이라는 감정을 중심으로 진정한 소통의 가능성이란 과연 무엇인지 묻고 있다. 가령 다음과 같은 구절은 그녀의 작품에서 사랑을 이해하는 하나의 부표(浮漂) 역할을 한다. "사랑을 할 때 배를 부풀리는 복어, 부풀릴수록 독이 퍼지고 독이 퍼질수록 깊어지는 사랑, 열렬한 소용돌이. 아니, 사랑이란 거역할 수 없는 악력, 독 그 자체는 아닐까"(「복어가 배를 부풀리는 까닭은」)라고 물으면서 작가는, 기억의 회랑을 휘돌고 있는 상처의 체험을 통해 삶의 조건을 반추하고 있다.

이렇게 보면 김혜정 소설의 키워드는 일단 '사랑'이라는 감정의 미묘한 스펙트럼으로 요약될 수 있다. 그런데 그녀가 품고 있는 사랑에 대한 시선은 '장미'를 예로 들면 화사한 '꽃'보다는 '가시' 쪽에 닿아있는 듯하다. 위의 인용문에 나타나 있듯이 독성이 강한 복어일수록 더 깊고 좋은 맛을 내는 것처럼 작가는 사랑이라는 감정을 어쩌면 "독이 퍼질수록 깊어지는" 현상의 역설로 수용한다. 아마도 사랑의 기쁨이나 희열보다는 상처라는 면에 더 많은 관심을 갖고 있는 것이리라. 그러니까 그녀는 사랑을 둘러싸고 벌어지는 숱한 부정적 양상의 해부를 통해 진정한 소통행위로서 사랑의 의미를 추적해가려는 의도를 가지고 있는 듯하다. 이번 소설집에 수록되어 있는 여러 작품들을 읽으면서 이런 점에 주목하게 된다.

사랑에 관한 작가의 '탈낭만적' 태도는 『바람의 집』에서도 매우 개성적이고 다양한 소재들로 표출되고 있다. 이번 소설집에 수록되어 있는 다섯 편의 작품들을 읽어보면 하나같이 사랑을 잃어버린 채 마음에 깊은 상처를 안고 살아가는 여성 인물들이 등장한다. 표제작 「바람의 집」을 비롯하여 「가마우지」, 「심우곡」, 「열대야」, 「나부의 초상」에는 유형만 다를 뿐 모두 여성들의 '기억'에 각인되어 있는 어떤 '상처'가 현재의 삶에 깊이 개입해 있다. 근대 소설이 상처를 덧나게 하는 삶의 조건과 인간의 실존에 대해 집요하게 탐문하고 성찰해가는 속성을 보여준다면, 김혜정의 이번 작품들은 그래서 다양한 상처의 유형과 그 심리적 양상들에 관한 의식의 조감도라고 규정할 만하다.

작품 속의 여성들이 간직하고 있는 이 상처의 세목들을 대강 추려보면 이렇다. 스무 살 여대생 시절 상처한 사십대 교수를 사랑했지만 나이 차 때문에 헤어질 수밖에 없었던 마음의 상처를 안고 살아가는 어느 독신 여교사의 기억(「가마우지」), 전세금까지 모조리 빼서 술집여자와 달아난 남편과 이혼하고, 주벽이 심해 직장생활도 제대로 못하는 남자와 살면서 겪는 일상의 폭력, 그리고 어떤 운명적 첫사랑의 인연으로 아이를 낳아 소중하게 키우지만 그 아들로부터 버림받는 어느 노인의 이야기(「심우곡」), 윤리적 금기 때문에 고향에서 쫓겨나 서로 헤어질 수밖에 없었던 이복 오누이 사이의 풋사랑과 상처의 기억(「바람의 집」), 동성애 상대와의 관계가 깨진 후 갖게 되는 심리적 모멸감과 그에 따른 마음의 고통(「열대야」), 정혼자의 죽음과 그에 따른 정신적 충격, 이후 노인의 치매를 돌보면서 겪는 육체적 · 정신적 고통(「나부의 초상」) 등이 바로 여성 주인공들의 삶에 개입하여 상처를 구성하고 있는 주요 내용들이다.

그녀들의 삶에 깊이 개입해 있는 상처의 흔적들은 영혼까지 저당잡힌 '가마우지'의 운명처럼 진정한 소통이 부재하는 사제(師弟) 관계(「가마우지」)

로 나타나거나, 아니면 어긋난 운명적 사랑(「나부의 초상」, 「바람의 집」, 「심우곡」)으로부터 동성애라는 금기 문제(「열대야」)에 이르기까지 다양한 스펙트럼을 형성하고 있다. 그런데 진정한 소통이 부재하는 사제 관계나, 어긋난 운명적 사랑과 윤리적 금기의 관계로부터 파생된 이런 상처들은 지나간 시절의 기억으로만 종결되지 않고 여성들의 현재 삶에 깊이 개입하고 있다. 더 나아가, 이런 상처들은 비단 그녀들의 삶에만 국한되지 않고 그녀들을 둘러싸고 있는 주변 인물들의 상황과 긴밀하게 맞물려 사건을 발생시킨다. 특히 그녀들의 삶에 개입하여 상처를 덧나게 하는 남성들은 「나부의 초상」에 등장하는 교사 '지훈'의 경우를 제외하면 모두 그녀들의 삶이라는 숙주에 기생하여 피어 있는 곰팡이 같은 존재들로 설정되어 있다. 그래서 그녀들이 안고 살아가는 상처의 실존들은 그들 사이의 상처를 치유하기 위한 강렬한 욕망을 구심력으로 해원(解寃)의 서사를 구축한다.

이렇게 볼 때 『바람의 집』에 수록된 각각의 작품들은 주체의 내면에 간직되어 있는 상처의 기억들을 환기시키고, 소통의 부재 상황에 대한 질문과 그 관계의 회복을 염원하는 이야기들이 주제를 형성하고 있다. 이처럼 상처로 훼손된 과거의 기억과 관계의 단절을 극복하고 소통의 언어를 모색하려는 김혜정의 이번 소설들은 '사제 관계'(「가마우지」), '기형적 모자(母子) 관계'(「심우곡」), '이복 남매 관계'(「바람의 집」), '동성애 관계'(「열대야」), '모녀 관계'(「나부의 초상」) 등으로 변주되면서 궁극적으로 진정한 소통(사랑)의 의미가 무엇인지 묻고 있다. 다시 말해 이런 삶의 과정에서 파생된 '관계'의 훼손과 단절, 그리고 그에 대한 치유와 회복의 가능성을 탐색해보려는 것이 이번 김혜정 소설의 공통 주제라고 할 수 있다.

관계의 훼손과 소통의 부재에서 발생하는 삶의 부정적 양상들을 극복하기 위한 욕망의 서사를 지향하고 있다는 점에서 김혜정의 작품들은

1990년대 주요 여성 작가들의 작품에서 발견할 수 있는 주제적 경향에서 크게 벗어나 있지 않다. 더구나 그녀의 소설에는 삶의 본원적 관계에서 발생한 운명의 엇갈림과 상실의 감각을 버리지 못하고 살아가는 여성들이 주요 인물로 설정되어 있는 반면, 남성들은 그런 운명을 살아가는 여성들의 주변을 배회하면서 상처를 덧나게 하는 존재들로 배치되어 있다. 그러나 김혜정 소설의 이런 이항대립은 페미니즘의 시각을 배면에 깔고 있긴 해도 남성이라는 타자에 대한 부정의 기획을 담고 있는 것으로 보이지는 않는다. 이 점은 작품집에 등장하는 여러 남성들 가운데 「나부의 초상」의 교사 '지훈'이 보여주는 따뜻한 인간애와 진정한 소통을 향한 삶의 태도에서 잘 드러난다. 상처를 기억해내면서, 훼손된 관계의 양상을 복원하고 진정한 소통을 꿈꾸는 김혜정의 소설이 구체적으로 어떻게 드러나는지 하나씩 읽어본다.

3

「가마우지」는 스승과 제자 사이의 진정한 관계가 부재하는 상황을 '가마우지'라는 새에 기탁하여 서술한 작품이다. 목에 줄을 감아 물고기를 잡는 데 이용하는 '가마우지'는 이 작품에서 삶과 욕망을 결박당하고 영혼까지 저당 잡힌 존재에 비유하고 있다. 자기 삶의 욕망과 자유를 저당 잡힌 새이면서 정보사회의 소통 수단인 '이메일'의 이름을 중의적으로 함축하고 있는 가마우지는 제자인 은애의 존재 상황에 대한 '환유'이면서, 지선 자신의 이루어질 수 없었던 사랑의 상처를 상기시키는 매개물이기도 하다. 스승인 지선과 제자인 은애는 가마우지를 매개로 연결되어 있지만, 목에 끈이 감긴 새의 운명처럼 각자 자기 삶의 자유를 스스로 유폐시킨 채 서로 마음을 열지 못한다. 지선은 은애에게, 은애는 지선에게

'온라인'으로만 접속되어 있을 뿐 따뜻한 마음의 소통을 나누지 못한다.

가마우지는 지선이 15년 전 겨울 태안반도의 어느 작은 섬에서 처음 보았던 새로, 그녀가 스무 살 무렵 상처(喪妻)한 사십대 교수를 사랑했지만 나이 차를 극복하지 못하고 헤어질 수밖에 없었던 아픈 기억을 환기시켜주는 대상이다. 지선 자신이나 제자인 은애가 어린 나이에 남자를 알게 되고, 몸에 아이까지 갖게 된 상황과 그로부터 받은 정신적·육체적 상처가 가마우지의 결박당한 모습에 중첩되어 있다. 나아가 「가마우지」의 이야기는 학교라는 환경 속에서 지선의 과거 기억 속에 남아있는 상처 딱지이면서 현재는 스승과 제자 사이에 소통이 이루어지지 못하는 관계 훼손의 양상을 그리고 있다.

이 작품에서 관심을 끄는 요소는 지선과 은애 사이에 소통이 부재하는 근본 원인을 탐색하고 성찰하는 작가의 시선이다. 많은 경우, 교육 현장에서 인격적 만남으로서의 사제관계가 깨져버린 것은 사실 어제오늘의 일이 아니다. 치열하게 경쟁하는 과정에서 서로 상처를 주고받는 전도된 인격적 관계를 양산하는 공장이 오히려 오늘의 학교 현실인지도 모른다. 이 점에서 「가마우지」는 생활세계를 희생시키면서 사회 전체를 지배하고 있는 '체계적 합리성'보다는 자연스런 상호이해를 지향하는 '의사소통적 합리성'(하버마스)이 교육되고 보존되는 현실에 대한 작가의 소망을 그리고 있다. 이런 시선으로 「가마우지」의 표면이야기를 읽으면 이 작품은, 스승과 제자 사이에 진정한 소통이 부재하고 강제와 규율 같은 수직적 언표들이 교사와 학생 모두를 옥죄고 있는 오늘의 현실을 성찰하는 이야기로 읽힐 수 있다.

학교의 교육 과정을 통해서 우리는 삶의 지식과 인간에 대한 존중의 방식을 배우기도 한다. 그러나 일찍이 장용학이 「요한시집」에서 학교를 '죄의 집'으로 규정하고 "벌에서 죄를 배웠다"며 냉소적으로 진술한 바 있듯이, 학교의 집단적 훈육과 규율에 익숙해져 온 것이 사실이다. 그래서 교사와 학생, 스승과 제자 사이의 진정한 소통이 단절되고 훼손되어 온 것이 우리의 교육 현실이었다. 지금은 과거보다 많이 나아진 교육 현실에서 학생들이 학교를 다니고 있지만, 아직도 적지 않은 경우 과거의 잘못된 인습이 마치 가마우지 새의 목을 조르는 줄처럼 우리의 교육 환경을 옥죄고 있음을 부인하기 어렵다. 이와 더불어, 바람직한 개인주의 문화가 정착되지 못한 우리 사회의 여건을 감안할 때 자본주의적 경쟁이 최고의 미덕으로 권장되는 오늘의 교육 현실에서 진정한 인간관계와 소통의 환경이 점점 더 척박해져가고 있음을 부인하기 어렵다. 「가마우지」에서 지선은 자신이 15년 전에 경험했던 상황과 제자 은애의 현재 경험을 중첩시키면서 제자의 안타까운 상황에 대해 심정적으로는 깊이 동조하면서도 실제로는 교사로서, 또는 마음의 스승으로서 은애에게 아무 것도 해주지 못하는 자신의 태도에 깊이 절망한다. 은애가 보낸 이메일 속에는 지선에 대한 깊은 서운함이 다음과 같이 토로되어 있다.

> 열일곱 살의 겨울에 죄와 벌을 읽다가 라스콜리니코프가 주막에서 만났던 한 남자의 절망적 주정에 아랫입술을 깨물었습니다. 인간에게는 누구나, 한 곳쯤 갈 곳이 있어야 하지 않겠습니까. 선생님은 그때 제게 단 하나의 숨구멍이었고 단 하나의 갈 곳이었습니다. 그러나 그 단 하나의 숨구멍이 막혀버리고 들어설 문이 닫혀버렸을 때 저는 어떻게 해야 했을까요.
>
> 『바람의 집』, 9쪽

그 "단 하나의 숨구멍"이 막혀버리고 "들어설 문이 닫혀버렸을 때" 은애는 "아무도 없다는 결핍감"(25쪽)을 느꼈다는 것이다. "왜 저의 진짜 아픈 곳을 만져주지 못하느냐"(25쪽)고 서운함을 표명하는 은애에게 지선은 심정적으로만 아파할 뿐 스승으로서 '숨구멍'이 되어주지 못한다. 그러나 학생들을 가르치는 현장에 있어 본 사람이라면 알 수 있듯이 그들의 고민과 상처를 진정으로 어루만져주고 '숨구멍' 역할을 해주기란 사실 얼마나 어려운 일인가. 단지 지식의 전수 대상으로서만이 아니라 삶에 대한 고민과 다양한 감정의 층위에 이르기까지 학생들의 깊은 내면을 보듬어주고 그들의 숨구멍이 되어주는 교사의 역할이 말처럼 쉬운 일은 아니기 때문이다. 직업인으로서 도구적 소통의 방식이 아니라 관계의 소외를 진정으로 극복하기 위해 적극적으로 교섭하려는 노력이 그악스런 관계의 현실을 소망스러운 차원으로 변경시켜 나갈 수는 있겠지만 많은 부면에서 그렇게 하지 못하는 데에 우리들 삶의 어려움이 있는 것이다.

이런 일은 인식의 차원이 아니라 실천의 영역에서 이루어져야 하는 것이기에 시시각각의 삶의 과정에서 그 소통의 가능성을 회복해가기란 여간 어렵지 않다. 그래서 지선의 체험으로부터 형성된 이런 상처의 기억은 마치 가마우지의 목에 걸린 줄처럼 그녀 자신의 삶을 결박한다. 이런 증거는 "자신을 위해 무엇을 해왔던가. 켜켜이 보늬를 뒤집어쓰고서 누군가 불쑥 달려들어 보늬를 낱낱이 벗겨내어 속살을 헤집지는 않을까 두려워했다. 욕망의 뿌리를 잘라내고, 그 자리에 스스로 재를 끼얹고, 삶의 한복판에서 줄행랑칠 생각만 하지 않았는가."(22쪽)라며 지선이 자신의 삶을 반추하는 장면에 잘 드러난다. 따라서 그 상처의 기억으로부터 스스로 벗어나지 못하고 회피하는 한에서 타자의 상처를 받아들이는 문을 열기란 무척 어려운 일이다. 여기서 자기로부터의 소외가 발생하고, 타자와의 소통도 불가능해진다. 사랑이 소통과 결합에 대한 행위 주체들의 갈망인 것처럼, 지선과 은애는 소통을 갈구하지만 결국 서로의 마음을 열지 못하고 각자의 상처 속에만 유폐되어 있을 뿐이다. 그것이 가마우지의 운명처럼 속박되어 진정한 소통을 이루어내지 못한 채 서로 마음의 상처만 입게 되는 상황의 지속, 작가는 그런 상황을 담담하게 서술하고 있다.

4

「심우곡(心憂曲)」은 주안댁의 시선으로 이혼한 딸 수옥과 살면서 겪는 신산한 삶의 단면을 그리고 있는 작품이다. 수옥의 첫 남편은 바람을 피우고 집의 전세금마저 모조리 빼내서 술집 여자와 달아나고, 새로 만나 살던 남자도 선량하긴 하지만 주벽이 심한 데다 진득하게 직장생활도 못하는 무능력자로, 폭력까지 일삼는 인물이다. 수옥은 남편과 이혼하고서 학습지 교사로 아들과 함께 어머니 주안댁 집에서 지내지만 그녀의 그런 삶이란 자신이 선택한 남자들과 일상으로부터 받은 상처를 안고 살아가는 고달픈 생활의 연속일 뿐이다. 어머니 주안댁과 딸 수옥, 그리고 주안댁의 노우(老友)인 '민우할매'의 인생 역정에서 드러나듯이 여성들은 모두 정상적 관계에서 이탈한 삶을 살아가고 있다.

「심우곡」에서 작가의 시선은 딸 수옥보다는 주안댁 쪽에 맞춰져 있다. 여기서 작품의 초점은 수옥의 모친인 주안댁을 매개로 하여, 계모임에서 만난 진주댁 '민우할매'의 곡절 많은 칠십 평생 남짓한 인생 역정으로 이동해 간다. 민우할매가 주안댁에게 털어놓은 사연이란 이런 것이다. 인텔리 여성인 민우할매는 학교를 졸업하던 해에 교통사고로 부모를 한꺼번에 잃는다. 아무 데도 의지할 곳이 없었던 열아홉의 민우할매는 교회에서 만난 유부남에게 순정을 바치고 그 사이에서 아들을 얻는다. 그 아들이 손자인 민우의 아버지로 진주댁은 깊은 상심의 세월 속에서도 아들을 훌륭하게 키운다. 수재 소리를 들으며 자란 아들이 의대를 졸업하자 여기저기서 좋은 혼처가 들어오지만, 민우할매는 호적이 없는 아들의 장래를 위해 재력 있는 집안에 아들을 데릴사위로 보내고, 자신은 그런 아들에게 부담을 주지 않기 위해 가끔씩 연락만 주고받을 뿐 접촉을 하지 않는다. 그런 아들네가 어느 날 연락도 없이 이사를 가버리고, 진주댁이 살던 집의 전세금도 빼가 급기야는 오도가도못하는 신세가 된다. 결국 진주댁 민우할매는 아들 내외로부터 버림받았다는 충격으로 목숨을 놓게 된다. 남편과의 사별(주안댁), 파경과 불행한 동거(수옥), 첫 남자와 자식으로부터 버림받는 기구한 운명(민우할매)과 그 쓸쓸한 죽음에서 여성들의 삶에 가해진 상처의 전형적인 양상들을 발견하게 된다.

작가가 '주안댁'의 시선을 통해 소박한 결혼 생활조차 영위하지 못하고 남성들로부터 상처를 입은 딸과, "금이야 옥이야 키웠던 아들"로부터 버림받는 민우할매에 초점을 맞추고 있는 것은 상처받는 여성들의 신산한 삶에 대한 깊은 관심에서 비롯된 것으로 이해된다. 특히 애달픈 사연을 안고 평생을 살아온 진주댁 민우할매의 삶에 비중을 두고 있는 「심우곡」은 「나부의 초상」의 모티프와 함께 '고령사회(Aged Society)'로 빠르게 변해가는 과정에서 발견할 수 있는 노인들의 삶에 관심을 보여주고 있다는 데에서 관심을 갖게 되는 작품이다. 뒤에서 논의할 「나부의 초상」처럼 이 작품은 노인 문제뿐만 아니라, 온전한 가족 구성원으로서 안정된 노후를 보내지 못하는 상황이 민우할매의 불행한 삶을 매개로 전개되고 있다.

포괄적으로 생각하면 작가는 소통이 부재하는 현대 사회의 소외의 첨예한 양상과 세대 간의 단절의 문제를 주안댁이나 진주댁 같은 노인들의 삶을 통해 보여주고 있는 것이다. "칠십 평생 남짓 살았다지만 어떻게 살아왔는지 도무지 감이 잡히지 않는 것이 늙은이들의 한결 같은 생각이었다. 무엇 하나 내세울 것도, 의미로울 것도 없었다. 살아온 내력이야 수도 없는 산비탈을 오르내리듯 한 것 같은 데도 빈 공중에 발 딛고 선 것 같이 허허롭기만 했다.”(82쪽)는 대목에 나타나 있듯이 「심우곡」은 노인들이 겪는 삶의 상처와 소외의 양상을 매우 곡진하게 보여준다. 그런 의미에서 「심우곡」은 같은 세대만이 아니라 다른 세대 간에도 소통의 회로가 심각하게 결락되어 있음을 보여주는 동시에, 세대 간의 소통이 부재하는 삶의 양상이 각박한 도시에 거주하는 우리들 마음의 질병[心憂]이라는 것, 바로 그에 관한 이야기[曲]를 들려주고 있다.

5

「바람의 집」은 ‘근친상간(incest)’의 문제를 다루고 있는 작품이다. 그러나 근친상간은 우리 사회의 성윤리가 이전보다 많이 개방된 지금도 여전히 윤리적 금기로 우리 의식 속에 남아있는 민감한 사안이 아닐 수 없다. 가령 근친상간의 모티프는 「오이디푸스」나 「햄릿」 같은 서양 고전뿐만 아니라 김동인의 「배따라기」나 황순원의 「별」, 그리고 장용학의 『원형의 전설』 같은 작품에서도 발견할 수 있는데, 김혜정의 「바람의 집」도 넓게 보면 이 계보에 포함될 수 있다. 일견 김승옥의 「무진기행」과 유사한 분위기로 시작되는 「바람의 집」은 화자인 ‘나(연)’가 가수가 되고 싶어 고향을 떠났다가 타향에서 죽은 어머니의 유해를 안고 이십여 년 만에 고향에 돌아와 어린 시절의 회상에 잠기면서 과거의 상처를 기억해내는 이야기이다. ‘능소화’의 이미지가 주조를 이루는 이 작품의 주요 인물과 이야기도 모두 여성들의 어떤 상처로부터 생성된 삶의 척박한 운명에 초점이 맞추어져 있다.

이복오빠(광석)와의 운명적 불륜 관계 때문에 동네 아이들의 돌팔매질을 당한 후 어머니와 고향을 떠난 ‘나(연)’, 가수가 되고 싶은 욕망을 떨치지 못하고 서울로 올라와 밤무대를 전전하다 죽은 어머니, 고향의 여관집 주인 여자가 소녀시절 겪었던 성 체험과 그로 인한 마음의 상처 등, 소설 속의 여성들은 모두 깊은 회한을 안고 살아온 인물들이다. 그런데 이 소설에서 그런 회한의 계기는 공교롭게도 모두 '능소화'와 깊이 관련되어 있다. 여관집 주인 여자는 '나'에게 능소화가 독을 품고 있는 꽃으로, 꽃가루가 눈을 멀게 한다고 말한다. 능소화 향기로 가득 차 있는 여관의 주인 여자는 '나'에게 "저 꽃이 필 때면 동리 처녀들이 몸이 달떠 잠을 이루지 못"했다고 들려준다. 그러면서 "달밤이면, 지천에 가득한 향기" 때문에 열일곱 처녀 시절 한 남자와 이루지 못할 사랑을 했는데, 그렇게 하게 된 연유가 "달밤이면 지레 몸을 섞는 능소화" 때문이라며 자신이 겪었던 과거의 체험과 그 상처의 기억을 안고 살아온 자신의 과거를 '나'에게 고백한다.

고향에 돌아와 여관집 주인 여자의 이야기를 듣고 있는 '나'의 기억 역시 그 능소화와 연결되어 있다. 그렇다면 '능소화'란 대체 어떤 꽃인가? 작품 안에서는 "줄기가 자꾸만 하늘로 뻗어 올라가", "언젠가는 내 손이 닿을 수가 없는 데로 가버릴"(48쪽) 꽃으로 설명되는 능소화는 '나'의 이복오빠 말처럼 "나를 닮았다던 꽃"이며, "아득한 기억의 회랑에만 존재할 뿐 실재하지 않았을지도 모르는 꽃"(55쪽)으로 묘사되고 있다. 이복오빠와의 불륜 때문에 고향을 떠났던 '나'의 과거를 이십여 년이 지난 지금 주인 여자의 입을 통해 다시 듣게 되면서 '능소화'는 '나'에게 어떤 원형적 심상을 환기시켜준다. "저승에서 연을 맺지 못한 남녀가 이승에 오누이로 환생을 했다요. 그란디 또 오누인디 어쩌겄소. 그래서 저 꽃을 보면서 굳은 언약을 했다는디……. 그 오누이의 정념이 달빛을 받아 저 꽃잎 색이 되었다제라. 저 살빛 말여라."(61쪽) 여관집 주인 여자의 간접 회상으로 전달되는 능소화에 관한 전설과 '나'의 아픈 과거사가 아릿하게 교차되어 서술되는 이 장면은 이복오빠와 '나'의 과거를 자극하면서 상처의 기억을 환기시킨다. "느가 꼭 울 엄마를 닮은 것 같"고, "전생에 느가 울 엄마였는지도 모르"(61~62쪽)겠다고 말한 이복오빠의 '나'에 대한 원초적 감정은 능소화의 이미지 속에 포개져 원형적 상징의 단계로 고양되면서 '나'의 아련한 기억을 환기시킨다. 그리하여 "닿을 수 없다 해도 손 내밀어 잡고 싶은 사무치는 열망, 그 위험한 유혹을 떨쳐내지 못한 채 하늘을 향해 뻗어 올라가는 능소화"(62쪽)는 사랑의 속성이 그렇듯이 독이 있어 더 만지고 싶은 아름다움을 간직하고 있는 꽃으로 '나'의 상처를 덧나게 하면서 깊은 상념에 빠져들게 한다.

김혜정의 이번 소설집에서 '능소화'가 각별한 의미를 갖는 이유는 무엇보다도 이 꽃의 속성이 존재의 운명과 소통의 원형적 관계를 서정적 이미지로 매개해주고 있다는 점 때문이다. 더욱이 "너무 농염한 독(毒)이 곧 사람을 지치게 하"고, "그 독으로 평생 눈이 멀어 일생을 장님으로 마감한 사람도 있다"(이승욱, 「능소화 이야기」, 『행복한 날들의 시읽기』)는 능소화의 함의는 비단 이 작품에만 그치지 않고 「나부의 초상」에 다시 나타나면서 꽃의 속성과 이미지, 그리고 설화성을 동반하여 근친상간에 대한 윤리적 문제를 제기하고 있다. 뿐만 아니라 이복남매의 근친상간에서 비롯된 운명적 이별과 그 이후에 펼쳐졌을 삶의 고단한 여정, 그에 연루된 상처의 기억은 한 개인에게 결코 범상한 일이 아니라 운명을 통째로 뒤흔들어 놓을 수 있는 결정적인 요인이 될 수도 있다. 그런 점에서 「바람의 집」은 '나'의 원초적 기억으로부터 현재에 이르기까지 깊은 이랑을 이루며 삶과 운명의 불가해함을 느끼게 해준다.

6

「열대야」는 '동성애(homosexuality)'의 심리를 다루고 있는 작품이다. 1990

년대 중반 이후 우리 사회도 성적으로 마이너리티인 동성애자들에 대해 이전보다는 훨씬 너그러워진 편이지만, 여전히 많은 사람들에게는 동성애가 낯선 변방의 섹슈얼리티 문제로 받아들여지고 있다. 그러나 동성애자들의 결혼을 법적으로 인정하는 서구 사회의 몇몇 케이스까지는 아니어도 우리 사회가 그들의 성 정체성을 너그럽게 수용하려는 사회 분위기로 조금씩 바뀌어가고 있는 것도 사실이다. 멀게는 이효석의 『화분』(1939)으로부터 최근에는 서영은의 『그녀의 여자』(2000)에 이르기까지 우리 문학사에서 동성애의 심리적 양상을 다룬 경우가 없지 않았는데, 「열대야」도 이런 계보 속에서 "이반 문화의 상징인 레인보우 깃발"을 내세우고, "같은 성을 지향하는 사람들만의 게토"에 모여 "자신을 있는 그대로 드러내고 자유롭게 표현할 수 있다는 것"(31쪽)을 주장하는 사람들의 입장에 초점을 맞추고 있는 작품이다.

'나'와 '명인'은 여성으로 동성애 관계를 맺고 있다. 명인의 고백에 따르면 그녀는 어려서부터 아들이 귀한 집안의 부모에 의해 사내아이처럼 키워졌고, 그런 집안의 분위기에서 남자로 길들여지다 보니 그녀 자신도 남자처럼 차리고 다니기를 선호하게 되었다는 것이다. 그러나 "매사에 적극적이고 자유로운 사고를 가진 명인"에 비해 '나'는 "내성적이고 융통성이 없는" 존재로 설정되어 있다(30쪽). 그런데 자신의 성 정체성을 당당하게 인정하고 사랑하던 명인이 여름이 시작될 무렵 갑자기 변하게 되고, 이후 '나'의 곁을 떠난다. 명인의 변화 이후 '나'는 그녀와 함께 보냈던 시간을 회상하며 자기 곁으로 그녀가 다시 돌아오길 기대하지만 돌아오지 않는다. 고등학교 시절의 여자 선배와 우연하게 성적 접촉을 한 이후 자신의 성 정체성을 확인한 '나'는, "몸의 순수, 몸의 반란, 몸의 그리움"(34쪽)을 생각하면서 '나'의 곁을 떠나간 명인을 그리워한다. '나'는 "명인이 없는 세상은 상상조차도 얼마나 끔찍한가"(35쪽)라며 그녀에 대한 그리움에 몸을 떤다. '나'는 "명인의 말과 몸짓, 명인과의 유희에 중독되어 있었"고, "명인과 함께 있을 때 내 몸에서는 생동감이 느껴졌"으며, "명인과 멀어지면서 몸이 먼저 돌이킬 수 없이 밀려나 있었다."(38쪽)고 회상하면서 그녀가 돌아오기를 바라지만 그런 기대는 결국 어긋난다. 지독한 열대야의 날씨를 무릅쓰고 명인의 행방을 수소문한 끝에 '나'는 명인이 회사에서 '커밍아웃'을 발표함으로써 권고사직을 당했다는 사실을 확인한다. 그녀의 소재에 대한 정보를 얻은 후 '나'는 그녀가 있을만한 지역의 바(bar)를 뒤져 찾아낸다. 그러나 '나'는 무언가가 내 속으로 비집고 들어와 '나'와 명인의 사이를 영원히 갈라놓을 것 같다고 느낀다. 결국 '나'는 명인을 만난 바에서 옷을 벗어 던져버리게 되고, 이후 밖으로 쫓겨난다. 그러나 '나'의 뇌리에는 "아주 먼, 태초의 낙원 같은 곳에서 명인을 만나 사랑을 나누었던 기억만이 어슴푸레 잡혀"(43쪽) 있을 뿐이다.

동성애를 모티프로 하여 만남과 헤어짐의 과정에서 벌어지는 애증의 심리를 단막극처럼 그리고 있는 「열대야」는 고압(高壓)의 해석이 필요할 만큼 우리에게는 익숙하지 않은 소재이다. 그러나 작가는 성적으로 소수인 그들의 성 정체성에 주목하면서 동성애 관계의 소통 방식에 대해 생각해 볼만한 화두를 던지고 있다. 그 화두란 일상의 관계가 아니라 특수한 상황에서 발생할 수 있는 소통의 어긋남과 그 심리의 교섭 양상이다. 「열대야」에서 작가는 일상적 만남과 헤어짐의 과정에서 받는 상처와 그로 인한 소통의 부재뿐만 아니라, 90년대 중반 이후 우리 사회에 표면화되기 시작한 동성애 문제를 제기하는 한편, 그들의 관계에서 발생한 애증의 심리적 양상이 어떻게 전개되는지 세밀하게 탐색하고 있다.

7

「裸婦의 초상」은 '노인성치매(senile dementia)'에 관한 이야기로, 치매환자를 돌보는 한 여성의 헌신적이며 숭고한 정신을 그리면서 그 과정에서 벌어지는 관계의 어긋남과 소통의 가능성을 타진하고 있는 작품이다. 요점부터 말하면 '치매'는 이 작품에서 단순한 질병의 차원을 넘어 주요 인물 고홍댁의 기억에 남아있는 과거의 깊은 상처를 치유하고 화해에 이르게 만드는 핵심 모티프이다. 이 작품은 고홍댁의 기억과 망각 사이에 가로놓여 있는 긴 세월의 회한이 죽음을 앞에 두고 승화되어 나가는 과정을 젊은 여성 인영의 헌신적 행동을 통해서 감동적으로 보여주고 있다.

사실 치매환자가 가정에 있는 경우 일차적으로는 가족 구성원들의 헌신적인 뒷바라지가 무엇보다 중요하다. 나아가 그런 사람들을 사회복지 차원에서 깊은 관심을 가지고 보살펴줄 수 있는 효율적인 프로그램을 우리 사회가 하루속히 마련해야만 한다. 더구나 생명 연장을 향한 생명공학 기술이 하루가 다르게 발전해가고 있는 상황에서 인류사회는 머지않아 고령화 단계(aging stage)를 거쳐 바야흐로 노인 인구가 급격히 증가하는 고령사회로 접어들게 될 것이다. 최근의 신문 보도에 의하면, 한국은 세계에서 가장 빠른 속도로 늙어가는 이른바 '압축적 고령화'가 이루어지고 있는 나라이다. 따라서 우리 사회는 노인들의 일자리와 노후 여가 활동, 그리고 질병 관리시스템을 국가 차원에서 시급하게 도입해야 할 단계에 이르렀다. 그러나 치매환자 예방 및 사후 관리 시스템이나 지원제도가 선진국들처럼 제대로 마련되어 있지 못한 우리 여건에서는 가족들의 헌신적인 뒷바라지만이 치매환자를 돌보는 믿을만한 대책일 뿐이다. 이 작품은 바로 노인성 치매 문제를 둘러싼 주변 인물들의 관계 훼손과 그 회복에의 열망을 구체적인 상황묘사를 통해 그리고 있다.

「나부의 초상」은 아들의 죽음에 따른 '고홍댁'의 정신적 충격과 그로 인한 치매의 발병, 개인적 출세를 위해 치매환자인 어머니를 돌보지 않고 부잣집여자와 결혼하여 유학을 떠난 작은아들, 그리고 피를 나누지는 않았지만 어렸을 때부터 따뜻한 애정으로 돌봐준 고홍댁을 미혼의 여성인 인영이 친어머니처럼 헌신적으로 돌보며 마음의 상처와 갈등을 극복하고 진정한 화해에 이르는 이야기이다. 장편 형식의 결구로 짜여진 「나부의 초상」은 노인성 치매와 관련된 제반 문제를 생동감 있게 묘사하면서, 과연 젊은 세대와 병든 노년 세대 사이의 진정한 소통이란 어떤 것이며, 더 나아가 고령사회로 진입해가고 있는 우리 사회의 노인 문제에 대해 어떤 대안을 가지고 대처해나가야 하는지에 대한 작가의 주제의식을 바탕에 깔고 있다.

기억과 망각 사이를 오가며 마지막 삶을 사는 고홍댁을 통해서 한편으로는 치매라는 질병의 사회적 관심을 촉발시키고 있는 이야기의 핵심은 등장인물들 가운데 가장 신뢰할 만한 삶의 태도를 지니고 있는 교사 지훈의 다음과 같은 말에서 찾을 수 있다. "사실 치매가 앓는 사람과 그 가족만의 문제가 아닌데 사회의 시선이 너무 차갑죠. 인영 씨로 인해 느낀 것이 너무 많아요. 자기만의 것이 확실하게 있는 사람 같고. 그래서 넉넉해 보이고요. 더불어 제 삶도 돌아보게 되고요."(203쪽) 그러나 「나부의 초상」은 어떤 윤리적 계도나 사회복지에 관한 정책적 관심을 촉발시키려는 데 초점을 맞추고 있는 작품은 아니다. 이번 소설집에 수록되어 있는 작품들의 여러 주제를 복합적으로 형상화하고 있는 「나부의 초상」은 군대에서 감전사한 정혼자 석인과 인영 사이의 의사(擬似) 근친상간 모티프로부터 치명적인 노인성 질병 문제에 이르기까지 주인공 인영을 동심원으로 주변 인물들의 관계 훼손과 소통의 문제를 탐색하고 있다.

치매에 걸려 있는 고홍댁은 젊었을 무렵 인영을 자신의 아들인 석인의 며느리 감으로 생각했지만, 어려서부터 석인과 허물없이 오누이 사이로 지내온 인영으로서는 그에게 이성의 감정을 느끼지 못한다. 인영이 석인에 대해 가지고 있는 감정이란 마치 「바람의 집」에서 설정된 이복남매의 관계처럼, "우리의 사랑은 오누이의 그것이었는지도 모른다"(155쪽)고 생각하거나, 아니면 "서로의 기억이 일치하지 않은 데서 온, 서로 다른 기억으로 상대를 인식할 때 어쩔 수 없이 빚어지는 비극. 게다가 혈육의 아이를 가졌다는 망상이 죄책감으로 뿌리를 내리고"(156쪽) 있는 종류의 것이다. 그래서 인영은 자신과 석인이 남녀의 인연으로는 맺어질 수 없다고 생각한다. 이 점은 인영이 언니 화영과 한 이불 속에서 잠을 자면서 석인에 대해 가지고 있었던 자신의 솔직한 심정을 털어놓는 데에서 잘 드러난다. "이상해. 석인 씨는 사랑했다기보다는 언니처럼, 그러니까 혈육 같은 사람이었던 것 같아. 그 사람하고 잠을 잤는데 해서는 안 될 일을 한 것 같고, 죄 지은 것 같고 말야. 그래서 결국……."(223쪽) 그러니까 인영이 석인과 결합할 수 없었던 원인은 어려서부터 서로 친남매처럼 자라오면서 갖게 된 어떤 근친적 감정 때문이다.

그럼에도 불구하고 「나부의 초상」은 「바람의 집」처럼 근친상간이라는 민감한 윤리 문제를 모티프로 삼고 있지는 않다. 오히려 이 작품은 어린 시절의 각별한 기억 때문에 치매환자인 고흥댁을 마치 친어머니처럼 받아들이게 되는 인영의 헌신적인 봉사와 진정한 관계의 구축에 더 초점이 맞추어져 있다. 즉 인영은 작은아들(석현)조차도 출세라는 개인적 욕심 때문에 자신을 낳아준 어머니를 모시지 않으려는 상황에서 친딸이 아니면서도 고흥댁을 헌신적으로 부양한다. 사실 노인 정책이나 사회복지 차원에서 노인성 질환의 문제를 우리 사회가 어떻게 다루어나가야 하는가는 매우 심각한 과제가 아닐 수 없는데, 이 점에서 「나부의 초상」은 서사 구성이 다소 단조롭다는 약점에도 불구하고 노인성 치매를 소설에서 본격적으로 이슈화했다는 데 큰 의의가 있다. 특히 치매 발병의 원인과 증상, 그리고 치료 과정을 가족과 그 주변인들의 심리적 양태와 반응을 상세하게 묘사한 것은 이 작품의 리얼리티를 뒷받침하는 중요한 성취라고 평가할 만하다.

한편 「나부의 초상」은 기억에 상처를 입어 정상적인 사고를 할 수 없는 노인의 치매 문제뿐만 아니라, 기억과 망각의 관계에 대한 본질적 문제를 제기하고 있다. 치매를 앓고 있는 고흥댁의 존재를 기억과 망각 사이의 소통 양상으로 확산시켜 이해하려는 작가의 의도는 다음과 같은 대목에서 확인할 수 있다.

> 체험과 기억 사이의 멀고도 긴 거리. 신은 인간에게 망각이라는 선물을 주었다. 그것 덕분에 삶이 견고하게 유지되는 것인지도 모른다. 석인과의 관계에 대한 왜곡된 기억조차도 어쩌면 망각의 힘을 빌어 이루어졌던 것은 아니었을까. 그러나 신은 인간의 기억이 망각 속에 감금당하도록 함정을 파 놓았다. 곱게 늙고 또 그렇게 죽고 싶은 희망을 가졌다는 기억조차 없이 죽음에 이르는 병, 불가사의한, 불치의 병. 자신조차도 타인으로 여긴 채 생을 접을 수밖에 없는 고흥댁.
>
> 『바람의 집』, 220~221쪽

조금 뒤집어 생각하면, 사람에게는 어떤 일을 기억해내는 힘 못지않게 잊어버리는 능력도 중요하다. 삶의 과정에서 체험한 소중한 일들을 다 기억하는 일 못지않게 상처받은 기억들을 적절하게 망각해 가는 과정이 필요하다는 말이다. 망각해야 할 것은 망각하고, 기억해야 할 것은 기억해야 하는 의식의 첨삭 과정이 순조롭게 이루어져야만 정상적인 삶을 살아갈 수 있다. 그래서 어쩌면 기억의 아름다운 소멸이라고 불러야 할 망각의 과정은 사람에게 기억하는 일만큼이나 중요한 행위로 인식되어 왔다. 망각을 주관하는 여신 '레테(Lethe)'와 기억을 주관하는 여신 '므네모지네(Mnemosyne)'는 그래서 상반되면서도 상보적인 신화의 상징성으로 우리들 삶의 전 과정에 역동적으로 개입하고 있는 것이다.

그러나 「나부의 초상」에서 작가가 의도하고 있는 것은 의학적 관점의 분석보다는 인영과 고홍댁 사이에는 소통이 불가능한 상황으로부터 따뜻한 유대감을 회복하여 소통의 회로를 구축해가는 과정이다. 그래서 작가는 인영의 정신적 후원자로 교사 지훈을 등장시켜 생활의 극한 지점에서도 관계의 네트워크를 형성하여 어떻게 진정한 소통의 단계로 나아가야 하는가의 문제를 제기하고 있는 것이다.

이 문제에 접근하기 위해서는 고홍댁이 지훈의 딸 예은이와 눈사람을 만들고 나서 예은이 눈사람에게 씌운 모자를 벗기고 인영이 직접 떠준 녹색 털모자를 다시 씌우는 작품 후반부의 장면을 떠올릴 필요가 있다. 지나가는 군인의 모자를 빼앗는 고홍댁의 행위라든가, 도화지에 그린 그림이 모자였다는 장면은 고홍댁의 무의식에 가라앉아 있는 억압과 소망의 내용들을 상징적으로 나타내준다. 작품에 설명되어 있듯이 정신분석학적 관점에서 '모자'는 "그 사람에 대한 지극한 애정의 표현"(228쪽)을 상징하는 물건이다. 지훈의 조언처럼 인영은 그 행위를 해석하여 고홍댁이 자신을 어려서부터 친딸 이상으로 소중하게 생각해왔다는 사실을 깨닫게 된다. 고홍댁이 마지막 숨을 몰아쉬면서도 "모자, 니가 짜준 모자를……"(230쪽)이라고 말하는 장면에서 인영은 고홍댁을 어머니로 받아들이고 두 사람은 세월의 간극과 혈육의 차이를 넘어 모녀 관계로 발전해 간다.

「나부의 초상」에서 한 가지 더 짚고 넘어가야 할 점은 이런 것이다. 김혜정 소설에서 여성들은 대체로 마음에 깊은 상처를 안고 살아가는 인물들로 형상화되어 있지만, 유일하게 「나부의 초상」에서 인영의 상처는

'지훈'이라는 남성에 의해 따뜻하게 포용되고 있다. "혈육이라는 게 정말 뭐죠?"라고 묻는 지훈의 질문에, 인영이 "상대가 아프면 내가 아픈 것보다 더 아픔을 느끼는 사람 아닐까요? 부모 자식 간이면, 특히 더 그렇잖아요."라고 대답한다거나, "그럼 혈육도 아니면서 혈육 같은 사람은 또 뭘까요?"(166쪽)라며 인영에게 말하는 지훈의 태도에서 두 인물 사이에 진정한 소통이 이루어지고, 그 과정에서 인영의 기억 속에 남아있었던 과거의 상처와 기억이 치유되고 있음을 목격하게 된다. 더 나아가 인영은 지훈이 자신의 상처를 보듬어줄 수 있는 존재라고 확신할 뿐만 아니라 그와의 만남을 "상처끼리 만나서 덧나게 되는 것이 아니라 상처를 아물게 하는 만남이라면, 그것은 축복이 아닌가."(224쪽)라고 생각하는데, 이 지점에서 어떤 한계 상황 속에서의 따뜻한 인간적 유대가 어떤 계기를 통해서 진정한 소통의 관계로 발전되어 나갈 수 있는지에 대한 한 가지 가능성을 발견하게 된다. 기억에 상처를 입고 정상적인 생활을 하지 못하는 치매환자 고홍댁을 헌신적으로 부양하며 살아가는 인영의 모습에서 진정한 소통이 부재하는 현실에서 한 줄기 희망의 가능성을 상상적으로 체험하게 되는 것이다.

8

인간의 몸과 마음에 새겨진 상처의 자국은 기억 속에 고스란히 저장되어 있다. 그래서 본원적으로 우리들 인간은 어쩔 수 없이 온갖 상처의 기억들로 현존하고 타자를 자기 안에 받아들이며 살아가는 존재들이다. 저 『오디세이아』에 나오는 필록테테스의 경우처럼 상처가 썩는 냄새 때문에 원정에서 배제되었지만 트로이를 치기 위해서는 신기에 가까운 그의 활솜씨가 다시 필요했던 것처럼, 배제하고 싶어도 그럴 수 없는 것이 우리들 삶에 도사리고 있는 상처의 항상성이다. 그래서 상처와 기억, 그 관계의 양상은 자신의 정체성을 확인하고 타자를 이해하기 위한 삶의 과정 그 자체에 다름 아니다. 그 상처의 교환 과정을 통해서 우리는 타자를 진정으로 이해할 수 있게 된다. 이렇게 보면 소설이라는 글쓰기 행위도 그 상처의 안과 밖을 가로지르는 풍경의 원근을 언어의 렌즈로 조절하며 포착해내는 과정이라고 말할 수 있을 것이다. 그런 점에서 우리의 육체와 정신에 새겨진 상처의 흔적이야말로 우리가 소통이라고 부르는 관계 맺기의 또 다른 표징인 셈이다. 인간의 육체와 정신에 새겨져있는 상처의 흔적들에 대한 기억을 통해서 불가해한 삶의 풍경들을 기록해나가는 것, 상처의 기억을 소환하여 그 환부의 본질을 드러내고 치유해가려는 의지의 언어적 표명, 그것이 바로 소설이라는 글쓰기 행위이다.

진정한 소통이 부재하는 사제 관계(「가마우지」)와 노인의 운명적 비극과 소외(「심우곡」), 그리고 근친상간(「바람의 집」)과 동성애(「열대야」)로부터 노인성 치매를 둘러싼 세대론적 소통의 문제(「나부의 초상」) 등 다루기 쉽지 않은 개성적인 소재들을 통해서 작가는 기억 속에 남아있는 상처의 양상을 다양하게 탐색하고 있다. 그 가운데 특히 「나부의 초상」에 그려져 있듯이 노인의 치매를 둘러싼 세대 사이의 소통의 문제, 더 나아가 인영과 지훈으로 표상되는 따뜻한 인간애의 발현은 깨진 유리처럼 파편화되고 그악스런 관계의 현실에 깊은 울림을 주고 있다. 기억과 망각 사이에서 훼손된 삶의 양상을 기록하는 것이 소설의 한 가지 소명이라고 할 때, 이번 소설집에 수록된 김혜정의 작품들은 그런 의미에서 삶의 저변에 흩어져있는 상처의 흔적들을 수습하면서 사람살이에서 진정한 관계란 무엇인지 되묻고 있다.

____2002

존재의 심연에 대한 서늘한 탐구

서영은의 『그녀의 여자』

1

작가 서영은이 30년 넘는 시간을 소설쓰기에 탕진(蕩盡)하면서 구축한 자기만의 문학적 아름다움이 있다면 그것은 아마도 존재의 심연에 도사린 운명적 서늘함에 대한 혼신의 탐구가 아닐까 한다. 이것은 서영은 문학의 뚜렷한 성과라 할만하다. 「사막을 건너는 법」, 「살과 뼈의 축제」, 「술래야 술래야」, 그리고 「먼 그대」 등에 이르기까지 서영은 소설의 미학을 규정하는 키워드는 일찍이 그녀 자신이 명명한 '황금깃털'로 수렴된다. 그녀가 말하는 '황금깃털'이란 세상을 살아나가는 데에는 거추장스럽기 짝이 없고 쓸모 없는 '고뇌의 깃털'이긴 하지만, "내 맘속에 흩어져 있는 빛의 다발"(「황금깃털」) 같은 것이다. 인생을 탕진하면서까지 붙잡을 만한 가치가 있는 '황금깃털'이란 삶의 외형 속에 도사리고 있는 또 하나의 '나'이며, 작가로서 서영은이 가슴속에 소중히 품고 있으면서 세상에 보여주고 싶은 그 무엇으로 이해할 수 있다. 그것은 일찍이 1930년대 이상이 글쓰기의 정신적 부표로 삼았던 '산호편'의 계보와 크게 다르지 않다. 새삼스러운 말이지만 작가란 자기 내면에 황금깃털이나 산호편 하나쯤은 품고 있는 존재 아니겠는가. 그런 의미에서 서영은은 일찍부터 소설쓰기의 분명한 자기 미학을 확보하고 있는 작가임에 틀림없다. 오랜만에 발표된 서영은의 『그녀의 여자』는 작가 내면의 그런 황금깃털을 분명한 자기목소리로 발화한 작품이라는 점에서 주목된다.

2

여성 동성애라는 파격적인 소재를 채택하고 있는 『그녀의 여자』는 한 중년 여성의 성적 정체성을 존재의 심연으로부터 끌어올려 사랑의 진정성, 즉 타자와의 궁극적 합일에 이르려는 내면의 극한 심리를 탐색해나간 소설이다. 이 작품에서 작가가 주인공 현 여사를 통해 보여주려고 한 것은 삶의 외형 속에 도사리고 있는 또 하나의 '나', 즉 "이제까지 한번도 밖으로 끌어내어 본 적이 없는 자기 심연의 얼굴"(19쪽)을 세상의 이목에 개의치 않고 거리낌 없이 그대로 드러내 보려는 일이다. 여기서 "자기 심연의 맨 얼굴"이란 작가가 내면에 간직하고 있는 황금깃털의 또 다른 맥락이라고 보아도 좋을 듯하다.

화가로 명성을 얻고 있는 중년의 현 여사(현석화)는 어느 날 아들 친구의 전시회장에서 아들의 연인인 이십대의 젊은 여성과 운명적으로 만난다. 거기서 그녀는 "자신을 휘청거리게 했던 그 설렘의 정체"(27쪽)가 바로 아들의 연인(소연)이었음을 알게 된다. 현 여사는 그녀에게서 자신이 원초적으로 갈망하고 있었던 설렘의 정체를 발견한다. 언젠가 서영은은 "앞으로 내 작품은 손에 닿기만 해도 꽃가루처럼 독기가 묻어나 사람들의 영육(靈肉)을 전율케 했으면 좋겠다"고 밝힌 적이 있는데, 이 연장선에서 『그녀의 여자』의 주인공 현 여사는 작가의 오랜 내면 탐구가 이루어 낸 인물의 결정체가 아닌가 한다.

『그녀의 여자』는 여성의 동성애를 이야기의 전면에 내세워 그 심리의 교환과정에서 빚어지는 내면의 굴곡을 세필(細筆)로 묘사하고 있다는 점에서 소재의 설정부터 자못 파격적이다. 우리 근대문학 초기에 풋사과 같은 문청 기질의 사춘기 동성심리(미달형으로서의 동성애)를 묘사하고 있는 이광수의 단편 「사랑인가」나 「윤광호」, 이효석의 장편 『화분』에서 동성애에 관한 징후가 없었던 것은 아니다. 그러나 여성 동성애는 그간 자연스럽게 다루지 못한 영역이었다는 점에서 서영은의 『그녀의 여자』는 더욱 주목할 만하다. 이 소설의 핵심은 이성이 아닌 동성, 더구나 아들의 젊은 연인에게 온 몸과 정신을 투여하여 사랑하려고 하지만 끝내 배반을 당한 마음의 상처 끝에 자살에 이르는 한 중년 여인의 서늘한 내면심리에 있다. 남자의 여자도 아니고 여자의 남자도 아닌, 재기 넘치는 젊은 여성을 전유(專有)하기 위해 세속의 이목과 화가로서의 명성을 초개처럼 버리면서까지 절대의 사랑에 온 정신과 육체를 쏟아 붓는 주인공 현 여사의 두려움 없는 사랑은 차라리 비장하기까지 하다.

여기서 조금 더 생각해보면, 많은 것이 타락해 있는 이 세계에서 현 여사처럼 순수의 블랙홀 같은 열정으로 사랑의 일체를 이루어내는 일이 과연 가능한 것일까? 나르시시즘에 사로잡힌 자기애가 아닌 다음에야 마음의 실존이 맞잡고 있는 관계의 두 항이 아무런 저항 없이 일치하는 경우이거나, 아니면 한 쪽의 일방적 승리를 다른 한 쪽이 인정할 때에만 가능한 것 아닌가. 그러나 소설 속의 두 인물인 현 여사와 소연은 각각 '존재의 불'과 '존재의 얼음'이라는 상반된 내면을 가지고 있다는 점에서 둘의 화합은 근본적으로 불가능하다. "제발 당신들의 사랑의 불로 내 존재의 이 얼음을 녹여 주오"(79쪽)라고 바라는 존재의 얼음(소연)과, "뜨거운 불길이 넘실거리는 화택(火宅)"(295쪽)의 내면인 존재의 불(현 여사) 사이의 융합은 일시적일 뿐 처음부터 불가능한 일이다.

그러나 『그녀의 여자』는 '성' 자체를 매개로 한 육체적 탐닉에 묘사의 초점이 맞추어져 있지는 않다. 물론 소설 곳곳에 현 여사의 성적 무의식을 분석할 수 있는 지표들(현 여사 자신의 몸으로 낳지 않은, 남편과 사별한 전 부인의 아들인 지훈과의 미묘한 관계 등)이 적지 않게 산포되어 있긴 하지만, 근본적으로 이 소설은 성적 오르가슴이나 성의 세부 묘사에 관심을 두고 있는 것으로 보이지는 않는다. 오히려 육체적인 것보다는 정신, 즉 존재의 합일에 대한 근원적 욕망으로서의 의식이 현 여사를 지배하고 있다는 느낌을 지울 수 없다. 이런 증거는 작품의 문면 여러 곳에 나타나있는데, 가령 "현 여사는 소연을 안고 있는 팔에 힘을 주며 고개를 끄덕인다. 마음 구석구석까지 퍼지는 햇살 같은 안도감. 아프게 패인 마음 그득히 가득 들어와 있는 존재의 충만한 포개짐. 성의 오르가슴을 넘어서는 그 무엇"(141쪽) 같은 대목이 그것이다.

현 여사의 소연에 대한 애정은 소연과의 교감에서 얻는 영원과 불변의 믿음 그 자체이다. 그것은 '햇살 같은 안도감'이며 '존재의 충만한 포개짐'이다. 이렇게 보면 현 여사의 소연에 대한 동성애의 성격은 분명히 육체적이기보다는 정신적인 면에 더 가까운 것이다. 육체가 아닌 정신으로부터 생성된 '존재의 충만한 포개짐'이야말로 현 여사가 소연에게 궁극적으로 요구하고 있었던 애정의 절대치라고 할 수 있다. 그런 의미에서 『그녀의 여자』는 동성애를 소재로 하고 있긴 하지만 육체적 욕망이라는 감각의 차원에서보다 타자와의 충만한 교감을 향한 극한적 욕망을 형상화하려는 의도가 두드러진 소설이라고 할 수 있다.

그러나 존재의 충만한 포개짐이란 '존재의 불'을 내면에 안고 있는 현 여사만의 일방적 집착일 뿐 '존재의 얼음'인 소연에게는 고통만 가져다준다(현 여사가 사준 핸드폰이 의사소통을 위한 편리한 도구가 아니라 소연의 일상을 감시하고 추적하는 장비처럼 보이는 것도 그 때문이다). 결국 소연을 향한 현 여사의 욕망은 거부당하게 되고, 소연으로부터 여행 제의를 거절당하는 순간 그녀는 삶의 의미를 모두 놓아버리고 자살에 이른다. 이것은 소연이 현 여사의 죽음을 바라보며 생각하듯이, '절대라는 환영'(관념)이 스러지기 전에 유한한 육체를 다른 세계로 옮겨놓아 소멸하지 않는 무기물로 영원히 간직하려는 극단적 자기애와 다르지 않다는 점에서 관념의 절대성에 육박하는 행위로 이해할 수 있다.

한편, 서영은 소설에 일관되게 등장하는 사막과 낙타 이미지는 『그녀의 여자』에서도, "갑자기 주변이 사막처럼 적막해졌다. 여기는 어디일까. 나는 왜, 어쩌다 여기에 와 있을까"(226쪽)로 환기되며 나타난다. 사실 도시란 모래를 원료로 하여 구성된다는 점에서 원형적으로 사막에 비유될 수 있는데, 현 여사의 이미지는 서영은의 이전 소설에 나타나 있듯이 여전히 사나운 모래바람을 헤치며 무거운 짐을 짊어지고 사막을 횡단하는 낙타의 보행과 많이 중첩된다. 현 여사에 중첩된 작가의 내면탐구는 그래서 "한 번도 밖으로 끌어내어 본 적이 없는 자기 심연의 얼굴"을 자신의 얼굴 위에 제대로 그려 넣는 일이다. 아마도 그것은 "형상이라기보다 격렬한 소용돌이를 이루고 있는 의식과 기억 저 너머의 원초적 존재감, 여성도 남성도 아닌, 선도 악도 절망도 희망도 사랑도 상처도 순간도 영원도 아닌, 그러나 동시에 그 모든 것일 수 있는……"(19쪽) 어떤 단계를 지칭하고 있다.

서영은 소설의 낙타 이미지는 사막이라는 심리적 공간과 연결될 때 더욱 분명한 의미를 갖는다. 그 사막은 허무와 고독과 무의미의 냉혹한 법칙이 관통하며 영육을 단근질하는 열사(熱死)와 동사(凍死)의 연옥으로 서영은 소설의 심층배경을 형성하는 이미지이다. 「사막을 건너는 법」의 노인, 「살과 뼈의 축제」의 수진, 「술래야 술래야」의 혜미 등은 따지고 보면 모두 그곳의 거주민들인 셈이다. 따라서 그녀가 언젠가 자신의 작품 선집(『황금깃털』) 서문에서 밝혔듯이, "「먼 그대」의 문자의 가슴속에 살고 있는 낙타가 생의 중심에 이를 때까지 그의 족적을 뒤좇는 작업"을 계속해 나가겠다는 각오와 함께, 「먼 그대」의 문자에 대해 "마치 짐을 얹고 또 얹고 그러는 동안 자기 속에서 그 짐을 이기는 영원한 힘을 이끌어낸 불사의 낙타 같았다"고 보는 한에서 낙타는 서영은 소설의 황금깃털을 담보하고 있는 이미지로 환원될 수 있을 것이다. 그런 의미에서 『그녀의 여자』의 주인공 현 여사는 세월의 더께로 덧씌워진 수진과 혜미와 문자의 성장형 인물에 다름 아니다.

3

일상적 의미에서 동성애든 이성애든 진정한 사랑이란 타자의 존재를 사유(私有)하는 것이 아니라 자유의지를 전제로 형성되는 주체와 타자 사이의 공유(共有) 감각이다. 하지만 소설의 인물이 문제적일 수 있는 것은 공유감각의 일탈에서 발생하는 욕망의 행로에 있으며, 그 행로에서 자기를 잃지 않으려고 목숨을 걸고 맞서는 인물의 의지가 충만할 때 거기서 어떤 극한의 아름다움을 발견하게 된다. 다시 말해 소설의 아름다움이란 아름답다고 하기에는 걸맞지 않은 일에서 사람다움을 잃지 않으려고 맞서는 내면의 팽팽한 겨룸에서 생성되는 것이다. 이때 작가의 창조적 자유로움이란 생의 이면에 도사린 어떤 운명적 서늘함의 종말을 느끼면서도 어쩌지 못하고 거기에 몸과 마음을 내던지는 인물을 형상화하는 데 있다. 그리고 독자들은 거기서 생과 사의 감각에 대한 팽팽한 비극적 긴장을 경험하는데, 『그녀의 여자』의 현 여사와 소연의 관계로부터 파생된 심리적 겨룸의 양상은 존재의 서늘한 아름다움을 보여주기에 충분하다.

생의 황금깃털을 완성하는 길이란 진정한 타자를 주체 안에 불러들일 수 있는 가능성을 열어놓는 일에서 출발한다. 그러나 여기서 존재의 불(현 여사)과 존재의 얼음(소연)이 겨룬 싸움으로부터 찾은 길은 무엇이며, 또 거기서 잃은 길은 무엇인지 선명하게 알기 힘들다는 점에서 『그녀의 여자』의 관념성은 피하기 어려울 수밖에 없다. 어찌 보면 역설적으로 『그녀의 여자』에서 현 여사가 추구한 내면의 진실은 일찍이 이광수가 『사랑』에서 육체적 욕망의 애욕소(愛慾素)인 아모로겐(Amorogen)에 대비시켜 고안한 지고지순한 사랑의 황금소(黃金素) 아우라몬(Auramon)에 가까운 것이 아닌가 하는 인상을 지울 수 없다. 그럼에도 불구하고 『그녀의 여자』는 작가의 내면에 잠자고 있는 '또 다른 나', 자기 심연의 맨 얼굴이라는 오래된 '황금깃털'을 완성하려는 서늘하면서도 뜨거운 문학적 탐구라고 할 수 있다. 이러한 점에서 『그녀의 여자』는 낙타 이미지로 환기되는 서영은 소설의 오랜 행로와 결코 무관하지 않으면서, 동시에 새로운 길을 모색하려는 어떤 전환점 같은 작품으로 다가온다.

___『문학사상』 334호, 2000년 8월호

‘사랑’의 실체에 관한 단상

임기선의 『초콜릿』

1. 사랑의 감각

새로운 작가들이 산출해내는 문학적 감수성의 정체를 향유하는 일은 언제나 미지의 호기심을 고양시킨다. 그들의 분방한 상상력과 언어적 감각에 의해 정신의 자상(刺傷)을 수용함으로써 타성의 일상을 탈주하는 경험을 간직할 수 있기 때문이다. 그래서 새로운 세대의 의식을 구성하는 문학의 감각은 늘 새로운 언어와 일상의 권태를 전복하는 기제가 요청된다. 젊은 세대의 의식이 보여주는 사랑의 양태와 감각에 직면해서는 더욱 그렇다.

젊은 세대의 의식이 표출하는 정서와 감각을 이해하기 위해서는 그들만의 감수성에 대한 섬세한 접근이 필요하다. 어느 시대마다 사람들의 행동 양식과 의식의 형태를 규율하는 윤리 감각이 작품의 내면을 규율하게 마련이고, 이를 새로운 시대의 언어로 세공하여 고양시키는 작가의 창조적 의지는 늘 당대 문화와 길항한다.

임기선의 장편소설 『초콜릿』은 성장의 과정에서 인물들이 겪게 되는 '우정'과 '사랑' 사이의 정신적 통증과 성숙을 성장기의 입사의식으로 기억해내고 있는 작품이다. 작가는 이 작품에서 네 명의 고등학교 동창생들을 등장시켜 '우정'과 '사랑'의 문제를 탐구해나간다. 열일곱의 청소년기로부터 대학을 거쳐 직업을 갖고 사회생활을 하게 되는 세월의 성숙 과정에서 이들 인물들은 우정에 환희를 느끼는 한편, 그들 사이에서 겪게 되는 사랑의 엇갈림에 갈등하고 상처를 입으면서 성장해나간다. 이 과정을 서른셋의 나이에 이른 서술 화자 '나'의 현재 의식과 시선으로 재구하여 회상하고 있는 것이 이 작품의 주요 내러티브이다.

『초콜릿』의 핵심 이야기는 사랑의 욕망과 본질에 관한 것으로 요약할 수 있다. 이 작품은 사랑의 대상(민재)을 전유(專有)하려는 과잉 욕망(자명)과 사랑을 욕망하면서도 선뜻 그것을 선취하지 못하는 존재(미라)의 내면에서 발원하는 심리의 선율을 따라 전개된다. 작가는 이 작품에서 사회에 두루 통용되는 진리나 도리로서 사랑에 관한 윤리적 '공리(公理)' 감각이 아니라, 공리적(功利的) 차원에서 사랑의 소유 욕망이 빚어내는 과잉과 결핍의 심리를 작품 내내 섬세하게 천착하고 있다.

사랑을 구성하고 자기화하는 새로운 세대의 사랑법에 관한 지향은 이 작품의 다기한 내면정황을 '우정'이라는 사회 내부의 공리 앞에서 머뭇거릴 수밖에 없도록 만든다. '우정'이라는 사랑의 공리(公理)를 초월하여 사랑의 욕망이라는 공리(功利)를 성취하느냐 그렇지 않느냐에 따라 두 여성 인물 '자명'과 '미라'의 향후 삶의 관계와 형태는 갈라진다. 우정과 사랑의 윤리 사이에서 '민재'라는 이성을 사이에 두고 자명과 미라 두 인물이 각자의 기질과 성격이 요청하는 바에 따라 머뭇거릴 수밖에 없는 이유는 여기에 있다. 그래서 자명과 미라는 각자의 방식대로 "운명 같은 사랑"(43쪽)을 꿈꾸며, 그것을 둘러싼 "생의 비밀"(219쪽)을 들여다보려고 한다. 그 결과 자명이 말하고 있듯이 "내가 진실이라고 알고 있던 것들이 거짓임을 그리고 거짓이라고 알고 있는 것이 진실일 수도 있다는 것"(221쪽)을 발견한다. 그래서 현실에서 온전하게 실체를 드러내지 않는 동정과 연민, 도도함과 두려움, 희생과 인내, 욕망의 과잉과 결핍 등 삶의 형태에 관한 감각을 이들 인물들은 새로운 소통의 양상으로 인식하기에 이른다.

2. 사랑을 소유하는 방식 : 네 명의 인물들

서로를 통해 조금씩 변화해가는 작품 속의 네 인물들은 고등학교 학창 시절 "학교라는 거대한 감옥"(69쪽)에 숨막혀하면서도 "인생에서 가장 화려한 날들"(70쪽)을 청춘의 축제처럼 보낸다. 그리고 "서로의 몸을 통해 어른이 되는"(81쪽) 방법을 학습하며 성장해나간다. 그러나 청춘의 시기로부터 자명은 선험적일만큼 민재에게 집착하며 사랑을 성취하려는 욕망을 가지고 있으며, 미라 또한 마음속에 오래도록 민재를 담고 있다. 이런 관계는 화자인 '나'의 시선을 통해 드러난다.

서술 화자인 '나'는 작품 전체의 이야기를 이끌어가는 인물이다. 프롤로그와 에필로그에서 알 수 있듯이 이 작품은 '나'가 고등학교 시절부터 서른셋에 이르는 세월 동안 민재, 자명, 미라 세 친구들과 쌓아온 우정과 사랑의 관계들로부터 형성된 사건을 서술하는 형식을 취하고 있다. 이 작품의 서술화자이면서 세 인물들의 꼭짓점 역할을 하는 '나'는 그들의 관계를 조율해가는 인물이다. 작품의 이해를 위해 먼저 각각의 인물에 대한 정보들을 정리해보자.

'나'는 "초등학교 교장 선생님의 맏아들로서 언제나 타의 모범이 되어야 했"(15~16쪽)으며, "어디서나 볼 수 있는 평범한 외모와 성격을 갖고 있는 그야말로 무색무취형 인간"(53쪽)이다. 어려서부터 중간 정도의 성적을 받아왔고, 운동이나 예술 쪽에 재능도 없는 평범한 아이였으며, 성장한 이후에도 어느 학과에 진학하겠다는 특별한 생각도 없이 성적에 맞춰 대학에 진학한다. '나'는 세 인물들을 열등감이나 위화감 없이 만나는데, 그것은 '나가 이들 세 인물들에게 꽤 필요한 존재라는 자부심을 가지고 있기 때문이다.

> 보고 듣는 걸 좋아하는 자명과는 영화나 연극, 콘서트를 보러 다녔고, 당구나 게임을 좋아하는 민재를 위해서는 PC방이나 당구장에 가서 함께 밤을 새워주었다. 또 조용한 것을 좋아하는 미라를 위해서는 뉴에이지 계열의 음악을 들으며 차를 마셨다. 누군가 내게 이래도 흥, 저래도 흥 하는 성격이라고 한다면 할 말이 없지만 어쨌든 내가 이들 세 사람 사이에서 유용한 교집합을 차지하고 있었던 것은 분명하다.(54쪽)

자명이 필리핀에서 '나'에게 메일로 소식을 전하는 데서도 알 수 있듯이, '나'는 최종적으로 그들 사이의 "유용한 교집합" 역할을 하고 있다. '나'는 군복무를 마치고 복학하여 졸업한 다음 어느 회사의 사보 편집실에 들어가 평범한 샐러리맨 생활을 시작하고, 성실하게 근무하여 승진을 한다.

'민재'는 산부인과 전문의를 부모로 둔 부유한 집안의 막내아들로, 남자아이들보다 여자아이들과 더 친하며, 옷차림이 요란하여 초등학교 때부터 염색을 했고, 옷을 매일 갈아입는가 하면 팔찌, 반지 등 갖가지 액세서리를 주렁주렁 달고 다녀 주변의 친구들이 싫어하는 타입의 인물이다. 밥을 먹을 때나 화장실에 갈 때도 언제나 이어폰을 꽂고 다니며, 친구들을 사귀려고도 하지 않고, 게임이나 포르노 같은 것에는 전혀 관심이 없으며, 오로지 이어폰을 낀 채 음악을 들으며 음악이라는 도구로 세상과 담을 쌓고 지낸다. 그는 영화학과를 졸업한 이후 스물다섯의 어린 나이에 영화감독으로 데뷔하여 <학교패왕>이라는 액션영화를 제작하면서 일약 천재감독이라는 평까지 얻을 정도로 명성을 얻어나간다. 그러던 중, 고등학교 학생들이 폭력 난투극으로 사망하는 사건의 파장으로 그의 영화가 학생들의 폭력을 미화한다는 여론의 집중 비난을 받게 되면서 실패를 하고, 그 일로 좌절하여 자포자기 생활을 한다. 결국 민재는 자명과 결혼하게 되지만 미라와의 관계를 자명이 알게 되면서 파국을 맞고, 그로 인해 자명과 이혼을 한 뒤 미국으로 떠난다. 그곳에서 민재는 15세 흑인 소년에게 무모하게 달려들다 총에 맞아 죽는다.

'자명'은 고등학교에 수석으로 입학했을 만큼 똑똑한 인물로, 너무 완벽한 성격 때문에 주변에 친구가 없다. 그녀는 "자칭 휴머니스트이자 타칭 페미니스트의 성깔"(49쪽)을 지니고 있으며, 돈을 많이 벌 수 있는 학과를 선택하여 컴퓨터 공학과에 입학한다. 인턴사원으로 있던 온라인 게임 회사에 대학 3학년 때부터 정식 사원으로 들어가 게임을 기획, 진행하면서 자신이 좋아하는 일을 한다는 행복감에 젖어 사회생활을 한다. "친구 사이야말로 섹스 하기에 가장 완벽한 관계"(82쪽)이며, "섹스는 수많은 엔터테인먼트 중의 하나일 뿐"(83쪽)이라고 생각하는 등 섹스에 대한 태도나 페미니즘에 대한 입장에서 네 인물들 중 가장 급진적이고 개방적인 성격을 소유하고 있다. 자명은 영화 실패 이후 자포자기에 빠진 생활을 하면서 필리핀으로 사라졌다 돌아온 민재와 마침내 결혼을 하지만, 민재와 미라가 서로 깊은 관계가 있다는 사실을 확인한 다음 이혼을 한다. 스트레스로 인한 위경련과 장폐색으로 쓰러져 입원을 하고, 우울증과 심신 무기력증으로 정신과 치료를 받기까지 한다. 퇴원을 한 다음 필리핀으로 출국하여 현지의 리조트에서 지오(G.O)로 일한다.

'미라'는 이 작품의 네 인물 가운데 가장 내성적 성격의 인물이다. 미라는 고등학교 입학식 날 "노랑머리 하나로 전교생에게 자신의 존재감을 확실히 각인시킨"(29쪽) 인물로, 민재와는 중학시절 단짝으로 지낸다. 그래서 그들은 "이복남매 같은 관계"(33쪽)를 유지한다. 그들이 사귀게 된다면 근친상간이 될 것이라는 농담을 들을 정도로 그들은 가까운 관계였고, 그 관계를 유지해나간다. 쉽게 감정을 드러내지 않는 미라는 불온한 머리색과는 달리 오히려 범생이 뺨칠 만큼 단정한 아이로, 웬만한 아이들이라면 해봤을 술, 담배는 물론 나이트클럽이나 호프집 같은 곳도 가지 않는 모범생이다. 메이크업 일을 시작으로, 네일 아티스트, 모델 등 여러 직업을 전전하지만 어느 한 가지 일에 몰두하지 못한 채 "늘 길 위에 서 있고 싶어 하는"(140쪽) 성격이다. 그러나 그런 삶과는 반대로 미라는 내면에서 어느 누구보다도 일상의 평범한 행복을 꿈꾸기도 한다.

> 나도 누구보다 절실하게 다른 사람들처럼 살고 싶었어. 3년 정도 직장을 다니다가 2년 정도 사귄 남자친구와 결혼하고, 백화점 세일을 기다렸다가 벼르던 원피스를 사고, 남편을 위해 보약을 챙기고, 매달 주택청약적금을 붇고 그러다 아이가 생기면 유학이나 조기 학습을 고민하고, 나 누구보다 그렇게 살고 싶었는데…… 아무도 내가 그렇게 살고 싶어 할 거라고 생각 안 하더라."(181쪽)

미라는 초등학교 졸업하던 해에 할머니 집에 놀러갔다가 연탄가스를 마시게 되고 그 일로 어린 시절의 기억이 모두 지워져버리는 상처를 안고 있다. 그래서 미라는 자신이 누군지 알 수 없다는 데 괴로워하며, "주위 사람들뿐만 아니라 자기 자신이 낯설어서 거울을 바로 볼 수 없는 공포"(180쪽)를 느낀다. 그런 미라에게 "민재는 실재였고 현실"(180쪽)이었으며, 그 때문에 민재에 대한 사랑을 적극적으로 드러내지 않지만 결코 포기하지 못한다.

미라는 누구보다도 불우한 가족관계에서 성장해 왔고, 성격상 사랑의 대상인 '민재'에게 다가가지 못하고 속으로만 앓고 있을 뿐이다. 미라의 삶의 과정은 혼자서 걸어왔고, 또 혼자 길 위에서 서성였던 삶의 신산한 양상을 보여준다. 미라는 민재와의 관계로 인해 자명으로부터 깊은 상처를 받은 후 독일로 떠나고, 그곳에서 실종된다. 그러나 오랜 시간이 지난 후 미라는 그들 사이의 교집합이자 변하지 않는 이정표 역할을 하고 있는 '나'의 주변으로 돌아와 '나'가 살고 있는 근처 상가의 미술학원에서 아이들을 가르친다.

3. 사랑의 실체

작품의 표제인 '초콜릿'은 5부 <혼자만 있던 일요일>에서 제시되는 '실크니엄'이라는 악기 이름과 함께 이 작품의 주제를 앞과 뒤에서 조율하는 키워드이다. 이 작품에서 '사랑'의 의미는 <고대 유럽 악기 전시전>에서 '실크니엄'이라는 악기를 설명하는 안내문을 통해 정리할 수 있다. 이 악기는 안내문의 설명에 따르면, "고대 페르시아어로 '여기에 없는 내 사랑을 부른다'는 뜻을 가지고 있으며, 벙어리 여인이 자신의 사랑을 표현하지 못해 시름시름 앓게 되자 꿈속에 신이 나타나 실크니엄을 만들어 연주하면 그 사랑이 전해질 것이라는 전설이 숨어 있"(215쪽)다는 의미를 가지고 있다. "실크니엄은 그런 상상을 도와주는 도구"(218쪽)라는 안내문의 설명을 매개로 '나'는 민재를 사이에 두고 자명과 미라가 성취하려고 했던 사랑의 의미를 되새긴다.

우정과 사랑의 관계 속에서 벌어지는 삶의 선택과 기로, 그 사이에서 펼쳐지는 '운명적 사랑의 양상'은 이 작품에서 일반적 의미의 성장소설 패턴을 따르면서도 새로운 세대 특유의 감각을 보여준다. 이 지점에서 다음과 같은 질문을 제기할 수 있을 것이다. 도대체 순수한 사랑의 욕망을 성취하고, 관계를 지속해나가는 것이 가능한 일일까? 이에 대해 미라가 '나'에게 건네는 다음과 같은 진술은 이 작품의 의미를 압축적으로 제시해준다.

> 사람들은 100%의 사랑은 없다고 하지만 난 초콜릿이 다른 불순물과 섞여 완벽한 초콜릿이 되듯이 사랑도 다른 불순물과 섞여 완벽해진다고 생각해. 증오, 분노, 질투, 애증, 갈등, 미움 같은 여러 가지 감정들이 섞여야 더 사랑에 가까워지는 거라고. 그래서 완벽해지는 거라고. (……)(125쪽)

> (……) 너 초콜릿 100퍼센트가 얼마나 쓴지 알아? 지독하게 써. 마치 독약 같아. 우리가 즐겨 먹는 달콤한 초콜릿이 되려면 코코아, 버터, 설탕, 밀크 같은 다른 불순물이 섞여야 해. 사랑도 마찬가지야. 100퍼센트 사랑을 원하지 마. 그런 건 없어. 그런 게 있더라도 네가 감당할 수 없는 거야."(179쪽)

100%의 순수한 사랑은 없다는 것, 사랑에는 허위와 이기심과 소유욕이라는 감정의 여러 성분들이 혼합되어 있다는 것, 거기에 사랑의 양면성이나 다양성이 도사리고 있음을 미라는 말하고 있다. 그러나 이런 깨달음은 자명의 경우에서 알 수 있듯이 욕망의 상처를 경험한 뒤에 반성과 회한의 방식으로 찾아온다는 데 삶의 비극성이 있는 것이다. '나'는 자명과 미라, 민재의 관계를 통해서 얻은 사랑의 감정을 뒤돌아보며 다음과 같이 생각한다.

> 내가 가장 사랑하는 세 사람이 서로의 존재 때문에 상처받고 있었다. 가슴이 아팠다. 왜 사람을 사랑하는 것이 이렇게 고독하고 외로운 것인지, 왜 사랑을 주는 사람이 받는 사람보다 행복할 수 없는 건지 가슴이 아파 견딜 수가 없었다. (……)(177쪽)

그렇다면 사랑은 어떻게 찾아오고 진행되며 소생할 수 있는가? 임기선의 장편소설 『초콜릿』은 이처럼 사랑의 실체에 대한 본질적 질문을 제기하고 있다. 작가는 이 작품에서 진정한 사랑의 실체는 그 대상을 전유하려는 욕망에 있지 않다는 점, 그리고 그것은 그 욕망의 소유에 대한 반성적 성찰에 있음을 자명의 메일을 통해 드러내준다. '나'의 서른세 번째 생일을 축하해주는 자명의 메일에는 다음과 같은 내용이 들어 있다.

> 나는 민재의 사랑을 미리와 나눠가졌다고 생각했어. 더 가지지 못해서 늘 안달이었지. 미라에게 간 사랑을 내가 다 가져와야 한다고 생각했고 어떻게든 갖고 오고 싶었지만 사실은 그게 아니었어. 나는 민재와 미라의 사랑을 다 가져놓고도 몰랐어. 믿지 않았던 거야. 그 아이들이 내게 준 사랑을…….(221쪽)

정신과 육체의 성장 과정에서 겪는 삶의 다채로운 결과 매듭, 그리고 그 관계의 모순에 관한 질문을 『초콜릿』은 작품 전편을 통해 제기하고 있다. 사랑의 '실체'는 무엇이며, 어떻게 소유할 수 있는가? 이에 대한 작가 임기선의 사랑에 관한 탐구는 '나'가 미라의 이름을 부르는 장면에서 아스라한 만남의 가능성을 암시하는 것으로 진한 여운을 남기고 있다.

____2005

제3부

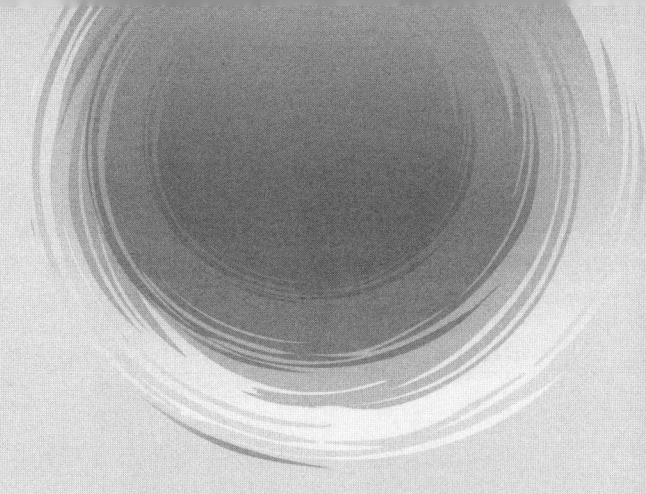

자의식의 좌표와 성찰의 거처

이야기 건축술의 장인적 풍모

그리움의 거처와 견결한 성찰의 목소리

'붉은여우'의 경계선을 넘어서

영원한 청춘의 문학

이야기 건축술의 장인적 풍모

이청준 문학을 읽는 한 가지 시각

1

주제의 다양한 변주에도 불구하고 이야기의 본질에 대한 성찰과 미학적 실천이 이청준 문학을 이끌고 있는 핵심동력임은 잘 알려진 바와 같다. 사실 작가라면 누구나 자기 고유의 이야기 건축술을 지니고 있긴 하지만, 주지하듯이 이청준만큼 전 창작과정을 통해 이 문제에 관한 뚜렷한 자기신념을 일관되게 천착해온 작가도 많지 않은 것이 사실이다. 「소문의 벽」, 「이어도」, 「매잡이」, 「시간의 문」을 비롯한 중·단편으로부터, 『자유의 문』, 『씌어지지 않은 자서전』 등의 장편소설에 이르기까지 전 작품에 포진된 이야기에 대한 작가의 치열한 미학적 방법론은 형식을 내용에 투과하여 주제로 포섭하면서, 현실과 역사의 내밀한 관계를 소설적 진실로 부양하여 구축해내는 희귀한 사례를 보여준다. 그리하여 오랜 세월에 걸쳐 축조된 이청준 문학의 각각의 인물과 이야기 마디들은 37년의 성상을 거듭해오는 가운데 놀랍게도 장인적 이야기꾼으로서 작가 자신의 형상으로 환원되어 나타나고 있다. 그런 의미에서 『인문주의자 무소작 씨의 종생기』(2000)와 『목수의 집』(2000)은 이청준이 오랜 세월 구도의 정신으로 추구해온 이야기와 이야기꾼에 관한 사상이 하나의 결정체로 완결되고 있음을 보여준다. 특히 최근 출간된 장편소설 『신화를 삼킨 섬』(2003)은 이청준의 이야기 건축술이 지향하는 한 경지를 완성하고 있다는 점에서 우리 소설이 이룩한 성과로 기억될 만한 작품이다. 이청준 문학을 읽는 하나의 시각으로서 이야기의 기원적 성격과 이야기 건축술의 본원적 의미에 대해 생각해보기로 한다.

2

『인문주의자 무소작 씨의 종생기』는 '무소작'이라는 인물의 유년기와 청년기를 거쳐 노년에 이르는 삶의 궤적을 따라가면서 이야기 발생의 기원과 유통에 관한 문제를 우화 형식으로 서술하고 있는 작품이다. 이 작품에서 작가는 주인공 무소작의 이야기 찾기와 관련된 생애에 비유하여 자신이 오랜 세월 품어온 이야기의 기원과 의미를 발생학적 차원에서 성찰하고 있다. 평생 세상을 떠돌며 온갖 경험을 통해 '이야기'의 의미를 체험하고, 그 자신 '이야기 꽃씨'를 뿌리는 존재가 되어 종국에는 이야기의 전설 속으로 사라져간 '무소작'의 삶을 통해 작가는 이야기의 뿌리가 어디에 터 잡고 있으며, 그 이야기란 현실을 사는 우리에게 궁극적으로 무엇인지 그 기원의 의미를 사색해 볼 수 있는 기회를 제공해 준다.

어릴 적부터 어른들이 윤색하여 들려준 '강낭콩 새싹'이나 '낚시질'에 관한 이야기를 믿고 엉뚱하고 기이한 행동을 하며 자란 주인공 무소작은 "세상에는 그가 보고 듣고 아는 것 말고 그가 알지 못해 온 또 다른 세상이 어디에나 숨어 가려져 있다는 생각"(28쪽)을 품고서 무작정 세상을 떠돌아다니고 싶다는 욕망을 갖는다. 무소작은 이후 자신의 욕망대로 고향을 떠나 평생 세상을 유랑하며 살아가는데, 무소작이 그렇게 하게 된 이유는 "어디로 가서 무엇이 되겠다는 바람보다 이를테면 이 세상이 까마득하게 넓다는 생각, 그 드넓은 세상과 세상 사람들의 일을 마음껏 구경하며 거기 함께 섞여 자유롭게 지내고 싶은 생각, 무엇보다도 그 수수께끼의 세상이 그를 끊임없이 불러대는 것 같은 마음속 소리"(35쪽) 때문이었다. 이후 무소작은 발터 벤야민의 「이야기꾼과 소설가」에 나오는 '선원'의 존재처럼, 고향을 떠나 열사의 사막으로부터 아프리카의 정글과 잉카 유적, 그리고 안데스의 남쪽 끝 파타고니안 마을에 이르기까지 세상의 모든 곳을 돌아다니며 많은 경험을 한다.

그런데 무소작으로 하여금 '다른 세상'을 동경하게 만든 결정적 계기는 어린 시절 어머니에게서 들은 '꽃씨 할머니'의 이야기로, '꽃씨 할머니'의 우화야말로 무소작의 어린 시절의 꿈과 숨결이 서린 생생한 삶의 뿌리이고 이야기의 뿌리이다. 무소작은 이 '꽃씨 할머니'에 관한 우화를 마음의 지도 삼아 한평생 세상을 떠돌며 수없이 많은 진기한 경험을 한다. 그러나 어느덧 노년에 이르러 무소작은 문득 "참나뭇골이야말로 세상에서 내가 가장 알지 못한 곳"(50쪽)이라는 깨달음을 얻은 뒤 인생의 기나긴 여행을 마치고 귀향하여 고향사람들에게 자신이 오랜 세월 세상을 떠돌면서 겪었거나 보고들은 진기한 이야기들을 들려준다. 마을 사람들은 무소작이 겪은 놀랍고 기이한 일들을 깊은 관심을 가지고 듣지만, 이후 '우리가 사는 것과 별 다를 것이 없다'며 마을 사람들은 무소작의 이야기에 점차 흥미를 잃어간다. 이제 무소작의 이야기는 더 이상 싱싱한 생기를 갖고 있는 놀랍고 진기한 이야기가 아니라 "숙식의 방편이요 삶의 길"(99쪽)에 불과할 뿐이다. 사람들이 점차 자신의 이야기에 흥미를 잃게 되자 무소작은 진정한 이야기를 찾아 다시 정처 없는 유랑의 길을 떠나고 이후 그는 자신이 머무는 곳마다 이야기 꽃씨를 뿌리며 전설 속으로 사라져간다.

이 작품에서 작가는 주인공 무소작의 성장과 유랑과 귀환의 여로를 따라 작가가 생각하는 이야기의 기원과 본질, 그리고 그 효용성에 관한 사항들을 무소작과 고향사람들의 대화를 통해 우화적으로 서술해나간다. 여기서 작가는 무소작이 들려주는 먼 곳의 진기한 이야기를 흥미진진하게 듣던 고향사람들이 더 이상 그의 이야기에 귀를 기울이지 않게 되는 계기를 통해서 이야기에 함축되어있어야 할 진실의 의미를 성찰한다. 이야기를 들려주던 무소작과 주인집 사내와의 관계가 역전되면서 거꾸로 주인 사내는 무소작의 이야기 방식(즉 소설의 서술 전략)에 대해 "허황스런 이야기"가 아니라 "안과 밖을 함께 지닌 이야기꾼"으로서 제 안의 삶의 뿌리를 찾아 진실을 실어 이야기를 꾸며 전달하라고 충고한다. 주인집 사내의 충고를 들은 무소작은 이를 계기로 자신이 경험하여 알고 있는 것과는 전혀 차원이 다른 '새 이야기길'을 발견하게 된다.

> 이야기의 방법을 달리해 꾸미려고만 했을 뿐 그럴수록에 그 속에 담아야 할 진심을 담지 못했기 때문이지요. 당신의 마음이 여기서도 늘 먼 바깥세상을 떠돌 뿐 지금 이곳엔 뿌리다운 뿌리를 지니지 못했으니까. 진실이 실리지 못한 이야기는 꾸밈이 많을수록 더 허황한 거짓만 낳을 뿐이지요. 그 거짓 세상 거짓된 이야기에서 어떤 놀라움이나 감동, 안과 밖이 서로 하나 되고 넓어져 가는 충만스런 지혜를 만날 수가 없지요……
>
> 「인문주의자 무소작 씨의 종생기」, 114쪽

이청준은 문학이란 "삶의 언어적 존재" 혹은 "언어적 실체"라고 하면서, "삶의 모습을 만들어 가는 것은 소설의 틀을 만들어 가는 것과 맞먹는 일"1)이라는 입장을 밝힌 바 있는데, 이는 언어를 통한 삶의 존재증명과 그 과정에서 벌어지는 사람살이의 진실한 관계를 드러내주는 것이 바로 이야기의 본질이며, 그것이 소설의 언어로 환산되어 나타나야 한다는 점을 말하는 것이다. 인간의 삶과 삶의 진실을 그리는 일이 작가의 사명이라는 것은 이미 그의 여러 작품들에서 강조되어 온 사항이다. 가령 "작가는 소설로 현실의 삶을 취하여 인간 일반의 삶의 진실이라는 실을 뽑아내는 사람들"(「지배와 해방」, 『자서전들 쓰십시다』)이라는 인식은 이청준의 이야기의 본질에 관한 입장을 축약한 『인문주의자 무소작 씨의 종생기』에도 그대로 적용된다. 위의 인용문은 이 점을 강조하고 있는 것으로 읽을 수 있다. 다시 말해 이것은 이청준이 밝히고 있듯이 "안과 밖이 서로 하나 되고 넓어져 가는 충만스런 지혜"란 현실로 직접 들어가서도 안 되고, 또 현실을 떠나서도 안 된다는 의미로, "말과 현실을 오가는 운동의 긴장"2)에서 소설이 발생하고 있음을 의미한다. 즉 『자유의 문』이나 『자서전들 쓰십시다』를 비롯하여 「매잡이」, 「이어도」, 「소문의 벽」 등에서 구현된 '소설론'과 '소설가론'에 대한 이청준의 견해는 바로 안과 밖을 함께 지닌 이야기꾼의 존재 위상을 말하는 것에 다름 아니다. 이렇게 볼 때 무소작의 이야기가 실패한 이유는 바로 "제 안을 지니지 못한 바깥 떠돎 탓"(107쪽)으로 안과 밖의 경계를 잃게 된 때문으로 이해할 수 있다.

이야기를 찾아 평생 세상을 떠돈 무소작의 종생에 이르는 삶을 서술하고 있는 이 작품은 이야기의 본질과 의미가 언어를 통해 삶의 현실에 관여하는 방식을 지속적으로 탐구해온 작가 자신의 이야기에 대한 화두로 제시하고 있다. 여기서 한 가지 눈여겨보아야 할 것은 무소작을 현실주

1) 이청준 / 권오룡(대담), 「시대의 고통에서 영혼의 비상까지」, 『이청준 깊이 읽기』, 문학과지성사, 1999, 27쪽.
2) 이청준 / 권오룡(대담), 위의 글, 27쪽.

의자나 낭만주의자가 아니라 '인문주의자'로 규정한 것인데, 이는 아마도 관념성 짙은 문학을 추구해온 작가 자신의 정신주의적 경향을 무소작이라는 인물에 가탁하여 표현한 것으로 이해할 수 있다. 요컨대 『인문주의자 무소작 씨의 종생기』는 소설체로 기술한 작가 이청준의 '이야기 미학(소설론)'에 관한 오랜 생각을 압축하여 총 결산하고 있는 작품으로 이해할 수 있다.

3

일찍이 김현은 『당신들의 천국』을 해설하는 자리에서 우리 근대문학사에서 작품의 주제를 드러내는 방법으로 '우회적 수단'을 발견한 작가로 이청준을 거론한 바 있다. 비평적 혜안을 유감없이 발휘하고 있는 이 글에서 김현이 말한 '우회적 수단'이란 이야기의 주제를 직선적인 방법이 아니라 우회로를 통해 간접적으로 내보여야 한다는 점을 강조한 개념이다. 이것은 소설이 언어의 상징화 과정을 통해 현실의 폭력과 억압을 직공(直攻)이 아닌 간공(間攻)의 방식으로 질문해야 하는 운명을 원천적으로 벗어날 수 없음을 말해주는 것에 다름 아니다.

복수(複數)의 시선을 통해 현상의 배후에 감추어진 진실의 양상을 탐문하는 작가의 정신이 소설적 진실을 추구해가는 전략으로 나타난다는 점에서 격자소설(格子小說)은 작품의 주제를 '우회적 수단'을 통해 복합적으로 천착하는 기능을 한다. 다시 말해 이청준 문학에서 각별한 의미를 갖는 이 격자소설의 방법은 "시간적으로 고정된 하나의 사건이나 인물을 여러 각도에서 분석하는 것"[3)]을 의미한다. 이 점에 관해 역시 이청준은

3) 김현, 「자유와 사랑의 실천적 화해」, 『이청준 깊이 읽기』, 문학과지성사, 1999, 220쪽.

말과 현실의 긴장관계를 "달리는 말에서 달아나는 짐승을 쏘아 맞추는 것"[4]에 비유하여 말한 바 있다. 말과 현실이 서로 움직임으로써 어느 한 쪽에 의한 포착이 근본적으로 어렵기 때문에 반성의 언어라고 할 수 있는 소설의 언어는 삶의 진실을 직설(直說)의 방법으로는 드러내기 어렵고 역설(逆說)과 상징의 언어를 통해 암시할 수밖에 없다는 것이 이청준의 입장이다.

이처럼 이청준 문학은 그만의 독자적인 세계관과 격자구조의 서사전략으로 현실의 위계(僞計)를 냉철하게 분석하여 형상화하는 데 그 특징이 있다. 주지하듯이 '이야기 속의 이야기' 혹은 격자소설이라는 중층구조가 이청준의 소설에서만큼 창작의 주요 원리로 일관된 경우는 우리 문학의 전통에서 드물다. 격자소설의 형식은 '복합적 시선'으로 하나의 사건이나 인물을 여러 각도에서 접근하려는 서술미학의 한 전략으로, 하나의 사건이나 현상에 감춰진 은밀한 면들을 복수의 시선을 통해 상호 조명함으로써 눈에 보이는 '가시적 현상'이 아니라, '보이지 않는 힘과 힘의 질서'를 보다 분명하게 드러나게 할 수 있게 해준다. 그의 소설들이 일찍부터 이른바 '이야기 속의 이야기'를 작품 구성의 원리로 채택하여 '소설가 소설' 또는 '메타 소설'로 불리게 된 근거도 작가의 이런 창작의식에서 발원하고 있다.

이청준 소설의 격자구조 양식에 대해서는 지금까지 많은 비평가들이 깊은 관심을 가지고 분석한 바 있다. 가령 김치수는 "이청준 소설에서 무수하게 나타나고 있는 격자소설의 양식이란, 말에 대한 탐구를 하고 있는 작가 자신의 자기점검의 수단으로 나타나고 있다."[5]고 보았고, 장경렬은 『씌어지지 않은 자서전』, 『조율사』 등의 장편소설을 비롯하여 연작

---

4) 이청준 / 권오룡(대담), 앞의 글, 28쪽.
5) 김치수, 「소설에 대한 두 질문」, 『이청준』, 은애, 1979, 203쪽.

소설 『자서전들 쓰십시다』와 「병신과 머저리」, 「소문의 벽」, 「예언자」, 「비화밀교」 등 이청준의 중·단편 소설들이 '이야기 속의 이야기'라는 서사장치를 사용한 '메타소설'의 성격을 갖는 것으로 분석한다.[6] 이처럼 이청준의 소설에서 '격자소설'의 중층구조는 화자의 단일한 지배적 목소리가 아니라, 독자를 이야기의 축제에 적극적으로 끌어들이려는 작가의 욕망에서 비롯된 서사전략의 소산으로, 이런 구조는 권오룡의 분석대로 이청준의 소설에 있어 서사 차원의 특징일 뿐만 아니라 인물들의 기능에 따른 배열 방식 상의 특징으로 나타난다. 즉 "한 가지 사건에 대해 이와 직접·간접적으로 관련된 여러 인물들을 어떤 원근법의 원리에 따라 배열하고 각자의 입장과 그 사건에 접근하고 참여하게 만듦으로써 매우 복잡하고 다층적인 의미화의 층들이 만들어지게 되는 것"[7]이다. 이를테면 「이어도」에서 천남석이 '이어도'를 만날 수 있었던 것도 그런 '가시적 현실'을 포기했기 때문에 가능했다는 편집국장 양주호의 진술 같은 것이 격자소설의 서사 전략적 의미를 잘 증명해준다. 결국 이청준 소설에서 격자구조는 진실을 전달하고 세계를 이해하는 장치로서의 기능을 한다. 『목수의 집』에 수록된 주요 작품들 또한 격자소설의 양식이 여전히 이청준 문학을 드러내는 중요한 장치로 기능하고 있음을 보여주고 있다.

소설집 『목수의 집』에는 글쓰기 주체로서의 소명의식과 미학적 자의식에 관한 작가의 입장이 잘 나타나 있다. '수공업 시대의 추억'이라는 부제를 달고 있는 표제작 「목수의 집」은 "급속하게 밀어닥친 정보화 사회의 물결과 몰개성적 가치관"과, "유통과 대량 모방 복제 위주의 획일적 생산성"이 작가의 '창작 욕망'과 '세상 읽기의 의욕'을 무참하게 소진시키는

6) 장경렬, 「'이야기 속의 이야기'의 의미를 찾아서 — 이청준 소설의 서사 전략」(이청준 전집 완간 기념 심포지엄, 2003. 5. 20).

7) 이청준/권오룡(대담), 앞의 글, 29쪽.

시대에 "사람의 심성과 공동선의 질서를 함께 읽어나가야 하는 소설쓰기 일"을 천형처럼 버거워하는 작가의 글쓰기에 관한 꿈을 그리고 있다.

「목수의 집」은 이야기의 건축술로서 이청준 문학 특유의 격자구조를 보여주는 작품으로, '집'과 관련된 네 가지 층위의 이야기가 소설의 내용을 구성하고 있다. 첫째는, 북에 두고 온 고향마을과 닮은 곳을 찾아 답사여행을 하는 김승조 노인의 이야기이다. 둘째는, "30년 가까운 소설 집필 일을 마감하려"는 주인공 허세훈이 소설 쓰는 일을 그만두고 고향에 집짓기를 꿈꾸지만 그가 바라는 '노년의 넓고 아름다운 집'이란 사람의 손으로 지을 수 있는 것이 아니라 "사람의 마음을 지어 세운 집"이며 "스스로 찾아 가꾸고 지어 올려야 하는 마음의 집"임을 깨닫는 과정에 대한 이야기이다. 셋째는, 자기 집을 한 번도 지어본 적은 없지만 "사람의 기운이 함께 화응하고 충만해야 할 집을 짓"고, "언제나 조상 전래의 목조 집을 고집"하는 목수 최봉수 노인에 관한 이야기이다. 넷째는, 세상을 떠나면서 자신의 시신을 해부학 수업 실습용으로 사용하고 그 뼈대는 교실에 표본으로 남기라고 유언한 노교수 삼대의 가족사진을 작가인 주인공이 소설로 쓰는 이야기이다.

작품의 제목인 '목수의 집'이 소설가가 짓는 '언어의 집'으로서 소설과 메타포를 이루고 있듯이 작가는 네 가지 유형의 집짓기와 관련된 이야기를 통해서 소설쓰는 일의 문제를 검토한다. '집짓기'에 비유된 소설쓰기의 문제는 더 나아가 그림그리기의 진정성 문제를 다룬 「날개의 집」이나 "효율적이고 조직적인 정보언어 시대 속에서도 부질없이 자기 시간과 삶을 낭비하는 비효율적 비집단적 개인 언어에 매달려 지내는 사람"으로서 시인의 존재를 성찰하는 「시인의 시간」에서도 반복되어 나타난다. 이들 작품에서 읽을 수 있듯이, 작가의 격자소설 전략은 이청준 문학을 지탱하는 이야기 건축술로서 중요한 의미를 지닌다.

4

『신화를 삼킨 섬』은 유신 정권의 붕괴와 서울의 봄, 다시 신군부의 집권으로 이어지며 광주의 비극을 잉태하던 1980년의 시간과, 억눌림과 쫓김으로 점철된 역사적 숙명의 제주 섬을 공간으로 하여, 몇 개의 이야기를 동심원의 격자구조로 펼쳐내고 있는 작품이다. 동심원의 바깥에는 한반도 전역에 고루 퍼져있는 '아기장수 이야기'가 프롤로그와 에필로그로 설정되어 있고, 그 안에 '역사 씻기기' 사업을 위해 국가 권력기관인 '큰당집'의 호명을 받고 육지부로부터 섬으로 들어온 유정남 무가(巫家)와 현지의 토착세력인 추심방 무가가 대립한다. 거기에 청죽회와 한얼회로 대표되는 좌우익 단체의 뿌리 깊은 갈등이 이 작품의 내부 이야기를 이루고 있다.

이 작품은 '아기장수 설화'의 비극성을 현대적으로 변용하여 제주도의 근대사와 연결시키면서 구세의 영웅 아기장수와 용마의 희망에 속고 싶지 않으면서도 그 이야기 속의 꿈과 기다림을 배제하고서는 세상을 살아갈 수 없는 제주도 사람들의 비극적 운명과 역설적 원망(願望)을 그리고 있다. 그런데 삶의 운명에 관한 사람들의 역설적 집단 심리는 역사를 더 거슬러 올라가 "긴 세월 쫓기고 억눌리며 살아온 제주도 사람들 자신의 소망과 비원의 표현"(1권, 195쪽)인 김통정 장군과 김방경 장군 설화에 담긴 대립과 갈등으로 환기되면서 중첩된다. 그것은 다시 1947, 8년의 4·3사건에서 대립된 좌우익의 발현과, 작품의 서술 시간인 1980년에서 제주도 사람들의 정서적 편향을 대표하는 청죽회(좌익)와 한얼회(우익)로 나타난다.

그러나 『신화를 삼킨 섬』 전체의 격자구조에서 가장 핵심을 이루는 사건은 '한라산 동굴에서 발견된 옛날 유골들'의 소유권을 놓고 좌익 측인 청죽회와 우익 측인 한얼회가 벌이는 싸움의 양상이다. 그런데 이 싸움은 고려조의 김통정 장군 설화로부터 근대사에 이르기까지 "두 편으로 갈라져서"(1권, 181쪽) 살아온 이항대립의 도저한 역사를 상징한다. "이청준이 문제 삼는 것은 가해자와 피해자의 변증법의 악순환"[8]이라는 김윤식의 분석처럼 작가는 이 작품에서 대립과 갈등의 비극적 근대사를 안고 살아가는 제주도의 '한(恨)'과 함께 이미 『당신들의 천국』에서 탐색한 자생적 운명의 문제를 부각시킨다. 작가는 이 점을 제주 본토 심방들의 '역사 씻기기 작업'을 대하는 반응을 통해 보여주고 있다.

이 자생적 운명의 문제와 관련하여 깊이 논의되어야 할 사항은 '한'의 문제인데, 『신화를 삼킨 섬』의 키워드에 해당하는 '한'이란 이청준이 말하고 있듯이 "비정상적인 힘에 의해 자기가 있어야 할 자리에서 누릴 것을 누리지 못하는 삶의 슬픔"[9]을 뜻한다. 큰당집으로 호칭되는 국가 권력의 허구성과 '역사 씻기기 사업'에 대한 환멸의식이 일본으로 귀화한 중도적 지식인 고종민의 시선으로 포착되며 섬의 운명을 제3자의 시선으로 인식하는 다음과 같은 말은 비단 제주 섬의 운명적 비극성뿐만 아니라 한민족 전체의 상황으로까지 확대되고 있다는 점에서 특별한 주목을 요한다.

> 내가 이 섬의 숙명을 느끼고 이 섬과 이 나라의 일을 알려고 하는 대학 물먹은 사람이어서가 아니라, 바다 건너 나라에서도 여전히 같은 운명의 굴레 속에 배고프고 억눌리며 쫓겨 살아온 비슷한 삶의 내력 때문이겠지요. 그리고 이 제주도의 역사의 숙명을 이 나라 전체의 것으로 말한 것은 단순히 지역의 확대에서가 아니라, 정형도 알고 있을 그 가엾은 아기 장수 이야기가 이 나라 어디에나 전해지고 있는 데서도 알

8) 김윤식, 「미백(未白)의 사상 또는 이청준의 글쓰기의 기원에 대하여」, 『이청준 깊이 읽기』, 문학과지성사, 1999, 119쪽.
9) 이청준/권오룡(대담), 앞의 글, 35쪽.

수 있듯이 그 억눌림과 쫓김의 제주 섬 역사가 곧 바다 건너 전라도의 역사나 이 나라 전체의 역사와 같은 맥을 이루고 있기 때문이겠구요. 오래 전 옛날부터 근자의 4·3사건에 이르기까지 이 섬은 늘 물동네나 이 나라 전체의 큰일을 대신해 어쩔 수 없는 굿마당 노릇을 해온 것 같거든요.(……)"

『신화를 삼킨 섬』 1권, 178~179쪽

미국의 신화학자 조셉 캠벨은 『신화의 힘』에서 우리의 현실을 가장 폭넓게 지배하고 있는 것이 신화라고 하면서, 한 사회의 질서를 일으키고 그 질서를 유효하게 하는 신화의 사회적 기능을 강조한 바 있다. 그런데 신화는 가시적인 현상의 배후를 설명하는 메타포라는 점에서 '격자소설'의 형식과 닮아 있다. 그런 의미에서 생각할 때 『신화를 삼킨 섬』에서 이청준이 '신화'를 소재로 삼은 것은 신화를 거울로 하여 제주도의 비극을 환기시키면서 해원(解冤)의 사상을 추구하려는 작가적 의지를 보여주기 위한 것으로 이해된다.

비극으로 점철된 제주도의 굴곡 많은 역사에 삼켜진 신화의 진정한 의미를 복원하여 신화를 유효하게 만드는 정신의 작업 또한 문학이 짊어진 사명 가운데 하나이며, 자생적 운명의 길을 걷지 못하고 타생적 운명의 그늘에 억눌린 한의 응어리를 이야기를 통해 풀어내려는 씻김의 글쓰기가 바로 진정한 이야기꾼으로서 작가의 소명이라는 점을 작가는 이 작품에서 보여준다. 4·3사건 희생자의 후손인 제중일보 문정국 기자의 기사를 통해 소설이 현실을 위해 감당해야 할 사명을 촉구하고 있듯이 '굿'을 통한 역사의 씻김의 행위가 중요한 것처럼 언어의 '심방'으로서 이야기를 통해 작가가 수행해야 할 역할이 무엇인지 강조하고 있다는 점에서 『신화를 삼킨 섬』은 신화의 사회적 기능을 문학적 효용성의 영역으로 이끌어 작품화하고 있는 독특한 사례에 해당한다. 요컨대 우리시대의 진정한 이야기꾼 이청준이 『신화를 삼킨 섬』에서 격자구조 속의 여러 사건들을 통해 제시하고 있는 해원의 사상은 바로 이야기를 통한 정신의 씻김굿이라고 할 수 있다.

5

1965년 단편 「퇴원」으로 등단한 이후 37년 동안 24종 25권에 이르는 방대한 양의 이야기 세계를 축성해온 이청준 문학의 넓이와 깊이에 대해서는 이미 쟁쟁한 의견들이 제출된 바 있다. 이청준 문학에 대한 저간의 정치한 논의들은 뿌리에서부터 우듬지에 이르는 거대한 이야기 수목의 형상으로 그의 소설이 우리 문학의 숲 속에 돌올하게 자리 잡고 있음을 증명해 주고 있다.

지금까지 이청준 문학은 글쓰기의 기원으로서 '부끄러움'(「눈길」)과 '망설임'(『씌어지지 않은 자서전』)의 자의식, '자생적 운명'의 문제 혹은 '자유와 사랑'이라는 본원적 화두(『당신들의 천국』), 존재의 집으로서 '말'의 진실에 관한 일련의 언어사회학적 탐구(『자서전들 쓰십시다』), '격자소설'의 서술 시학과 '이야기(소설)'의 본질에 대한 모색(「이어도」, 「매잡이」, 「소문의 벽」, 「시간의 문」, 『자유의 문』), 용서와 화해를 향한 해원(解冤)의 사상(『서편제』, 『흰옷』) 등 현실과 역사를 가로지르며 동시대의 삶의 의미를 깊이 탐문해 온 것으로 이해되고 있다. 그런 의미에서 '이청준 문학전집'이 보유한 문학사적 의미는 역사와 현실의 이면을 투시하여 진실을 복원하는 이청준의 소설미학을 한 자리에 집대성하여 일목요연하게 보여주고 있다는 데 있다.

___『문학 1판』 8호, 2003년 9월호

그리움의 거처와 견결한 성찰의 목소리

고운기의 『나는 이 거리의 文法을 모른다』

1

언제였던가, 내가 고운기를 처음 만났던 때가. 그를 만난 지 십수 년이 훌쩍 지나간 지금, 세월의 어깨 너머로 그에 대한 몇 가지 인상이 떠오른다. 80년대도 거의 저물어가던 그때, 늦은 군복무로 잠시 접어두었던 박사과정 복학을 위해 그가 학교를 찾아오던 무렵이 아니었나 한다. 제대를 얼마 앞둔 그는 단정한 장교 근무복 차림으로 학과사무실에 종종 들르곤 했는데, 돌이켜보면 그때 세련된 매너를 지닌 그에게 나는 어떤 호기심을 품고 있었던 것으로 기억한다. 어쩌면 호감이라고 해야 할 그의 신원적(身元的) 풍모가 나의 관심을 촉발시켰다고 말하는 편이 더 정확하리라. 이른 나이에 등단하여 이십대 중반에 첫 시집을 펴냈고, 단정한 현대시를 쓰면서 '고전시가'를 연구하는 그의 캐릭터에 나는 퍽 신선한 매력을 느꼈던 듯하다. 이십대 후반의 수려한 청년 고운기에 대한 그 무렵의 인상은 이후 몇 차례 함께 여행을 하면서 느낄 수 있었듯이, 사람과 사물과 세상을 깊이 배려하고 이해하려는 그의 시처럼 고우면서도, 그러나 견결(堅決)한 심성을 소유한 시인으로 나에게 새겨져 있다.

그에 관한 또 하나의 인상은 그의 시의 가지런한 율격처럼 노래를 운치 있게 잘 부르는 모습이다. 대학원 행사로 대성리에서 간 적이 있었는데, 해가 질 무렵 산책을 하던 그곳 강가에서 붉은 노을을 등에 지고 조영남의 '제비'를 목청 좋게 부르던 그의 모습이 나는 아직도 잊혀지지 않는다. '선운사'로 레퍼토리가 바뀔 때까지 그는 '제비'를 한동안 즐겨 부르곤 했는데, 그 후 마음 편한 술자리에서 으레 '선운사'와 '낭만에 대하여'와 '이별노래'를 부르는 그의 모습이 늘 보기 좋았다. 노래방 기계의 가사를 안 보고도 수십 곡 정도의 트로트는 너끈히 감당하는 모습에서 나는 그가 옛날이었다면 음유시인이나 가객(歌客)이 되고도 남았을 것으로 생각하곤 했다. 아마도 내가 한해 터울의 후배이면서 그와 친구로 지낼 수 있었던 이유는 그런 낭만적 매력에 대한 나의 선망이 쉽게 의기투합할 수 있었기 때문이 아니었나 싶다. 물론 그의 낭만적 심성과 시적 경향이 곧바로 이어져있다는 말은 아니다.

그러나 짧다면 짧고, 길다면 긴 시간 그와 교유해오면서 내가 그의 내면을 깊은 곳까지 이해하고 있다고 말할 수 있을까? 아마도 그를 아는 만큼 모른다고 해야 옳지 않을까 싶다. 이렇게 말하는 것은 이번 시집 『나는 이 거리의 文法을 모른다』의 원고를 읽으면서 어느 정도 그의 내면에 더 가까이 다가가는 계기가 되었다는 점을 말하고 싶어서이다. 일상의 삶에서 타인들에게 사려 깊은 애정을 보여주면서도, 결기 있는 내면을 지닌 그의 모습은 이번 시집에서 견결한 자기성찰의 태도와 어울려 각별한 울림을 주고 있다.

2

모두 쉰여섯 편의 시들이 네 부분으로 나뉘어 수록되어 있는 고운기의 신작 시집 『나는 이 거리의 文法을 모른다』에는 부끄러움에 대한 견결한 고백과 성찰의 목소리가 담겨 있는 한편, 낯선 이국땅에서 느끼는 어머니와 가족을 향한 그리움의 정서가 진솔하게 표백되어 있다. 1부에는 일상에서 느낀 위선과 타성에 대한 자기반성, 그리고 가족을 그리워하며 존재적 고독감을 표현한 시들이 수록되어 있다. 2부에는 낯선 이국땅 '동경'에서의 체험과 우수 어린 내면 풍경의 시들이, 3부에는 어머니로 집약되는 고향에 대한 기억과 가족 및 친인척을 향한 애틋한 상념들이 표현되어 있다. 4부에는 삶의 여러 현장에서 들여다본 타인과 죽음에 관한 단상들로 채워져 있다.

이번 시집의 맨 앞머리에 실려 있는 「다리」는 고운기 시에서 핵심 모티프를 이루는 '다리'에 관한 이야기이다. '다리' 이미지는 이미 그의 앞선 시집에서 현실의 구체적 건축물(「섬강 그늘」의 '섬강 다리', 「지하도 김씨」의 '지하도', 「봄 하늘에 빛나는 별」의 '성산대교', 「성산대교 부근」의 '양화대교', 「남선교 위」의 '남선교', 「할머님 생각」의 '벌교 소화다리', 「고향의 그림자」의 '홍교다리' 등), 남과 북 사이에 가로놓여 있는 '비무장지대'라는 끊어진 다리의 상징(「북으로 간 김 상병」), 이승과 저승을 연결하며 화자 스스로가 상상의 다리(「원왕생가」, 「생일날」) 등으로 나타나고 있다.

고운기의 시에서 '다리'는 삶의 이쪽(차안)과 저쪽(피안)을 연결해 주는 시적 발상의 공간적 콘텍스트로 이해할 수 있다. 이번 시집에서도 현실과 은유를 가르는 "보이지 않는 다리"(「은유의 숲」)나, "점심도 먹을 필요 없는 다리"(「영안실 쪽 육교」)처럼 상반된 공간의 경계를 이루는 '다리'의 이미지는 범상치 않은 의미를 갖는다. 죽음의 공간으로 넘어가기 위한 마지막 대기소인 '영안실'과 점심을 먹는 삶의 장소인 식당은 '육교'를 경계로 나뉘어져 있다. 「問喪」에서도, "이승이며 저승이란 한낱 숨소리 있고 없고 차이"로 인식하는 한에서 '영안실'이란 이승과 저승을 잇는 '다리'를 의미한다. '다리'의 의식은 「探點」에서 "내 생일은 십이월 하고도 중순 / 아니, 내 삶의 십이월 중순쯤"이라는 시간적 개념으로 전환되어 나타나기도 한다.

이쪽과 저쪽의 경계에 놓여있는 잃어버린 시간의 파편들을 기억이라는 다리를 매개로 복원해내는 의식은, "아주 오래 된 무지개 모양의 다리"(「다리」)를 통해 과거를 반추하면서 현재의 시간으로 이끌어온다. 이 '다리'는 시인의 고향인 '벌교'에 구체적 현실로 존재하고 있는 실제의 다리이기도 하면서, 동시에 시인이 현재 살고 있는 거대한 세속 도시 '서울'에서의 삶을 훌쩍 뛰어넘어 전설 같은 이야기를 불러오는 '상상의 다리'로 전환된다. '다리'의 이런 중의적 의미는 세속도시에서의 일상적 삶에 침윤된 아우라의 상실과, 현재는 기억으로만 남아있어 상상적 복원만이 가능한 잃어버린 기억의 회복을 꿈꾸는 것으로 겹쳐진다. 그래서 이 '다리'는 "승복처럼 희미한 이야기가 전해 오는" 전설의 다리이며, '나'를 '지금 이곳'까지 오게 만든 길의 메타포이기도 하다. 화자는 이 '다리'를 "꿈같이 남의 말같이" 기억하고 찾아갈 때마다 시간적 비전을 거슬러 올라가면서 토포스(topos)로서의 공간적 모습을 상상적으로 복원해낸다. 시간을 지워버린 '다리'의 공간적 토포스는 화자에게 어머니와 가족과 유년 시절의 추억을 불러오면서 새로운 공간을 창조하기에 이른다.

> 다리를 건너가면 나는 어린 아이다
> 언제인 듯 마을의 형들이 나타나, 너 아직 남자 아니
> 다, 자기들끼리만
> 개울로 몰려간다
> 형들은, 미역감는 철이면 아이들을 다리로 데려가, 거

기서 한 번 뛰어내려야 그 날부터 남자로 쳐주었었다
(……)
다리를 건너면 기차역으로 가는 신작로
남자들은, 세상의 남자들이 다 그랬기나 했던 것처럼
다리를 건너고
기차를 타고
서울로 갔다

「다리」 부분

여기서 '다리'는 물길을 편하게 건너도록 도와주는 단순한 축조물이 아니라 "검푸르고 깊은" 유년 시절의 기억과 고향의 이야기를 밀물처럼 전해주는 공간의 아우라이다. 비록 시의 화자가 '다리'를 건너 기차를 타고 어떤 입신양명을 위해 서울로 올라왔지만, 눈을 감으면 마음은 언제나 "검고 푸른 소식"을 전해주는 고향의 '다리'를 향해 기차보다 빨리 달려간다. 화자의 성장을 위한 통과제의의 관문이기도 한 '다리'는 그래서 비록 삶의 세목들은 궁핍했지만 마음은 늘 풍요로웠던 시절의 토포필리아(topophilia)를 간직하고 있는 오래된 마음의 건축물이다.

하지만 현실은 언제나 다리 '저쪽'만 생각할 수 없게 만든다. 세속의 문법에 순응해야 하는 다리 '이쪽'의 삶이란 어쩔 수 없이 위선과 이율배반의 마스크를 쓰지 않고서는 살기 힘든 신산한 과정의 연속이기도 하다. '이쪽'의 삶에서 요령 있게 살아가기 위해서는 그 거리의 문법에 싫든 좋든 육체와 정신을 순응시켜가지 않으면 안 되는 배리(背理)의 공간이기도 하다.

3

'이쪽'의 삶의 공간에서 자신의 삶을 뒤돌아보며 성찰하는 자아는 언제나 고운기 시의 중요한 계기를 이룬다. 시인이란 늘 세계를 지배하는 구심성의 권력과 윤리에 유착하지 못하고 반역적 소명을 지닌 채 살아가는 존재이면서도, 많은 경우 그들은 그 투쟁의 앞자리에 나서지 못하고 뒤편의 가장자리에 머물러 응시하는 '변방'의 존재이기 쉽다. 고운기 시의 화자는 그런 자신의 내면을 늘 부끄러워하면서 아파한다. 그래서 그는 이미 「피뢰침」(『밀물드는 가을 저녁 무렵』) 같은 시에서, "땅 속 깊이 뿌리박아 두고 / 뜨거운 전류를 한 몸에 받아내리는 / 피뢰침"처럼 "이 황량한 시대의 / 비내리는 저 꼭대기에 홀로 서 / 벼락을 맞고 있는 사람"을 몹시 그리워한다. 그러나 윤동주가 '십자가'를 바라보며 높은 곳까지 올라가지 못하는 자신을 부끄러워했듯이, 시의 화자는 피뢰침이 되지 못하고 그 보호 아래에서 살아가는 자신을 혹독하게 꾸짖는다. 고운기 시의 이런 반성적 자아는 이미 『섬강 그늘』에서도 스스로를 질책하고 있듯이, "그림자 밟아 오듯 시대를 좇아 / 나는 부끄럽게 살아 남았네"(「헌 잡지」) 라고 탄식하거나, 자신을 "쓸쓸한 자유인 / 잘못 조준하여 이 땅에 떨어진 / 외로운 별 하나"(「전야」)로 규정하기도 한다. 그리하여 시대의 '피뢰침'이 되지 못하고, 변방에서 시대의 질곡을 물끄러미 바라볼 수밖에 없는 이유를 시인은 「小雪, 李奎報를 읽으며」(『섬강 그늘』)에서 다음과 같이 허심탄회하게 털어놓고 있다.

> 왜 이다지도 비굴해지는 걸까
> 하늘은 저렇게 높고 푸른데
> (……)
> 정국은 너무 불안해 선불리 나서다가

차갑게 먼 땅에 유배라도 당하면
가련한 우리 부모 누가 모시며
어린 조카아이들은 누가 보살피랴
나는 한 서생 하루하루가 너무 적막하고
할 수 있는 일은 사방 막혀 있구나
雙韻走筆 휘달릴 솜씨도
세상에서 큰 몫 하기는 이미 그른 시대
첨부터 바란 건 아니었건만
나는 왜 여기서 주저하고 있는가
거리에 나서면
작은 진눈깨비라도 날려
이 한 몸 가려 주었으면 좋겠네.

「小雪, 李奎報를 읽으며」 부분

입대 영장을 받은 시의 화자가 관로에 편지라도 넣어 소위 '빽'이라는 것을 써서 어떻게 해보려고 궁리하는 자신의 못남을 탓하고 있다. 불안한 시대의 정국에 섣불리 나섰다가 가장인 자신이 잡혀가기라도 하면 연로한 부모와, 부모 없는 어린 조카들을 누가 돌볼까 걱정하며 부끄러워한다. '쌍운주필' 같은 시를 쓰고 싶고, 세상에서 학문을 통해 큰 몫을 하고 싶기도 하지만, 사방의 길은 온통 막혀있어 그 막다른 골목에서 한 발짝도 벗어나지 못하고 주저하는 자신을 시의 화자는 자책한다. 그래서 화자는 거리에 날리는 '작은 진눈깨비'에라도 부끄러운 자신을 숨기고 싶어 한다. 부모와 조카들에 관한 시인의 사적 의무감과 시대의 불의를 투시해야 할 지식인으로서의 사명감 사이에 개재된 실존적 고뇌는 일견 형극(荊棘)의 길을 걸어간 투사들의 고통을 생각할 때 화자의 내면에 큰 부채로 자리 잡을 수도 있다.

하지만 시에 나타나 있듯이 가족을 돌보는 가장으로서의 실존적 의무감에 어느 누가 쉽게 돌을 던질 수 있겠는가. 이렇게 부끄러워하는 내면의 반성적 자아는 그의 이번 시집에서도 역시 주조를 이루며 시 전편을 흐르고 있다. 그리하여 일상의 문법에서 벗어나 자유로운 의지로 삶을 살아가기 어려운 자신의 내면을 시인은 다음과 같은 시에서 자조적으로 이렇게 토로한다.

그러나 二律背反이다
나는 무리의 자식일 뿐이었다
학교라는 조직에 들어 넥타이 매고 출근하고, 학회에
가입하고, 문단에 나가고, 동인을 만들고 게다가 없던
모임마저 새로 만드는데 동참하고, 나는 거기서 먹이를
얻고 正體性을 확인한다. 그러면서도 귀찮다니, 혼자인
게 좋다니, 떠드는 건 아무래도 얄팍한 뒤집기다
(……)
계단을 오르며
이미 구수하지 않은 밥 냄새를 뒤로하며
나는 반성한다,
졸 때 혼자인 것처럼
죽을 때 혼자인 것처럼
혼자서
혼자서.

「무소의 뿔처럼 혼자서 졸아라」 부분

사회적 존재로서 세상의 문법을 벗어나기 어려운 대부분의 사람들은 현실에 걸맞은 삶의 문법을 몸에 익혀 타인들과 어울려 살아가야할 숙명을 짊어지고 있다. 하지만 욕망의 충돌을 자제하며 조화롭게 살아가는 삶의 지혜와는 무관하게 지연과 학연과 혈연의 무리를 지어 울타리를 치고, 그 울타리 안의 동류들끼리 먹이를 나누어 먹는 사회에서 혼자인 게 좋다고 외치는 건 아무래도 허세이거나 허위로 보일 수 있다.

문학의 생리란 혹은 시의 힘이란 본래 자유로운 정신과 고독한 실존에서 발아하는 순연한 내면의 정신을 에너지로 삼고 있는데, "무리"에서 벗어나지 못하고 "무리의 자식"으로 닮아가는 한에서 자유로운 사유와 진정한 문학행위는 위축될 수밖에 없다. 그래서 시의 화자는 "시를 쓰면서도 시는 쓰지 않고 시 썼다"(「수화를 하지 않는 수화시간」)고 말해야 하는 자조적인 상황에 이르게 된다. 그런 현실의 문법을 따르며 "먹이를 얻고 正體性을 확인"하는 화자의 "혼자라는 희망"은 아무래도 "얄팍한 뒤집기" 일 뿐이기 쉽다. 직장의 점심시간에, 화자가 "선배인 그들과 보조를 맞추기 위해 / 신병훈련소 식사 때보다 더 빨리 수저를 움직여 / 야 한다"(「무소의 뿔처럼 혼자서 졸아라」)고 말하는 논리도 따지고 보면 이쪽의 현실적 문법을 따라야 하는 데서 나오는 이율배반의 씁쓸한 행위인 셈이다. 같은 맥락에서 화자는 "밥 먹으며 눈치 / 술 마시며 눈치 / 고민하면서도 눈치 / 사랑하며 눈치"(「눈치 II장」)를 보는 자괴감을 드러내면서 "죽음마저 눈치?"라는 농스러운 말을 슬쩍 건네고 있다.

4

시인이란 늘 허위와 위선을 교환하는 이 거리의 타락한 문법에 저항하며 탈주하기 위한 언어의 날개(시)를 만들어야 하는 존재이지만, 화자인 시인은 그러지 못하는 자신의 처지를 뒤돌아보며 "졸 때 혼자인 것처럼 / 죽을 때 혼자인 것처럼" '혼자'의 상황을 회복하고자 한다. 여기서 '혼자'라는 것은 무리의 문법에서 소외를 자청하여 이탈함으로써 존재의 의미를 되묻고 다시 견결한 시의 혼을 불러들이겠다는 의지의 천명을 의미한다. 더 나아가 그것은 제대로 된 "사람 노릇"(「사람 노릇이라는 명상」)을 하겠다는 다짐으로 확장되기도 한다. 이런 진술은 물론 일차적으로 시인의 어떤 개인적 사정에서 연유한 '얄팍한 뒤집기'나 '이율배반'의 태도를 반성하는 것으로 이해할 수 있다. 이러한 태도는 자신과의 약속이나 타인과의 관계에서 심지가 부족한 자신의 나태를 타이르며 좀 더 오롯한 삶과 시의 갱신을 설계하겠다는 시인 자신의 또 다른 의지 표명이다.

그렇다면 '혼자' 떳떳하고 당당하게 사는 삶이란 어떤 삶인가? 시의 화자도 여기에 대해서는 명확한 대답을 하고 있지 않다. 하지만 시의 문맥을 통해 유추해낸다면 혼자란 더욱 철저하게 고독해지는 것으로 생각할 수 있다. 다른 영역의 삶보다 존재의 실존을 끊임없이 심문하는 문학에서 고독의 내면화는 행동의 실천 못지않게 긴요한 목록이 아닐 수 없다. 그런 점에서 말처럼 쉽진 않겠지만 글 쓰는 일에 종사하는 사람들이라면 고독을 견디면서 내면의 정신을 제련해내는 과정이 필요하다.

혼자의 힘으로는 감당할 수 없어 대중 속으로 뛰어드는 사람들과는 달리 고독을 고독으로 견디는 자기수행의 과정이야말로 굳이 선(禪)의 경지까지는 아니어도 엄밀한 의미에서 시가 지향하는 정신의 프로젝트가 아닐까? 고독을 온 몸으로 껴안는 행위는 보들레르가 "혼자 있을 줄 모르는 이 큰 불행"(『파리의 우울』)이라고 인용한 말의 의미를 되새겨보는 데에서 다시 출발한다. 이 점에서 모든 불행이 방에 홀로 남아있지 못하는 조바심에서 나온다고 파스칼을 인용하며 고독의 의미를 강조한 보들레르의 진술은 깊이 음미해 볼만하다. 이런 맥락에서 이번 시집에 수록된 고운기의 일련의 '동경시편(東京詩篇)'들은 고독한 자아의 초상과 함께, 고국을 떠나 낯선 타국에 거주하면서 언제 돌아갈지 기약할 수 없는 사정과 그리움의 정서를 내면화한 화자의 심정을 잘 보여준다.

가을이 오고 맑은 날이 잦아지면서
저물 무렵 산책이 습관처럼 밴다
거리에 나서서 지는 해를 따라 서쪽으로 간다
그곳은 내 故鄕
떠나온 자는 하루가 바쁘지만
한 주일이 더디고 한 달은 가지 않고
돌아가마 약속한 날짜는 오지 않을 것 같다
(……)
까마귀는 이 땅의 무엇이 좋아
저리도 많이 퍼졌을까
나는 깃들일 처마 하나 없고
끈끈한 습기를 몰아 소리 없이 안개비 내리는데
소리 없이 가을은 가는데
고향에서는
주인 잃은 등불 하나 반짝이려나.

「서쪽으로의 散步」 부분

혼자 낯선 곳에 장시간 체류해본 사람이라면 알 수 있듯이, 그곳에서 느끼는 객수(客愁)와 고독감이란 여간 참기 힘든 게 아니다. 금세 전화통이라도 붙들고 익숙한 곳에 있는 사람과 대화를 나누어야만 홀로 떨어져 있지 않다는 안도감을 얻게 된다. 그럼에도 낯선 곳에서 외부와 일체 연락을 끊고 홀로 침잠할 때 생기는 고독이야말로 단식을 통해 육체를 비우듯이 삶의 온갖 이해득실과 아귀다툼으로 피폐해진 정신으로부터 벗어나 순연한 상태에 침잠할 수 있는 자유의 무한한 계기를 생성해내는 에너지원(源)이라고 할 수 있다. 일상의 시간으로부터 멀리 벗어나 고독을 능동적으로 수용하며 자기화하는 상태가 진정으로 고독과 대면하는 순간일 것이다. 이때 비로소 자기를 뒤돌아보며 세계를 포용하는 여유가 생기며, 고독의 사상을 자기의 육체로 간직하는 정신의 오르가슴을 체험하게 된다.

「서쪽으로의 散步」는 어느 가을 저물 무렵 서쪽의 고향을 생각하며 당분간 돌아갈 기약이 없는 자신의 처지를 돌아보고 있는 시이다. 여기서 시의 화자는 연못의 '나무다리' 위에 서서 작은 잉어 한 마리가 노니는 모습을 보고 고향의 '식구'를 연상한다. 가족을 떠나 먼 곳에 홀로 떨어져 있는 가장인 자신과 잉어 가족(?)을 오버랩시켜보기도 한다. 먹을 것을 주지 못한 어린 잉어에게서 화자는 아이의 모습을 연상해낸 것이리라. 까마귀를 보면서 자신을 "깃들일 처마 하나 없"는 처지에 투사하는 한편, 가장이 부재하는 가족의 상황을 신라 시대의 고승 '혜초'의 시 구절에 실어 '주인 잃은 고향의 등불'로 상기해낸다. 가족과 고향을 떠나 장기간 낯설고 물 설은 곳에 체류해야 하는 고독한 자의 실루엣이 마치 두보(杜甫)시의 어느 한 구절을 보는 듯 절절하다.

5

고운기의 시에서 그리움이 지향하는 대상은 '벌교 연작시'에 보이듯이 시인의 유년시절에 포섭된 고향에 대한 기억 속에서, '어머니'를 동심원으로 펼쳐지는 궁핍한 삶의 여러 편린들로 형상화된다. 특히 어머니로 환기되는 깊은 그리움은 그의 시 전편을 통해 시적 상상력의 수원(水源)을 이루는 핵심 정서로 나타난다. 이를테면 『섬강 그늘』에 수록된 「장마」, 「빈손」, 「북두칠성」, 「어머니」, 「쓸쓸한 날에」 같은 시들에는 어머니에 대한 그리움과 연민의 시선이 토로되어 있다. 시의 화자는 "임자년 저 물난리 나던 여름 / 말간 수제비로 끼니를 잇고 / 돈 벌러 먼 마을로 보따리 이고 나간 / 어머니"(「할머님 생각」)에게 "나는 한 주먹 / 어머니의 꿈이라도 되리라고"(「빈 손」) 다짐하기도 한다. 그 가운데 「북두칠성」은 어머니에 대한 그리움을 어두운 밤하늘에 떠 있는 별자리에 기대어 토로하고 있는 시이다.

패랭산 넘어 사십 리 길 걸어
봇짐 이고 어머니는 장사 나가시고
밤길 잘못 디뎌 업혀 오시더니
돌아와 누워도 찜질이나 한 번
산 너머 먼 마을로
봇짐 이고 떠나시고

패랭산은 북쪽
길은 멀어 사십 리
행여 잘못 발 디뎌 또 넘어지실까
운동화 한 켤레 사 온다던
칠월 그믐밤엔 하늘에 별들만

초가집 모인 마을에
이미 깊은 밤이 오면
뒷산에 우는 밤새야 네 사는 곳 어디
이 산 저 산 찾아 다녀
울 엄니 뒷전에도 들리랴

패랭산 넘어 사십 리
길은 북쪽 가다가다 어둠이 내려도
그믐밤 두렷한 별 일곱 개만
울 어머니 친구가 되나
밤새 울음 서러워 보일 듯 사라지는
운동화 한 켤레.

「북두칠성」 전문

고운기 시에서 어머니의 이미지는 서럽고 그리운 정서로 채색되어 있다. 아버지가 부재하는 틈을 채우면서 시인의 심적 지향을 지탱해주는 존재가 바로 어머니이다. 위의 시에서 아파도 쉬지 못하고 봇짐장사 나간 어머니를 걱정스레 기다리는 어린 화자의 심정이 마치 옛이야기의 전설처럼 흘러나온다. “뒷산에 우는 밤새”가 칠흑 같이 어두운 “칠월 그믐밤” 어머니를 애타게 기다리는 화자의 소식을 전해주어 어머니가 “운동화 한 켤레”를 사가지고 무사히 귀가하기를 화자는 그믐밤 어두운 하늘에 빛나는 ‘북두칠성’에 호소하고 있다. 박제상 전설의 아득한 그리움이나 소월의 시 가락에서 느낄 수 있는 전통적 율조에 바탕을 두고 있는 「북두칠성」은 고운기 시의 그리움이 터 잡고 있는 정조의 거처를 가장 원형적으로 보여주고 있다. 이러한 그리움의 정서는 “그리운 사람아/끝내 채울 수 없는 것도 있더라”(「빈산」)고 말하거나, “오랫동안 가슴에 앓았던/그리움만으로 세월을 지키기가/이제는 벅차구나”(「남선교 위」)라며 심정을 토로하는 경우에도 어머니를 향한 그리움의 정조는 크게 변하지 않고 고운기의 시를 저류하며 이번 시집에까지 이어지고 있다.

『나는 이 거리의 文法을 모른다』에 수록된 「모국어」, 「어머니 김치」, 「편지」, 「쑥 캐는 봄날」, 「구름의 이동속도」 같은 시에서도 어머니와 관련된 시인의 깊은 그리움은 마르지 않고 배어나온다. 아버지에게 보내는 편지를 시인에게 대필하게 한 어머니는 “천부적인 사투리의 여왕”(「모국어」)이며, 한스럽고 신산한 삶을 인종하며 “등 돌리고 피우는 엄마의 담배연기”(「편지」)를 통해 기억되는 존재로 육화되기도 한다. 나아가 가난하고 고생스러웠던 시절의 보편적 어머니 상(像)에 덧붙여 그의 개인적 체험을 강하게 환기시키는 어머니는 “홀로 가는 어머니의 그림자”(「쑥 캐는 봄날」) 멀리 떨어져 있는 자식의 안위를 걱정하며 “홋카이도 지진 소식에도 마음 졸이”(「구름의 이동속도」)는 존재로 이어진다. 요컨대 화자에게 어머니는 그리움의 원천이자 시의 자궁이이며 안위를 지켜주는 마음의 등불 같은 존재로 남아있다.

6

시인의 이런 심정은 「겨울 옷」과 「골목 길, 자전거를 탄 여자」에서도 이어진다. 항공편으로 고국에서 보내온 '겨울 옷'을 바라보면서 화자는, "색깔이 바랜 자리에 그리움이 들어서 있고 / 실밥이 풀어진 자리에 슬픔이 대신 배어 있다"(「겨울옷」)고 토로한다. 자전거에 저녁 찬거리를 싣고 돌아가는 어떤 여자 집 앞의 "현관마다 걸린 외등에 불이 켜지고"(「골목 길, 자전거를 탄 여자」)나자 화자에게도 저녁 무렵 고국의 집 생각이 와락 밀려들면서, 그 고독감은 외등의 밝기만큼이나 증폭된다. 「구름의 이동속도」에서는 화자 자신의 살아온 날들을 돌아보며 "먼 마을에 와서 살아보니 / 구름도 흘러가는 속도가 달랐다"고 느끼고, 늙으신 어머니가 만들어 준 반찬을 생각하며 그리움의 '눈물'을 흘리기도 한다. 하지만 화자의 이런 슬픔은 신파조의 최루성 '눈물'이 뿜어내는 상투적 진부함만을 의미하는 것이 아니라 감정을 절제한 후 냉정하게 현재의 자리로 돌아와 차분한 심정으로 자신을 성찰하는 계기가 된다. 시집의 표제인 '나는 이 거리의 文法을 모른다'는 구절이 들어 있는 「三田」을 보자.

> 나는 平面, 지도에서 익힌 거리였다
> 높이를 알려주지 않은 정보원을 둔 게 잘못이었다
>
> 저장한 카타카나 몇 마리가 머리 속 어디서 길을 잃고
> 느린 속도로 번역되어 다가오는
> 어긋나게 내 옆을 지나가는 풍경이 있었다

새로 거기 나를 그려 넣어야 했나, 넣었나?
나는 아직 이 거리의 文法을 모른다

난바다 가까운 마을에는 바람이 늘 제집처럼 드나들고

땅거미가 찾아올 때쯤 밭고랑 같은 골목길에
돌아가라 돌아가라
어김없는 下午의 싸이렌이 울었다.

「三田」 전문

지도에서 본 것과 다르게 거리도 익숙지 않고 말도 통하지 않는 낯선 '삼전'의 풍경은 화자의 눈에 어긋나게만 보일 뿐이다. 이방인으로서 그곳의 거리 풍경과 언어에 편입될 수 없는 생활이란 얼마나 당혹스러운 일인가. 그래서 화자는 '삼전'의 거리에서 "길을 잃고" "번역되어 다가오는" 듯한 이질감을 느낀다. 이 점은 '스가모 전철역 계단'(「貧村, 스가모」)에서 김치를 팔고 있는 초로의 동포 아주머니를 보고도 어떤 친근함보다 낯설게 느끼는 심정과 동일하다. 그렇다면 무엇이 화자로 하여금 그 거리를 그토록 "번역되어 다가오는" 곳이거나 "어긋나게 내 옆을 지나가는 풍경"으로 느끼게 만든 것일까. 그것은 화자가 그 '거리의 문법'을 모른다고 말하는 데 함축되어 있는 것으로 보인다. 그런 심정은 일차적으로 화자가 처해 있는 낯선 이국의 거리 풍경과 언어로부터 생성된다. 더 나아가 이런 상황은 문법적 질서가 흐트러진 비문(非文)의 거리에서 발생하는 삶의 현상을 두루 일컫는 의미로 확장시켜 이해할 수 있다.

그렇다면 거리의 문법을 모르는 그곳에서 화자는 무엇을 어떻게 해야 할 것인가. 어색한 번역문 같은 그 자리를 털고 일어나 "난바다 가까운 마을", "밭고랑 같은 골목길"로 다시 돌아가야만 하는가. "돌아가라 돌아가라” 하고 “下午의 싸이렌” 소리는 시의 화자를 재촉하고 있지만, 그는 ‘삼전’의 지도 속에 자신의 위치를 그려넣지 않으면 안 된다. 그럼에도 화자는 이정표 없는 거리에서 방향감각을 찾지 못한 채 아직 서성거리고만 있을 뿐이다. 다른 시에서, “길을 잃고”(「지난 겨울」) 있다는 자신의 존재좌표를 말한 것이나, “거기 어디서 길을 잃었었지”(「안개와 절」)라고 묻는 장면도 「삼전」의 상황과 같이 그의 실존적 주소가 어디에 위치해 있는지 상기시켜 준다. 그 길을 찾기 위해서라도 시의 화자는 이제 그 ‘거리의 文法’을 스스로 찾아 나서야만 한다. ‘막다른 길’이거나 엉뚱한 ‘외갈래 길’로 더 이상 들어가서도 곤란하다. 또 시인은 그 거리의 문법을 익혀 혼자 힘으로 목적지를 찾아가야만 한다. 가령 「말 이야기」에서 화자는 어미 말에게서 망아지를 모질게 떼어놓는 장면을 이야기하며 어린 자식과 헤어져 타국에 온 자신의 처지를 상상적으로 연결시키고 있다. 그래서 이 구절은 냉혹한 삶의 무한 경주에서 뒤떨어지지 않도록 스스로를 채근하고 단련시켜야겠다는 자기 다짐의 역설적 진술로 들린다. 왜냐하면 그것만이 이 거리의 문법에 적응하면서, 그리고 때로는 스스로 새로운 문법을 만들어가면서 살아갈 수 있는 한 가지 방도이기 때문이다.

7

자신의 이름자만큼 고운 심성을 지니고 있는 고운기 시에는 독(毒)이 없어 보인다. 물론 시에 독이 없다는 것은 어떤 면에서 단점으로 보일 수도 있다. 왜냐하면 시의 위의(威儀)란 종종 불온한 언어의 반역적 소명에 의해 변호된다는 점에서, 불의와 악의 편재에 저항하는 시의 언어에 독이 부재하는 경우 항체 없는 육체처럼 허약해 보일 수도 있기 때문이다. 여기서 시적 언어의 독성이란 현실의 부조리나 불합리를 제독(除毒)하는 언어의 기능을 겨냥한 말이다. 그런 면에서 나는 이따금 그의 시가 조금만 더 불온한 독성을 품었으면 하는 바람을 가져보기도 한다. 그럼에도 나는 그가 이전에 「천변풍경」이나 「밀물드는 가을 저녁 무렵」(『밀물드는 가을 저녁 무렵』) 등의 시에서 보여준 타인에 대한 따뜻한 심성과 정갈한 서정적 분위기를 참 좋아한다. 일찍이 김우창 교수가 고운기의 시심을 '맑고 고운 심성'의 가능성으로 읽고자 했던 것도 이름자로부터 연역된 어떤 상징성이 시의 뿌리를 형성하고 있다고 보았기 때문이 아니었을까.

첫 시집 『밀물드는 가을 저녁 무렵』의 「왕십리 시편 · 3」에 피력되어 있듯이, "알고 보면 세상은/ 내 이름자만큼이나 곱게 살건 못 되"는 그런 세상이라는 것을 시인은 어느 누구보다도 잘 알고 있다. 곱고 착하게 살려고 하는 사람들이란 언제나 제 이익만을 찾아 주변을 돌아보지 않는 이악스러운 사람들의 그늘에 가려, "내나 맨날 못 살고/ 자식은 학교도 못 보내 열등감만 키우는/ 그 궁상맞은 생활"의 궁핍한 삶을 살아갈 가능성이 높고, 이러한 현실이 이 사회의 냉엄한 질서로 편재해 있기 때문이다. 그러니까 시인의 이름자처럼 곱게 사는 사람들이란 늘 불의의 악덕을 삶의 유능한 기술로 익히고 있거나, 출세를 위해서는 배신의 줄타기를 서슴지 않는 사람들의 톱니바퀴에서 견디지 못하고 튕겨나갈 수밖에 없는 존재들이다. 이번 시집에 수록된 「毒과 毒이 싸우는」에서 시인이, "그러나 내 침에는 毒이 없다/ 담배라도 한 대 피워야 毒이 생기는/ 나는 그것이 슬펐던 경험을 한 적도 있다"고 말하는 것도 이런 사정에서 나온 솔직한 고백이다. 침에 독이 없다는 말은 결국 그 자신의 성정이 그렇지 못하다는 뜻이며, 그래서 니코틴의 도움을 받지 않고서는 벌레 물린 아이의 상처를 치료하는 간단한 민간요법도 할 수 없다는 진술이다.

'독 없는 시'는 어떤 면에서 김빠진 맥주처럼 미지근하고 맹맹할 수 있다. 음풍농월과 안빈낙도를 주제로 하는 은둔시나 전원시야 그다지 상관없겠지만, 이 자본주의의 맹독성 물신사회에 살아남기 위해서는 각자의 깜냥만큼 언어에 '독'을 품고 살지 않을 수 없다. 따라서 그런 세계를 주밀하게 관찰하는 시에서 언어의 독성은 필요불가결한 문학의 존재소(素)라고 할 수 있다. 하지만 착하게만 살도록 내버려두지 않는 세상의 강퍅한 '문법' 속에서도 할머니의 순한 눈매를 닮은 화자는 할머니에게, "선한 생각에 마음이 밝아 / 한 세상 그렇게 / 착하게 살아가기로 마음먹"으며, "한 번 더 마음이 맑아져야겠"(「할머님 생각」, 『섬강 그늘』)고 다짐하기에 이른다. 나아가 시의 화자는, "주어진 생애 동안 / 죄나 짓지 않고 살 뿐"(「성묘」, 『섬강 그늘』)이라고 겸손하게 고백하기도 한다.

그런데 너무 맑기만 한 성정은 오히려 연약하여 손해를 보고 사는 것이 세상의 냉혹한 문법이다. 하지만 많은 사람들이 인생의 여러 국면에서 타인을 배려하며 착하게 살려고 노력한다면 커다란 계몽의 담론과 운동의 실천이 아니어도 세상은 조금씩 달라질 수 있다는 소박한 희망을 가져볼 수도 있다. 이런 믿음은 황금의 물신이 지배하는 자본주의 사회에서 한갓 미망일 수도 있다. 그렇다고 해서 그런 소망을 포기할 필요까지는 없지 않겠는가. 문제는 착하다는 데 있지 않고 여전히 악하다는 데에 있다.

그러나 '맑고 고운' 시의 심성이 결코 무익한 것만은 아니다. 시의 그런 성정은 일상이든 시의 영역이든 세상의 악과 거짓을 제독해내는 힘을 가지고 있다. 그런 의미에서 고운기가 "내 침에는 毒이 없다"고 말한 것은 결코 부끄럽거나 나약한 고백이 아니라 오히려 당당한 다짐의 진술로 읽힌다. 그 진술은 수동성의 이면에 능동적 저항의 가능성을 견결한 태도로 간직하고 있는 의지의 역설적 표현일 수도 있다. '맑고 고운' 심성이 꼭 순진함만을 의미하는 것은 아니며, 오히려 그런 심성에는 눈에 보이지 않는 독침이 있을 가능성이 높기 때문이다.

고운기의 이번 시집『나는 이 거리의 文法을 모른다』에서는 낮지만 견결한 시적 성찰의 목소리가 들린다. 그의 시에 일관되게 나타나는 그리움의 거처나, 삶에 관한 견결한 성찰의 태도는 전통적 율격의 시적 어조를 바탕으로 각별한 울림을 주고 있다. 사소한 것에서 사소하지 않음을 발견하는 시안(詩眼)을 가지고, 물질적 풍요를 구가하는 시대에도 시인은 '피뢰침'처럼 시대의 정신적 궁핍을 감지해야 하는 소명을 가지고 있어야 한다는 그의 시에 대한 입장을 이번 시집의 여러 편에서 읽을 수 있다. 일련의 '동경시편'을 통해 밖에서 자신의 내면을 들여다보며 지나온 반생(半生)을 차분히 정리하고 있다는 점에서 고운기의 이번 시집은 그 자신의 시적 편력에 대한 중간결산의 의미를 갖는다고 보아도 좋을 듯하다.

____2001

'붉은여우'의 경계선을 넘어서

강준용의 『숭선에서』

1

현상의 이면을 탐색하는 의식의 내시경으로서 소설은 이야기 형식을 통해 시대의 풍경을 담아내고 현실적 삶의 여러 양상을 포착해낸다. 문학이 현실을 반영한다는 명제는 그래서 여전히 가능하고 유효하다. 문학이 현실을 비추는 거울이라고 할 때 이즈음의 세태를 반영하는 사회적 현상 가운데 실업(失業)과 실직(失職)의 문제만큼 '지금－여기'에서 우리가 당면하고 있는 사람살이의 모습을 핵심적으로 보여주는 사안도 없을 것이다.

1997년의 외환위기를 지나오면서 우리 사회는 지난 10년 동안 사람살이의 형식과 내용 면에서 값비싼 대가를 치르며 자본주의의 냉혹한 원리를 학습해오고 있다. 소득의 양극화가 불러온 빈부의 격차는 이른바 '중산층'이라는 용어를 우리의 의식에서 희석시켰으며, 1990년대 중반 1인당 국민소득 1만 달러 시대를 맞이하면서 너나없이 '우리는 중산층'이라는 슬로건을 내걸며 샴페인을 터뜨렸던 기억도 사라지게 하였다. 이 과정에서 형성된 우리 사회의 우울한 징후들은 자고 일어나면 천정부지로 치솟는 특정 지역의 아파트값이거나, 아니면 자본주의의 편재화에 따른 사회적 양극화의 심화현상으로 노출되고 있다. 나아가 노동시장의 고용구조 악화는 실업의 일상화를 고착시켰으며, 이후 실업자를 지칭하는 자조적 용어들만 횡행하는 결과를 초래하였다.

외환위기 이후 지난 10년의 세월을 건너오면서 우리 사회는 일자리를 찾지 못하는 고학력 실업의 청년들과, 구조조정의 희생자로 일자리를 잃어버린 장년층 실직자들의 무력한 모습을 아주 익숙한 풍경으로 양산해내고 있다. 그리하여 지난 10년에 걸쳐 급속도로 형성된 소득구조의 양극화와 지속적인 실업의 양상은 압축 성장에 따른 '풍요 속의 빈곤'을 만연시키며 사회 구성원 모두에게 집단적 아노미 현상을 불러일으키고 있다. 일제강점기의 사회상을 묘사한 우리 문학의 주요 주제 가운데 하나가 실업자와 궁핍화의 생활상에 대한 관심이었으며, 한국전쟁 이후나 1960~70년대의 경제개발 과정에서도 소외된 사람들의 가난이나 실업과 관련된 문제는 작가들이 관심을 두고 천착한 오래된 주제이기도 하였다. 이런 맥락에서 이미 여러 작가들이 우리 시대의 실업자 문제를 문학적 탐구의 주요 과제로 부각시킨 사례가 있지만, 강준용의 소설집 『승선에서』에 수록된 10편의 작품들이 제기하는 문제 역시 우리 사회의 실업과 실직에 따른 삶의 실존성에 대한 질문과 성찰을 주요 화제로 삼고 있다는 점에서 관심을 불러일으킨다.

강준용의 작품집 『승선에서』 전체를 관통하고 있는 모티프는 대략 이렇게 정리해 볼 수 있다. 우선 주인공 화자로 등장하는 남성인물들의 실직과 그에 따른 실업자 생활의 양상, 그리고 그에 이어지는 가족의 위기와 파탄이 다양한 스펙트럼으로 펼쳐진다. 실직한 남성들은 새로운 일을 모색하고 재기를 꿈꿔보지만 그럴수록 좌절과 체념의 늪으로 점점 빨려 들어가며 무능함을 확인해야 하는 상황에 내몰린다. 이런 상황을 구원하기 위해 등장하는 '릴리프 투수'는 대부분 아내나 여성들이다. 아내와 여자들은 남편과 남자들을 대신하여 분식집을 내고, 김밥을 말아 편의점에 납품하며, 피부관리사나 분장사, 보험회사의 판매원, 또는 우유배달부·수금원 생활을 하며 삶을 억척스럽게 꾸려나간다. 여자들이 생활 전선에 투입되면서 가계의 상황은 회복되지만, 반면에 실직과 백수로 나날을 소비하는 남성들은 경제력을 상실한 채 한없이 초라한 존재로 인식될 뿐이다. 그래서 아내나 여성들은 "처절하게 가정이라는 보금자리를 지키는 파수꾼"(43쪽)이자 경제 활동의 주체로 부상하는 반면, 남성들은 그 객체로서 "아내한테 굴종해야 하는 방법을 모색하는"(52쪽) 처지로 전락한다. 자연스럽게 여성들이 가족의 경제를 책임지면서 가정을 이끄는 힘은 아버지에서 어머니 쪽으로 넘어가기에 이른다. 그러니까 실직을 하고 기약 없는 실업 상태로 무력한 나날을 소일하는 현실의 패배자인 남성(아버지/남편/남자)을 대신하여 여성(어머니/아내/여자)이 삶을 부양하는 양상을 작가는 이번 작품집의 주요 모티프로 활용하여 이야기를 구성한다.

2

10편의 작품 전체를 통해서 일관되게 드러나고 있는 특징은 이런저런 이유로 직장에서 퇴출되어 실업자 상태로 무력한 나날을 보내고 있거나, 아니면 백수생활을 하는 인물들이 주류를 이루고 있다는 점이다. 「핸드폰 핸드폰」에서, '나'는 20년 동안 잡지사 일을 해오면서도 한 직장에 안착하지 못한 채 불혹을 넘긴 나이에도 번역이나 잡지 기획을 봐주며 외줄을 타듯 불안한 삶을 살아가는 인물이다. '나'는 핸드폰을 사달라는 아이와의 약속도 쉽게 지키지 못하는 무능한 아버지이며, 카드 결제를 하지 못해 결국 은행으로부터 신용불량자 통보를 받기에 이른다. 표제작 「숭선에서」는, 아내와 회사 동료가 바람을 피우게 된 일로 회사를 나와 실업자가 된 일류대학 출신의 '나'가 우연히 밤길에서 술에 취한 보험회사원 여성을 부축하여 바래다준 인연으로 그녀와 동거하다가 1년 만에 무능하다는 이유로 버림을 받는 이야기이다. '나'는 현실의 논리를 이해하지 못하는 무능력자로 자신을 비난하며 떠나 가버린 그 여자('붉은여우'의 부정적 이미지로 기억되는 보험회사원)에 대한 기억을 떠올리고, 그녀의 이미지와 백두산 근처의 '숭선'의 정경을 중첩시켜가면서 삶과 운명을 가르는 어떤 '경계선'에 관한 의미를 반추한다. 이 작품에서 작가는 자본주의적 현실의 냉혹한 논리와 결합하지 못하는 '나'의 의식에 관한 이야기를, 물신성의 생존 논리로 무장한 '붉은여우'가 재주를 넘는 서울이라는 공간과 '숭선'에서의 '비오는 경계선' 이미지를 교차시켜 전개하고 있다.

실업자 모티프는 「무의 셈본」에서, 회사에 정리해고 바람이 불면서 예상되는 소요를 완충해줄 역할을 하기 위해 어쩔 수 없이 위장 정리해고 되었다가 결국 회사로부터 부름을 받지 못하고 실업자로 전락하여 "무능과 무시의 철책에 갇힌"(67쪽) 하루하루의 생활을 영위하는 인물의 이야기에서도 지속된다. 실직하여 아무 일도 하지 못하는 아버지는 더 이상 가족에게 환영받지 못하는 '잉여 인간'으로 취급될 뿐이다.

> 아이들의 방문은 꼭 닫혀 있다. 그가 그들처럼 안방으로 들어가 문을 닫고 나오지 말라는 묵시의 시위였다. 안방으로 들어갔다. 그의 옷들로 가득 찬 장롱이 아내의 전용물로 여겨졌고, 텔레비전도 아내가 켤 때까지 작동되지 않을 것 같았다. 사물의 존재에 있어 그 실체는 관망자의 사고로부터 달라진다. 언제부터인가 안방은 아내의 점령지로 비쳤다. 이불을 펴고 누웠다. 화장대 위의 화장품과 그가 비교되었다. 아내한테

그의 존재가 화장품 같았다.

「무의 셈본」, 86쪽

"아빠는 휴직한 것이 아니라 쫓겨난 거예요. 사회의 경쟁에서 밀려난 거란 말이에요. 중요한 것은 할머니는 없고, 엄마가 분식을 팔아 그 코 묻은 돈으로 우리가 살아가고 있다는 거예요!"(67쪽)라고 항의하는 대학생 딸은 물론이거니와, 중학생인 아들조차도 아버지를 함부로 대한다. 실직이라는 상황이 가족에게서조차도 소통을 거부당하는 양상으로 내모는 비정한 현실은 '나'를 "치매에 걸려 가족들로부터 소외당하는 어머니"(81쪽)와 동일한 존재로 취급하는 아내와 아이들의 적대적 태도에서 더욱 심화되기에 이른다. 가족들의 이런 정신적 풍경은 치매환자인 어머니가 끝내 아파트 베란다에서 투신하여 자살을 하고, 뒤이어 '나' 또한 투신을 하는 장면에서 극점을 이룬다.

피부 관리실의 고정 화장사이자 방송국 분장사로 분주한 일상을 살아가는 여자와 결혼하여, 여자가 마련한 아파트에 얹혀살고 있는 무기력한 '나'(「붉은 색실로 지은 시간」), 의식주가 충분히 해결되는 경제력을 갖추고 있으면서 40대 초반의 나이에 백수생활을 하고 있는 남자(「바람바퀴를 단 기형물」), 서른다섯의 왕성한 나이로 직장을 그만둔 이후, 집 근처의 24시간 편의점에서 밤을 낮 삼아 컵라면을 먹으며 소일하면서, 새벽 시간에 편의점에 들러 컵라면으로 요기를 하는 여자와 무료한 대화를 나누는 남자의 이야기(「편의점에서 긋는 곡선」)에서도 실직과 백수생활의 무력하고 단조로운 일상이 반복된다. 마흔 살의 '나'는 회사에서 한 순간의 실수로 성추행을 하여 쫓겨나고, 교사인 아내는 그 일이 창피하여 딸을 데리고 집을 나가 혼자가 된 '나'가, 무슨 사연인지 전직이 고등학교 독일어 교사였을 것으로 추정되는 한 정신 이상 사내를 목격하면서, 자신도 모르게 히틀러를 닮아가고 있음을 느끼는 이야기(「하일 히틀러」)에서도 작가는 실직자의 반복된 일상과 이상 심리를 희화적 상황에 대입하여 보여준다.

그러나 무엇보다도 이 작품집 전체에서 실직의 문제는 「텔레비전 버리기」에서 절정을 이룬다. 이 작품의 화자인 '나'는 영문학을 전공하고 대학을 졸업한 후 호주에 유학을 다녀온 인물이다. 32세의 나이로 학원에서 임시직으로 강사생활을 하다가 관광회사 해외 영업팀으로 들어간 '나'는 직장을 잃고 다시 일자리를 찾기 위해 단칸 지하방에서 전세를 살며 무료한 나날을 소비하는 37세의 백수이다. 주인집 여자가 그에게 강제로 떠맡기다시피 한 고물 텔레비전에 빗대어 백수생활의 단조로운 일상을 그리고 있는 이 작품은, 정글의 법칙이 지배하는 아프리카의 세렝게티 평원처럼 자본주의적 현실의 논리와 타산에 자신의 정신과 육체를 충실하게 맞추지 않으면 살아가기 어려운 현실의 엄혹함을 역설적으로 보여준다.

관광회사의 해외 영업팀에 재직하던 시절 사장이 '나'에게 요구했던 것의 핵심은 "초자연적인 예술성을 가진 셰익스피어의 언어를 듣고 이해하는" 학문적 능력이 아니라, 현실에서의 '처세술'로 관광객을 유치하여 회사의 매출을 얼마나 많이 올릴 수 있느냐 하는 데 있었다. 그러나 '나'는 그 현실의 논리를 간파하지 못해 관광객 유치에 실패함으로써 회사에서 해고를 당한다. 고장이 난 텔레비전, 전축, 비디오, 냉장고, 컴퓨터, 에어컨, 세탁기 등처럼 거의 쓸모없게 된 물건에 비유된 '나'의 삶은 로맹가리와 헤밍웨이와 고흐처럼 모두 권총 자살을 한 작가들과 마찬가지로 한 순간에 사라지거나, 아니면 고물상 트럭에게 낡고 고장 난 전자제품을 떠맡기듯이 자신의 존재를 투기처분하지 않으면 안 되는 심리적 공황에 직면한다.

한편, 「금고기를 보내며」는 자본주의의 소비 체제가 강요하는 과잉 욕망의 파시즘적 상황을 우화적으로 설정하여 그리고 있는 작품이다. '나'는 18년째 일류 회사에서 일해 오면서 인정을 받아 부장 자리까지 오른다. 그러나 '나'는 아내의 과도한 소비 욕망으로 인해 "눈을 감고 백 억짜리 수표 한 장이 생기길 금고기한테 빌어야만"(215쪽)하는 처지로 전락한다. 이 작품에서는 과도한 욕심 때문에 황금알을 낳는 게사니의 배를 가르는 동화속의 어리석은 부부 이야기처럼 금고기의 배를 짼다는 모티프를 활용하여, "모든 소원을 들어주는 금고기를 다스리는 여왕"(226쪽)이 되고 싶은 아내의 과잉 욕망과 비정상적 소비 행태를 통해서 자본주의적 과잉 소비의 뒤틀린 욕망을 풍자한다.

3

강준용의 작품집 『숭선에서』는 자본주의적 시간의 나날 속에 패퇴하고 스러져가는 인물들의 무력한 일상과 그로부터 야기되는 의식의 음영(陰影)을 그리고 있다. 그럼에도 작품집 전체를 통해서 작가가 추구하는 진정한 삶의 방향은 오늘의 자본주의 체제가 강요하는 소비의 파시즘적 경계선 저 너머에 존재할지도 모를 어떤 유토피아적 가능성을 향하고 있다. 작가는 소비의 파시즘, 욕망의 파시즘이 지배하는 자본주의의 소비 체제로부터 낙오되고 일탈한 인물들의 이야기를 통해서 경계의 이쪽(현실)과 저쪽(이상) 그 어느 쪽에도 안착하지 못한 채 삶의 위태로운 현실을 부유하는 도시적 유랑민의 초상을 인화해내고 있다.

「호떡 굽는 날」에서, 회사가 문을 닫으면서 실직을 하게 된 '나'는 40대의 어정쩡한 나이로 취업을 하기 위해 여러 차례 노력을 하지만 일자리를 얻지 못하고 실업자로 근근이 살아간다. 아내 또한 돈을 벌기 위해 일을 나갔다가 허리를 다쳐 자리에 눕게 된다. '나'나 아내는 모두 대학을 나온 이른바 인텔리들이지만, 실직이라는 현실의 상황 안에서는 그저 무력한 잉여적 존재에 불과할 뿐이다. “헤겔과 사르트르와 바흐와 고흐가 미래의 삶을 밝게 한 대학 시절, 내가 사랑한 여자는 버지니아 울프와 보바리의 관념에 젖어 나와 함께 낙엽이 떨어지는 이유보다 아름다움을 논했”(171쪽)으며, “워즈워드를 읊조리며 밤새 걸어 다닌 유년의 추억들”(173쪽)을 뒤로 한 채 돈을 벌기 위해 무엇이라도 해야 한다. 그래서 ‘나’는 중학교 시절에, 어려운 처지에 있었던 동급생 친구를 위해 모금 운동을 벌여 그 돈으로 호떡 장사를 해 도움을 주었던 경험을 살려 사람들이 많이 다니는 은행 공터에서 호떡을 구워 파는 장사를 시작하지만 주변 상인과 은행 경비, 폭력배 등의 압력으로 이리저리 쫓겨 다니는 처지가 된다. ‘나’는 절망적인 현실로부터 도피하기 위한 최후의 선택으로 간혹 자살 충동을 느끼기까지 한다.

그러나 여기서 한 가지 주목해야 할 것은 무엇보다도 작품집 전체를 통하여 작가가 어떤 ‘경계선’ 너머에 있을지도 모를 진정한 삶의 지점을 모색하고 있다는 점이다. 「승선에서」의 다음과 같은 대목은 작품집 전체가 지향하는 주제랄까 작가의 의도를 압축하여 보여준다.

> 넘고 싶어도 갈 수 없는 경계선이 뚜렷이 보였다. 첨단 문명과 교활한 문화로 물든 사람들이 사는 곳에서부터 온 나란 관조자가 그 어떤 술수로든 넘지 못할 경계선을 보고 있었다. 경계선 저쪽에는 나를 홀리는 붉은여우가 없을 것 같았다. 나는 내가 바라는 희망들이 내 곁이 아닌 다른 곳에 존재한다고 여겼다. 늘 경계선을 넘으려고 한 것도 그것 때문일 것이다. 내가 본 그리고 내가 겪는 현재에서는 희망을 발견할 수 없다고 판단한 것은 왠지 모른다. 풍부한 물질과 첨단 문명 속에 존재하는 나를 발견키 위해 나는 붉은여우가 거주하는 경계선을 넘었다. 그러나 나는 이 사회가 내세우는 그 문명으로 인해 근거지를 찾지 못하

고 헤맨다.

「숭선에서」, 248~249쪽

작가는 작품집 전체를 가로지르며 "교활한 문화"나 "풍부한 물질과 첨단 문명" 저 너머에 있는 '희망'의 거처로 나아가기 위한 임계점(臨界點)으로서 어떤 '경계선'을 상정하고 있다. 이를테면 화자가 유년시절의 기억을 통해서 불러내고 있는 '버들치', '모래무지', '피라미' 등에 대한 이미지는 화자에게 강이 "삶의 마지막 경계선"이며, "내가 미련 없이 버리고 건너버린 그 경계선 저쪽, 이쪽을 경험하기 위해서는 상실치 말아야 할 지역"(245쪽)으로 부각된다. 그러나 작가가 그리는 꿈은 단지 과거의 공간, 과거 시간으로의 회귀라는 방식으로 추구되는 것이 아니라, 미래의 어떤 시간과 장소를 상정하고 있다. 이것은 냉혹한 자본주의적 체제 안에서도 경계선 '저쪽'을 향하는 희망의 끈을 놓지 않겠다는 작가의 단단한 의지가 표명된 것으로 이해할 수 있다. 이 새로운 가능성으로서 '경계선' 너머에 대한 끊임없는 열망은 아마도 작가가 피력하고 있듯이, 비록 "이 사회가 내세우는 그 문명으로 인해 근거지를 찾지 못하고" 어떤 경계선 안에서 헤매고 있을지라도, 진정한 '나'를 발견하기 위해 "붉은여우가 거주하는 경계선"을 넘어서 그 "경계선에 대한 해답"(251쪽)을 찾아나서는 여행을 멈추지 않을 때에만 실현될 수 있을 것이다.

____2007

영원한 청춘의 문학

다자이 오사무의 소설

1. 다자이 문학과 마주하며

'자살'에 관한 탁월한 연구서를 남긴 A. 알바레즈에 따르면, 타고난 천재는 요절한다고 믿었던 19세기의 낭만주의적 경험 혹은 낭만주의자들의 편견이 도스토예프스키 같은 20세기의 선구적 작가들에게 주된 관심사로 수용된 이래 인류사에서는 적지 않은 예술가들이 자살을 스스로 선택할 수 있는 공동의 유산처럼 여기게 되었다. 그는 "도스토예프스키가 19세기와 20세기의 사이에 하나의 교량 역할을 해준 것은 바로 자살의 문제"[1]였으며, 그래서 『악령』의 주인공 키릴로프는 비록 작중인물이긴 하지만 완전한 의식을 가지고 자신의 필연적 논리에 따라 승리자의 태도로 자신을 죽였다고 분석한다. 그리하여 알바레즈는 "인간이 자신의 의지를 표현할 수 있는 최고의 형식은 스스로 신의 역할을 맡아 자신에게 죽음을

1) A. 알바레즈, 『자살의 연구』(최승자 옮김), 청하, 1982, 189~190쪽.

부여하는 일”[2]이었다는 견해를 도출해낸다. 그런 한에서 우리는 일군의 예술가들에게 자살이란 매일같이 다시 떠오르는 태양만큼이나 불가피한 선택일 수 있음을 어렴풋하게나마 이해하게 된다.

인류의 문학사에서 스스로 죽음을 선택한 인물들을 기억해낼 때, 모호하고 복잡한 동기를 가진 자살행위의 이면에 잠복된 의식이나 심층심리를 한몫에 이해하기란 그렇게 쉬운 일이 아니다. 그래서 키츠의 폐결핵과 콜리지의 아편중독과 바이런의 근친연애(물론 다자이의 경우는 근친연애가 아니라 거듭된 여성편력이었지만)를 합성해놓은 것 같은 다자이의 작가적 삶을 생각할 때 지나치게 섬세한 자의식이랄까, 타인들로부터 상처받기 쉬운 섬약한 기질, 시대의 고통을 부끄러움의 내면화 과정으로 과잉 섭취하는 가운데 일상적 삶과 쉽게 융합하지 못하는 예술가 특유의 생활 파탄을 자살의 문제와 연관시켜 떠올리는 일은 어려움을 동반할 수밖에 없다. 그러나 한 가지 분명한 사실은, 가족과 여자와 시대와의 불화를 겪으며 내적 동기에 의해 다자이 스스로 예정된 삶을 밟아 죽음을 선택했으며, 아울러 그 흔적들이 그의 작품 도처에 산포되어 있음을 어렵지 않게 발견할 수 있다는 점이다. 스스로 삶의 종착역을 정하고, 그 종착역에서 하차하는 극도의 실존적 결단, 거기에 이르는 삶의 과정에서 생산된 정신적 혈흔(血痕)의 순수한 궤적들이 바로 다자이 문학이라고 말할 수 있지 않을까. 그리고 그것이야말로 다자이를 일련의 자살 작가들의 계보 속에서 이해할 수 있게 해주는 동시에, 그들과는 또 다른 지점에서 그의 삶과 문학을 수용하게 해주는 가능성을 열어놓고 있다.

2) A. 알바레즈, 위의 책, 212쪽.

2. 간단한 연보와 자살의 기록들

쓰시마 슈지(津島修治)가 본명인 다자이 오사무(太宰治)는 1909년 아오모리현(青森縣) 쓰가루(輕津)에서 훗날 귀족원 의원이 되는 아버지 쓰시마 겡에몬(津島源右衛門)의 11남매 중 6남으로 출생한다. 1925년(16세) 아오모리의 중학생 시절부터 문학에 뜻을 두고 동창생들과 동인지를 만들어 작품을 발표하면서 작가의 길을 꿈꾸기 시작한다. 1927년(18세) 고향의 중학교를 졸업한 후 히로사키 고교에 진학하게 되는데, 이때부터 조금씩 공산주의 사상에 강한 영향을 받으면서 귀족원 의원이자 대주주 가문 출신인 자신의 성분에 부끄러움과 죄의식을 느낀 나머지 칼모틴을 복용하여 자살을 시도하지만 실패한다(1차 자살 시도).

1929년(20세) 다자이는 고교를 졸업하고 도쿄제국대학 불문과에 진학하는데, 대학시절에는 공부보다 사회주의 운동에 깊이 관여하는 한편, 동향 출신의 기생 오야마 하쓰요(小山初代)와 동거를 시작하지만 큰형의 설득으로 헤어진다. 그 해 11월 도쿄 긴자(銀座)의 카페 여급 다나베 시메코와 사흘간 동거를 한 후 가마쿠라(鎌倉) 해안에서 동반자살을 시도하지만 여자만 죽고 다자이 자신은 살아난다(2차 자살 시도). 이 사건으로 다자이는 자살방조죄로 기소되지만 기소유예 처분을 받고 풀려난다. 이때의 체험이 「광대의 절규」(1935), 『인간실격』(1948) 등으로 작품화된다.

1935년 3월 대학 졸업이 여의치 않고 신문사 시험에 낙방하는 등 생활에 어려움을 겪게 되면서 또 한 차례 가마쿠라에서 자살을 시도하는데, 그것도 뜻대로 되지 않는다(3차 자살 시도). 1935년 4월에는 파비날에 심하게 중독된 다자이를 치료하기 위해 가까운 친지들이 그를 정신병원에 강제로 수용시키게 되는데, 병원에 입원하고 있는 사이에 다시 동거 중이던 오야마 하쓰요가, 자신과 무척 가까웠으며 인척이기도 했던 화가와 불륜을 저지르는 사건이 발생한다. 그 사건을 계기로 다자이는 하쓰요와 함께 칼모틴을 복용하여 음독자살을 시도한다. 그러나 이 역시 실패하고 하쓰요만 죽는다(4차 자살 시도). 1948년, 다자이는 폐결핵이 악화되고 점점 자기파멸이 가속화되면서 「굿바이」 초고와 유서를 남겨둔 채 전쟁미망인 야마자키 도미에(山崎富榮)와 다마카와 죠스이(玉川上水)에 몸을 던져 동반자살을 기도함으로써 서른아홉의 젊은 나이로 삶을 마감한다(5차 자살 시도).

다자이는 자신의 작품 곳곳에 죽음 또는 자살과 관련된 여러 흔적들을 남겨놓고 있는데, 첫 창작집 『만년(晩年)』(1936)에 수록된 「잎(葉)」(1934)이나 「광대의 절규(道化の華)」(1935) 등으로부터 만년의 『사양(斜陽)』(1947), 『인간실격(人間失格)』(1948) 등에 이르기까지 그런 징후들을 어렵지 않게 찾을 수 있다. "죽으려고 생각했다"로 시작하며, "자살을 처세술처럼 타산적인 것"으로 서술하고 있는 「잎」의 다음과 같은 문장들을 읽어보자.

> 죽는 게 가장 좋은 거야. 아냐, 나만이 아냐. 적어도 사회의 진보에 마이너스 역할을 하는 녀석들은 전부 죽어버리면 되는 거야. 그렇지 않다면 너 말해 봐, 마이너스가 되는 녀석이든 뭐든 사람은 모두 죽어서는 안 된다는 과학적인 뭔가 이유라도 있기나 한가 말야.
>
> (……)
>
> 웃어넘기지 마. 이봐, 그렇지 않냐구. 조상을 섬기기 위해 살아 있어야 한다든가, 인류 문화를 완성시켜야 한다든가, 그런 대단한 윤리적 의무로써만 우리는 여태 교육받아온 거야. 아무런 과학적 설명도 없이 말야. 그렇다면 우리들 마이너스 인간은 모두 죽는 편이 나아. 죽으면 제로라고.
>
> 『만년』(소화, 1997), 20쪽

이뿐만이 아니다. 일종의 기행소설이라고 할 수 있는 「쓰가루」(1944)에서도 작가는 이른 나이에 자살로 삶을 마감한 작가들의 이름을 다음과 같이 밝혀놓고 있다.

> "마사오카 시키 서른여섯, 오자키 고요 서른일곱, 사이토 료쿠 서른여덟, 쿠니키다 돕보 서른여덟, 나가쓰카 다카시 서른일곱, 아쿠타가와 류노스케 서른여섯, 가무라 이소다 서른일곱."
>
> "그건 뭐죠?"
>
> "이 사람들이 죽은 나이야. 픽픽 쓰러져서 죽어가고 있지. 나도 이제 그 나이야. 이 나이가 작가에게는 가장 중요한 때지."
>
> 『여자의 결투』, 257쪽

이 외에도 그의 대표작 『사양』에서 마약에 중독되어 피폐한 몸으로 제대한 군인 나오지가 "나는 내가 왜 살아야 하는지, 그걸 도무지 알 수 없어요. 살고 싶은 사람만 살면 돼요. 인간에겐 살 권리가 있는 것과 마찬가지로 죽을 권리도 있을 테죠.",[3] "살고 싶은 사람은 무슨 수를 써서라도 반드시 씩씩하게 살아남아야 하고, 그건 그대로 멋진 일이며 인간의 영광이란 것도 틀림없이 이런 데에 있을 테지만, 그러나 죽는 것 또한 죄가 아니라고 생각합니다."[4]라고 하면서 결국 삶을 마감하는 것도 자살과 관련된 다자이 문학의 중요한 근거로 부각되는 장면이다. 그렇다면 연보와 자살의 기록들에 점점이 박혀 있듯이 다자이의 삶과 문학을 이해하는 데에서 중요한 지점을 차지하고 있는 죽음 혹은 자살의 의미란 무엇인가?

---

3) 다자이 오사무, 『사양』(유숙자 옮김), 소화, 2002, 183쪽.
4) 다자이 오사무, 위의 책, 189쪽.

3. 생과 사의 문학적 감각

다자이 연구자들에 따르면, 자기 존재의 모든 것을 걸고서 실존의 정점을 향해 육박해 들어간 그의 죽음에 대한 감각은 매우 이른 시기에 형성된 것으로 보인다. 작가의 개인사를 이해하는 데 자주 활용되는 전기적(傳記的) 분석방법에 의해 다자이의 정신을 형성시킨 요인들을 살펴보면, 먼저 특별한 가족 구성원 속에서 성장한 환경을 들 수 있다. 열한 명에 이르는 형제자매 가운데 여섯 번째로 태어나 전통에 둘러싸인 대가족 관계 속에서 겪어야 했던 성장기의 복잡하고 미묘한 사정들을 첫째 요인으로 생각할 수 있다. 다음으로는, 그의 작품에 그려져 있듯이 유년기에 겪었던 아주 엄격했던 아버지라는 존재가 어린 쓰시마(다자이)의 성장기를 지배한다. 또 하나는, 병약한 어머니를 대신하여 숙모와 보모의 보호를 받으며 성장하는 과정에서 모성을 향한 애정결핍이 어린 다자이의 마음에 깊은 상처를 입힌다.

다자이의 첫 창작집『만년』에는 단편「잎」,「광대의 절규」,「추억」,「로마네스크」 등 열다섯 편이 포함되어 있는데, 이들 단편들은 이후 12년 동안 지속되는 다자이 문학의 다양한 작품 세계를 발아시키는 모태가 된다.「추억」에서 서술되고 있듯이, 아버지라는 존재는 그대로 유년의 다자이에게는 공포의 대상으로 내면화된다. 이런 사정들은 성장한 이후에도 그대로 남아있게 되는데, 어린 시절 아버지를 비롯한 가족 환경으로부터의 탈출구로 다자이가 발견한 것은 문학(소설)이었다. 다음과 같은 대목은 이 점을 잘 보여준다.

> (……) 드디어 나는 어떤 쓸쓸한 배출구를 발견했다. 창작이었다. 여기에는 많은 동료가 있어서 나와 똑같이 이 정체를 알 수 없는 떨림을 응시하는 것처럼 생각되었다. 작가가 되자, 작가가 되자, 나는 남몰래

> 소망했다. 남동생도 그 해 중학교에 들어가서 나와 한 방에서 생활했는데 나는 남동생과 의논해서 초여름에 대여섯 명의 친구들을 모아 동인잡지를 만들었다. 내가 있는 집과 비스듬히 마주한 곳에 큰 인쇄소가 있어서 그곳에 부탁했다. 표지도 석판(石版)으로 예쁘게 찍었다. 급우들에게 그 잡지를 나눠주었다. 나는 거기에 매월 하나씩 창작을 발표했다. 처음에는 도덕에 대한 철학자풍의 소설을 썼다. 한 줄이나 두 줄의 단편적인 수필에도 자신이 있었다. 이 잡지는 그 후 일 년 정도 계속했는데 나는 그 일로 큰형과 거북한 문제를 만들고 말았다.
>
> 『만년』, 67~68쪽

다자이가 발견한 것은 문학이라는 "어떤 쓸쓸한 배출구"로, "이 정체를 알 수 없는 떨림을 응시하는 것"에 의해 그는 작가가 되기로 결심을 한다. 그런데 여기서 주목해보아야 할 것은 "정체를 알 수 없는 떨림", 즉 '불안'으로 바꿔부를 수 있는 단어이다. 이것은 다자이가 『만년』의 「잎」에서 "선택된 황홀과 불안 이 두 가지가 내게 있으니"라면서 베를렌의 시구를 에피그램으로 인용하고 있는 것과 관련된다. 베를렌의 시에서 다자이가 보려고 했던 것은 '황홀과 불안' 두 가지 심리로, 이 가운데 '황홀'은 생(生)의 플러스 과정으로서 문학(예술) 쪽으로, '불안'은 생의 마이너스 과정으로서 죽음과 연계된 방향으로 나아간다. 여기서 '불안'이란 달리 말하면 이미 다자이 이전에 "장래에 대한 막연한 불안" 때문에 온통 죽는 일만 생각하며 여러 유형의 자살 방법(縊死, 溺死, 轢死, 피스톨, 나이프, 投身)을 모색하다가 결국 수면제 치사량을 먹고 생을 마감한 선배 작가 아쿠타가와(芥川)의 의식과도 관련된 심리로 받아들일 수 있을 것이다. 작가가 되려고 남몰래 소망했던 다자이의 자아는 이후 자신의 자아를 둘러싼 외부 세계와의 부조화 혹은 화해 불가능한 상황으로 인해 더욱 첨예해진다.

격렬한 삶의 도정과 문학 및 세계에 대한 다자이의 태도를 본격적으로 보여주고 있는 작품들은 이번 작품집 『여자의 결투』에 실려있는 일련의 소설들에서도 굴절된 형태로 재연되고 있다. 표제작 「여자의 결투」(1940)를 비롯하여 「광대의 절규」(1935), 「걸식 학생」(1940), 「고전풍」(1940), 「쓰가루」(1944) 같은 이른바 쇼와(昭和) 10년대(1935~1945)의 작품들에서 다자이는 특유의 소설 방법론이나 심리묘사, 문체에 대한 견해, 문학에 대한 입장, 그리고 여러 차례의 자살사건과 관련된 내면의식의 편린들을 중첩시켜 그려내고 있다.

「광대의 절규」는 다자이가 파비날 중독으로 고통 받던 시기에 쓰여진 것으로 알려진 작품이다. 다자이는 앞서 언급했듯이 도쿄 긴자의 카페 여급 다나베 시메코와 사흘간 동거를 한 후 가마쿠라 해안에서 동반자살을 기도하지만 여자만 죽고 다자이 자신은 살아나 자살방조죄로 기소된다. 이후 기소유예 처분을 받게 된 이 사건을 다자이는 소설의 창작 과정에 반영하고 있다. 작품 속에서는 바닷가 요양원을 배경으로 '오바요조(大庭葉藏)'와 '소노(園)'의 동반 자살사건에 대해 '나'의 자기고백과 '그'의 서술을 교차시켜가면서 서술해낸다.

이 작품에서 다자이는 자신의 전존재와 관련된 고통스런 진실을 피력하기 위해서는 자기체험을 가감 없이 드러내는 사소설 기법이나, 객관적 묘사와 서술 방식에 의해 사건의 내용을 담아내는 기존의 형식이 아니라, '나(私)' 속에 '그(彼)'가 침입하고, '그' 속에 화자인 '나'의 자의식이 뒤섞여 들어가는 복잡한 형식을 실험하고 있어 독자들을 의도적으로 혼란스럽게 만들고 있다. 아마도 이것은 작가가 겪은 동반 자살사건의 실제 체험을 소재로 하여 자기를 상실한 작가의 고뇌와 마음속 진실을 복합적으로 드러내려는 이유 때문에 이런 형식을 취한 것으로 이해할 수 있다.

모든 걸 털어놓으려 한다. 나는 이 소설의 장면과 장면 사이에 '나'라고 하는 남자의 얼굴을 끼워 넣었다. 그 남자는 말하지 않아도 될 문제를 장황하게 늘어놓는다. 그러나 그런 장면에는 나의 교활한 의도가 들어 있다. 나는 독자들이 의식하지 못하는 사이에 나의 독특한 생각들을 소설에 끼워 넣고 싶었던 것이다. 이런 시도는 아직 일본에서 시도된 적이 없다. 나는 이런 시도가 매우 세련된 기법이라고 감격해하고 있었다. 그렇지만 패배했다. 아니다. 나는 이런 패배의 고백조차도 이 소설의 구상에 포함시키고 있었다. 가능하다면 좀 더 있다가 이걸 말하고 싶었다. 아니 이것조차 이미 준비하고 있었다. 아아! 더 이상 나를 믿지마! 내가 말하는 한 마디도 믿을 게 없다.

『여자의 결투』, 185쪽

작가는 이 자살사건에 대한 인물들의 심리적 반응들에 대해 1인칭과 3인칭을 바꾸어가면서 서술하고 있을 뿐만 아니라, "방향을 전환해서 파노라마식으로 전개할까?"(174쪽) 생각해보기도 하고, "분위기 있는 로맨스"(184쪽)로 만들고 싶어 한다. 작품의 곳곳에서 작가는 자신의 모습을 그대로 드러내며 작중 인물들은 물론 독자들에게도 말을 걸면서 교섭을 시도한다. 다음 인용은 이 소설을 쓰고 있는 작가의 내면의식을 잘 보여준다.

나는 여기서 용기를 내어 얼굴을 내민다. 이렇게라도 하지 않으면 나는 이 소설을 이어갈 수 없다. 이 소설은 혼란으로 가득 차 있다. 나 자신이 흔들리고 있다. 요조를 힘겨워하고 고스게 그리고 히다를 힘겨워한다. 그들은 나의 글 솜씨가 맘에 들지 않는지 제멋대로 행동한다. 나는 그들의 흙 묻은 구두에 매달려 기다려달라고 소리친다. 이 정도에서 진영을 정비하지 않으면 우선 내가 견뎌낼 수 없다.

『여자의 결투』, 202~203쪽

> 풍자화의 거장! 점점 나 자신도 질려온다. 이건 통속소설이 아닐까? 이런 장면은 경직된 내 신경이나 여러분들의 신경에 들어 있는 독소를 없애려고 설정한 장면인데 왠지 시시한 느낌이 든다. 내 소설이 고전이 된다면… 아아! 나는 제정신이 아닌 걸까? 여러분들은 이런 장면을 방해물이라고 여기겠지. 여러분들은 작가인 내가 생각지도 못한 측면까지 제멋대로 추측해서 이 작품이 고전일 수밖에 없는 이유를 큰소리로 외쳐대겠지. 아아! 죽은 대작가는 행복한 사람들이다. 살아 있는 어리석은 작가는 자신의 작품을 보다 많은 독자들에게 읽히려고 주석을 달다가 모든 시간을 허비한다. 이런 주석투성이 작품은 졸작이다. 맘대로 해, 해볼 테면 해봐, 라고 할 만한 강인한 작가의식이 내게는 없다. 난 훌륭한 작가가 될 수 없다. 응석꾸러기에 불과하다. 응석을 부리다가 나는 잠시 휴식을 취한다. 아아! 이제 아무래도 좋다. 나를 그냥 내버려둬. 광대의 절규도 이제 여기서 종막을 고한 듯하다. 더욱이 추한 모습이다. 완벽함에 대한 동경! 걸작의 유혹! 기적의 창조주! 나.
>
> 『여자의 결투』, 216~217쪽

한편, 이 작품집의 표제작 『여자의 결투』는 모리 오가이(森鷗外)가 번역한 것으로 되어 있는 동명의 단편소설을 토대로 다자이 자신이 완전히 새로운 작품을 창조해보겠다는 의지를 가지고 원작에서 부족하다고 느껴지는 부분들을 작가 나름의 안목에 맞추어 고쳐가면서 이중의 액자형식으로 서술하고 있는 작품이다. 이 과정에서 '바깥 이야기'에 해당하는 「여자의 결투」의 저자 다자이(DAZAI)는 '속 이야기'인 「여자의 결투」의 원작자(헤르베르트 오일렌베르크로 설정되어 있다)이자 작품에 등장하는 아내 콘스탄체의 실제 남편이기도 한 예술가, 그리고 그 번역자인 모리 오가이의 여주인공에 대한 묘사에 작가 자신이 직접 개입하여 고쳐가면서 자기 나름의 문체 의식으로 재창조해냄으로써 다자이 자신의 작품으로 만들어가는 과정을 보여준다.

「여자의 결투」의 이야기는 겉으로 보면 '나'(DAZAI)를 노출시켜 작가 다자이의 소설에 대한 창작방법이나 태도, 예술가 남편과 아내, 그리고 예술가의 연인인 여대생에 대한 심리를 묘사해가는 복잡한 형식의 작품이다. 그런데 이 작품에서 흥미로운 것은, 작품의 화자인 실제 작가 '나'가 「여자의 결투」 속 이야기의 실제 작가이자 작품 속의 예술가 남편에 대해 "예술가라는 사람들은 이다지도 냉담하고 자신이 본 것을 사진기처럼 찍어내는 사람입니까? 저는 그렇지 않다고 대답하고 싶습니다."(52쪽)고 하면서, 여자들끼리의 결투를 저지하지 않고 뒤에 숨어서 지켜본 남편은 '살인방조죄'라는 죄명으로 기소될 수 있음을 지적하는 부분이다. 아마도 이 부분은 동반자살 사건과 관련하여 동일한 죄명으로 기소되었던 다자이 자신의 체험을 작품 속에 은밀하게 삽입하여 재구성함으로써 어떤 형태로든 그것과 관련된 자신의 복합심리를 소설의 장치를 활용하여 담아보려는 의도와 관련되어 있는 것으로 읽을 수 있다. 그래서 바깥 이야기의 화자인 작가(DAZAI)는 자신의 체험을 작품에 도입하고 있다는 사실을 독자들이 눈치 채지 못하도록 작품 밑바탕에 깔아보려고 노력했다고 밝히면서, 이 작품에서 의도하고 있는 복잡한 서술 장치에 대해 다음과 같이 고백한다.

> 이 소설은 여러 이야기가 복잡하게 뒤얽혀 있는 작품입니다. 저는 이 소설을 일부러 복잡하게 만들려고 노력했습니다. 그래서 여러 가지 소설적 장치를 준비해 두었습니다. 시간 여유가 있는 독자들은 이런 장치에 신경을 쓰면서 천천히 읽어주십시오. 진짜 작가는 어디에 있는 것인가? 그걸 알 수 없게 되어버린 듯한 느낌이 듭니다만, 작품 분위기를 생각하다가보니 신비한 세계로 빨려 들어갔습니다. 신에게 벌을 받을 일인지도 모르겠습니다. 그러나 저는 이런 상태에서도 균형감각을 유지하려고 했습니다. 어쨌든 제가 창작한 「여자의 결투」를 읽고 원작에서 제

시한 아내, 여학생, 남편 등 세 사람이 원작보다도 더 친근한 사이라는 인상을 준다면 성공입니다. 과연 제가 창작한 작품이 성공인지 아닌지는 독자 여러분들이 판단해주십시오.

『여자의 결투』, 70쪽

「여자의 결투」의 복잡한 소설적 장치와 서술 태도는 「걸식 학생」에서도 반복된다. 「걸식 학생」은 소설을 쓰는 서른두 살의 주인공(실제 작가인 다자이의 나이와 같다)이 미타카(三鷹驛) 근처의 "사람을 삼키는 강"(76쪽)이라고 불리는 다마카와(玉川)에서 수영을 하는 한 소년(작품에서는 대학입학을 앞두고 있는 것으로 되어 있어 청년에 가까운 인물이다)과 짧은 기간 동안 교유하면서 문학과 법률과 제도, 그리고 풍속 등에 대해 서로 무미건조하고 엉뚱하면서도 유머러스하게 서술하고 있는 작품이다.

이 작품에서 역시 주목해야 할 점은 작가의 실제 나이와 작품 속의 소설가 인물의 나이가 같다는 것, 그리고 작품 속에서 소설을 쓰는 인물을 통해 자신의 자살을 암시하고 있을 뿐만 아니라, 나중에 야마자키 도미에와 함께 다마카와 죠스이에 투신하는 장소까지도 정확하게 언급해 두고 있는 부분이다. 다음과 같은 대목, 즉 "(……) 저 소년은 익사할 것이다. 나는 물론 수영을 할 줄 모른다. 그러나 보고만 있을 수는 없다. 나는 언제 죽어도 그다지 아쉬울 사람이 아니다. 설사 소년을 구하지 못한다고 해도 물에 뛰어들어 함께 죽어야만 한다. 이제 내가 죽을 장소를 찾아낸 것이다. (……) 어차피 곧 죽을 몸이기 때문이다"(77쪽)고 쓰고 있는 독백에서 작가의 죽음에의 감각, 즉 사(死)의 에너지를 작가는 작품이라는 장치를 매개로 발산하고 있음을 발견하게 된다. 생(生)과 사(死)의 반복되는 운동 속에서 다자이의 삶을 기술하는 문학적 감각은 점점 더 '부(負)'의 방향을 향해 치닫고 있음을 느끼게 된다. 그런 의미에서 이들 작품에서 시도하고 있는 다자이의 복잡한 소설적 장치란 과잉된 '사'의 감각에 비하면 부차적인 사항에 불과할 뿐이다.

4. '다케'를 찾아서

「쓰가루(津輕)」는 다자이가 자신의 문학의 뿌리라고 할 수 있는 고향 가나기(金木)에 십여 년 만에 귀향하여 친구들을 찾아 만나고 여행하면서 유년 시절을 회상하는 풍토 여행기 성격의 장편소설이다. 이 작품은 작가가 밝히고 있듯이 "혼슈(本州)의 북단인 쓰가루(津輕) 반도를 대략 삼 주일간 일주한 경험"을 <서편(序編)>과 <본편(本編)>으로 나누어 구성되어 있다. <서편>에서 작가는 이번 여행을 통해서 "도시의 지세나 지질, 천문, 재정, 연혁, 교육, 위생 등에 관하여 전문가다운 의견을 내고 싶지는 않다."(256쪽)며, "사람과 사람의 마음 상태와 교류를 연구하는"(256쪽) '사랑'이라는 과목을 생각하고 쓰겠다고 말한다. 다시 말해 쇼와 시대 "신쓰가루 풍토기"(430쪽)를 독자들에게 사실적으로 전달하려는 목적에서 「쓰가루」가 창작되었음을 밝히고 있다.

<본편(本編)>에서 작가는 고향 쓰가루의 풍토와 지리를 여러 지역(가나다, 소토가하마, 쓰가루평야, 서해안 등)으로 나누어 어린 시절에 자신이 보고 자랐던 장소들을 순차적으로 순례하며 고향사람들을 찾아 나선다. 특히 가나기는 작가 자신이 쓰가루에서 태어나 이십 년 가까이 성장한 생가가 있는 곳으로, 모교인 히로사키 고교를 졸업한 후 고향을 떠나 도쿄의 대학에 진학한 이후 십 년 가까운 동안 고향을 찾지 못한 곳이기도 하다. 그런 의미에서 작가의 '쓰가루 여행'에는 단순히 고향을 찾아간다는 의미 이상의 또 다른 중요한 목적이 있음을 읽을 수 있다.

> 나는 이번 여행을 통해 자신을 쓰시마 오즈카스로 되돌리고 싶은 생각 역시 없었던 것은 아니다. 도시인으로서 내 존재에 대해 불안을 느끼고, 쓰가루 사람으로 돌아가고 싶은 염원이 있었는지도 모르겠다. 다른 말로 하면 쓰가루 사람이란 과연 누구인가를 탐색해보는 여행이기도 했다.
>
> 『여자의 결투』, 271쪽

작가는 쓰가루 여행을 통해서 자신이 태어났을 때 호적에 올린 본명 쓰시마(津島)의 '오즈카스'(작품 속에서 작가는, '오즈카스'란 3남이나 4남을 부르는 쓰가루의 지방어라고 설명해주고 있다)로 되돌아가고 싶어하며, 친구인 N과 '아도후키'("쓰가루 지방에서 사람들을 불러 축연을 베푼 다음, 손님들이 돌아가고 나면 식구들끼리 모여서 남은 음식으로 위로연을 벌이는 것"−273쪽)라는 일종의 뒤풀이 성격의 모임을 갖기도 한다.

> 가나기의 생가에서는 왠지 피곤한 느낌이 든다. 또 생가에서 겪은 일을 이렇게 써서는 안 되는데… 자신의 가족에 관한 이야기를 써서 밥을 먹고 있는 게 바로 나의 숙명인지도 모르겠다. 신은 내게 고향을 이야기하라고 명령하고 있다. 나는 도쿄의 화려한 거리를 헤매며 생가를 그리워하다가 초라하게 죽어갈 운명인지도 모른다.
>
> 『여자의 결투』, 358~359쪽

「쓰가루」에서 작가는 고향을 느낄 수 있는 주요 항목들로서 산과 바다와 거리와 건축물 같은 지리 문화적 풍경과, '사과주(酒)'나 '게(蟹)맛', '조개에 끓인 된장국' 같은 토속적인 음식이 환기시켜주는 정서와 느낌을 풍토사와 연결시켜가며 풍부하게 기술해내고 있다. 이 점에서 「쓰가루」는 시대와 국적을 초월하여 아마도 '고향'을 소재로 한 소설 가운데에서는 백미(白眉)에 속할 만한 작품으로 평가할 수 있을 것이다.

그러나 작가는 고향이 가져다주는 원초적 아늑함보다는 이미 고향을 떠나 먼 타관의 도시로 다시 돌아갈 수밖에 없고, 그리하여 고향을 잃고 영원한 타향의 인간으로 살아갈 수밖에 없는 '길 떠난 자'의 우수 짙은 정서를 그리고 있다. 그렇다면 작가 자신을 휩싸고 있는 그 '우수'의 정체란 대체 어디서 오는 것일까? 그것은 작가가 고향을 방문하여 어린 시절의 친구들과 친지들을 만나 산천과 인심과 음식 맛을 통해 유년 시절의 체험을 불러오고 있으면서도, 그러나 진정으로 고향의 원초적 기억을 불러올 수 있는 가장 소중한 어떤 존재를 만나지 못했기 때문이다. 이것은 또한 '어머니'로 상징되는 본원적 모태 공간의 부재에서 생기는 우수이자 허무이기도 하다. 그래서 작가가 쓰가루에서 여행의 마지막 시간까지 찾으려고 마음을 쓰는 것도 고향을 고향이게끔 만들어주는 진정한 마음의 정처로서의 어떤 존재와 깊이 관련되어 있다. 작가는, "이번에 쓰가루에 와서 반드시 만나고 싶은 사람이 있었다. 나는 그 사람을 내 어머니라고 생각하고 있다. 삼십 년 가까이 그 사람과 만난 적이 없지만 나는 그 사람의 얼굴을 잊지 않았다. 내 일생은 어떤 면에서 그 사람에 의해 결정되었는지도 모른다."(406쪽)고 고백하며 '다케'라는 인물을 찾아나선다.

그렇다면 작가가 그토록 만나고 싶어 하는 다케란 누구인가? 『인간실격』과 내면적으로 조응하는 작품으로, 작가의 삶과 작품의 행로를 추적할 수 있는 단편 「추억」에서 작가는 다케에 대한 기억을 이렇게 술회하고 있다.

> 여섯 일곱 살이 되면 기억이 분명해진다. 나는 다케라는 하녀로부터 책 읽는 것을 배워 둘이서 여러 가지 책을 함께 읽었다. 다케는 내 교육에 열심이었다. 나는 몸이 허약했으므로 누워서 책을 많이 읽었다. 읽을 책이 없어지면 다케는 마을의 일요학교 같은 데서 어린이 책을 부지런히 빌려와 내게 읽도록 했다. 나는 묵독하는 법을 익혔기 때문에 아무

리 책을 읽어도 피곤하지 않았다. 다케는 또 내게 도덕을 가르쳤다. 절에 자주 데리고 가서 지옥 극락의 그림을 보여주며 설명했다. 불을 지른 사람은 빨간 불이 활활 타는 바구니를 짊어졌으며, 첩을 데리고 있는 사람은 목이 두 개 있는 푸른 뱀에 몸을 감겨 괴로워하고 있었다. 피연못, 바늘산, 무간지옥이라는 하얀 연기가 가득한 밑을 알 수 없는 깊은 웅덩이, 도처에서 창백하게 마른 사람들이 입을 작게 벌리고 울부짖고 있었다. 거짓말을 하면 지옥에 가서 이렇게 도깨비들 때문에 혀가 뽑히는 것이라고 들었을 때는 무서워서 울음을 터뜨렸다.

『만년』, 34~35쪽

다케란 어린 시절부터 '나'에게 책 읽는 법을 가르쳐주고, 동화책을 읽어주었으며, 도덕을 가르쳐준 인물이란 단순히 쓰시마 가문의 대저택에 고용된 하녀로서가 아니라, 병약한 어머니를 대신하여 쓰시마(다자이)에게 실제 어머니 역할을 해준 인물이었다는 데 그 중요성이 있다. 다자이가 「쓰가루」에서 자기 고장의 풍토기를 쓰기 위해 쓰가루 반도를 여행한 것은 <서편>에서 밝히고 있듯이 단순한 여행이 아니라, 사람의 진정한 마음과 사랑을 찾기 위한 여행이면서, 동시에 자신의 어린 시절 보모로서만이 아니라 실질적인 어머니 역할을 대신해주었던 모체의 공간을 찾아가기 위한 여행이라고 할 수 있다. 여기에 「쓰가루」의 진정한 의미가 담겨있다. 다케를 어렵게 찾아 30년 만에 만나는 찰나의 장면이 감동의 울림을 주는 것은 바로 이 때문이다. 작가가 다케를 찾지 못하고 기차 시간에 쫓겨 떠나려다가 가까스로 만나게 되는 그 아스라한 장면을 읽어보자.

아이는 한 손으로 배를 누르고 나보다 먼저 걸어간다. 다시 왔던 길을 돌아가 모래언덕을 지나서 학교 뒤쪽으로 올라간다. 거기서 운동장을 가로지른 다음 소녀는 종종걸음으로 어느 천막으로 들어갔다. 그와 거의 동시에 다케가 천막에서 나왔다. 다케는 얼이라도 빠져버린 듯한 눈으로 나를 바라보았다.
"슈지(修治)다."
나는 웃으며 모자를 벗어들었다.
"아아!"
그것뿐이었다. 다케는 웃지도 않았다. 그저 담담한 표정이다. 그러나 곧 그런 경직된 태도를 허물고 아무렇지도 않게, 마치 어떤 것을 포기하기라도 한 듯이 입을 열었다. 연약한 목소리다.

『여자의 결투』, 424쪽

다자이가 「Human Lost」(1937)에서 "나는 향락을 위해서 매춘부를 찾아간 적이 하룻밤도 없다. 어머니를 찾으러 간 것이다. 젖가슴을 찾으러 간 것이다."고 고백하고 있듯이, 그의 여성편력과 전도된 삶의 형태는 역설적으로 어떤 형태로든 현실에 닻을 내리고자 했던 자기동일성 찾기의 과정이었다고 이해할 수 있다. 그런 의미에서 고향의 '다케'야말로 다자이가 그토록 찾으려고 했던 어머니의 형상이자 구원의 여성상이었을지도 모른다. 「쓰가루」의 이 장면이 보여주는 진정한 의미는 바로 여기에 있는 것이 아닐까.

5. 영원한 청춘의 문학

영원한 타향인, 섬약한 자아의 예술가, 삶의 과정에서 딜레마에 빠진 한 인간의 극도의 자의식을 특유의 문체로 표현해낸 다자이가 1948년 6월, 자살로 삶을 마감하기까지 보여준 문학적 활동은 그 자체로 패전 직후의 일본문학을 상징하기에 충분한 사건이었다. 그래서 일본의 쇼와 10년대(1935~1945)를 대표하고, 혼란과 퇴폐와 허탈을 기치로 내세우며 전후 무뢰파(無頼派) 작가들의 선두에서 기치를 올렸던 다자이의 문학은 일본 현대문학사에서 불후의 독자성과 보편성을 확보하고 있다.

패전 후의 사회혼란과 퇴폐풍조 속에서 방황하는 성격파탄자의 부조리한 심리를 내연의 처의 입장에서 그리고 있는 「뷔용의 아내」, 절망의 극한을 치닫는 전후(戰後)의 상황에서 기존의 일상을 초월하여 굳세게 살아가려는 여성 가즈코를 주인공으로 몰락한 귀족계급의 비극을 작품화한 『사양』, 전후 일본사회를 살아가는 현대인의 정신적 고뇌와 진실을 탐구한 다자이 문학의 예술적 자서전이자 총결산으로서 『인간실격』에 이르기까지, 전도된 가치에 더 이상 머무르지 않고 생과 사의 불안과 생존의 위기 속에서 시대의 위선에 저항하며 멸망의 속도보다 더 빠른 속도로 파멸해간 다자이의 작가적 성실성(에토 준, 「다자이 오사무」) 혹은 그의 문학적 유산이야말로 '영원한 청춘의 문학'이라는 이름으로 기억될 것이다.

___2005

제4부

문학적 소명의 원천과 소설의 새로운 표정

문학적 소명의 원천과 지향

'나무'에 관한 식물성의 상상

허위의 진실을 말하는 소설의 표정

문학적 비행(飛行)을 꿈꾸는 신예 작가들

문학적 소명의 원천과 지향

1. 취향과 반향

지난 계절의 주요 문예지들은 '21세기 문학은 어디로 가고 있는가'(<문학과사회>, 2000년 가을호), '지금 여기, 문학의 자리'(<문학동네>, 2001년 봄호), '21세기, 어떤 시대인가'(<창작과비평>, 2001년 봄호), '오늘의 문학이 내일의 문학에게'(<세계의문학>, 2001년 봄호) 등 '지금 여기'에서 문학이란 무엇인가에 대해 성찰하는 기획 평론들을 싣고 있다. 이런 기획은 문학을 둘러싸고 있는 시대 상황의 본질을 되짚어보고, 문학이 나아가야 할 길을 찾기 위한 절실한 소명의식에서 비롯된 작업이라고 이해된다. 이런 작업은 바야흐로 황금의 물신이 삶의 모든 영역과 의식의 밑바닥까지 점점 더 미세하게 지배해가고 있는 자본주의 시장사회에서 문학의 정체성을 확인하기 위한 '근거를 되묻는 질문'을 제기하고 있다는 점에서 중요한 의미를 갖는다.

'지금 여기'에서 소설의 정체성 문제를 생각할 때 마리오 바르가스 요사(Mario Vargas Llosa)의 「젊은 소설가에게 보내는 편지(*Cartas a Un Joven*

Novelista)」(<세계의문학>, 2000년 겨울호)는 이 점에서 깊이 생각해 볼만한 사항들을 전해주고 있다. 소설의 정체성에 대한 요사의 생각은 이렇게 요약할 수 있다. 현재 우리가 살고 있는 세상과 다른 세계를 상상하는 '취향'(혹은 '경향'으로서, 사르트르가 '선택'이라고 부른 의지의 운동), 다시 말해 인간들과 이야기들을 만들어내는 이 '취향'은 작가들에게 문학적 소명의 원천이 되는데, 이러한 취향은 반항의 사고로부터 형성된다. 현실을 벗어나는 삶들에 대해, "작가는 실제의 세계 및 삶에 대한 비판적 거부를, 그리고 그것들을 자기의 상상과 욕망들에 따라 그리고자 하는 욕망을 간접적으로 표출"한다. 작가들은 실제의 현실, 있는 그대로의 현실에 안주하거나 만족할 수 없는 존재들이기 때문에, 그들의 취향은 근본적으로 권위와 제도와 고정된 믿음에 대한 반항의 태도에 이어져 있다. 작가는 실제의 현실, 있는 그대로의 삶에 대해 만족하지 않고 실제의 세계 및 삶에 대한 비판적 거부를 수행하는 존재라는 것, 따라서 문학을 존재하게 만드는 내밀한 이유는 현실과의 갈등을 통해서 문학이 살고 있는 시대를 향해 특유한 증언을 하는 데 있다는 것이다. 그는 이렇게 말한다.

> (……) 글쓰기는 작가의 삶을 파먹고 삽니다. 우리 몸을 갉아먹는 촌충과 다를 게 하나 없단 말이지요. 플로베르는 이렇게 말했습니다. "글쓰기는 삶의 한 방식이다." 풀어 보면 이런 뜻입니다. 작가라는 우아하지만 진절머리 나는 직업을 자신의 본업으로 택한 사람은 살기 위해 글을 쓰는 것이 아니라 글을 쓰기 위해 사는 사람이다.
>
> 마리오 바르가스 요사, 『젊은 소설가에게 보내는 편지』, 21~22쪽

요사에 의하면 소설가는 자신의 경험들, 이를테면 작가의 의식과 무의식에 자국을 남기고, 이내 그를 괴롭히며, 자신의 경험을 이야기로 변모시킴으로써 비로소 거기에서 벗어나는 경험들을 기록하고 그려낸다. 그

래서, 작가에게 주어지고 그로 하여금 이야기를 상상하도록 자극하는 에피소드와 상황 또한 실제의 삶과, 있는 그대로의 세상에 대한 반항에 관련되어 있다. 이러한 반항은 소설가에게 소명의 뿌리인 동시에 허구에 의한 현실의 대체라는 상징적 작업을 통해 현실의 세계를 도발하게 만드는 은밀한 이유를 형성한다. 소설의 정체성이 현실을 충실하게 반영하면서도 그 안에 반항을 기획하는 운명을 생리로 하는 이유는 소설이 바로 이러한 원리에 근접해 있기 때문이다. 문학의 자리와 역할을 되돌아보고 성찰하는 과정에서 마리오 바르가스 요사의 「젊은 소설가에게 보내는 편지」는 다시 한 번 음미해볼 만한 글이다.

2. 2001년 봄, 소설에 대한 단상

지난 계절에 발표된 작품들을 읽으면서 느낄 수 있었던 것은, 소설의 어떤 주류적 경향이 뚜렷하게 형성되어 있거나, 어느 하나가 우세종이 되어 나머지를 이끌고 있다기보다는 '지금 여기'에서의 삶의 모습을 여러 시각에서 다양하게 이야기하고 있다는 점이었다. 이를테면, 지난 연대의 정치적 폭력이 사람들에게 내면의 상처로 남겨놓은 정신적 유산의 문제, 내면의식에 대한 미시적인 언어 탐구, 현재로서는 환상에 가깝지만 가까운 미래에 곧 실현될지도 모를 가상세계(virtual world)의 현실을 다루는 작품에 이르기까지 그 관심의 폭이 꽤 넓고 다양하다. 폐품 수집 공간인 '고물상' 중년 부부의 행복한 삶 옆에 존재하던 한 노파의 사라짐에 대해 깊은 연민의 시선으로 바라보는 천운영의 「행복 고물상」(<문예중앙> 2001년 봄호), 잡지사 기자의 시선으로 실업자 문제를 취재하며 고통스러운 현실의 저변에 관심을 두고 있는 전성태의 「氷流」(<동서문학>, 2001년 봄호)와 유서도 없이 자살한 여대생 노동자의 자살 이유를 추적해가며

"분신정국에 보낸 젊은 죽음들"에 대한 기억을 환기시키고 있는 「연이 생각」(<창작과비평>, 2001년 봄호), 십 년 만에 만난 세 친구들의 토론을 통해 속악한 현실을 수용하는 상이한 태도에 초점을 맞추고 있는 고종석의 「파두」(<현대문학>, 2001년 5월호), 한 여인이 낯선 남자와 스쳐가듯 맺은 짧고도 긴 인연의 고리를 그린 함정임의 「그녀는 노래부른다」(<작가세계>, 2001년 봄호) 등도 눈여겨 볼만한 작품들이다.

신예 작가 오현종의 「라벨 2013년의 기억」은 2030년의 시점에서 2013년으로 돌아가 타인의 기억을 가상적으로 체험하는 이야기로, 기억의 물신화와 서사의 정체성 문제를 다루고 있다. 박청호의 「질병과 사랑」(<문학사상>, 2001년 5월호)은, 인간은 삶에서나 사랑을 하는 데에서 정신적인 것만큼 육체적인 것이 중요하고, 몸이 없으면 사랑도 없는 것이라는 점에서, 작가는 '몸'의 복권을 강조하면서 성과 사랑의 새로운 정체성을 모색한다. 자본주의의 최 일선에서 대중문화를 생산하는 첨병들인 TV탤런트, 영화배우, 패션모델과 디자이너, 프로야구선수, 재즈싱어, 미술평론가, 시나리오 작가들이 강남의 어느 모델하우스에 모여, 미술품 경매와 패션쇼와 음악회를 열며 송년파티를 즐기다 화재로 수백 명의 목숨을 잃는 대형 참사(어느 면에서 이 작품은 인간의 과도한 욕망으로 인해 초고층 빌딩이 무너져내리는 재난 영화 「타워링 인페르노」의 대화재를 연상케 한다)를 그린 조경란의 「라메르 모델하우스」(<작가세계>, 2001년 봄호)도 주목할 만한 작품이다.

지난 계절에 발표된 작품 가운데에서 '첫사랑'을 소재로 한 소설들도 많은 관심을 끈다. 지금 이 시대에 전통적인 소설의 가치들이 미로 속으로 사라진 형국을 반성하며, '소설이란 무엇인가'에 대해 근원적인 질문을 던지고 있는 박상우의 「소설가 이반의 다이얼로그 2001」(<동서문학>, 2001년 봄호)은 소설의 정체성 문제를 다시금 생각해 볼 수 있는 계기를 제공하고 있다. 마르시아스 심의 자전소설 「첫사랑이 나를 울리네」와 김연수의 「첫사랑」(이상 <문학동네>, 2001년 봄호)도 이와 관련하여 몇 가지 음미해 볼 수 있는 모티프를 지니고 있다.

한편, 정영문은 외적 사건의 전개가 극도로 약화된 주체의 내면의식과 감각을 소설 언어에 대한 미시적 탐색을 통해 천착해 들어감으로써 젊은 작가들 중에서도 가장 이질적인 소설 미학과 문법을 구축해가고 있는 작가이다. 「후각상실」(<문학동네>, 2001년 봄호)과 「더없이 어렴풋한 일요일」(2001년, <현대문학> 5월호)에서도 정영문은, 어떤 면에서 '의식의 오지'나 '사고하는 모든 것의 틈새'에 대한 현미경적 언어 탐색을 통해 의식화되기 이전의 경험에 대한 정체성을 모색하고 있다. 이번 작품에서도 정영문은 분절되거나 조음되지 않은 의식의 내면을 근접하여 고속으로 촬영하듯이 정밀하게 묘사해가면서 내면에 가라앉은 의식의 원질(原質)을 개성적인 서술 방식으로 표현해내고 있다.

지난 계절에 발표된 여러 작품 가운데에서 이 글은 '지금 여기'에서의 소설의 정체성에 관해 묻고 있는 박상우의 「소설가 이반의 다이얼로그 2001」과, 불투명한 주체의 의식을 탐사하며 권태의 정신을 견디는 정영문의 「후각상실」을 대상으로 문학적 소명의 원천과 그 지향점에 대해 생각해본다.

3. '첫사랑', 순금(純金)의 기억에 관한 글쓰기

'첫사랑'이란 이성에 대한 사랑의 감정이 한 주체의 마음에 최초로 내적 파열음을 만드는 순정한 순간이라고 정의할 수 있을까? 나비의 미세한 날개짓 하나로 저 멀리서 큰 폭풍이 일어날 수 있듯이, 어떤 대상에 대한 감정의 미세한 떨림 하나가 주체의 의식을 오랫동안 강렬하게 지배하는 삶의 형식이 첫사랑의 논리라고 말할 수는 없을까? 그리하여 별을 관측하는 사람들은 "맨 처음 관측한 별을 가장 사랑한다"(마르시아스 심,

「첫사랑이 나를 울리네」, <문학동네>, 2001년 봄호)고 말하며, 그것을 주문(呪文) 삼아 중년의 한 남자로 하여금 20년 전에 약속했던 '첫사랑의 증표'인 은행나무를 찾아가게 하거나, 시골에 있는 동생이 훌륭한 천문학자가 되기를 바라며 술집에서 번 돈을 고향에 부치는 혜지 누나가 "제일 처음 발견하는 별에 내 이름을 붙여줄 것"(김연수, 「첫사랑」, <문학동네>, 2001년 봄호)이라고 꿈꾸고 있듯이, 최초의 별로 환기되는 '첫사랑'의 낭만적 환상은 미성숙한 인간의 정신적 성장을 불러오는 격렬한 통과의례 같은 것이다. 신세대 작가로서 소설 형식을 자유롭게 실험해온 김연수는 「깐깐오월」과 「호모 사피엔스 사피엔스」에서, 이전과는 다른 성향의 주제들을 탐구하고 있다. 김연수는 자신이 성장한 70~80년대의 유년기와 80~90년대 청년기를 배경으로 정치사적 사건과 흐름에서 배제된 개인의 의식이나 행동의 미세한 영역을 복원하는 작업을 최근 시도하고 있다. 「첫사랑」도 작가의 그런 기획 아래 쓰인 작품으로 생각되는데, 모종의 시국사건으로 도피중인 작중화자 '나'가 당국에 자수를 결심하고 나서 고등학교 시절 첫사랑의 상대였던 여학생 정인에게 긴 편지로 자신의 마음을 고백하는 형식의 작품이다.

'첫사랑'의 느낌을 순수하고 아름다운 채로 보존하기란 쉽지 않다. 세상은 아름다운 만큼이나 아름답지 않은 곳이기도 하기 때문이다. "영양을 덮치는 들개들처럼 사람들은 아름답고 소중하고 정의로운 것이라면 달려들어 추하고 더러운 것으로 만들어버리거나", "정의란, 아름다움이란, 사랑이란 바다의 한때나마 꿈에 불과한 것"으로 인식된다. 그러나 '나'가 진정으로 사랑했던 것은 신문지에 불을 붙여 그을린 유리판을 통해 일식을 보는 행위 그 자체에 있는 것이 아니라, 그들 남매의 꿈이었으며, 그것을 화자인 '나'가 이제야 깨달았다는 내용이다. '나'는 혜지 누나에 대해, "내 안을 충만하게 메운 그 따뜻한 느낌. 나는 그게 사랑이라는 걸 그제야 깨달았"다고 말한다. 현재는 경주마 기수가 된 어린 시절의 옛 남자아이를 경마장에서 우연히 만나 '잎새 무성한 감나무' 아래에서의 모습을 애틋하게 회상하는 이현수의 「미노」(<작가세계>, 2001년 봄호)에서도 이런 징후의 일단을 읽을 수 있다.

그렇다면 왜 '첫사랑'인가? 투르게네프의 「첫사랑」에서 이미 '첫사랑'의 한 가지 원형을 보여주고 있듯이, 그것은 연상의 여인을 사이에 두고 소년이 그 아버지와 벌이는 기이한 욕망의 삼각관계에서, 연애라는 불가사의한 힘이 인간을 지배하며 어린 영혼의 정신적 성장을 고양시킨다는 주제를 함축하고 있다. '첫사랑'은 주체의 성장과정에서 영혼의 성장과 성숙을 가져오는 결정적인 모티프로 작용할 수 있을 뿐만 아니라, 작가들에게 소설의 정체성을 되묻는 모티프로 활용되기도 한다.

박상우의 「소설가 이반의 다이얼로그 2001」은 '첫사랑'이 더 이상 가능하기 어려운 시대의 "소설이라는 유령"에 관한 이야기이다. 이 작품에서 박상우는 박태원, 최인훈, 주인석의 '소설가 구보씨'를 잇는 계보에 들어갈 만한 소설가 '이반'이라는 인물의 시선으로, 자신이 살고 있는 오피스텔을 중심으로 어느 날 오전부터 다음날 오전까지의 하루 남짓한 시간 동안 탐색한 2001년 현재의 현실을 응시하고 있다. 이 작품의 요점은, "1900년대를 살았던 사람들은 첫사랑을 상당히 중요한 인생의 덕목으로 생각했지만 오늘날의 젊은이들은 첫사랑이라는 말 자체를 제대로 이해하지 못하고 산다"는 것이다. 그래서 첫사랑이란 말은 이미 지상에서 사라진 사어(死語)가 되어 더 이상 가능하지 않다는 논리이다. 작가는 이것을 남녀의 만남에서 20세기와 21세기를 가르는 의식의 중요한 지표로 보고 있다. 아마도 '소설가 이반'이 첫사랑을 소재로 한 소설의 신문 연재를 중단한 이유도 시대의 풍속과 무관하지 않아 보인다. 따라서 20세기적 사고를 가지고 살고 있는 작가나 그런 부류에 속한 사람들에게 첫사랑은는 "살 떨리는 경험"으로 기억되고, 한번쯤은 통과해야 할 정신적 성숙의 한 과정으로 생각하지만, "사람에 대한 기억도 물화시키려고 덤벼드는 세상"(이런 상황의 극단적인 예가 아마도 오현종의 「라벨 2013년의 기억」인데, 이 작품에서 작가는 프로그램화된 기계를 통해 다른 사람의 기억을 게임처럼 즐기는 삶을 살 수도 있다는 가정을 한다. 소설을 조금씩 언어로 가공하여 팔듯이 아예 자신의 기억 전체를 돈을 받고 제공하고, 다른 사람들은 타인들의 기억을 기계 장치를 통해 영화를 보듯이 즐길 수 있을 지도 모른다는 것이다)에서 살 떨릴만한 첫사랑의 경험을 젊은 사람들이 어떻게 이해하겠냐는 것이다. 작가는 그런 유형을 같은 오피스텔 건물에서 대책 없이 삶을 소비하며 살고 있는 20대 초반의 젊은 커플과 후배 소설가에게서 찾고 있다. 이것은 아마도 작가가 생각하는 소설의 어떤 전통적인 가치들이 사라져가고 있다는 안타까움의 표현이라고 할 수 있다. 이를테면 작가는 "잊고 지내던 내면의 물결, 기억을 자극하는 향취, 정서를 뒤흔드는 친화력"을 복원하고 반영하여 소통하는 것들은 거의 사라져가고 있거나 사라져버린 현실, 그리하여 현실을 반영하는 소설의 사명이란 전시대의 낡은 관념 정도에 불과한 채 연명하고 있으며, 따라서 소설이 현실을 반영하는 것이 아니라 현실이 소설을 부양하고 있는 듯한 가련한 전도현상이 공공연하게 일어나고 있는 상황을 깊이 느끼고 있다.

박상우는 이 작품에서 '첫사랑'의 경험을 기억해내는 이야기를 통해서 "살 떨리는 경험"의 정체를 찾아 복원하고 싶지만, 그러기에는 이미 시대가 너무 변해버린 것에 대한 우울한 보고서를 소설가 이반이라는 인물을 통해 말하고 있다. "소설이 어째서 소설 안에 있지 않고 세상 밖으로 튀어나와 미친 듯이 돌아다니는 거죠? 아니 이게 현실이라면……그럼, 소설은 현실을 떠도는 유령인가요? 이미 죽었는데 죽은 줄도 모르고 세상을 떠도는 가련한 존재의 그림자……유령 말예요, 유령!"(「소설가 이반의 다이얼로그

2001」) 첫사랑처럼 순정을 간직한 원점으로서의 글쓰기 정신이 더 이상 불가능한 시대라는 점을 작중의 소설가는 후배 작가를 통해 확인하고 있다.

4. 권태의 시간을 견디는 분열증의 언어

최근의 우리 소설에서 정영문 소설의 언어처럼 낯설고 난해한 서술 형식과 문법을 구축하고 있는 경우를 찾아보기 어렵다(그런 의미에서 이상의 「지도의 암실」이나 「휴업과 사정」의 난해성을 한층 더 밀고 나간 듯한 박상륭의 「두 집 사이 - 제5의 늙은 아해 얘기」(<창작과비평>, 2001년 봄호)도 관심을 갖고 심층 분석을 해야 할 작품이다). 『겨우 존재하는 인간』(1997)에서부터 『검은 이야기 사슬』(1998), 『하품』(1999), 『핏기 없는 독백』(2000), 『나를 두둔하는 악마에 대한 불온한 이야기』(2000)에 이르는 일련의 실험적인 작품들에서 정영문이 일관되게 추구하고 있는 언어의 서술 방식과 형상화의 원리는 기존의 소설과는 다른, 매우 이질적인 문법을 자신의 창작방법으로 삼고 있어서 그의 작품을 읽는 독자들이 의미를 구성해내는 데 곤혹스러움을 느낀다. 곤혹스러움을 넘어서 차라리 그로테스크하다는 표현이 더 적절할 정도로 그의 작품은 의미의 해석을 완강히 거부한다. 그래서 그의 작품이 송출하는 주파수의 음역에 다이얼을 맞춰 의미를 제대로 수용하기 위해서는 소설을 읽는 태도를 근본적으로 변경하는 것이 불가피해보일 정도이다.

그렇다면 무엇이 정영문 소설의 언어를 이토록 불안하고 그로테스크한 문장들의 사슬로 만들어내는 것일까? 그것은 아마도 불투명하고 불안한 작품 제목의 수식어들에 잘 나타나 있듯이, 작가가 전통적인 소설문법과 언어의 통사구조에 대한 모종의 반역을 기획하고 있기 때문이 아닐까 생각한다. 작가로서 문학적 소명의 시발점인 정영문 소설의 이런 취향(선택)은 적절한 플롯의 설정과 정교한 사건의 배치를 통해 무언가 의미를 순차적으로 축적함으로써 최종적으로 어떤 의미의 종착역에 이르는 기존의 서사문법에 철저하게 역행하고 있다. 이런 경향은 소설이 구체적 경험의 서사적 재현이나 타자와의 의사소통을 지향하는 형식이 아니라는, 작가의 소설쓰기에 대한 소명의식이 철저하게 전제되어 있는 데에서 발원한다. 정영문 소설의 그로테스크한 문법을 이해하기 위해서는 먼저 작가의 다음과 같은 말을 참조해 보는 것이 좋을 듯하다.

> 불안한 지위에 놓인 인간들이죠. 그들을 보는 사람의 마음을 편치 못하게 하는. 그들은 어떤 순간에라도 어떤 흔적도 남기지 않고 사라져버릴 것만 같지요. 실제로 소설 속에서도 희미하기만 한 그 존재들에게 형상을 입히기보다는 완전하게 지워버리고 싶은 유혹을 많이 느껴요. 그리고 그것은 인물의 차원에서만 머물지 않고 소설의 구성의 차원에까지 나아가려 하고…… 궁극적으로는 나의 글쓰기가 겨냥하고 있는 지점은 소설이 축조할 수 있는 모든 것들이 효력을 잃게 되는, 끝내는 말이 소실되는 지점인 것 같아요.
>
> 정영문 · 김연경, 「물끄러미 존재하는 인간」, 〈문학과사회〉, 2000년 여름호

여기서 그들은 "나와 타자로 나누어지기 전의 미분화 상태에 처해 있는 존재들"이며, "자아가 거세되어져 있는, 자신과 세계와의 경계를 확보하지 못한, 수면 위에 물끄러미 드리워져 있는 그림자 같은 인간들"(정영문 · 김연경, 위의 글)을 지칭한다. 이런 유형의 인물들이란 결국 타자와의 어떤 소통도 불가능한 상황에 있는 존재들이며, 감각을 상실한 실체감 없는 '관념화된 인간'이거나 '추상화된 존재들'로 나타난다.

이렇게 보면 정영문 소설의 인물들은 일상의 사회적 관계 속에서 하나의 온전한 주체로 삶을 영위하는 존재들이 아니라, 겨우 존재하는 인간들의 '핏기 없는 독백'과 중얼거리는 이야기들의 사슬이며, 결국 이런 항

목들이 정영문 소설의 정체성을 구성하고 있다. 이를테면 중편 『하품』에서 읽을 수 있듯이, 일상적인 삶이 소거된 장소(동물원)에서 두 인물이 나누는 대화는 끊임없이 증식되지만 대화는 의미를 생성하는 쪽이 아니라 오히려 소멸시키는 쪽으로 진행된다. 그래서 그의 소설은 경험을 재구성하는 사건들을 철저하게 배제하는 대신, "존재의 규명이 아닌, 그것의 규명될 수 없음을 규명하는 헛된, 하지만 부득이한 노력"(「어두운 화면 위에 떠오른 느슨한 말들」)에 비중을 두면서, 독자들의 인습적 사고를 절단하거나 그들을 철저하게 안중에 넣지 않는 소설쓰기를 지향한다. 그리고 자신의 소설쓰기에 대해 화자는, "나는 의미에 대한 믿음을 거의 상실했어. 아직 남아있는 믿음을 마저 없애는 것이 나의 유일하게 남은 과제"(「혼란」, 『검은 이야기 사슬』)라고 선언하기에 이른다.

정영문의 소설쓰기에 대한 이런 태도는 실험적인 단계에 머물러 있는 것이 아니라 삶과 의식 자체의 실존적인 차원을 향해 나아간다. 의미에 대한 믿음을 최후까지 좇아가서 사살하는 것이 유일한 과제라는 작중 화자들의 태도는 어쩌면 언어에 대한 병리적 강박관념이거나 분열증의 증세라고 볼 수도 있다. 언어의 의미 생성 자체를 원천적으로 부정하는 이들 화자의 의식은 근대적 이데올로기의 권위와 제도 속에서 확립된 견고한 믿음을 근본으로부터 거슬러 올라가 뒤집어보려는 글쓰기 주체의 전복적 사고와 맞닿아있다는 점에서 언어에 대한 철저한 반항의 에너지를 응축하고 있는 것으로 해석할 수 있다.

최근작 「후각상실」(<문학동네>, 2001년 봄)이나 「더없이 어렴풋한 일요일」(<현대문학> 2001년 5월호)에 등장하는 인물들에서도 이런 양상은 어렵지 않게 발견된다. 「더없이 어렴풋한 일요일」에서는 무료한 일상의 하루에 방관적이며 냉소적으로 소일하며 산책을 하는 노인의 권태로운 의식과 보행, 그리고 분열증 환자의 중얼거림 같은 무의미한 말이 시종일관

반복되고 있고, 「후각상실」에서도 작가는 감각을 상실한 인물의 분열된 의식을 매우 무미건조하게 묘사한다. 「후각상실」에는 의미를 구성할 만한 타인들과의 만남과 그로부터 환기되는 기억의 중첩에 의한 사건이 발생하지 않고, 이야기도 전개되지 않는다. 한 인물이 자신이 살던 어떤 읍에 어머니를 찾아왔다가 거리를 목적 없이 반복해서 배회하고, 예전에 같이 살던 여자의 집에 잠시 머물며 무의미한 대화를 나누는 것이 「후각상실」의 주요 내용을 이루고 있을 뿐이다.

가석방으로 나온 '그'가 어느 여름날 오후, 자신이 살던 읍(邑)을 찾아간다. 그러나 그곳은 하류에 댐이 생기면서 곧 수몰될 예정이어서 대부분의 사람들은 읍을 떠나 사람들이 거의 없는 유령 같은 마을이다. '그'는 대로를 따라 걷다가 어떤 가게로 들어가 담배와 아이스크림을 산다. 아이스크림을 한 입 베어 물지만 아무런 맛도 느끼지 못한다. 담배에서도 아무런 맛을 느끼지 못한다. 다시 길을 걸어가다가 목재소를 발견하고 그 안에 들어갔다가 신발 밑창을 뚫고 들어온 커다란 못에 발을 찔리지만 통증을 느끼지 못한다. 읍이 끝나는 지점의 다리 아래에 강이 있고, 그 강물 속에 폐타이어가 하나 가라앉아 있는 것을 발견하고 '그'는 강가로 내려간다. 강가의 모래 위에 있는 부서진 의족(義足) 하나가 '그'의 시선을 끈다. 의족 속에 팔을 집어넣었다가 빼내고 그 의족을 물속으로 집어던진다. '그'는 "내던지는 행위를 통해 그의 몸이 수많은 의사 기관으로 이루어진 것만 같은" 느낌을 갖는다. '그'는 물속에 가라앉아 있는 의족을 보며 자신이 강물에 누워있는 모습을 상상한다.

저녁이 되어 읍의 중심가에 있는 어떤 식당에서 음식을 먹지만, 그 음식에서도 아무런 맛을 느끼지 못한다. 식당 밖으로 나와 거리를 걷지만 '그'가 기억하는 거리의 냄새는 맡을 수 없을 뿐만 아니라 모든 것이 하얗게 표백된 것처럼 느낀다. 조금 후 어떤 과일 가게에 들러 사과를 한 봉지 사 냄새를 맡아보지만 역시 아무런 냄새를 느끼지 못한다. 그때서야 '그'는 비로소 자신의 코에 이상이 생긴 것을 알아차린다. 마치 갑작스럽게 시력이나 청각을 잃게 된 것처럼 후각을 상실한 것이다. 더 이상 '그'가 냄새를 맡을 수 없게 된 세상은 이제까지와는 전혀 다른 세상으로 느껴진다. 어머니 집에 들러보지만 어머니는 그곳에 살고 있지 않다. '그'는 그곳을 나와 근처의 여인숙에 투숙한다. 그곳에서 '그'가 어린 시절 온갖 기름 냄새에 코를 킁킁거리곤 했던 기름집을 떠올리며 오래 전의 과거를 떠올려보지만 기억이 잘 나지 않는다. 기름집에서 나는 모든 냄새들이 뒤섞인 냄새가 유년시절을 환기시키지만 '그'에게 그것은 완벽하게 무의미하다. '그'는 과거와는 전혀 다른 차원의 세계 속에 단절되어 있는 것을 느낀다. 침대에 누워 바깥으로부터 어떤 소리가 들려오고, '그'는 모든 감각을 청각에 집중시킨 채로 귀를 기울이지만 아무런 소리도 들리지 않는다. 그날 밤 '그'는 이상한 어떤 악몽을 꾸고 헛소리를 하는데, 그 중에는 "네가 생각하는 것과는 달라"하고 외치는 소리도 들린다.

다음날 오후의 늦은 시간, '그'는 여인숙을 나와 음식점에 들러 식사를 하지만 여전히 음식에서는 아무런 맛을 못 느낀다. '그'는 후각이 상실된 상태가 계속될 수도 있다는 생각에 우려를 하면서도 동시에 어떤 기대를 한다. 그것은 상실된 후각이 "그의 어떤 삶의 상태를 반영하는 것처럼" 느껴지기 때문이다. 길거리에 넘치는 쓰레기에서도 '그'는 아무런 냄새를 맡을 수 없다. 그러자 '그'는 악취를 그리워한다. 해가 진 후에 '그'는 읍의 변두리에 있는, 한때 같이 살던 여자를 찾아간다. 여자가 차와 사과를 꺼내오고, '그'는 말할 수 없는 식욕을 느끼지만 모과차에서 아무런 맛을 느끼지 못한다. 여자가 사과를 깎기 시작하자 '그'는 마치 자신의 몸이 깎이고 있는 듯한 느낌이 든다. '그'가 여자와 대화를 나누지만 둘의 대화는 서로 소통되지 않는다. '그'의 중얼거리는 말과 어긋난 기억들은 여자의 말과 어떠한 접점도 찾지 못한다. '그'는 여자가 깎는 사과를 매개로 말을 건네지만 그들의 대화는 아무런 의미도 생성해내지 못한다. '그'는 깎여진 사과의 표면이 갈색으로 변해가는 상태에 주목하며, "모든 것이 표면적인 차원에서만 이루어지는 것처럼 여겨졌"고, "그리고 그것들은 그 표면적인 것을 통해 건재해 있었다."고 느낀다. 여자와 유일하게 정상적인 대화를 나눌 수 있는 것은 '그'가 떠나기 전에 어머니가 죽었다는 사실인데, '그'는 그 사실을 분명하게 기억하고 있지 못하다. 오히려 어머니가 오래 전에 죽었다는 사실에 '그'는 안심한다. '그'가 강가의 포도밭 근처에 버려진 무덤을 보았다고 하자 여자는 근처에 포도밭 같은 건 없다고 말한다. '그'가 무슨 냄새가 맡아진다고 하자 여자는 아무 냄새도 나지 않는다고 말하며, 방이 건조하다고 말하자 여자는 건조하기는 커녕 전날 비가 와서 눅눅한 편이라고 말한다. 여전히 '그'에게는 방이 지나치게 건조하고 그 방 전체가 목말라하고 있는 것처럼 느껴진다.

한참 있다가 '그'가 자신이 저지른 일을 생생하게 떠올려달라고 여자에게 요청하지만, 여자는 그 일은 다 잊어버렸고 아무 일도 없었으며 끔찍한 일은 아니었던 것 같다고 말한다. '그' 또한 아무 기억도 나지 않는다고 말한다. 침묵이 그들 사이를 파고든다. 여자는 졸음을 이길 수 없다는 듯 하품을 하고 세수를 한 후 잠자리에 든다. 여자는 곧 잠이 들고, '그'는 여자에게 자신이 무슨 일을 저질렀는지 다시 묻지만 여자는 아무런 말이 없다. '그'는 눈이 피로해서 손바닥으로 눈을 부비기 시작하자 감은 눈의 어둠 속에서 작은 빛들이 어른거린다. '그'는 마치 뭔가에 홀린 사람처럼 자신의 주위를 더듬기 시작하더니 쟁반 속의 과도를 들어 사과의 썩은 부분을 도려내듯 천천히 자신의 옆구리를 베기 시작한다. 칼이 살 속을 파고들며 피가 쏟아진다. '그'의 콧속에서 강한 피비린내가 맡아지지만 그건 지나친 상상이라는 생각이 '그'의 머릿속에 떠오른다.

실제로 '그'는 여전히 아무런 냄새도 맡지 못한다. '그'는 좀 더 사납게 자신의 몸에 칼자국을 내기 시작하고, 거기에서 아무렇지도 않은 만족스런 표정을 짓는다. '그'는 이것으로는 처리가 미흡하다며 자신이 가까스로 내는, 그러나 제대로 들리지 않는, 중얼거리는 소리를 들으려고 애를 쓴다.

「후각상실」에서 후각의 상실은 그 자체로 끝나는 것이 아니라 통각과 미각과 청각의 감각을 상실케 하는 데까지 이어져 급기야는 '그'의 기억조차 불투명하게 만든다. 이것은 정상적이라고 불리는 사람의 감각을 의도적으로 봉쇄해버림으로써 육체의 감각기관을 통해 들어오는 외부 대상의 느낌을 끊임없이 차단하려는 작가의 의도로 이해할 수 있다. 의족 속에 팔을 집어넣었다가 다시 빼내 강물에 집어던지며 몸이 의족처럼 수많은 의사기관으로 이루어져 있다고 의식하는 부분은 작품의 이런 의도를 잘 보여준다. 소설의 언어를 구성하는 통사적 질서는 우리의 감각기관을 통과하여 획득된 의미의 합의를 전제로 삼는 것인데, 만약 감각기관이 파괴되었거나 차단되어 있는 인간의 경우 언어로 구성되기 이전의 경험들, 이를테면 자폐증이나 분열증의 언어는 어떻게 이해될 수 있느냐 하는 문제가 남게 된다.

정영문이 「회저의 시간」에서, "네게는 어떤 하나의 감정이라는 것이 존재하지 않고 오직 감정에 이르는 부자연스럽고 애매한 과정만이 존재했다"고 말하거나, "너의 삶은 그것의 전모가 네게 드러나는 일이 없는 감정의 절편들로 채워져 있었다."고 말하는 이유도 이와 관련되어 있다. 「어두운 화면 위에 떠오른 느슨한 말들」에서 서술하고 있듯이 작가는 "현상으로도, 허구로도 파악되지 않는", "어떤 언어로도 서술할 수 없는", "상상과 암시로도 표현할 언어가 없거나, 사고될 수 없다"고 보지 않고, "우리의 탐사되지 않은 의식의 한 오지에 있는지도, 역설적으로 우리가 사고하는 모든 것의 틈새에 있는지도 모를" 언어를 모색해갈 수 있다는 신념을 강하게 믿고 있다. 이런 점에서 『핏기 없는 독백』의 다음과 같은 진술은 정영문의 소설쓰기에 대한 소명의식이 얼마나 철저하게 전제되어 있는지 명료하게 보여준다.

> 다시 말하지만 내가 말하고자 하는 것은 아무 것도 없다. 사실 나는 의미 있는 것들과는 오래 전, 서로 아무런 애석함이 없이, 결별을 했다. 내가 어떤 의미 있는 것을 말하리라곤 기대하지 말자. 어쩌면 내가 이 이야기를 통해 나아가고자 하는 지점은 내 언어가 효력을 잃는, 사유가 그 무력한 작용을 끝내는 곳인지도 모른다. (……) 그럼으로써, 나는 내 삶이, 내가 생각하는 세계가 모호한 환멸의 덩어리 이상의 그 어떤 것도 아니라는 것을 보여주려 하는지도 모르겠다.
>
> 『핏기 없는 독백』, 142~143쪽

언어의 의미 작용과 사유에 대한 철저한 부정은 작가가 생각하는 세계가 그만큼 부조리하다는 것이며, 따라서 소설이란 구체적 현실 경험의 진실을 담는 그릇이 아니라 오히려 모순들로 뒤엉킨 불투명한 의식의 침전물이 가라앉아 있는 텍스트로, 이른바 현실의 총체성을 지향하는 소설과는 처음부터 거리가 먼 방식을 작가가 채택하고 있음을 보여준다. 그런 의미에서 정영문의 소설에 나오는 인물들이 현실적인 삶의 근거를 가지고 있거나, 다른 인간들과 소통하며 사회적인 실체를 가지고 살아가는 인간이 아니라 어딘가 뒤틀리고 마비된 의식을 소유한 관념화된 인간들로 그려지는 이유도 소설 언어와 형식에 대한 작가의 이런 생각에서 생성된 것이다. 그들은 타인과의 소통이 불가능한 인간들이기 때문에 일상적인 맥락으로부터 훨씬 벗어나 있는 인물들이다.

정영문 소설의 문체가 그렇듯이, 그의 대부분의 작품들은 정확한 조음(調音)에 의한 정상적 언술이 이루어지는 것이 아니라 '중얼거리는' 말에 의해 대화가 이루어지고 상황이 전개된다. 그러나 여기서 말하는 대화란 타자를 전제로 한 의사소통이 아니라 혼자서 중얼거리는 '핏기 없는 독백'이다. '말하다'와 '중얼거리다' 사이에 끼여 의식의 표면으로 부상하지 못하는 무의식의 바닥을 관념적 언어와 비논리적 발화에 의해 의식의 저인망으로 끌어올리는 그의 소설 언어는 자명한 진실처럼 통용되는 의미의 수면에 파문(波紋)을 일으켜 균열을 가하려는 의도로 읽을 수 있다.

조금 후 그는 어떤 과일 가게에 들어갔고, 그곳에서 사과 한 봉지를 사서 나왔다. 사과 하나를 꺼내 향기를 맡아보았지만 그것은 여전히 아무런 냄새도 전달해주지 않았다. 그때서야 그는 비로소 자신의 코에 이상이 생긴 것을 알았다. 마치 갑작스럽게 시력이나 청력을 잃게 된 것처럼 후각을 상실한 것이었다. 더 이상 그가 냄새를 맡을 수 없게 된 세상은 이제까지와는 전혀 다른 세상처럼 느껴졌다. 그는 자신이 눈으로 뒤덮인 벌판 위에 서 있는 것처럼 느껴졌다. 그는 그가 후각을 잃게 된 이유를 떠올려 보았지만 그것은 분명치 않았다. 얼마 전 감기를 앓은 적이 있긴 하지만 이제는 완전히 나은 상태였다. 그가 알지 못하는 다른 어떤 이유로 그렇게 된 것이 틀림없었다. 어쩐지 그것은 그가 알아서는 안 되는 이유처럼 생각되었다.

「후각상실」 중에서

그는 맞은편 벽에 걸린 낡은 거울을 바라보고 있었다. 먼지 낀 거울은 원근감을 더욱 강조하고 있었다. 거울 속에 비친 사물들은 그 실체를 인정하기 어렵게 흐려져 있었다. 그는 벽에 걸린 커다란 거울 속에 함께 비친 그 자신과 그녀를 바라보았다. 그는 점차 자신의 앞에 있는 여자가 누구인지 분명치 않았다. 그녀를 바라보고 있는 그 자신이 자신처럼 여겨지지 않았다. 시점의 혼란이 일어났고, 그는 가볍게 몸을 비틀었다. 하지만 그는 자신의 허상을 좇는 사람처럼 거울 속의 자신의 모습을 뚫어지게 바라보았다. 그는 또다시 자신의 몸이 조여지는 느낌이 들었다. 그는 그 느낌에서 벗어나려는 듯 불쑥 몸을 일으켰다.

「후각상실」 중에서

냄새를 맡을 수 없게 된 세상에 대해 한번 상상해보자. 정확하게 무어라고 당장 말할 수는 없겠지만 첫 번째 인용문에서 작가가 말하고 있듯이, 우리는 "이제까지와는 전혀 다른 세상"을 느낄 수밖에 없을지 모른다. 여기서 후각의 상실은 후각 자체로만 끝나지 않고 미각과 청각과 시각으로 확산되어 나간다. 그리하여 작중인물 '그'는 자신의 앞에 있는 여자가 누군지 분명하게 판단하지 못하는 것은 물론, "그녀를 바라보고 있는 그 자신이 자신처럼 여겨지지 않"는 체험을 한다. '시점의 혼란'이 일어난 것이다. 결국 후각의 상실로 인하여 여타의 감각을 마비시켜 자신의 정체성을 혼란시키는 상황에까지 이르게 된다. 요컨대, 「후각상실」은 '그'가 읍내를 걷거나 머물면서 겪은 모든 체험들, 이를테면 맛보고, 듣고, 보고, 통증을 느꼈던 일들을 통해 감각의 소통이 단절된 상태에서 폐쇄된 의식이 초래하는 그로테스크한 현상을 총괄적으로 보여주고 있다(구체적인 예로 끓는 냄비 속에서 자신의 얼굴이 익고 있는 꿈 장면을 들 수 있다).

감각을 상실한 인간의 육체(몸)란 그 안에 우리가 의미 있는 것이라고 생각하는 아무런 정보(기억)를 저장할 수 없게 된다. 그렇게 되면 주체의 정신이란 진공 상태처럼 아무런 내용도 없는 공간을 구성하게 된다. 사고와 행위의 주체에게 생성되는 것은 이제 '권태'라고 하는 의식의 진공 상태로 확장되어 나간다. 그렇게 되면 주체의 바깥을 구성하는 많은 대상과 물질과 현상들은 그때까지와는 확연히 다른 새로운 관계를 맺기 시작할 것이지만, 여기에 감각의 상실이라는 또 하나의 변수가 개입하게 됨으로써 그 바깥과의 관계는 철회되고 의식은 내면의 차원에서 복원되어야 할 단계로 접어든다. 그렇기 때문에 내향의 질서에 대한 탐색은 이제 표면이 아니라 이면의 깊이를 향한 '벡터'를 갖게 된다. 그의 소설 언어가 분절되지 않고 어렴풋하며 낯설고 그로테스크한 것은 모두 이런 이유 때문이다.

이와 함께 정영문 소설의 정신적 에너지를 이루고 있는 '권태'에 대해서는 향후 더 많은 논의가 있어야 하겠지만 「후각상실」에서도 그런 권태의 정신을 읽을 수 있다. 정영문 소설에 설정된 공간은 아무런 흐름도 변화도 없이 정체된 공간일 경우가 대부분인데(「후각상실」의 공간인 '읍'은 수몰지구로 지정되어 사람들이 거의 살지 않는 공간으로 설정되어 있다), 그런 공간은 삶의 의무로부터 멀리 벗어나 있어 아무런 구속도 받지 않는다(「더없이 어렴풋한 일요일」에서 읍내를 벗어난 한적한 시냇가로의 산책이나, 『하품』에서의 동물원 등을 상기할 수 있다). 그러나 거기에서 최종적으로 남는 것은 일상의 사건들이 제거된 대가로 요구되는 중압감이다. 그런 중압감이란 엄청난 양의 시간이 주체에게 요구하는 고독과 권태 같은 심리적 현상으로 나타난다. 정영문 소설의 핵심 요소 가운데 하나로 '권태'의 문제가 거론되는 것은 이와 같은 그의 소설 경향과 어울려 매우 자연스러워 보인다. 나아가 일상의 의미와 절연된 인물이 유영하듯이 움직이는 진공 공간에서의 고독과 권태는 무의미에서 발아하는 '생각의 운동 과정'으로 나타난다.

이러한 권태(ennui)의 의식은 이미 1930년대에 이상의 문학에서 발견할 수 있듯이, 일상의 체험을 구성하는 데에는 큰 도움을 주지 못하지만 예술의 창조적인 영역에서는 오히려 초현실주의자들이 주장했던 것처럼 일상적 현실을 변화시키는 결정적인 전제조건이 될 수도 있다(페터 뷔르거, 『전위예술의 새로운 이해』). 물론 정영문의 소설을 곧바로 초현실주의적 경향에 연결시킬 수는 없다. 그러나 적어도 일상의 의미를 구성하는 언어를 최대로 축약하고, 관습적인 소설 언어에 대해 저항적 탐구를 지속하고 있다는 점에서 정영문의 소설은 일견 과도한 관념성의 우려에도 불구하고 우리 소설의 한 가지 뚜렷한 가능성을 담보하고 있다고 말해도 좋을 것이다.

____『문예연구』 29호, 2001년 6월호

'나무'에 관한 식물성의 상상

1. 은유로서의 나무

장욱진의 그림에서 상상의 가장 큰 수원(水源)은 '나무'이다. 그의 작품에 거의 빠짐없이 등장하는 나무는 흔히 '자연'으로 통칭되는 온갖 생명체들의 평화로운 공존을 주재하는 근원적인 존재로 비친다. 나무를 중심 이미지로 삼는 장욱진 그림의 동화적 흡인력은 동물적 욕망의 온갖 배설물을 넉넉히 정화해 낼만한 여유를 갖고서, 사라져버리기 쉬운 일회적인 것들을 붙잡아 영원한 것으로 만들어 보여주는 뚜렷한 의지를 지니고 있다. 그런 점에서 그의 작품에 나오는 '나무'는 인간과 자연물의 성소(聖所)라 부를 만하다. 이를테면, 그의 그림 「나무」(1989)는 중앙에 거대한 푸른 나무가 한 그루 서 있고, 붉은 해와 파란 반달이 양옆에 떠 있으며, 그 아래의 나무 양편에 집과 소가 있다. 그런데 이 그림에서 흥미로운 점은 나무 꼭대기에 한 남자가 편안한 자세로 휴식을 취하고 있는 장면이다. 대체로 까치가 나무 위에(혹은 속에) 앉아 있는 그림이 장욱진 작품의 뚜렷한 특징이라고 한다면(「집과 나무」, 「까치와 나무」 등), 작가는 새(까치)와 사람을 동일한 존재로 보고 있음을 알 수 있다. 이것은 너무나 당연한 생각이다. 왜냐하면 사람이 거처하는 곳이 집이라면, 나무는 바로 새들의 집이기 때문이다. 해와 달과 새와 사람과 동물이 평화롭게 동서(同棲)하는 삶의 근본 법칙을 장욱진의 '나무 계열' 그림들은 동화적인 이야기로, 식물성의 성찬으로 아름답게 보여주고 있다. 나무가 곧 사람이며, 사람이 곧 나무인 생태적 원환성의 세계, 다시 말해 디지털이 지배하고 생명 복제가 현실로 다가온 문명적 전환의 새로운 국면에서 동물성과는 다른 식물성 담론으로의 어떤 선회를 강력하게 환기시켜주는 것이 그의 그림들에 일관되게 나타나고 있는 뚜렷한 주제라고 할 수 있다. 식물성의 자연인 '나무'에 관한 문학적 상상력의 문제를 생각하는 글에서 장욱진의 '나무 계열' 그림에 대해 언급한 이유는 최근의 '식물성'에 대한 문학적 진술들이 많이 눈에 띄고 있다는 점 때문이다. 이런 점에서 장욱진의 '나무 계열' 그림은 문학의 영역에 여러 모로 흥미로운 생각거리를 제공해준다.

인간은 원래 식물성과 동물성을 함께 갖추고 있는 존재이다. 그리고 식물성이 동물성보다 더 가치 있는 요소라고 말할 수도 없다. 이 둘은 서로 분리될 수 없는 상보적 관계를 이루는 것이지만, 이즈음 식물성 담론이 강하게 불거져 나오는 이유는 동물성의 과도한 욕망으로부터 초래된 문명에 대한 근본적 반성 때문일 것이다. 이런 맥락에서 식물성 자연의 대표적 존재, 특히 인간의 형상과 가장 닮은 나무가 소설에서 주요 소재로 활용되는 것은 어쩌면 너무나 당연한 일일지 모른다. 왜냐하면 헤세가 말하고 있듯이, "나무와 얘기하고 그 말에 귀 기울일 줄 아는 사람은 진리를 배"우며, 따라서 "나무는 교의나 규율을 말하지 않고 개별적인 것을 넘어 삶의 근본법칙을 들려주"(『나무들』)기 때문이다. 나무는 말한다. "나의 과제는 내가 받은 일회적인 것들로부터 영원한 것을 만들어 보여주는 것”(『나무들』)이라고……. 에머슨은 「자연」(1836)에서 인간에게 봉사하는 자연의 효용성에 대해 말하면서 유추하는 존재로서 인간은 사물들 사이의 관계를 탐구하며, 특정한 의미를 표현하는 데 자연에 있는 사물의 도움을 받는다는 것, 그래서 자연 전체는 인간 정신의 은유가 된다고 하였다.

자연 전체를 인간 정신의 은유로 볼 수 있다면, 지금까지 많은 시에 숱하게 소환되어 온 나무 또한 한갓 범상한 자연의 일부가 아니라 삶을 구성하는 은유의 한 가지 축도인 셈이다. 가령, 시인 정현종이 몸의 언어로 쓰고 있듯이, 우리는 “쓰러진 나무를 보면 / 나도 쓰러진다 // (……) 산불이 난 걸 보면 / 내 몸도 탄다 // (……) 나무 한 그루 / 사람 한 그루”(「나무여」)임을 느낄 수 있다. 또 우리는 우리가 “얼마나 나무에 깃들여 사는지를!”(「나무에 깃들여」) 모른 채 살아가고 있는 존재임을 그의 시는 일깨워준다. 여기서 우리는 사람이 곧 나무이고, 나무가 곧 사람인 상호 전환의 육화(肉化)된 체험을 한다. 이 정도면 원관념과 보조관념이 앞서거나 뒤서지도 않는, 우열이 무너진 융화의 경험만이 남게 된다. 그러나 이런 심미적 체험은 시에만 한정되어 있지 않다.

이효석의 단편 「산」(1936)만큼 자연에 하나로 포섭된 서정적 친화의 순간을 적실하게 묘사한 작품도 흔치 않은데, 잘 알려진 다음의 장면을 읽어보자.

> 산속의 아침나절은 졸고 있는 짐승같이 막막은 하나 숨결이 은근하다. 휘엿한 산등은 누워있는 황소의 등허리요, 바람결도 없는데 쉴새없이 파르르 나부끼는 사시나무 잎새는 산의 숨소리다. 첫눈에 띄는 하아얗게 분장한 자작나무는 산속의 일색. 아무리 단장한대야 사람의 살결이 그렇게 휠 수 있을까. 수북 들어선 나무는 마을의 인총보다도 많고 사람의 성보다도 종자가 흔하다. 고요하게 무럭무럭 걱정없이 잘들 자

> 란다. 산오리나무, 물오리나무, 가락나무, 참나무, 졸참나무, 박달나무, 사수래나무, 떡갈나무, 피나무, 물가리나무, 싸리나무, 고루쇠나무, 골짝에는 산사나무, 아그배나무, 갈매나무, 개옻나무, 엄나무, 산등에 간간이 섞여 어느 때나 푸르고 향기로운 소나무, 잣나무, 전나무, 향나무, 노가지나무—걱정 없이 무럭무럭 잘들 자라는—산속은 고요하나 웅성한 아름다운 세상이다.
>
> 눈에는 어느결엔지 푸른 하늘이 물들었고 피부에는 산냄새가 배었다. 바심할 때의 짚북덕이보다도 부드러운 나뭇잎—여러 자 깊이로 쌓이고 쌓인 깨금잎 가랑잎 떡갈잎의 부드러운 보료—속에 몸을 파묻고 있으면 몸뚱어리가 마치 땅에서 솟아난 한 포기의 나무와도 같은 느낌이다. 소나무, 참나무, 총중의 한대의 나무다. 두 발은 뿌리요, 두 팔은 가지다. 살을 베이면 피 대신에 나무진이 흐를 듯하다. 잠자코 섰는 나무들의 주고받는 은근한 말을, 나뭇가지의 고개짓하는 뜻을, 나뭇잎의 소곤거리는 속심을, 총중의 한 포기로서 넉넉히 짐작할 수 있다. 해가 쪼일 때에 즐겨하고, 바람불 때 농탕치고, 날 흐릴 때 얼굴을 찡그리는 나무들의 풍속과 비밀을 역력히 번역해 낼 수 있다. 몸은 한 포기의 나무다.

마치 식물도감의 나무 편을 하나하나 들여다보는 듯하며, 나무와 합체된 순간의 절정을 느끼게 해주는 장면이다. 나무를 주요 모티프로 삼은 소설의 계보는 이효석의 「산」 이후, 이문구의 『관촌수필』(1977)과 '나무 연작'인 『내 몸은 너무 오래 서 있거나 걸어왔다』(2000)에 이르러 도저한 풍유로서의 나무들을 거느리며 총중(叢中)의 성찬을 이루어낸 바 있다. 「산」에서 이효석이 "두 발은 뿌리요, 두 팔은 가지다 (……) 몸은 한 포기의 나무다"고 천명한 나무의 생태학을 수용하여 이문구는 그냥 은유로서의 나무가 아니라 풍속의 이념을 보여주는 장치로 번역해낸다. 인간(주인공 '중실')과 자연(나무)의 물아일체 혹은 협화음(協和音)을 이루는 나무의 총중은 이문구 소설의 나무를 휘감고 있는 풍속과 이념의 혼연한 경지로 나타나거나, 이승우의 『식물들의 사생활』(2000)에서, "나무를 꿈꾸는 사람은 나무의 영혼을 가진 사람이고, 나무의 영혼을 가진 사람은 이미 나무"(254쪽)라는 식물적 상상의 원형으로 심화되기에 이른다.

나무를 모티프로 한 이야기가 이른바 문학의 식물성 담론을 형성하면서, 최근 소설의 한 가지 경향을 나타내고 있는 것은 눈여겨볼만한 현상이다. 지난 시대가 감당해야 했던 정치사회적 담론, 그리고 현재의 디지털 언어나 과학의 생명복제 현상이 과도하게 유출하고 있는 생명의 역리(逆理)에 대한 항체로 식물성 담론에 관한 서사가 모색되고 있다는 점에서 그러하다. 이 겨울에 발표된 여러 작품 가운데서 최인석의 「모든 나무는 얘기를 한다」(<창작과비평>, 2000년 겨울호, 이하 「모든 나무-」로 약칭)와 이승우의 「검은 나무」(<작가세계>, 2000년 겨울호)는 '나무'에 관한 독특한 모티프가 서사의 중심 동력으로 작동하고 있는 작품들이다.

최인석은 「모든 나무-」에서 자본주의의 최전선인 광고회사에서 억대 연봉을 받는 카피라이터 장수호의 특이한 행적을 좇아가면서, 지금은 애써 잊으려고 하는 지난 시대(대체로 80년대에서 90년대에 이르는 시기로 설정되어 있다)의 정치사회적 상상력이 갖는 의미를 다시 상기시키며 나무와 대화를 나누는 서사를 구축해낸다. 이승우의 「검은 나무」는 죽은 나무의 소생을 통해 원죄로서의 비극적 상처를 치유하려는 한 가족의 원형적 이야기를 그린 작품이다. 딸을 겁탈한 의붓아버지의 욕망이 몰고 온 누이의 죽음과 그로 인해 일그러진 가족사의 회복을 '검은 나무'의 상징으로 풀어낸다. 원형상징으로서의 나무 모티프 또한 '그'가 살고 있는 신도시의 러브호텔이 분출하는 자본주의의 욕망의 뿌리와 조응하고 있다. 작가는 이 작품에서 불에 타 죽은 나무(검은 나무)의 소생이라는 원형적 모티프를 의붓아버지의 욕망에 희생되어 불에 타 죽은 누이와, 그 자책감으로 여생을 살다 다시 그 나무 아래 묻힌 의붓아버지, 그리고 과거의 기억 때문에 치매증상을 보이는 어머니의 존재에 대한 재생의 서사로 치환하여 죽은 나무의 소생이라는 원형 상징으로 구성해낸다. 최인석의 「나무-」와 이승우의 「검은 나무」에서 나무를 모티프로 한 식물성의 서사가 어떻게 '(폭력적) 동물성'의 욕망과 길항하며 자유의 공간을 확보해나가고 생명의 싹을 틔울 수 있는지 검토해본다.

2. 생령(生靈)의 나무 : 최인석의 「모든 나무는 얘기를 한다」

최인석의 「모든 나무-」는 인간 이외의 모든 존재가 모두 생명을 가지고 있으며, 특히 식물들의 우두머리격인 '나무'란 인간과 마찬가지로 대화를 나누고 사랑을 하는 존재들임을 보여준다. "나무는 서 있는 자"(정현종, 「재[尺]」)라고 정의할 때, 사람이란 '걸어 다니는 나무'가 된다. "아무리 가까이 있더라도 어떤 먼 것의 일회적 나타남"이라는 의미를 간직하고 있는 벤야민의 '아우라' 개념도, 어느 여름날 쉬고 있는 사람이 문득 자신을 향해 그림자를 던지고 있는 지평선의 산맥이나 나뭇가지를 바라보는 동안 그 산과 나뭇가지가 숨을 쉬고 있다는 느낌을 받게 되는 상태를 일컫는다. 이미 생령으로서의 나무의 존재를 인식하면서 이때 이 '아우라'는 이제 나무가 더 이상 비활적(非活的) 사물이 아니라, '서 있는 자'이며 숨을 쉬는 생령의 존재로서 '물환론'의 세계를 지칭한다.

「모든 나무-」는 학생운동 과격파였지만, 지금은 "광고회사에서 카피팀을 이끄는 연봉 일억의 맑스주의자" 장수호의 삶을 같은 팀의 후배 사원 '나'(김중호)의 시선을 따라 전개하고 있는 작품이다. 작가는 이 작품에서 자본주의 사회의 욕망의 무한 질주라는 광고 카피와, 장수호가 울진의 불영사에서 나무와 나눈 대화의 이질적인 계기를 병치시키면서 과거로부터 현재에 이르는 정치적 폭력과 자본주의적 속악함으로부터 탈주하여 자유를 회복하려는 장수호의 투쟁과 의지를 그리고 있다. 자본주의의 최전선에서 가장 소비적인 언어를 생산하는 카피라이터 장수호는 80년대와 90년대라는 두 연대를 건너오면서 학생운동 과격파, 감옥살이, 위장취업, 여공과의 결혼이라는 80년대 전위적 운동권의 삶의 한 유형을 보여주는 인물이다. 그러나 그는 뚜렷한 자기신념을 간직한 맑스주의자이면서도 "자본가들의 유능한 쎄일즈맨 노릇"을 하며, 소비자를 유혹하기 위해 "매력적이고 아름다운 거짓말"을 만드는 광고회사 카피라이터라는 모순된 입장 때문에 냉소적이며 자기모멸적인 성격을 갖게 된 인물이다. 장수호의 아내 유영선은 남편과 노동운동을 함께 해온 투사라는 이력 이외에, 6 · 25동란 중에 월북했던 숙부가 남파되었다는 정보로 인해 관계기관에 끌려가 혹독한 조사를 받기까지 한다. 그 과정에서 임신 중이던 뱃속의 아이를 잃고, 출산능력을 상실하는 상처를 입는다.

휴가 차 찾아갔던 울진의 불영사에서 우연히 나무의 말을 듣는 장수호의 모습을 '나'의 시선으로 묘사하는 장면은 이렇다

> 나무가? 말을? 나는 다시 한 번 놀라 그의 곁으로 다가가 그의 시선을 따라 돌렸다. 기이한 일이었다. 그가 보고 있는 나무가 어떤 나무인지 나는 한눈에 알아보았다. 키가 높다란, 소나무들 너머 서너 자 더 높은 키로 하늘을 향해 머리를 높이 세운 자작나무였다. 엷은 안개 너머에서 자작나무의 나뭇잎들이, 모든 나뭇잎들이 손짓하듯 흔들리며 희미하게 퍼져 나가기 시작하는 아침햇살을 반사하고 있었다. 과연 말을 한다는 느낌이 들법한 광경이었다.
>
> 「모든 나무는 얘기를 한다」 중에서

나중에 '나'에게 장수호가 들려준 불영사의 나무 얘기는, "내 몸속에도 가슴속에도 머릿속에도 내 것이 아닌 것이 너무 많다"는 것, "그걸 다 내

거라고 착각하지 말"라는 내용이었다. 나무에게서 들은 이야기와, 기관원의 감시 때문에 장수호는 어느 날 직장에 사표를 내고, 이들 부부는 홀연히 서울에서 사라진다. 장수호의 갑작스런 전신(轉身)에 대한 숱한 추측에도 불구하고 그의 행방을 아는 사람은 아무도 없다. 그 사이 '나'는 찌든 가난을 벗고, 장수호가 그랬듯이 연봉 일억 오천의 유능한 카피라이터가 된다. 그러나 아내의 다단계판매 실패로 인한 엄청난 액수의 부채 때문에 결국 아내와 이혼하는 등, 온전한 집을 마련하겠다는 '나'의 꿈은 여지없이 깨어진다. 아내의 허영과 욕심으로 가정은 파괴되고, 가족은 뿔뿔이 흩어진다.

'나'는 회사에 휴가원을 내고 강원도 산촌의 어느 민박집에 머물다 장터를 기웃거리게 되는데, 거기서 송이버섯을 파는 장수호를 우연히 만난다. 그들 부부는 강원도 정선의 어느 산촌에서 두 아이를 낳고, 송이버섯과 더덕을 팔며 살고 있다. 그들 부부가 세상을 버리고 산속에 묻혀 사는 이유는 불영사에서 나무가 들려준 "내 것이 아닌 것이 너무 많다"는 말 때문이다. 하지만 더 심층적으로는 장수호의 자본주의 사회에 대한 깊은 환멸과, 아내 숙부의 존재로 인한 정신적 압박감 때문이라고 추정할 수 있다. '나'가 산골 깊숙한 집으로 돌아오는 밤길에서 장수호와 나눈 서정적 대화나, 출산 능력을 상실했다고 믿었던 장수호 아내의 출산은 서울이라는 도시의 정신적·육체적 불임성과 원시적 생명력 흘러넘치는 산촌에서의 삶을 극명하게 대비시켜 보여준다. 그곳에서 '나'는, 인간과 대화하며 '나무'의 존재에 대해 새롭게 각성하는 물아일체의 상황을 깊이 체험한다. '나'가 그들 부부의 아이를 보고 잠시 착각에 빠져 묘사한 다음과 같은 장면은 '얘기하는 나무'와 함께 이 작품의 작의(作意)를 역력하게 보여준다.

잠시 후 그녀가 내온 술상에는 감자와 버섯, 더덕, 그리고 산나물들이 놓여 있었다. 준이가 술상 앞으로 다가와 감자를 집어 입으로 가져갔다. 나는 아이의 손을 보고 소스라쳤다. 가슴이 덜컥 내려앉았다. 아이의 손, 그것은 손이 아니라 단풍잎, 초록색의 단풍잎이었다. 아이는 그 손으로 아무렇지도 않게 에미의 옷자락에 매달리고 아기의 뺨을 간지르고 젓가락질을 했다. 나는 수호와 영선을 번갈아 쳐다보았으나, 그들은 원래 아이들의 손이란 그런 것이라는 듯 너무나 태연했다. 나는 내 눈이 잘못된 것은 아닌지 몇 번이나 확인했으나, 아이의 손은 양쪽 손 모두 틀림없는 단풍잎이었다. 나는 이번에는 영선이 안고 있는 아기를 돌아보았고, 다시 한 번 충격을 받았다. 아기의 손가락은 덩굴, 나팔꽃 같은 식물의 연녹색 덩굴손이었다. 아이의 손목에서 스프링같이 돌돌 말린 덩굴손이 하나, 둘, 셋, 넷, 다섯 가닥 뻗어 나와 에미 손가락에 매달리고 제 눈을 비벼댔다. 나는 수호에게 말했다. 아이들 손이…… 수호도 영선도 말없이 웃을 뿐이었다.

「모든 나무는 얘기를 한다」 중에서

이후 어쩌면 '나'도 '나무'가 장수호에게 들려준 말을 듣게 될지도 모른다. 장수호와 작별하고 내려오는 도중에 만난 경찰관의 불심검문과, 그들 부부에 대한 감시를 통해 '나'는 장수호가 그 깊은 산골까지 들어가게 된 내력을 이해하게 된다. 그리고 "그는 세상을 버리고자 하지만 세상은 끝내 그를 놓아주지 않는다."는 것을 안타깝게 생각하면서도, 그들 부부와 아이를 통해서 삶의 새로운 모습을 발견한다. '나'는 마음의 안식처로서의 '나무'가 보여주는 식물성의 육화를 체험하고 삶의 새로운 모습을 찾아간다.

3. 소생(蘇生)의 나무 : 이승우의 「검은 나무」

최인석의 「모든 나무―」가 당국의 폭력적 감시와 자본주의적 동물성의 욕망으로부터 탈출하여 자유로운 삶에 대한 상상을 갈구하고 있다면, 이승우의 「검은 나무」는 씻을 수 없는 원죄를 범한 의붓아버지의 죽음, 어머니의 치매 증세, 그리고 다시는 소생할 수 없는 불에 탄 검은 나무에서 초록의 새순이 피어난다는 원형적 상상의 서사를 보여주는 작품이다. 나무와 관련된 상징의 일반론은 문학의 영역에서 흔히 현실적 상황의 유추 또는 심리적 이미지의 투사나 병치라는 방법을 통해 드러나게 되는데, 「검은 나무」 역시 '검은 나무'로부터 녹색의 '푸른 나무'로의 소생이라는 모티프를 채용하고 있다.

이 소설의 중심 이미지는 고향집 뒤란에 있는 불에 탄 감나무이다. 「검은 나무」는 유년시절 의붓아버지의 누이에 대한 반인륜적 폭행과 그 과정에서 누이의 죽음이라는 '그'의 과거, 신도시의 러브호텔(성적 욕망이 비정상적으로 교환되는 검은 나무의 뿌리) 신축공사를 저지하려는 주민들의 투쟁, 거기에다 어머니의 치매증상이라는 계기들이 중층적으로 겹쳐 진행된다. 검게 타버린 고향 집 뒤란의 감나무가 꿈에 한 장의 흑백사진으로 반복되어 나타나면서 '그'에게 어떤 '암시'를 준다. '그'가 꿈속에서 본 '검은 나무'의 형상은 이런 것이다.

> 나무는 크고 굵었지만 가지에는 잎이 하나도 붙어 있지 않았다. 잎은 떨어진 것이 아니었다. 잎은 떨어진 것이 아니라 불에 타 없어진 거였다. 불에 탄 나무는 숯검정이 되어 헐벗은 대지 위에 서 있었다. 대지도 검은색이었다. 대지도 불에 탄 자국을 검버섯처럼 붙이고 있었다.
>
> 「검은 나무」 중에서

치매 증세를 보이는 어머니가, '어둠보다 더 검은 물체', '어둠보다 더 무거운 몸'으로 환치되고, '검게 불에 탄 나무의 형상'으로 중첩된다. '그'가 꿈에서 본 나무의 형상은 "불에 타 숯검정이 된 채 서 있는 한 그루의 나무", 즉 '검은 나무'이다. 고향집 뒤란에 있는 나무는 어린 시절 누이와 자주 올라가 놀던 추억의 장소이지만, 지금은 "깊고 캄캄한 동굴의 시간"으로 기억되고, "그에게 감나무가 서 있는 집은 공간이 아니라 시간"으로 잊혀져야 할 폭력의 기억이자 비극의 시간일 뿐이다. 고향집과 추억이 서린 안주적 장소애(場所愛)로서의 토포필리아(topophilia)를 감나무에서는 더 이상 꿈꿀 수 없다.

시간성은 근본적으로 망각이라는 폭력과 관련되어 있다는 점에서 불에 탄 검은 감나무는 기억을 갉아먹는 어머니의 치매 증세와 밀접한 상관성을 갖는다. 그 기억이란 물론 의붓아버지가 집에 혼자 남은 '그'의 누이, 즉 의붓딸을 겁탈한 사건을 말한다. 그 일로 '그'는 집과 함께 누이가 불에 타 죽게 되고, 오누이가 함께 놀던 뒤란의 감나무도 검게 타버려 잎을 피우지 못하는 정신적 상처를 입는다. 이후 의붓아버지가 15년 동안 속죄의 편지를 보내오지만 그 상처는 결코 쉽게 아물지 않는다. 결말에 이르러 '검은 나무'에 얽힌 오래된 사연은 다음과 같이 밝혀진다.

> 나는 내 죄를 잊지 않기 위해 이곳으로 왔소. 숯검정이 된 채 서있는 감나무는 단 한 순간도 내가 죄인이라는 걸 잊어버리지 못하게 하오. 상기시키고 고발하고 정죄하고 (……) 그러나, 15년 동안 내가 한 것은 그런 것이 아니었소. 정말로 내가 한 것은 그런 것이 아니라 불에 타 죽어버린 나무를 바라보는 것이었소. 숯검정이 된 검은 나무는 내 안쪽의 검은 죄를 표상하며 그 자리에, 하늘 아래, 해 아래 서 있는 것이오. 몇 년 전부터는 아무 것도 먹지 않고 물만 마시며 살고 있소. 물만 마시며 나무들처럼 살 생각이오. 이미 오래 전에 나는 검은 나무에 동화되었소.

뒤란에 숯검정이 되어 서 있는 나무가 곧 나요……

「검은 나무」 중에서

그러나 '그'가 현재 꾸는 악몽과 유년시절의 검은 기억은 현재 '그'가 살고 있는 아파트단지 주변에 세워진 '하이힐'이라는 러브호텔과 중첩되면서 전개된다. '그'는 우연히 구입한 러시아제 군사용 고성능 쌍안경으로 아파트 베란다를 통해 '하이힐'에 출입하는 승용차 번호를 관찰하여 노트에 기록하고 분류하면서, 러브호텔족의 자동차 번호와 색깔과 종류, 숫자와 성비(性比)를 세밀하게 분석하는 등 편집증적이며 관음증적인 취미생활을 한다. '그'는 자신이 관찰한 기록을 근거로 여러 가지 흥미로운 사실들을 추정해낸다. 그렇게 하여 얻은 결론은 배우자 아닌 상대와 육체관계를 맺는 의미에 대해 "일부일처제라는 것이 사람의 본성에는 도무지 맞지 않는 제도라는 너무도 확실한 자료"를 도출해낸다. 러브호텔에 드나들지 않은 사람은 단지 그럴 기회를 아직 갖지 못한 것에 불과하며, 이런 맥락에서 '그'는 "간통은, 결혼이라는 제도의 부산물이다"는 사회학적 명제를 얻어낸다. '그'가 어린 시절 겪었던 의붓아버지의 누이에 대한 반인륜적 폭행과 그로 인한 누이의 죽음, 그리고 그들 오누이의 기억이 살아 있었던 고향집 뒤란의 검게 타버린 감나무는 자본주의적 욕망이 들끓는 이 도시에서, 학교와 주택가 주변에 우후죽순으로 생겨나는 러브호텔의 신축과 영업을 봉쇄하려는 행위와 맞물려 비정상적 욕망의 증거로 각인된다.

그러나 어느 날 '그'는 검은 숯검정 나무에 잎이 돋는 꿈을 꾼다. 고향집에 연락을 하자 아버지가 죽었다는 소식을 듣게 되고, 그 후 고향으로 내려간다. 고향으로 가는 자동차 안에서 '그'는 어머니에게 이렇게 말한다.

꿈을 꿨어요, 어머니. 숯검정 나무를 이틀 전에도 보았어요. 우리집 뒤란에 있는 그 감나무요. 그 검은 나무는 어머니처럼 보였어요. 깡마른 어머니가 나무 대신 거기 서 있었어요. 어머니가 나무 대신 거기 서 있었어요. 어머니가 숯검정이 되어 거기 서 있었던 거예요. 들어보세요, 어머니. 그런데 그 숯검정 나무에 잎이 돋고 있었어요. 검은 나무의 한쪽 줄기에서 여리고 순한 싹이 고개를 내미는가 싶더니 잠시 후에 가지 이곳저곳에서 여리고 순한 싹이 경쟁하듯 고개를 내미는 거였어요. 죽은 나무의 검은 줄기가 여리고 순한 이파리들을 희망처럼 피어 올리고 있는 그 그림이 어찌나 강렬하던지 그만 꿈의 자리를 박차고 일어나야 할 정도였어요. 꿈밖으로 나왔는데도 가슴이 두근거렸어요. 눈앞이 환하고 얼굴이 화끈거리고 마음이 설레어서 어떻게 해야 할지 어리둥절한 심정이었어요. 꿈이 끝났는데도 아직 꿈을 꾸고 있는 것 같았어요……

「검은 나무」 중에서

그들은 "거추장스럽고 불필요한 것들, 정신에 붙은 검불이나 비곗덩어리 같은 것들, 탐욕이나 집착, 애증 같은 것들을 다 털어버리고 나무처럼 말라서 세상에 가장 단순하고 순수한 하나의 몸이 될 때까지 살다가, 그런 몸이 되어 돌아가신", 그리하여 그 자체 "감나무 아래에 누워 있는 한 그루 나무의 몸"을 보러간다. 검은 나무에는 이제 새순이 돋아날 것이며, 가지가 자라날 것이며, 잎이 피어오를 것이다. 죽음을 통한 정죄 이후의 소생의 나무는 죽은 누이와 어머니와 '그'라는 가족을 다시 하나로 모이게 하면서 새로운 삶의 시작을 암시한다.

4. 나무의 상상력 혹은 식물성의 서사

에머슨에 따르면, 자연은 우리의 감각기관(오관)을 충족시키고 즐겁게 해주는 편익을 제공하며, 인간의 한층 고상한 욕망인 아름다움을 사랑하는 마음(심미적 욕구)을 충족시켜준다. 그 아름다움의 효용성 가운데 하나가 해로운 일과 사람들과의 만남으로 움츠러들었던 인간의 육체와 정신을 치유하고 원상을 회복시켜주는 것이다. 가령, 상인이나 변호사는 거리의 소음과 술책으로부터 벗어나 하늘과 숲을 바라볼 때 다시 맑은 영혼의 인간이 된다는 것이다. 영원한 자연의 적요(寂寥)에 침잠하면서 인간은 자신을 새롭게 찾을 수 있기 때문이다. 식물성의 서사가 지향하는 것도 이와 무관하지 않다.

은유로서의 나무가 더 이상 인간과 무관한 타자가 아니라 대화를 나누고, 새롭게 소생하는 재생의 원형을 보여준다는 점에서 최인석의 「모든 나무—」와 이승우의 「검은 나무」는 새로운 세기의 소설이 모색하는 한 가지 경향을 보여준다. 그것은 차가운 금속성(혹은 폭력적 동물성)의 멘탈리티에 대한 막연한 거부가 아니라, 그런 초현대적 문명의 시대일수록 역설적으로 생명의 순리나 식물성의 섭리에 대한 인간의 믿음이 여전히 필요하다는 점을 그들의 이야기는 제시하고 있다. 다시 말해, 그들의 작품은 도피와 안주로서의 자연이 아니라 인간과 자연의 관계에 대한 새로운 해석, 인간의 편익을 위한 약탈의 대상으로서의 나무가 아니라, 인간의 은유로서 혹은 생명의 상징적 거처로서 나무의 존재 의미를 다시 규정한다. 이러한 의도는 새로운 생명의 나무로 뿌리내리려는 모종의 시도로 보인다.

그렇다면 문학에서 식물성의 의지는 새로운 세기가 찾고 있는 생령의 언어, 소생의 서사로 부상할 수 있을 것인가? 그리하여 <리그 베다>가 그토록 기리는 식물의 즙(汁)인 '소마'(물론 올더스 헉슬리의 『멋진 신세계』에 나오는 '소마'와 명칭은 같지만 기능은 정반대라고 할 수 있는)로서 '검은 나무'에서 순한 싹을 피우는 초록의 나무로 생명의 에너지를 불어넣을 수 있을 것인가? 더구나 문학이 한없이 고사되어 가고 있는 이 시대에…….

그러나 이인성이 말하듯이, 새로운 세기에 '민들레 꽃씨' 같은 작가들의 문학 언어가 사방으로 날아가, "그 기계적인 체제의 녹슨 빈틈에 뿌리를 내려 꽃의 균열을 만들고, 마침내 동시다발적인 컴퓨터 바이러스처럼 전 조직적 착란을 일으킬 수 있기를 꿈꾸"(이인성, 『식물성의 저항』, 186쪽)는 것을 포기할 수는 없다. 혹은, "나무가 됨으로써 그들은 사람으로 있을 때는 이룰 수 없었던 사랑을 이루었다"(이승우, 『식물들의 사생활』, 245쪽)는 전언처럼 나무와 대화할 수 있게 되기를 간절히 소망해 본다.

'과유불급'이라 했던가. 혹독한 추위와 엄청난 폭설은 사람과 동물을 상하게 하고, 산야와 과수원의 나무조차 동사시켜버렸으니, 지나침은 결국 미치지 못함과 같다는 평범한 진리를 비싸게 배운 겨울이었다. 그러나 한겨울도 막바지인 지금, 슈퍼마켓의 야채코너에는 벌써 봄의 미각을 끄는 나물들이 진열되어 있다. 맥문동(麥門冬)의 자줏빛 꽃과 앞을 다투어 순을 틔울 봄꽃, 그리고 아지랑이가 몹시도 그리워지는 시간이다. 며칠 전의 폭설도 영상의 기온으로 사르르 녹는다. 그래도 겨울은 가고, 봄은 오는 법. 봄의 생령들은 벌써 문 앞에 성큼 와 있다.

—『문예연구』 28호, 2001년 3월호

허위의 진실을 말하는 소설의 표정

1

자본의 자기 증식과 엄청난 정보의 인플레이션이 깃발로 펄럭이는 후기 자본주의 사회에서 현실 이상의 현실을 만들어내는 '가상현실(virtual reality)'은 진실과 허위, 진짜와 가짜의 경계를 가름하기 어렵게 만들고 있다. 진실을 척량(尺量)하는 신성한 정전(正典)의 부재, 하늘의 별이 더 이상 지도의 몫을 해주지 못하는 시대에, 근대 이후의 소설은 타락한 방법으로 진정한 가치를 추구해가야 한다는 점에서 기원적으로 낭만적 환상을 넘어서 세계의 실상(허위)을 냉엄하게 반영해야할 운명을 짊어지고 있다. 정보의 인플레이션이 의미의 디플레이션을 초래하고, 원본적 실재보다 훨씬 우월해 보이는 시뮬라크르가 이미지를 장악하는 탈현대의 세계에서 현실은 더 한층 가증스러운 허구로 가득 차 있는 것처럼 보인다. 이렇게 이해하는 한에서 어쩌면 "치밀하게 위장된 허구의 틀은 실제 삶보다 훨씬 안전하고 편안하게 인간을 휴식하게 하"(채영주, 「가면지우기」)는 것일 수 있을지 모른다. 그러나 유일한 진리를 더 이상 주장하기 어렵게 된 이 세계에서, 우리가 소설을 통해 발견해야 할 그 무엇이 있다면 결국 그것은 삶의 전면에 위계(僞計)로 은폐된 진실의 모습을 찾는 일이 아닐까.

이런 정황을 생각할 때, 겉으로는 허위로 가득 찬 인생을 살아온 것으로 화자가 평가한 사촌형의 이면에 보이지 않게 흐르고 있는 어떤 진정성, 즉 거인으로서의 인간적 풍모를 발견하고 삶의 내면에 흐르는 진실을 감동적으로 끌어올리는 송기원의 「폰개 성」(<창작과비평>, 2000년 가을호)은 오늘의 탈현대적 현실에서 한 인간의 인간됨에 관한 귀한 사례를 생각하게 해준다. 이와는 달리, 강건임의 「진실게임」(<문예중앙>, 2000년 가을호)에서는 "뭔가가 덧칠해진 모든 벽은 어차피 진실을 가리기 위한 것"이며, "이 세상은 하나 더하기 하나 하면 둘이 되어 서로 기대며 어울려 사는 곳이 아니라 하나 더하기 하나 해도 하나만 남는 투쟁(鬪爭)의 장"으로 현실을 해석하는 한에서 진실은 오히려 승패를 겨루는 게임의 양상으로 인식될 뿐이다. 진실은 '하나의 얼굴'이어야 함에도 자기의 말이 서로 진실이라고 주장하는 두 남자의 상충되는 진술은 진실을 찾기 위해 말의 위계를 분석하는 대질심문의 상황에서도 결코 가려지지 않는다. 진실이 게임의 상황으로 인식될 때, 게임의 패자에게 가해지는 승자의 권력 행사는 진정한 의미의 진실이라고 할 수 없으며, 그것이야말로 진실이라는 이름의 또 다른 허위일 뿐이다.

컴퓨터로 합성한 허구의 사진작가와 사진을 둘러싼 위조와 진실 사이의 전도(顚倒)는 시뮬라시옹에 관한 이 시대의 한 가지 징후를 상징적으로 보여주고 있으며(박성원, 「델러웨이의 창(窓)」, <문학동네>, 2000년 가을호), 진실을 가려야 할 법정이 진실을 은폐하여 피해자가 가해자로 뒤바뀌어 기소될 운명에 처하게 되는 형국(민경현, 「순회법정」, <현대문학>, 2000년 10월호), '운명 같은 우연'과 '운명 같은 불운' 사이에서 기억의 망각에 의해

하루아침에 진실과는 무관하게 살인범으로 전락할 수도 있다는 실존적 강박증에 사로잡힌 인간의 모습(김인숙, 「칼에 찔린 자국」, <창작과비평>, 2000년, 가을호)을 통해서 우리는 진실과 허위의 경계가 불분명한 삶의 표정을 일종의 강박적 징후로 읽게 된다. 요컨대, 진실의 현현을 문제 삼는 일보다 허위와 위계의 현실을 감식해내야 하는 것, 어쩌면 그것이 진실을 찾는 방법적 대안일지도 모른다는 역설을 이 시대의 소설들은 보여준다.

2

탈현대의 후기 자본주의 사회에서 사물의 내면적 실체성은 표피화되고, 그 무한한 확대재생산 가능성 안에서 실재로서의 고유성은 상실되기에 이른다. "실재가 이미지들과 기호들의 안개 속으로 사라진다."는 보드리야르의 유명한 명제처럼 예술작품이 향유하는 숭배가치로서의 역사적 유일성(아우라)은 상실된다. 예술작품이든 사물이든 정밀한 기술에 의해 대량으로 복제되고(벤야민, 「기술복제시대의 예술」), 이 복제품이 진품을 전복하는 시대, 더 나아가 위본(僞本)이 진본(眞本)처럼 행세하는 시대야말로 보드리야르가 말하는 시뮬라크르의 시대이다.

이미지나 형상물의 지시대상(원본)이 없는 가장된 이미지를 만드는 행위로서의 시뮬라시옹, 마치 자신이 현실의 실제 원본인 것처럼 기능하는 시뮬라크르의 현상을 보여주고 있는 작품이 박성원의 「델러웨이의 창(窓)」(<문학동네>, 2000년 가을호)이다. 여기서 작가는 작중인물인 한 사내가 허구적으로 만들어 유포시킨 가상의 사진가와 사진이야말로 시뮬라크르 자체이며, 그것이 어떻게 진실을 전복할 수 있는지에 대한 가능성을 흥미롭게 탐색한다. 넓게 보면 「댈러웨이의 창」은 진리와 미적 가상(Schein)이라는 오래된 논의에 맥락이 닿아있지만, 구체적으로는 컴퓨터 기술이 가상현실을 만들고 있는 테크노피아적 시대에 문학(소설)의 본질이 무엇인가 하는 것을 질문하고 있는 작품으로 이해할 수 있다. 진실의 소통방식이 아니라 거짓으로서의 허구가 어떻게 진실을 은폐하며 사람들에게 수용되고 내면화되는지 박성원은 작중인물인 한 사내가 인위적으로 만든 사진가 델러웨이와 가공(架空)의 사진 작품 '미지의 창'을 통해 탐색한다.

구식 기법으로 사진 작업을 하는 화자 '나'의 집에 광고사진 일을 하는 한 사내가 세를 들어온다. 그 사내는 노트북 컴퓨터, 스캐너와 스크린과 액정빔 등 최신 기계와 기법을 활용하여 광고용 스틸을 편집하는 일을 한다. 사내는 "컴퓨터로 작업한다는 게 원본 사진에 없는 사실을 덧붙이는 것"이며, "진실을 외면하고 거짓을 만들어내는" 일이라고 '나'에게 말한다. 이야기의 핵심은 사내가 만들어낸 미지의 사진가 델러웨이와 그의 사진에 관련된 일들이다. 사내가 화자인 '나'에게 들려준 이야기는 대강 이렇다.

델러웨이는 얼마 전에 죽은 무명의 사진가이다. 델러웨이의 사진은 예술사진이라고 볼 수 없을 정도로 평범하기 그지없는 정물화나 인물화가 대부분으로, 인물사진의 경우 증명사진보다 더욱 형편없어 보일 정도의 작품에 불과한 것들이다. 그런데 델러웨이가 유명해진 것은 눈 나쁜 어느 아마추어 사진작가가 확대경으로 사진을 관찰하던 중 사진 속에 있는 피사체에서 어떤 모습을 발견하고 나면서부터이다. 가령 '식탁 위의 세상'이라는 사진은 겉으로 보기엔 단순히 어느 한가한 농가의 식탁을 찍은 것 같지만 자세히 들여다보면 식탁의 스푼에 한 군인이 농부를 총으로 살해하는 모습이 담겨있다. 델러웨이는 그 사진을 유고 내전 당시에 실제로 찍었는데, 슬라브족 민간인을 학살하는 유고 정부군의 사진을 식탁의 스푼 같은 반사되는 물체에 담아서 찍어, 한가롭게 보이는 농가의 식탁이 사실 죽음의 만찬과 같은 공포감을 주게 만든다.

반사되는 또 다른 눈을 통해 사진을 찍는 것이 델러웨이의 기법으로, 항상 안경알이나 유리나 스푼 같은 반사체에 아주 조그맣게 어떤 의미를 숨겨놓는다. 델러웨이의 기법은 15세기의 르네상스시대 화가 '얀 반 아이크(Jan Van Eyck)'의 「아르놀피니의 결혼」(1434)이라는 그림에서 볼 수 있듯이, 서로 손을 잡고 있는 두 인물 사이의 뒤편에 걸려있는 거울에 그들의 뒷모습이 조그맣게 비치는 이중의 미메시스를 연상시킨다. 평범해 보이지만 고도의 기술과 주제가 들어있는 최고의 작품이 델러웨이의 사진으로 평가된다. 특히 유고작인 '미지의 창'은 델러웨이의 다른 작품들과도 다르게 창이라는 반사체에 비친 물체가 너무나 희미해 제대로 알아볼 수가 없어 아직까지 해독되지 못한 유일한 작품으로 남아있다. 이 사진의 반사체에 비친 물체를 정확하게 해독하는 사람에게 거액의 상금이 걸리기까지 한다.

대량생산과 대량복제를 혐오했던 델러웨이의 사진은 전시된 작품 이외에는 볼 수가 없으며, 사진집도 남아있지 않기 때문에 '미지의 창'을 이해하거나 반사체에 담겨있는 비밀을 어느 누구도 풀지 못한다. 델러웨이의 작품이 전시되어 있는 곳도 불투명하고, 또 특별한 장소가 아닌 불특정 장소에서만 전시되는 게 그의 사진이다. 델러웨이의 작업은 "의미를 찾으려는 사람에게만 답을 보여주는 자신의 사진"처럼, 각자 스스로 진실과 허위를 가려내라는 메시지를 그 사진에 담고 있다는 것이다. 급기야 델러웨이를 연구하는 사진동호회가 생기고, 사람들은 델러웨이라는 영문 이름이 박힌 티셔츠를 단복처럼 입고 다니거나, 델러웨이 사진을 응용한 광고까지 유행한다. 또 델러웨이의 사진특강이 생겨나는 등 사진에 관심 있는 사람들은 모두 '델러웨이 증후군'에 빠진다. '미지의 창'의 비밀을 해독하지 못한 절망감 때문에 사진을 포기하는 사람들까지 생겨난다.

그러나 델러웨이는 처음부터 존재하지 않는 인물이다. 델러웨이는, 사내가 "진실을 외면하여 거짓을 만들어내는 게 자신의 작업"이라고 말했던 것처럼 컴퓨터 조작을 통해 만들어낸 가공의 인물일 뿐이다. 다른 '델러웨이 중독자'들처럼 '미지의 창'의 의미 해독에 실패한 '나'를 위로하면서 사내는, "세상은 어차피 허위에 중독되어 있어요. 그것도 거대한 거짓에 말입니다. 그 거대한 거짓은 빈틈없이 잘 물려 돌아가는 바퀴와 같아 (……) 누구도 거짓이라는 걸 알지만 적당히 감추는 것이 미덕이 되었고, 이제는 거짓이 진실인지, 아니면 진실이 거짓인지 그 누구도 알 수 없게 되었어요."라고 말한다. 사내는 '나'에게, 델러웨이가 상품화된 마당에 진정한 델러웨이 정신은 죽었다며 자신의 컴퓨터를 보여주면서, "천사날개를 한 원숭이가 사과를 맛있게 먹으면서 웃고 있는 장면"이 우리가 살고 있는 진짜 현실세계의 모습일 것이라고 전한다.

거대한 거짓, 허위에 중독된 현실세계의 모습을 탐색하고 있는 박성원은 실제적인(real)인 것과 가상적인(virtual) 것 사이에 개재된 미적 인식론의 탐색을 통해 진실이 무엇인지 혹은 진실이 아닌 것이 무엇인지 델러웨이라는 사진가와 '미지의 창'이라는 사진을 매개로 질문하고 있다. 이처럼 「델러웨이의 창」은 사진을 모티프로 진실이 거짓인지 거짓이 진실인지 그 누구도 알 수 없게 된 세상의 허위, 다시 말해, "세상은 거짓을 진실로 알고 있고, 그것만이 우리가 알 수 있는" '허위의 진실'이라는 메시지를 담고 있다.

진실과 허위, 허위의 진실에 관해 말하는 박성원의 흥미로운 발상은 포스트모던 소설이 즐겨 차용하는 기법 가운데 하나이다. 그것을 우리는 커트 보네거트의 『태초의 밤(Mother Night)』 같은 작품에서 유사한 모티프를 찾아낼 수 있다. 2차 대전 당시 미국 정보기관의 스파이이면서 동시에 독일의 대미 영어 선전방송원 역할을 하는 이중스파이의 존재가 그것인데, 진실과 거짓이 한 주체 안에 동시에 공존하고 있는 경우, 그의 존재는 어느 쪽이 더 진실한 것인지 확실하게 알기 어렵다. 대미 영어 선전 방송을 통해 미국 정보기관이 원하는 정보를 암호로 전달하는 하워드 캠벨이라는 인물은 진실을 전달하기 위해 허위를 만들어내지만, 허위의 메시지도 청취자들에게 진실의 메시지만큼이나 영향을 주게 된다. 결국, 허위는 진실의 적이 아니라 오히려 진실 이상의 파워를 가질 수 있다는 점을 보네거트는 말하고자 했던 것이다. 『태초의 밤』의 발상과 마찬가지로 박성원은 「델러웨이의 창」에서 '델러웨이'라는 가공의 인물과 '미지의 창'이라는 허구의 사진 작품을 통해 진실과 거짓, 원본 없는 시뮬라크르의 소비에 들려있는 사람들의 행동심리를 명징하게 보여주고 있다. 「델러웨이의 창」에서 사진을 소설로 대체하여 읽을 때, 가상의 원본에 바탕을 둔 허구적 창작과 패러디의 관련 양상을 다시 생각해 볼 수도 있으며, 아울러 우리는 거기서 소설쓰기의 본질이 오늘날 어떤 의미를 가질 수 있는지 질문할 수 있을 것이다.

3

일찍이 장용학이 「요한시집」에서 자살한 누혜의 유서를 통해 '학교는 죄의 집'이었다며 "벌에서 죄를 배웠다"고 말한 아포리즘은 근대사회의 타율적 규율기제를 핵심적으로 포착해낸 것이었다. 양심이나 자율적 이성에 의하지 않고 타율적 강제에 의해 규율되는 사회의 온갖 제도는 인간의 자유를 억압하는 기제에 다름 아니기 때문이다. 진실로 바람직한 세계가 되기 위해서는 최소한 법의 여신 '디케'의 손에 들려 있는 '저울'의 상징처럼, 정의와 진실이 보존되며 불의에 대해서는 준엄한 심판이 공정하게 행사되는 사회적 공감대가 형성되어야 한다.

당연한 말이지만, 법의 문제를 형식 논리에서가 아니라 일상인의 감정에 기대어 생각할 때 삶의 모든 국면에서 정의와 진실은 유보되거나 배제되어서는 안 된다. 법정에서 증인선서를 할 때, '진실만을 말할 것'을 요청받는 것과 동일하게 법정은 '진실에 의해' 판결해야 할 책임을 지고 있다. 권력과 부를 가진 사람들에게는 한없이 관대하고, 힘없고 가난한 사람들에게는 서릿발처럼 적용되는 법이란 시민사회에서 결코 바람직하지 못하다. 사실 지금 이 순간에도 어떤 법집행에서 억울하고 불합리한 일들이 벌어지고 있지 않다고 어느 누가 장담할 수 있겠는가. 악화가 양화를 구축하는 자본주의 경제시스템의 메피스토펠레스적 성질은 법적 정의의 실현이나 진실의 고양을 거스르는 요인이다. 신의 실체(원본)가 사라졌고, 고도(Godot)는 오지 않는 이 '사탄의 마을'에서 우리는 모두 정의의 바위를 진실의 힘으로 산정을 향해 끊임없이 밀고 올라가야 할 유형(流刑)에 처해진 존재들이다.

민경현의 「순회법정」(<현대문학>, 2000년 10월호)은 권력으로서의 법의 위계가 진실을 어떻게 억압하고 호도할 수 있는지 탐색하고 있는 작품으로, '상부'에 대항해 자신들의 삶의 터전을 지키려는 마을사람들의 투쟁 과정에서 벌어지는 갈등을 순회법정이라는 공간과 K라는 법원 서기의 시각에 투영하여 탐색하고 있다. '상부'로 상징되는 권력기관은 한때 채광업으로 번성했지만 지금은 폐광촌이 되어버린 '림보(Limbo)'라는 마을을 개발하려고 한다. 이를테면, 최근 카지노 열풍이 불고 있는 강원도의 어느 특별구역처럼 폐광촌을 개발하려는 상부의 의지에 대해 '림보'의 주민들은 현재는 퇴락했지만 자신들의 삶의 흔적과 역사가 깃든 터전에서 쫓겨나지 않기 위해 개발저지 투쟁을 벌인다. 작가는 이러한 상황을 K라는 법원 서기의 시선으로 포착하면서, 허위와 불순한 욕망이 어떻게 진실을 은폐하고 왜곡시키며 개인을 희생양으로 만들 수 있는가 보여준다.

연고도 없는 외진 폐광촌 '림보'에 좌천되어 순회법정 서기로 부임한 K. 순회법정이 열리는 림보에 첫 출근을 하는 아침, 눈 때문에 기차가 끊겨 오지 않는다. 늙은 철도원의 호의로 K는 '최'라는 사내가 운전하는 낡은 트럭을 타고 겨우 부임지에 도착한다. '최'라는 사내에 의하면 기차가 오지 않는 근본적인 원인은 눈 때문이 아니라 상부의 어떤 음모 때문이라는 것이다. '최'가 K에게 거칠게 털어놓는 말에 따르면, 림보에 대한 상부의 계획은 그들 거주민을 이주시키고, 거기에 핵폐기물을 버리거나 아니면 카지노를 만드는 것이다. 그래서 림보의 채광권을 말소시키고, 산림벌채를 막고, 학교와 관청을 폐쇄하고 군사훈련을 하며, 나아가 순회법정을 만들어 사법절차를 복잡하게 해 주민들을 떠나게 하려는 음모가 진행되고 있다는 게 '최'의 증오에 찬 설명이다. 그러나 림보의 주민과 개발저지 대책위원장을 맡고 있는 '최'는 상부의 음모를 막기 위해 주민들 스스로가 원고가 되고 피고가 되는 등 번갈아 소송을 만들어감으로써 마을을 떠나지 않으려는 기묘한 형태의 저항을 한다.

순회법정이 쉬는 동안 K는 점심을 먹기 위해 식당에 들른다. 뒤이어 들어온 '최'와 림보의 유일한 공의(公醫)인 여의사(그들은 서로 내연 관계인 듯하며, 동시에 피고와 원고라는 묘한 관계의 인물이다)가 대화를 하던 중, 갑자기 '최'가 여의사를 때리자 이를 말리기 위해 K가 개입한다. K와 '최'가 뒤엉켜 넘어지게 되는데, 이 일로 K는 엉뚱하게도 '최'를 폭행했다는 혐의를 쓰고 현행범으로 체포된다. K는, '최'의 머리에 난 상처는 함께 트럭을 타고 산길을 내려올 때 가벼운 사고로 생긴 상처라고 자신의 폭행 혐의를 부인한다. 그러나 식당 여주인과 공의의 불리한 증언으로 K는 유치장에 감금된다.

상관인 순회판사가 K를 찾아와 약식재판을 받고 한 달만 참고 기다려 주면 바깥일을 잘 선처해 주겠으며, 자리가 잡히는 대로 불러올리겠다는 제의를 한다. '괴상하기 짝이 없는 곳', '지옥의 변방'으로 생각하는 림보를 판사는 한시라도 빨리 벗어나고 싶어 한다. 그런데 얼마 남지 않은 자신의 임기가 부하 직원의 과실 때문에 나쁘게 작용하여 연장되지나 않을까 우려하는 판사가 K가 약식재판을 받도록 권유한다. 그래야만 판사는 아무런 과오 없이 '선악의 기준 자체가 무용한 곳'이며, "법률로 통치되는 곳이 아닌 흡사 율법으로 유지되는 제삼의 영토"인 림보를 벗어날 수 있기 때문이다. 판사는 K에게 설명해 주듯이, '림보(林堡)'는 법의 치외법권 지역에 파묻혀 있는 일종의 혼돈의 공간이며 악의 공간으로, 판사의 법률이 아니라 신부의 '미션'이 필요한 곳으로 상징된 공간이다. '림보'란 라틴어 'Limbo'에서 따온 지명으로, "그리스도를 접할 기회를 갖지 못한 죄 없는 영혼이나 혹은 세례 받지 못한 어린 아기의 영혼이 머무는 고성소(古聖所)"를 가리키며 "천국과 지옥 사이에 존재하는 곳"이다. 달리 말하면 '망각의 구렁'이며, 중간지역, 즉 '연옥' 같은 곳이면서 동시에 '감금소', '구치소', '교도소' 등으로도 번역된다는 점에서 림보란 판사가 하루빨리 떠나고자 하는 감금의 공간인 '감옥'을 의미한다고 볼 수도 있다.

작가는 「순회법정」에서, 림보의 또 다른 이방인 K의 시선을 통해 음모와 욕망, 그 사이에서 진실을 가려야 할 법정이 오히려 진실을 은폐하는 가치의 전도 상황을 마치 한 마리의 벌레로 변해버린 듯한 K의 시선을 통해 주밀하게 관찰한다. 따라서 림보의 진실이란 주민들의 의사와는 상관없이 상부의 권력에 의해 일방적으로 강요되는 권력게임의 한 가지 양상으로 나타나며, 그것은 결국 권력기관의 대리인인 순회판사의 탈출 욕망으로 변질될 뿐이다. 작품 초반에 늙은 철도원이 K에게 건네고 있듯이, "철도처럼 정확한 체계란 냉정해야 하는 법"이고, "철도를 이용하려는 자는 그 누구든지 철도의 규칙을 따라야만 한다는 뜻"에서 "법이란 필요한 사람이 들춰보기 전까진 법전 속에서 깊은 잠에 빠져 있기 마련"

이라는 말은 어떤 음모에 의해 오지 않는 기차처럼 경직된 법의 이율배반적 집행과 허위로 가득 찬 차가운 현실을 비유적으로 적시해 주고 있다. 그래서 민경현의 「순회법정」이 던지는 질문은 바로 '법'이란 진실을 어느 정도 담보해낼 수 있으며, 거기서 인간은 어느 정도 자유로울 수 있는가 하는 것이다.

4

'나'는 왜 거기 있지 않고 여기에 있는가. 여기 있는 '나'는 거기 있었던 '나'와 같은 존재인가. '나'의 실존은 과연 진실한 것이며, 그 기억은 믿을만한 것인가. 숱한 죽음의 위기에서 비켜 가는 '운명 같은 우연'과, 죽음의 심연으로 빠져들 수 있는 '운명 같은 불운'은 정말 다른 것인가. 김인숙의 「칼에 찔린 자국」(김인숙, <창작과비평>, 2000년 가을호)은 '붉은 노을 빛'의 이미지로 기억의 실존과 진실의 소통 가능성을 문제 삼고 있다. 몇 가지 시간적으로 다른 과거의 기억을 동심원의 체험으로 겹쳐 구성하고 있는 「칼에 찔린 자국」의 주요 모티프는 세 개의 원(圓)으로 구성되어 있다.

첫째 원. '그'가 시간 강사 시절 고속도로에서 목격한 교통사고에 대한 기억이다. 고속도로 경찰의 암행 속도단속에 걸려 실랑이를 벌이고 있는 '그'의 옆을 은색의 낡은 프라이드 운전자가 빙글 웃으며 보란 듯이 저속으로 지나간다. 그로부터 10킬로쯤을 진행했을 때 그는 연쇄추돌 사고 현장을 목격한다. 경찰차와 앰뷸런스가 둘러싼 사고 현장에서 '그'는 예의 은색 프라이드가 완전히 박살나 있고, 운전석 문의 깨진 유리창 바깥으로 팔 하나가 덜렁거리고 있는 것을 발견한다. '그'는 '운명 같은 우연'으로 죽음의 위기에서 비껴갈 수 있었다고 생각한다. 은색 프라이드의 운전자가 바로 자기일 수도 있었기 때문이다.

둘째 원. 그 후, 국립대학 교수가 된 '그'는 어느 날 아침 출근길에 경부고속도로에서 12중 연쇄추돌 사고 뉴스를 듣는다. 그날 저녁 '그'는 학과 회의를 마치고 전에 들른 적이 있었던 술집을 찾는다. 그곳에서 '그'는 난데없이 형사들에게 연행되어 조사를 받는다. 그 술집의 마담이 일주일 전 자기 술집 앞에서 칼에 찔려 사경을 헤매고 있는데, '그'가 사고 당일 마담에게 욕심을 부리다 심하게 행패를 부렸다는 종업원의 진술에 따라 용의자로 지목된 것이다. 불행하게도 '그'는 무죄를 주장할 만한 알리바이가 없다. 그 사건이 있던 날 그 술집에서 술을 마신 기억은 나지만, 자신이 마담에게 어떻게 했는지 도무지 기억을 해낼 수가 없었기 때문이다. 따라서 무죄를 입증하기 위해 '그'가 형사들에게 할 수 있는 일은 자신이 현직 국립대학 교수라는 것, 한 여인의 남편이며, 두 아이의 아비이고, 노부모의 천금같은 장남이라는 일상의 평범한 사실일 뿐이다.

그러나 대체로 그렇듯이, '나는 선량한 시민이다'는 주체의 존재증명이나 '저 사람은 법 없이도 살 수 있다'는 타자에 의한 존재증명이 속악한 이 세계에서 범죄 혐의를 벗어나게 해줄 만큼 결정적 힘을 발휘할 수 있다고 믿는 사람은 별로 없을 것이다. 더구나 그 사람이 범죄를 다루는 직업에 종사하는 사람이라면…. 진범이 검거되고 나서야 '그'의 혐의는 풀리긴 하겠지만 마담과 관련된 '그'의 삭제된 기억은 복원되지 않는다. '운명 같은 불운'은 '운명 같은 우연'과 그리 먼 곳에 있지 않다.

셋째 원. 살인 미수사건이 있었던 그해 여름의 끝, 마담의 술집에서 만나자는 동창의 연락을 받고 '그'는 그 술집에 다시 들른다. 술이 많이 취하자 마담은 '그'를 기억해 내고 초여름 날의 일을 말한다. '그'가 마담에게 하룻밤을 같이 보내자고 제의했고, '그'는 그 대가로 '목숨 건 사랑'을 주겠다고 말했다는 것이다. 마담은 그때의 사고 쇼크로 건망증에 걸렸다며, 칼에 찔린 자국이 남아있는 자신의 가슴을 손가락으로 쿡쿡 찌른다.

다음날 아침, '그'는 자기 옆에 마담이 알몸으로 누워있는 것을 발견한다. '그'는 마담의 벗은 가슴 위에서 칼에 찔린 흉한 자국을 본다. 마담은 마치 죽은 듯이 움직이지 않는다. 만일 곁에 누워있는 마담이 영원히 깨어나지 않는다면 '그'는 또다시 살인미수 용의자가 된다. 아니 이번엔 바로 살인범이 되어버릴지도 모른다. 지난 밤, 술에 취한 마담은 자신을 칼에 찌른 사람이 '그'라고 말했다. '그'는 그렇다고 할 수도 없고, 내가 아니라고 말할 수도 없었다. '그'는 마담에게서 그녀의 가슴에 칼자국을 낸 사람이 자신이 아니라는 것을 마담의 목소리로 직접 듣고 싶었으나 마담은 '그'의 가슴을 찌르며 범인은 '바로 당신이에요'라고 말했던 것이다. '그'는 마담을 칼로 찌른 사람이 어쩌면 자기였을지도 모른다고 생각한다. 그러나 마담이 손가락을 똑바로 세워 그의 가슴을 쿡쿡 찌르며, '바로 당신이에요', 라고 말했을 때 '그'는 자신이 진정으로 듣고 싶었던 말은 어쩌면 그것이었는지도 모른다고 생각한다. '그'는 마담을 칼로 찌른 사람이 어쩌면 자기였을지도, 고속도로의 연쇄추돌 사고에서 찌부러져 있던 차가 바로 자기 차였을지도, 그리고 깨진 유리창 밖으로 덜렁거리던 팔목의 주인공 역시 바로 자기였을지도 모른다고 생각한다.

이외에도, 갑작스런 위경련 때문에 가족들에게 연락도 못하고 조부의 기제사에 참석할 수 없었던 '사건'은 들뢰즈적 의미에서 앞의 세 가지 체험과 함께 '그'를 둘러싼 어떤 본질적 차원이 현실화되는 '시뮬라크르' 차원의 구체적인 사례들로 이해할 수 있다. 그런 의미에서 김인숙의 「칼에 찔린 자국」은 기억하고 있는 나와 기억하지 못하는 나, 나의 실존적 존재를 증명할 수 있는 경우와 그렇지 못한 경우를 통해서, 기억으로 설명될 수 없는 '나'의 실존이란 실제인지, 아니면 허구에 불과한 것인지 묻고 있는 작품으로 독해할 수 있다. 이와 함께, 비행기사고 같은 대형 참사에서 대부분이 화를 입었음에도 홀로 상처하나 없이 무사한 경우(실제로 그런 일은 적지 않게 일어나고 있다)를 생각할 때, 비슷한 시공간에 함께 거처했던 존재위상이 이를테면, 삶과 죽음의 경계를 결정적으로 구별할 수 있는 것인지에 관한 존재론적 질문이 김인숙의 「칼에 찔린 자국」에는 상처처럼 깊이 남아있다.

5

진실은 직관적 · 수직적 · 추상적으로 통찰되는 것이 아니라 이 세계에 팽만한 허위를 인식하는 매개의 과정 속에서 발견할 수 있는 것이다. 소설쓰기란 궁극적으로 허위와 거짓과 가짜의 가면 뒤에 갇혀 있는 진실의 양상을 찾아가는 정신적 길 찾기의 모험이라고 할 수 있다면, 남는 문제는 진실이 무엇인가에 대한 어떤 답변이다. 그러나 전지전능한 신념을 부여받은 예수가 예루살렘의 신전 꼭대기에서 뛰어내려 신의 아들임을 증명하라는 사탄의 유혹을 물리친 밀턴적 '복락원'의 세계란 지금 가능할 법하지 않다. 그렇다면 저 라만차의 사나이 돈키호테가 몬테시노스 동굴의 암흑 속에서 자신이 본 것이 진실인지 꿈인지 '마술에 걸린 두상(頭像)'에게 묻자 거기에는 진실과 꿈 두 가지가 다 들어있다고 말한 것이나, 몬테시노스 동굴의 환상이 정말인지 거짓말인지 묻는 산초에게 '예언하는 원숭이'가 부분적으로는 진짜이고 부분적으로는 가짜라고 대답하였듯이, 이미 절대적 진리, 유일한 진리를 주장할 수 없게 된 탈현대의 세계에서 진실과 허위의 경계를 가름하기란 간단하지 않다.

진실에 관한 문제는 소설쓰기의 의미를 탐문하는 과정에서도 여전히 지속되고 있다. 정찬의 「숨겨진 존재」(<현대문학>, 2000년 10월호)에서는 그런 소설쓰기의 진실 혹은 한 가지 깨달음을 엿보게 된다. 소설쓰기에 지친 화자가 산사를 찾아가 달마의 그림을 통해, "내가 돌아가야 할 곳은 불타는 집"이라는 깨우침을 얻었다고 했을 때, 그 '불타는 집'이란 결국 악마가 들끓고 있을지도 모르는 '사탄의 마을'일 수도 있다. 작가란 세속의 너머에 있는 '불립문자'의 세계, 형이상학적 이법의 깨달음을 가능케 해주는 세계로 수직적 초월을 감행하는 존재라기보다는 욕망을 가진 자가 살아가는 곳으로서의 '불타는 집'을, 언어의 감옥인 문학의 세계를 통해 추구해가는 존재이다. 그런 의미에서 정찬의 "나는 불립문자의 세계로 날아갈 날개가 없다"는 선언은 타락한 세계에서 비록 타락한 방법일지라도 소설의 언어를 통해 진실을 찾겠다는 강렬한 의지의 표현이라고 할 수 있을 것이다.

새삼스런 말이지만, 진실을 탐색하고 발견해내는 일이란 다중의 복합적 허위와 세계의 위계적 양상을 벗겨내는 일이다. 그런 점에서 소설의 역할이란 어떤 방법으로든 시대의 거짓과 허위의 양상을 들추어내고 공격하는 일에 있다고 해야 할 것이다. 허위를 탐색하는 소설의 일이란 역으로 진실에 이르는 과정의 또 다른 모습일 수 있기 때문이다.

___『문예연구』 27호, 2000년 12월호

문학적 비행(飛行)을 꿈꾸는 신예 작가들

김윤영 · 김종광 · 이평재의 소설

1. 2000년, 세 명의 신예 작가들

큰 이야기의 퇴조와 작은 이야기들의 유행으로 정리해 볼 수 있는 90년대 문학의 한계(사실, 80년대와 비교하여 90년대 문학의 성과가 결코 만만치 않았음에도 '지난 연대'의 문학은 어떤 면에서 과소평가된 감이 적지 않다. 그런 의미에서 '90년대 문학'을 '90년대 작가'의 문학으로 좁혀 잡지만 않는다면, 훌륭한 작품이 산출된 양으로는 지난 어느 시기보다 못할 바 없다는 백낙청 교수의 지적(「2000년대의 한국문학을 위한 단상」, <창작과비평>, 2000년 봄호)은 새겨들을 만하다)를 극복할만한 징후는 아직 떠오르고 있는 것 같지 않다. 그도 그럴 것이, 시대의 뒤끝과 앞머리가 두부 모 자르듯 확연하게 나뉠 수 있는 성질도 아니고, 문학적 이념을 작품에 앞서 이론적으로 선도해 나갈 수 있는 것도 아니기 때문에, 성급하게 지난 연대의 문학적 유산을 정리하고 새로운 연대의 문학을 구상하려는 기획은 90년대의 문학적 경향이 여전히 진행형인 상황에서 시기상조일지도 모른다.

결국, 새로운 시대의 문학적 지형도는 지난 연대의 유산을 반성하고 성찰하는 과정 속에서 자연스럽게 그려져야 한다. 그런 점에서 이미 상당한 검증이 이루어진 90년대 일군의 젊은 작가들 이외에 2000년대에 새롭게 눈여겨보아야 할 작가들이 있다면 그들은 누구이며, 그들의 문학적 입장과 상상력은 어떤 것인지 생각해보는 일은 새로운 시대의 문학적 가능성을 타진해본다는 점에서 의미 있는 비평적 과제일 것이다.

올 여름에 발표된 소설 가운데 김윤영, 김종광, 이평재 등 세 작가의 작품은 공통적으로 소설가(혹은 소설가 지망생)라는 인물을 등장시켜 소설 쓰기에 대한 자기고민과 성찰을 시도하는 한편, 이야기성의 본질과 작가의 역할이 무엇인지 탐색해가는 모습을 보여주고 있다. 일상의 영역에 도사린 삶의 관계적 양상을 섬세한 문체로 형상화하고 있는 김윤영, 능청스런 문체와 날렵한 인물묘사로 주변부 기층민들의 이야기를 독특하게 서술해내는 김종광, 그리고 신화적(민속적) 상상력을 소설에 도입하여 현실과 환상의 경계를 분방하게 넘나드는 글쓰기를 시도하고 있는 이평재의 소설 등, 90년대 후반(이들의 등단 연도는 모두 1998년이다)에 등단한 이들 세 작가의 개성적인 작품들은 2000년대 소설문학의 새로운 가능성을 보여주고 있다. 김윤영의 「그해 불꽃놀이는 유난히 화려했다」(<21세기문학> 2000년 여름호), 김종광의 「짚가리, 비릇다」(<문학동네> 2000년 여름호), 이평재의 「거미인간 아난시」(<문예중앙> 2000년 여름호) 세 작품을 중심으로 소설쓰기에 대한 신예 작가들의 문학적 표징(標徵)을 살펴보기로 한다.

2. 리얼리즘의 항속 : 김윤영

최근, 가장 큰 관심사는 아무래도 남북한 최고지도자 사이의 역사적인 만남이었을 것이다. 이 역사적인 사건을 바라보는 사람들의 감회는 각자

달랐겠지만, 이를 계기로 얼마 전까지 상상하기조차 어려웠던 남북문제들이 획기적인 변화의 조짐을 보이게 될 것 같다. 사회의 모든 부면에서 우리처럼 정치적 풍향에 민감한 영향을 받고 있는 나라도 없을 터인데, 남북 관계의 획기적 개선은 곧바로 크든 작든 정치·경제·사회·문화 전 영역의 변화를 불러올 것이다. 고은 시인이 만찬석상에서 "변화야말로 진리이다."는 내용의 시를 낭송한 장면을 기억하는 이들이라면 그것은 남과 북 모두의 정치적 해빙을 압축한 명제였을 뿐만 아니라, 반세기 이상 꽁꽁 얼어붙었던 마음의 해빙을 간곡히 염원하는 노래였다고 이해할 수 있을 것이다. 여러 중요한 사안들이 차질 없이 실천돼 나가기를 진정으로 희망하고 있지만, 그러나 무엇보다도 생존 이산가족들의 '완전한 만남'이야말로 모든 사안에 우선하는 과제가 아닐 수 없다. 이와 함께, 남북 분단의 이념적 희생자들인 비전향 장기수(이하, '장기수'로 약칭)의 자유로운 송환(혹은 잔류) 문제도 타결되었다는 점에서 남북 관계의 정치적 해빙과 마음의 해빙이 함께 어우러져 소망스런 국면으로 전환돼 나가기를 바라는 마음 간절하다.

남북 관계의 해빙 무드와 관련하여 생각해보지 않을 수 없는 것은 이데올로기의 희생자들인 장기수의 문제이다. 어느 누구도 쉽게 말하고 쓰지 못했던 문학적 보고(報告)의 사각지대인 장기수 문제를 본격적으로 다룬 작품은 아마도 김하기의 「살아있는 무덤」이 아닐까 한다. 저 강고했던 시절, 이념적 문제로 우리 사회가 배제한 장기수들의 혹독한 실상과 마음의 상처를 격정적으로 묘파한 바 있었던 김하기의 「살아있는 무덤」은 그런 의미에서 우리 시대의 우울한 음화(陰畵)에 다름 아니다. 지구상에서 유일한 정치적 냉전의 터널을 바야흐로 벗어나려는 오늘의 상황에서 장기수들의 문제를 부각시키며 지난 시대의 암울했던 내면을 성찰하고 있는 김윤영의 「그해 불꽃놀이는 유난히 화려했다」(이하, 「그해-」로 약칭)에 눈길이 머문 것은 최근의 정치적 사정을 염두에 둘 때 매우 자연스런 귀결이었는지도 모른다. 우리들 대다수의 관심에서 사라지거나 배제되었던 그들의 문제가 거대한 이념 투쟁이나 운동 논리 이전에 인도적 관점에서 논의되었어야 했다는 점을 생각하면 김윤영의 「그해-」는 당대의 민감한 관심사를 놓치지 않고 포착해내고 있다는 점에서 소중한 의미를 갖는다. 문학 이념의 진영(陣營) 문제에 상관없이 우리 사회의 아킬레스건이면서도 관심의 영역에서 철저히 배제된 문제를 부각시키는 일이야말로 리얼리즘의 진정성에 이르는 성실한 항속(航續)일 수 있기 때문이다. 「그해-」는 작품의 형식적 새로움이나 상상력의 높이 이전에 당대성의 깊은 상처를 반성과 성찰의 서사로 견인해내려는 인물의 의지를 그리고 있다는 점에서 주목해야 할 작품이다.

1998년 「비밀의 화원」(제1회 창비 신인상)으로 등단한 김윤영은 소외되거나 간과된 삶의 모순을 비판적 시각에서 그리고 있는 작가로, 우리 사회가 안고 있는 당대성의 여러 문제를 형상화하는 데 남다른 감각을 소유하고 있다. 가령, 지난 대통령 선거의 투·개표 과정을 지켜보는 가족 구성원의 정치의식과 심리를 다양한 시각으로 묘사하는 한편, 민주화운동 과정에서 투옥경력이 있는 '고모'의 삶의 행로를 소녀 화자의 희망 섞인 시선으로 그린 중편 「비밀의 화원」이나, 한 수학교사의 죽음을 모티프로 삼아 오늘의 비교육적 현실이 학생과 부모와 교사 모두에게 어떻게 심각한 정신적 폐해를 남기게 되는지 묘사한 「그때 그곳에선 무슨 일이 일어났나」 등에서도 김윤영은 우리 사회의 모순을 성찰하는 데 남다른 관심을 보여준다.

「그해-」의 이야기는 두 개의 축을 이루며 전개된다. 하나는 소설가인 화자가 소설 밖에서 만나는 두 인물, 즉 대학시절 현실 변혁운동의 전위에 섰으나 지금은 그 일에 대해 회의하는 친구 동혁과, 서신 왕래를 하며 알게 된 장기수 정 선생에 관한 이야기이다. 다른 하나는, 화자가 쓰고 있는 소설 <노인과 소년>에 나오는 장기수 노인에 관한 것으로, 작가는 소설 밖의 인물인 동혁과 소설 속 노인의 면모를 중첩시켜 이야기를 전개해나간다. 대학시절 운동권의 전위대였던 소설 밖의 동혁과 옛 시절의 혁명 투사였던 소설 속의 노인은 모두 다음 세기의 희망과 역사의 발전에 대해 근본적으로 회의하고 있다는 점에서 두 인물은 서로를 비추는 거울이라고 할 수 있다. 즉, "인간에 대한 근거 없는 믿음을 갖지 않고, 철저하게 혼자가 돼서 이 세상에 부딪히고 싶다는 생각"을 하거나, "이 세상이 그렇게 단순하지 않다는 걸 모르고 산 게 억울하다"고 후회하는 동혁의 현재 모습에서 화자는 자신의 소설 속에 형상화한 노인의 모습을 발견하며, "세상에 대해 더 이상 알고 싶지 않다는 듯한 그런 심각한 포즈"를 취하는 동혁의 태도를 비판의 시선으로 응시한다.

다른 한편, 「그해-」는 화자인 소설가와 장기수인 정 선생이 인간적 신뢰를 바탕으로 어떻게 진정한 만남에 이르게 되는가, 그리고 과거의 상처를 극복해 나가는 정 선생의 내면을 소설쓰기라는 모색의 플롯으로 그리고 있다. 물론 「그해-」는 김하기의 「살아있는 무덤」에서 읽을 수 있듯이 장기수들에 가해진 혹독한 고문의 실상과 살인적 만행을 고발하는 데 초점이 맞추어진 작품은 아니다. 오히려 이 작품의 이야기 구성 방식은 소설가인 화자가 정 선생이라는 인물을 만나고 그를 모델로 소설을 써나가는 과정에서 글 쓰는 일의 진실을 전하는 작가의 역할에 대해 진지하게 자기반성을 하는 데 초점이 맞추어져 있다.

일상에서 자신의 사는 법을 되돌아보는 일이란 곧 의식의 반성을 행하는 일이라고 할 때, 무엇을 어떻게 쓸 것인가 고뇌하는 작가의 글쓰기에 대한 자기성찰이란 사르트르가 말하는 의식의 '자기반성'에 다름 아니며, 이는 곧 성찰적 자아의 글쓰기라는 의미로 심화된다.

난 도대체 어떤 글을 쓰고 싶은 거였을까. 아내 말대로 내겐 그럴만 한 철학이 있기나 한 걸까. 아니, 내가 아무리 잘 쓴다한들 이 세상의 진실을 조금이라도 전할 순 있긴 한 걸까. 어차피… 소설은 다 사기가 아닐까?

「그해 불꽃놀이는 유난히 화려했다」 중에서

작가란 어떤 글을 쓰는 존재인가, 또 그 글이란 세상의 진실을 전하는 데 어떤 역할을 하는 것인가라는 근원적인 질문이 이 소설에서는 수사적 군더더기나 포즈의 과잉 없이 담담하게 진술되고 있다. 작가란 일상인들이 느끼지 못하는 일들을 예민하게 포착하고 통찰해낼 수 있는 존재라고 할 때 소설 속의 화자가 피력하는 '세상의 진실'을 찾는 일이란 모순과 결핍의 서사를 보충해주는 리얼리즘 정신의 작동 원리를 토대로 하지 않고서는 쉽게 이루어내기 어려운 것이다. 그러나 자기고뇌 없이 글을 쓰는 작가들이 어디 있겠냐는 관점에서 생각할 때 별반 새로워보일 것도 없는 위의 진술이 새삼스럽게 느껴지는 이유는 물론 소재 자체 때문이기도 하지만, 무엇보다도 현재성과 함께 타자를 훼손하지 않고 신뢰해가며 동질성을 회복하려는 태도의 진지함 때문이다. 정 선생 쪽에서 보면 40년을 감옥에 있게 한 세상이야말로 가장 원망해야 할 타자로서의 '지옥'일 것이다. 그러나 감옥에 있는 동안 화자와 서신 왕래를 하고, 이후 출옥하여 서로 만나는 과정에서 그들은 어떤 화해의 접점을 갖게 된다.

타자의 진정한 수용이란 상호 이해의 전제 조건이며, 주체로서 자신의 많은 부분을 타자에게 아낌없이 양도하는 데서 발생한다. 우리가 흔히 타자를 '이해한다'고 말하는 것의 진정한 의미는 자기를 아래에 두는 희생을 전제하지 않고서는 불가능하다. 원천적으로 불가능한 일이겠지만, 주체의 타자화와 타자의 주체화가 남김없이 교섭되고 소통될 때 서로는 완전한 합일에 이를 수 있게 되는데, 이때 이해의 진정성이란 바로 그런 상황에 이르기 위해 끝없이 수렴하는 과정이다.

소설이란 미적 통일성이나 형식적 새로움의 탐구 못지않게 포괄적이며 충실한 시대성의 반영이라는 오래된 리얼리즘의 원리를 상기할 때, 당대적 관심의 보고와 의견 개진이야말로 작가의 가장 기본적인 임무가 아닐 수 없다. 정 선생을 모델로 소설을 써 나가는 화자가 작품의 부분을 아내에게 보여주자 아내는 소설의 내용에 대해, "글쎄, 요새 이런 얘기가…좀 그렇지 않어? 당신 왜 안 하던 걸 해? 이런 얘기 써본 적 없잖아. 누가 당신한테 뭐라고 그래? 의식이 없대? 맞어? 이런 얘길 누가 읽겠어?"라고 목소리를 높이며 비판한다. 이에 대해, "나는 할 말이 없었다. 그건 진짜 정 선생님 얘기야, 라는 말을 할까도 했지만 아내에게 그래봤자 뭐하겠나 싶었다. 왜 사실 그대로의 일이 더 믿기지 않는 걸까?"라고 생각하는 부분이야말로 이 작품의 핵심이며, 작가의 소설쓰기에 대한 태도를 여실히 보여주는 대목이라고 할 수 있다. 이때 작가는 현실에 환멸을 느끼며 외국으로 나간 과거의 운동권 투사 동혁과, "다시는 생각하기 싫은 과거, 고문, 역사의 무게"라는 어두운 기억을 드러내지 않고 일상의 생활 속으로 들어가려는 장기수 정 선생의 태도를 비교하며 냉정한 시선으로 응시한다.

그런 의미에서 마지막 장면의 유난히 화려한 '불꽃놀이'는 정 선생과 세상의 화해를 모색하려는 상징적 장면으로, 지난 연대의 상처를 새로운 희망의 그릇에 담아내려는 의지의 표현으로 다가온다.

3. 농촌 서사의 복원 : 김종광

1998년 「경찰서여, 안녕」(<문학동네> 하계문예공모)으로 등단한 김종광은 2년여밖에 안 되는 짧은 기간 동안 왕성한 창작 활동을 해오며, 최근 첫 창작집 『경찰서여, 안녕』을 상재한 신예 작가이다. 김종광의 소설이 보여주는 새로움은 비슷한 연배의 작가들과는 사뭇 다른 영역에 뿌리를 내리고 있는 데서 나온다. 김종광 소설의 새로움을 바라보는 시선은 대체로 두 가지 방향에서 나타난다. 하나는 이미 언급되고 있는 사항이지만, 김유정의 반어, 채만식의 풍자, 이문구의 능청스런 입담(김만수)과, 익살꾼 만담가로서 성석제의 의뭉스러운 농담(한기)을 잇는 문체적 경향에 대한 것이다. 다른 하나는 이른바 신세대 작가들의 '도시'를 무대로 한 창작적 발상과는 달리 '농촌'을 동심원으로, 주변적 일상 공간에서 펼쳐지는 기층민들의 생생한 언어와 이야기를 소설의 주요 모티프로 삼고 있다는 점이다. 지난 연대의 젊은 작가들이 간과했거나 비켜간 소설의 영역을 자기만의 개성으로 개척해가고 있다는 점, 도시적 삶을 소설쓰기의 질료로 삼는 동시대 젊은 작가들의 상상력과는 다른 표징을 보여주고 있다는 점에서 김종광의 소설은 새로움 이상의 의미를 갖는다. 아마도 이 점이 이 작가가 최근 평론가들로부터 집중적으로 조명을 받고 있는 이유일 것이다.

「짚가리, 비릇다」(<문학동네>, 2000년 여름호)는 제목에서 알 수 있듯이 농사를 짓고 소를 키우는 농촌의 일상사와 관련된 이야기이다. '짚가리, 비릇다'라는 제목부터 낯선 이 소설은, "괴도 루팡보다 더 위대하게 될 천재"를 꿈꾸는 한 소년 주인공의 경쾌한 묘사와 날렵한 구성을 보여준 데뷔작 「경찰서여, 안녕」이나, 이문구의 『우리 동네』에서 보았던 충청도 특유의 능청스러운 입담을 풍성한 인물군상들을 통해 유감없이 발휘하고 있는 「많이많이 축하드려유」의 분위기와도 달리, 도시생활에 실패하고 낙향한 소설가 지망생의 심리적 좌절과 재충전 과정을 어미 소의 출산이라는 모티프에 연관시켜 그리고 있다.

「짚가리, 비릇다」도 역시 앞에서 살펴본 김윤영의 「그해－」처럼 소설을 쓰는 인물을 등장시켜 글쓰기의 문제를 모색하고 있는데, 그 이야기의 공간이 농촌이라는 점에서 여러 모로 관심을 끈다. 사전을 찾고 나서야 '비릇다'라는 말이 "진통이 시작되면서 산기를 나타내다"는 뜻임을 알 수 있었듯이, 그의 소설 언어는 도시적 감수성에 익숙한 독자들에게 낯설게 다가온다.

그러나 이 작품의 신선함은 단지 낯선 제목이나 농촌이라는 공간의 특수성으로부터 흘러나오는 것은 아니다. 백여 마리 이상 되는 소를 키우고, 자동으로 짚단을 묶는 농기구인 베일러(baler)를 마을에서 유일하게 가지고 있을 정도로 성실하고 유능한 새 시대의 농군인 사촌 준호(준호는 그런 점에서 '국민의 정부'가 장려하는 농촌의 '신지식인' 개념에 정확히 들어맞는 인물이다)처럼 농사에 마음을 붙이지 못하고 있다는 점에서 준남은 농촌생활에서의 무능과 이방인적 소외감을 끝없이 자책한다. 그렇게 될 수밖에 없는 것은 소설가가 되려고 하지만 신춘문예 예심도 통과 못하고 대도시를 전전하며 빚만 짊어진 채 낙향한 심리적 좌절감과 자기모멸의 자책 때문이다.

낙향하여 농촌의 일상에 편입된 소설가 지망생 준남은 낮엔 아버지의 일을 돕고 밤엔 글 쓰는 일을 계속한다. 하지만 농사일엔 전혀 무능한 준남은 볏짚 쌓는 일, 소 여물 주는 일, 경운기의 시동을 거는 일 등에서 별반 도움이 되지 못하고 아버지로부터 지청구만 듣게 된다. 아버지가 생각하듯이 준남에겐, "소설 쓰는 일이, 한 시간도 채 안 걸리는 소 밥 주는 일도 모른 체할 만큼, 대단한 것"이기 때문에 "낮에도 밤과 마찬가지로 한 문장이라도 더 만들어내기 위해서 컴퓨터 앞에서 죽치고 있"으며, "써지지 않았지만 써야 한다는 강박관념 때문에 손가락을 자판 위에 올려놓은 채로 온갖 사념을 검색하느라 골이 뒤흔들렸고, 그 영향으로

밤에도 글이 되지 않는, 참으로 병신 육갑 떠는 생활"만을 지속할 뿐이다.

이 소설의 갈등은 소설을 쓰려고 하지만 아직 뚜렷한 전망을 획득하지 못한 아들과 이를 안쓰럽게 바라보는 아버지 사이에서 생기는 것인데, 겉으로 잘 드러나지 않는 내면의 갈등은 마지막에 이르러 어미 소가 새끼를 낳는 과정에서 해소된다. 난산 끝에 난 새끼를 어미 소가 혼신을 다해 돌보는 장면에서 준남은, "아버지와 자신 사이에, 저 말 못하는 어미소와 새끼소의 소통만큼이나 많은 소통이 이루어지고 있었음"을 알게 된다. 어미 소의 "한 생명을 비롯는 진통"을 아버지의 존재에 중첩시키면서 소설 쓰는 자신의 과정을 되돌아보는 준남의 태도야말로 이 소설에서 작가가 말하고자 한 핵심이다.

작가는 소설가 지망생 준남을 통해 소설을 쓴다는 것의 의미가 무엇인지 생각해 본다. 습작 시절의 모습을 보여주는 듯한 다음의 대목은 소설쓰기에 대한 작가의 입장을 잘 밝혀준다.

> 준남은 아직도 착각 속을 헤매는 지도 몰랐다. 소설을 써서 먹고사는 사람이 되고 싶었다. 소설쓰기를 직업으로 하고 싶었다. 신춘문예 예심도 못 통과한 실력이지만 일 년만, 아니 여섯 달만, 목숨을 걸고 한다면 뭐가 돼도 될 것이라고 믿었다. 준남은 자신에게 소설쓰기 말고는 어떠한 전망도 없다고 생각했다.

「짚가리, 비롯다」는 농촌의 현실과 농민의 모습이 구체적으로 묘사되거나, 인물의 갈등과 의지가 구체적으로 형상화되어 있지는 않다. 그러나 구시대(김씨)와 새 시대(준호)의 농군이 교체되는 모습, 베일러나 콤바인을 사용하는 기계화된 영농법, 소 키우는 일과 관련된 수의적(獸醫的) 지식, 도로를 내기 위해 농토를 헐값에 사들여 경지정리를 하려는 농촌 풍경 등 오늘의 농촌 모습이 담담하게 묘사되어 있다는 점에서 이 작품은 농촌서사의 복원을 향한 가능성을 열어놓고 있다.

또 하나. 이문구의 『관촌수필』이나 『우리 동네』, 혹은 최근의 『내 몸은 너무 오래 서 있거나 걸어왔다』에서 볼 수 있는 이문구의 소설 문체와 같이 농촌의 현실을 총괄적으로 묘사하는 생생한 사투리 문체의 힘, 이를테면 불만의 공간으로서의 내면을 곧장 느끼게 해 주는 '갈등의 문체'(김우창)를 이 작품에서 발견하기는 아직 어려운 것 같다. 중요한 것은 『관촌수필』, 『우리 동네』에서 서술된 '문제 있는' 곳으로서의 농촌이 지금, 모순이 해결되어 살만한 곳, 사람들 사이의 진정한 의사소통이 회복된 공간으로 질적인 변화를 이룩해냈는지 다시 생각해 볼 수 있는 기회를 소설의 영역에서 어떻게 보여줄 수 있느냐 하는 점이다. 아마도 여기에 작가의 분신이라고 할 수 있는 소설가 지망생 준남이 감당해야 할 과제가 놓여있는 게 아닐까.

이런 관점에서 농촌의 현실이 안고 있는 구체적 삶의 리얼리티를 앞으로 어떻게 그려나가느냐 하는 점이 작가에게 부과된 과제라고 할 수 있다. 아울러 그가 다른 작품에서 보여주었던 의뭉한 능청과 날카로운 풍자의 묘미를 진지한 자기탐구의 정신으로서 농촌소설의 영역에 끌어들여 본격적으로 그려내기를 희망해 본다.

4. 신화적 상상력의 서사 : 이평재

1998년 「벽 속의 희망」(<동서문학> 신인상)으로 등단한 이평재는 현실과 환상을 자유롭게 넘나드는 독특한 상상력을 소설쓰기의 구체적 방법으로 채택하고 있는 작가이다. 임신중절 수술을 앞둔 한 여자의 자궁 속 아이에 대한 심리적 강박과 자기고뇌를 벽과 방의 상징적 이미지로 형상화한 「벽 속의 희망」이나, 고대 마야 문명이라는 신화적 상상력을 바탕으로, "문명에 동화된 욕망의 빛이 아니라 그것을 경계하는 사랑의 빛으로 되살아난 따뜻한 인간의 체온"(「마야」(2000년 여름, <문학과사회>))을 소설쓰기의 원점으로 삼고 있는 것이 이평재 소설의 한 경향인 듯하다. 이것은 「거미인간 아난시」(<문예중앙>, 2000년 여름호)에서도, 환상적 인물로 설정된 '거미인간 아난시'가 화자인 소설가 나유경의 몸에다 짓고 싶어 한 집이 단순한 '이야기의 집'이 아니라 '인간의 집'임을 강조하고 있는 데서도 반복되어 나타난다. 다시 말해, "인간의 욕망에 의해 버림받고, 외면당하고, 생매장당한 인간"이 아니라 따뜻한 인간의 체온이 배어 있고, "끝인 동시에 시작이고, 종말인 동시에 구원인"(「마야」) 원환적 시간의 세계를 소설 속에 재현해내겠다는 욕망이 이평재 소설의 뿌리인 것으로 보인다. 「거미인간 아난시」는 아프리카 민담을 모티프로 하여 강속화된 현대 세계에서 이야기성이란 무엇인지 근원으로부터 질문하고 있는데, 이 작품은 앞의 두 작품과 비교할 때 소설쓰기의 의미를 원점에까지 탐색해들어간 작품이다.

소설가인 화자(나유경)는 어느 날 고속도로를 주행하다 톨게이트 위에 설치된 주택건설 전문 업체의 독특한 대형 이미지광고판을 발견하고 묘한 느낌에 사로잡힌다. '내가 살고 싶은 집'이라는 광고문구 아래 정교하고 섬세한 거미집이 그려져 있고, 거미로 상징된 남자가 광고판 중앙 부분의 해먹에 편안한 자세로 누워 있는 그림을 보고 화자는 야릇한 느낌에 빠져든다. 그런데 화자는 대형 광고판 속의 인물이 그림이 아니라 실제 살아있는 광고모델이라는 것을 알고 깜짝 놀란다. 우연하게도 그 모델은 화자가 살고 있는 같은 건물에 거주하고 있다. 어느 날 그 남자는 화자에게, 몸 안에 자신의 집을 짓게 해준다면 원하는 것(즉, 이야기)을 주겠다고 말하고, 소설의 이야기 거리에 고심하던 화자도 이를 수락한다. 희한한 이야기를 많이 알고 있고, 그것을 재미있게 말할 줄 아는 독특한 화술을 지닌 그 남자는 자신이 '거미인간 아난시'라고 고백한다. 그는 자신이 이 땅에 이야기가 없던 시절, 하늘의 신으로부터 이야기가 든 황금 상자를 가져와 세상 구석구석에 퍼뜨렸다고 설명한다. 그는, "예전엔 거미줄이 하늘의 신과 지상의 인간을 연결하는 생명줄이었어. 내가 그 줄을 타고 올라가 하늘의 신에게 얻어온 이야기들, 다시 말해 그 줄을 타고 내려온 이야기들은 세상 구석구석으로 흘러들어가 세상에 존재하는 모든 것들에 나름대로의 이야 집을 짓기 시작했지. 따지고 보면 처음부터 세상은 모두 이야기로 이루어져 있"다는 말을 화자에게 들려준다. 최초로 이 세상에 이야기를 퍼뜨린 거미인간 아난시, 즉 광고모델로 환생한 환상 속의 남자는 화자에게 희한하고 재미있는 이야기를 많이 들려주고, 이를 소설로 써서 발표한 화자는 무명에서 벗어나 꽤 알려진 작가가 된다. 그러나 이후 화자가 거미인간과의 약속인, 자기 몸에 집을 짓는 것을 거부하게 되자 거미인간은 떠나버린다.

거미인간이 떠나자 이야기를 들을 수 없게 되고, 화자는 소설을 더 이상 쓰지 못한다. 그간 써오던 소설이 무엇에 관해 쓰고자 한 것인지, 또 무엇에 관해 쓴 것인지 기억에 아무 것도 남지 않게 되고, 컴퓨터 화면 속의 소설은 사라져버린 것인지, 스스로 삭제해버린 것인지 모를 정도로 없어진다. 다시 자판을 눌러 '이야기'라는 낱말을 입력하자 "머나먼 시원의 공간에서 들려오는 듯한 수군거림"이 나타나는 순간, 거미인간 아난시로 자처한 남자가 화자의 몸에다 짓고 싶어 한 집은 '이야기, 인간의 집'이었음을 알게 된다. 그 순간 화자의 몸이 거미로 변하는 듯한 이상한 반응을 보이게 되면서 자판 위에서 손을 뗄 수 없을 정도로 "마치 거미의 몸에서 거미줄이 풀려나오는 것처럼 내 몸 어딘가에서 이야기가 꾸역꾸역 밀려나와 나를 주체할 수 없게 만든"다. 가시털이 돋아난 손으로 화자는 새로운 소설 제목을 '거미인간 아난시'로 입력한다. 독자가 읽고 있는 작품이 '거미인간 아난시'이며, 작품 속에서 소설가인 화자가 쓴 작품도 '거미인간 아난시'라는 것, 그러니까 이 작품은 두 개이면서 결국 한 작품이며, 시작과 끝, 안과 밖이 뫼비우스의 띠처럼 하나로 연결된 구조를 보여준다.

거미줄이 옛날엔 '하늘의 신과 지상의 인간을 연결하는 생명줄'이었다는 것, 그 줄을 타고 올라가 하늘의 신에게서 얻어온 이야기들, 혹은 그 줄을 타고 내려온 이야기들이 세상의 모든 것들에 나름대로의 이야기 집을 짓기 시작했다는 것, 따라서 처음부터 세상은 모두 이야기로 이루어져 있다고 말하는 거미인간이 들려주는 다음과 같은 말은 작가가 생각하는 이야기의 본질이 무엇인지 잘 설명해주고 있다.

> 이야기는 존재를 확인할 수 있는 가장 확실한 방법이야. 뿐만 아니라 인간과 인간을 연결해주는 유일한 수단이기도 해. 이야기 없는 세상을 상상해본 적 있어? 그런 의미에서 이야기를 만들어내는 당신 같은 소설가들은 불행하면서도 행복한 사람들이지. 자기 인생을 썩히고 삭히고 부화시키는 고통이 있지만, 그래도 자기가 퍼뜨린 이야기가 이 세상 어딘가로 날아가서 또 다른 이야기의 씨앗이 된다는 보람이 있잖아. 하지만 지금은 모든 것이 위태로워. 세상을 몰고 가는 무자비한 가속력 때문에 인류를 지탱시켜온 이야기의 뿌리가 썩어가고 있단 말야. 이야기를 퍼뜨려야 할 당신 같은 소설가들까지 자기 인생을 썩히고 삭히고 부화시키는 고통을 기피하면서 이야기를 말라 비틀어지게 하고 있어. 아니라고 부정할 텐가?
>
> 「거미인간 아난시」 중에서

거미인간은 이야기란, "존재를 확인할 수 있는 가장 확실한 방법"일 뿐만 아니라 "인간과 인간을 연결해주는 유일한 수단"인데, "지금은 세상을 몰고 가는 무자비한 가속력 때문에 인류를 지탱시켜온 이야기의 뿌리가 썩어가고 있"다고 말한다. 또, "인생을 썩히고 삭히고 부화시키는 고통을 기피하면서 이야기를 말라비틀어지게 하고 있"는 존재들이 오늘날 대다수의 작가들이라고 거미인간은 비판한다. 결국 작가는 거미인간이라는 존재를 통해 "세상을 몰고 가는 무자비한 가속력 때문에 인류를 지탱시켜 온 이야기의 뿌리가 썩어가고 있"(「거미인간 아난시」)는 이야기를 벗어나 자신의 소설에서는 "현실과 가상의 경계를 무너뜨리는 소설", "상상력을 무궁무진하게 증폭시켜 과거와 현재, 삶과 죽음의 경계까지 무너뜨림으로써 소설의 공간을 무한대로 확장시키고 싶어한"다. "고리타분한 이야기의 틀에 얽매인 소설이 아니라 상상의 속도를 자유자재로 반영할 수 있는 새로운 무엇인가"를 쓰고자 하는 것이다.

"느림의 정도는 기억의 강도에 정비례하고, 빠름의 정도는 망각의 정도에 정비례한다"(『느림』)는 쿤데라의 통찰에서도 잘 드러나고 있듯이, 이 작품은 속도의 빠르기만을 최고의 가치로 삼고 있는 초고속 정보사회의 메커니즘 속에서 이야기의 역할(이국의 신화와 민담 등에 이르기까지)에 대해 다시 생각해보는 계기를 제공해준다. 요컨대, 「거미인간 아난시」는 아난시라는 거미인간에 관한 아프리카 민담을 바탕으로 세속화된 현대세계에서 소설의 이야기성이란 무엇인가 하는 점을 탐구하고 있는 소설이다. 이 작품에서 화자가 인류의 운명은 이야기가 고사되는 날 끝장날 것이라는 이야기성에 대한 비장한 결의는 글쓰기의 원점으로서 소설을 쓰는 작가의 정신을 선명하게 보여준다.

5. 미완의 새로움

새로운 세기의 첫 해, 전환기의 미로를 걷고 있는 듯한 우리 문학은 그 미궁에서 빠져나오고 있는 것일까? 아니면, 미궁의 어디쯤에서 그 출구를 찾지 못해 여전히 미로 속을 헤매고 있는 것일까? 어느 누구도 자신 있게 대답하기 힘든 이 질문은 새로운 문학적 행로를 모색하고 있는 작가들이나 비평가들 모두에게 공통의 과제를 부과하고 있는 듯하다.

새로운 작가들이 문학적 탐구의 출발로 소설쓰기의 문제를 제기하는 것은 매우 당연해 보인다. 예술가소설(Künstlerroman)은 예술가를 주인공으로 설정하여 삶과 예술 사이의 관계, 예술가의 자의식 등을 탐구하는 소설 장르의 한 가지 하위 유형으로, 한국 근대소설사에서 뚜렷한 계보를 형성해오고 있는 형식이다. 김동인, 염상섭, 현진건, 박태원, 이상, 최인훈, 주인석 등에 이르는 소설가소설의 글쓰기 유형은 박태원의 '구보씨' 계열을 재생산해내고 있다. 이러한 유형이 소설쓰기의 뚜렷한 경향을 형성하는 이유는 무엇보다도 작가 자신이 스스로 자신의 삶과 내면을 반성할 수 있는 가장 가까운 위치에서 있다는 점이며, 자기 언어와 문체와 삶을 바라보는 입장을 확고히 해야 한다는 필요성으로부터 나온다. 이 점은 비단 젊은 작가들뿐만 아니라 작가라면 누구에게나 두루 적용되는 것일 터이지만, 특히 자기문학의 세계를 구축하려는 신예 작가들에게는 그것이 더없이 중요한 항목이 되지 않을 수 없기 때문이다.

새로운 세기의 처음, 그 전환점을 걷고 있는 신예 작가들의 작품에서 이 점은 특히 중요한데, 앞서 살펴본 세 작가의 경우도 소설가(혹은 지망생)를 화자나 주요 인물로 등장시켜 소설쓰기의 본질, 이야기성의 의미를 집요하게 탐색한다. 김윤영의 경우 「그해 –」에서처럼, 우리 사회의 현실적 주요 이슈를 놓치지 않고 작품 안에 끌어들여 생생한 이야기를 만들고 있으며, 농촌 사회를 배경으로 소설가 지망생의 소설쓰기에 대한 입장을 보여주는 김종광의 「짚가리, 비릇다」도 농촌문학의 한 가지 가능성을 제시해주고 있다. 이들 두 작가에 비해 이평재는 이국의 신화적 상상력을 소설 속에 끌어들여 이야기성의 본질과 의미에 대해 주밀하게 탐색하고 있다. 이 점에서 독특한 상상적 구성의 길을 모색해가는 이평재의 「거미인간 아난시」는 새로운 시대의 소설쓰기의 한 가지 가능성을 예시해주는 작품으로 읽을 수 있을 것이다.

소설쓰기와 이야기성, 작가의 본질에 대해 질문하는 이들 세 작가의 작품은 소설 구성의 문제나 주제의 형상력, 또는 문체의 면에서 뚜렷한 가능성을 보여주고 있다.

——『문예연구』 26호, 2000년 9월호

저자 김성수(金成壽)

1962년 충북 괴산에서 태어나, 경기도 부천과 서울에서 성장하였다. 연세대학교 국어국문학과를 졸업하고, 같은 대학원에서 문학박사 학위를 받았다. 일본 도쿄외국어대학에서 한일 근대문학의 관련 양상에 대한 연구를 하였으며(1996~1997), 1998년 『문학사상』 평론 부문 신인상에 「기억의 유산과 환멸의 수사, 그리고 기원으로서의 글쓰기－박상우론」이 당선되어 문학평론가로 활동을 시작하였다. <이상 문학회>의 편집위원으로 참여하면서 「근대 문학의 '산호편' 찾기」, 「「날개」와 경성역」, 「이상과 동경」 등 이상 문학에 관심을 가지고 글을 써오고 있다. 현재 연세대학교 학부대학에 재직하면서 글쓰기 교육과 방법 및 한국 근대문학의 글쓰기 양상에 대한 연구를 하고 있다.

주요 저서로 『이상 소설의 해석－생과 사의 감각』(1999), 『「토지」의 문화지형학』(공저, 2004), 『대학 글쓰기』(공저, 2008) 등을 펴냈으며, 주요 논문으로 「이상 시에 이르는 한 가지 길－「일문시 「眞畫」의 해석을 통하여」, 「허준의 「殘燈」에 대하여」, 「「토지」에 나타난 식민지 자본주의의 유입 양상 연구」, 「박계주의 「대지의 성좌」 연구－항일 독립전쟁의 소설적 수용과 의미」 등이 있다. 옮긴 책으로는 『정신분석을 읽는다』(2003), 『과학 글쓰기 핸드북』(2006), 『비판적 사고와 과학 글쓰기』(공역, 2008) 등이 있다.

역락비평신서 16

카토블레파스의 운명

저자 김성수

인쇄 2008년 9월 19일
발행 2008년 9월 29일

펴낸곳 도서출판 역락
등록 1999년 4월 19일 제303-2002-000014호
펴낸이 이대현
편집 이소희

주소 서울시 서초구 반포4동 577-25 문창빌딩 2층
전화 02-3409-2058(영업부), 2060(편집부)
팩시밀리 02-3409-2059
e-mail youkrack@hanmail.net

값 20,000원
ISBN 978-89-5556-629-1 03810